文學研究叢書·古典詩學叢刊

不廢江河萬古流

悅讀唐詩三百首（三）

李昌年 著

目次

二八、岑參詩歌選讀

【事略】

　　岑參（約 715－769），字不詳。先世居住於今河南南陽，故世謂之南陽人。曾祖岑文本曾任太宗朝宰相，伯祖岑長倩相高宗，伯父岑義相睿宗，故其〈感舊賦〉曰：「國家六葉，吾門三相。」然家門不幸，長倩後因獲罪被殺，五子同時賜死；岑參出世前二年，岑義也獲罪伏誅，族中遭流徙者數十人。其父岑植曾任仙州（今河南許昌市、葉縣一帶）刺史，早卒，故岑參早年頗為困頓失意。

　　岑參五歲讀書，九歲屬文，聰明早慧，頗能深自砥礪，遍覽史籍。十五歲時隱居嵩陽，潛心學問；二十歲嘗獻書闕下，雖未獲拔擢，然識度清遠，議論雅正，佳名早立，為當時同輩所景仰，杜甫就相當推崇他。

　　曾往來京洛數年，求仕無成。開元二十九年（741）漫遊山東、河北、河南等地，飽覽河朔風光，壯遊中原大地；詩情和見識，均有長進。

　　天寶三載（744）進士及第，授右內率府兵曹參軍。天寶八載冬至十載春，充安西四鎮節度使高仙芝幕府掌書記；十三載，再隨封長清出征。其間度隴頭，穿河西，出陽關，涉流沙，足跡幾遍天山南北。由於累佐戎幕，長年往來於鞍馬烽塵間，極征行離別之情，歷城障塞堡之奇，故將大漠瀚海、火山熱海、飛砂走石、胡琴琵琶、軍旅金鼓等壯闊豪邁之景，融入筆端，化為詩篇，無不奇氣橫溢，句調雄健，使人意氣激盪，熱血沸騰，慷慨感憤之餘，有投筆從戎之想。與高適同為盛唐邊塞詩人之代表，有「高岑」之稱。

安史亂後，中原板蕩，於至德二載（757）拜右補闕，累遷虢州長史、太子中允兼殿中侍御史、充關西節度判官，又歷任郎官。大曆元年（766）隨劍南節度使杜漸入蜀，二年，任嘉州（今四川樂山市）刺史；三年，秩滿罷官；四年末卒於成都官舍，世稱岑嘉州。

《全唐詩》存其詩 4 卷，《全唐詩續拾》補詩 2 首。

【詩評】

01 杜甫：高岑殊緩步，沈鮑得同行。意愜關飛動，篇終接混茫。（〈寄彭州高三十五使君適虢州岑二十七長史參三十韻〉）

02 殷璠：參詩語奇體峻，意亦造奇，至如「長風吹白茅，野火燒枯桑」，可謂逸才；又以「山風吹空林，颯颯如有人」，宜稱幽致也。（《河嶽英靈集》）

03 杜確：（參）遍覽群籍，尤工綴文，屬辭尚清，用意尚切，其有所得，多入佳境；迥拔孤秀，出於常情。每一篇絕筆，則人人傳寫，雖閭里士庶，莫不諷誦吟習焉。時論擬公於吳均、何遜，亦可謂精當矣。（〈岑嘉州詩集序〉）

04 周紫芝：參詩清麗有思，殊復可喜。（〈書岑參詩集後〉）

05 陸游：予自少時，絕好岑嘉州詩；往在山中，每醉歸，倚胡床臥，輒令兒曹誦之，至酒醒或睡熟乃已。嘗以為太白、子美之後，一人而已。（〈跋岑嘉州詩集〉）

06 辛文房：詩調尤高，唐興罕有此作。放情山水，故常懷逸念，奇造幽致，所得往往超拔孤秀，度越常情。與高適風骨頗同，讀之令人慷慨懷感。（《唐才子傳》）

07 顧璘：岑參最善七言，興意音律，不減王維，乃盛唐宗匠。 ○五言豪整，至於姿態，當遠讓王、孟。（《批點唐音》）

08 王世貞：岑氣骨不如達夫道上，而婉縟過之。 ○岑尤陡健，歌行磊落奇俊。（《藝苑卮言》）

09 胡應麟：盛唐歌行，高適之渾，岑參之麗，王維之雅，李頎之俊，皆鐵中錚錚者。　○古詩自有音節，唐人李、杜外，唯嘉州最合。○常侍五言古，深婉有致，而格調音節，時有參差；嘉州清新奇逸，大是俊才，質立造詣，皆出高上。然高黯淡之內，古意猶存；岑英發之中，唐體大著。　○高氣骨不逮嘉州，孟材具遠輸摩詰，然並驅者，高、岑悲壯為宗，王、孟閒淡自得，其格調一也。（《詩藪》）

10 胡震亨：岑詞勝意，句格壯麗，而神韻未揚；高意勝詞，情致纏綿，而筋骨不逮。（《唐音癸籤》）

11 徐獻忠：嘉州詩一以風骨為主，故體裁峻整，語亦造奇，持意方嚴，竟鮮落韻。五言古詩，從子建以上方足聯肩，古人渾厚，嘉州稍多瘦語，此其所不逮，亦一間耳。……要之，孤峰插天，凌拔霄漢，而華潤近人之態，終然一短。（《唐詩品》）

12 邊貢：夫俊也、逸也，是太白之長也；若奇焉，而又悲且壯焉，非子美其孰當之？……夫俊也、逸也、奇也、悲也、壯也五者，李、杜弗能兼也，而岑詩近焉。（〈刻岑詩成題其後〉）

13 譚宗：參集詩雖不多，然篇皆峭偉，精思矗起，必迴不同於人，豈惟達夫不中比擬？即一時王、孟諸作手，要之總非其倫；乃千古以「高岑」稱，何其冤也？（《近體秋陽》）

14 許學夷：盛唐五言律，唯岑嘉州用字之間有涉新巧者，如……。然高、岑所貴，氣象不同；學者不得其氣象，而徒法其新巧，則終為晚唐矣。（《詩源辯體》）

15 田雯：嘉州（五律）句琢字雕，刻意鍛煉。（《古歡堂集雜論》）

16 沈德潛：參詩能作奇語，尤長於邊塞。　○嘉州五言，多激壯之音。（《唐詩別裁》）

17 張謙宜：予讀嘉州全集，愛其俏蒨蒼秀，如對終南、太華。其近體略遜古詩。（《絸齋詩談》）

18 翁方綱：嘉州之奇峭，入唐以來所未有；又加以邊塞之作，奇氣
益出。風會所感，豪傑挺生，遂不得不變出杜公矣。(《石洲詩話》)

19 洪亮吉：詩之奇而入理者，其惟岑嘉州乎！如〈游終南〉詩：「雷
聲傍太白，雨在八九峰；東望紫雲閣，西入白閣松。」余嘗以己
巳春夏之際，獨游終南山紫、白二閣，遇急雨，回憩草堂寺。時
原空如沸，山勢欲頹，急雨劈門，怒雷奔谷，而後知岑之詩奇矣。
(《北江詩話》)

20 管世銘：（七律）岑嘉州始為沉著凝煉，稍異於王、李，而將入杜
矣。 ○（七絕）王、李以外，岑嘉州獨推高步。(《讀雪山房唐
詩抄・序例》)

21 方東樹：王、李、高、岑別有天授，自成一家；如如來下又有文
殊、普賢、維摩也；又如太史公外別有莊、屈、賈生、長卿也。 ○
高、岑奇峭，自是有氣骨，非低平庸淺所及。(《昭昧詹言》)

22 施補華：岑嘉州五言詩，源出鮑照而魄力已大。(《峴傭說詩》)

23 宋育仁：五言出於吳、何，疊藻綿聯，撥張典雅；如五絲織錦，
裁縫滅跡。七言出沒縱橫，翱翔孤秀，振音中律，行氣如虹；如
觀公孫大娘舞〈劍器〉〈渾脫〉，瀏亮令人心傾。邊塞蕭條，吹笳
聲裂，劉越石幽、燕之氣，自當擅絕一場；而格律謹道，貴在放
而不野。律體溫如，亦兼綿麗；絕句猶七言本色，而神韻彌深。(《三
唐詩品》)

24 吳北江：盛唐古風，李、杜以外，右丞、嘉州，其傑出者。。(《唐
宋詩舉要》)

25 潘德輿：常侍、嘉州七古七律，往往以雄渾悲鬱，鏗鏘壯麗擅長。
(《養一齋詩話》)

162 逢入京使（七絕）　　　　　　　岑參

故園東望路漫漫，雙袖龍鍾淚不乾。馬上相逢無紙筆，憑君傳語報平安。

【詩意】

　　向東邊眺望家園，只見通往長安的大道，迢迢無盡地向遠方延伸而去；這次遠赴西域的旅途上，我往往思親情切，以至於被淚水濕透而沉甸甸的衣袖，始終擦不乾我臉頰上的淚痕。和您在馬背上匆匆相逢，一時之間也無從準備紙筆來寫家書，因此只能拜託您帶個平安的口信給我在長安的家人。

【注釋】

① 詩題—天寶八載（749），安西四鎮節度使高仙芝奏調岑參為右威衛錄事參軍，充節度使府掌書記；本詩便是在西行的途中，偶逢返京的使者時所作。
② 「故園」句—故園，指作者在長安杜陵山中的別業。漫漫，長遠迢遞貌。
③ 龍鍾—為古語疊韻連綿詞，或狀身體之衰疲老弱，或狀境況之失意潦倒，或狀踟躕逗留的情狀；此處作沾濡濕潤解。古籍或作「瀧凍」「瀧涿」，皆為涕淚流溢貌。
④ 憑—請求也，軟語央求之意；亦可釋為憑藉、仰仗之意。

【導讀】

　　天寶八載（749），安西四鎮節度使高仙芝奏請岑參任節度使府掌書記，於是作者告別在長安的妻子，躍馬揚鞭，開始了生平首次的西

域之旅。本詩便是在西行的途中，偶逢返京述職的使者，彼此立馬寒溫片刻時所激發出來的思親火花。

喻守真在《唐詩三百首詳析》說：「前二句與後二句為逆入手法之倒敘句。因為事實上，當然是先逢入京使，而後才望故園而下淚；作者卻先寫思鄉傷懷，再寫所以傷懷之原因。……如此佈局能令人覺得突兀不平凡。」這是從章法方面指出倒裝語順，是使本詩精采動人的關鍵所在，的確很有道理。不過，筆者猜想作者在西行途中餐風宿露，披星戴月，備嘗辛苦之餘，可能也曾幾度思家念遠[1]，因此，前兩句也可以視為作者平日思鄉情濃的具體呈現，未必真的是逢入京使時才涕淚縱橫，悲不自勝。再者，有些人以為作者淚流不止是因為入京使者得以回返長安，自己卻望斷故園心眼而獨不得歸；這是把作者當成被遠謫異域的遷客逐臣來看待，才產生的誤解。事實上，本詩是作者要前往安西都護府（治所在今新疆維吾爾自治區）上任的途中，在不知名的地點邂逅一位正要東返的不知名官員，一時有所感而作，內容和歆羨他人得返而自己卻不得歸京的情緒並無關聯。

本詩的高明處是剪裁簡鍊，斬斷一切枝葉，文字明淨，揚棄華辭縟藻；而且口吻生動，感情真誠，思念深切，託付鄭重。因此，即使是駐馬揖問的片刻，也能流露出思憶家人的溫馨之情，實可謂納須彌於芥子，化剎那為永恆的傑作。他的動人之處，主要是譜寫出每一位離鄉背井的遊子心中共同的依戀和思慕，也掌握到所有在家中牽腸掛肚的親人普遍的憂慮和擔心；因此鍾惺《唐詩歸》評曰：「人人有此事，從來不曾寫出；後人蹈襲不得，所以可久。」唐汝詢《唐詩解》說：「敘事真切，自是客中絕唱。」

相傳宋朝大儒胡瑗在泰山棲真觀讀書時，如果接獲的家書上題有「平安」兩字，就不再拆閱而投書澗中；可見能夠得知自己所惦記的家人平安無恙，就是內心最大的安慰了。因此，作者在倉促間所託付的「平安」二字，其實是刪繁就簡，語短情長的體貼之言，也是深刻

了解家人之後最有效的寬慰之語；絕不能只因為字面的淺易尋常就忽略了它所包孕的真摯情感，因此吳昌祺《刪定唐詩解》說：「其情慘矣，乃不報客況而報平安，含蓄有味。」事實上所謂愁慘之情，早已在前兩句所寫的故園迢遞，空望勞遠，涕淚縱橫，袖濕難乾中透露出來了；只是詩人這一路西行中所飽嚐的餐風宿露，席天幕地之苦，與思親念遠，牽腸掛肚之愁，又如何能一一向入京使敘說，並託付他忠實地轉達給至親的妻兒呢？縱使他有千般思念的纏綿和萬種離家的辛苦，也不忍心在遠赴絕域時融入筆墨，盡情傾訴，以至於勾惹起守候在家園的人對他惦記不已的愁腸；何況是向可能素昧平生的返京使者盡吐衷腸呢？因此，詩人只能暫且勉強抑制自己蘊蓄深久，即將決堤而出的感情洪流，含蓄地把所有的心事濃縮在「平安」二字裡，懇請對方務必代為轉達了。古人說：「平安兩字金」，可見岑參託付對方的傳語是何等的鄭重了！

【補註】

01 因此他在〈赴北庭度隴思家〉詩中說：「西向輪臺萬里餘，也知鄉信日應疏。」即使是立志揚威異域而作〈銀山磧西館〉詩感慨：「丈夫三十未富貴，安能終日守筆硯」，也藉〈送李副使赴磧西官軍〉詩高唱：「功名只向馬上取，真是英雄一丈夫」的作者，其實一樣會有〈西過渭州見渭水思秦川〉詩中「渭水東流去，何時到雍州？憑添（按：請求多帶我的）兩行淚，寄向故園流」的思鄉情愁，和〈宿鐵關西館〉詩中「迥塞心常怯，鄉遙夢亦迷；那知故園月，也到鐵關西」的萬里歸夢，以及〈磧中作〉詩中「走馬西來欲到天，辭家見月兩回圓；今夜不知何處宿？平沙萬里絕人煙」的孤獨苦悶。

【評點】

01 敖英：丘丈莊公嘗言，眼前景致，口頭語，便是詩家絕妙詞。以上三詩（按：指本詩和賀知章的〈回鄉偶書〉，以及舊題賈島所作的〈渡桑乾〉），良然。（《唐詩絕句類選》）

02 周敬：家常話，人人卻說不出來；妙處只是真。（《唐詩選脈會通評林》）

03 王堯衢：此詩以真率入情。（《古唐詩合解》）

04 吳瑞榮：俚情真語，都極老橫。（《唐詩箋要》）

05 沈德潛：人人胸臆中語，卻成絕唱。（《唐詩別裁》）

06 宋宗元：不必用意，只寫得情景真耳。（《網師園唐詩箋》）

163 與高適薛據同登慈恩寺浮圖（五古）岑參

塔勢如湧出，孤高聳天宮。登臨出世界，磴道盤虛空。突兀壓神州，崢嶸如鬼工。四角礙白日，七層摩蒼穹。下窺指高鳥，俯聽聞驚風。連山若波濤，奔走似朝東。青槐夾馳道，宮館何玲瓏。秋色從西來，蒼然滿關中。五陵北原上，萬古青濛濛。淨理了可悟，勝因夙所宗。誓將掛冠去，覺道資無窮。

【詩意】

　　大雁塔就像是在佛祖面前由平地湧出、拔高而起的七寶塔那麼魏峨雄峻，聳入天宮。由塔內盤旋而上的石級登臨塔頂時，彷彿步步騰

空，不知不覺間已經超脫到時空的界限之外。這座突兀高聳的寶塔，可以雄鎮神州大地；而它崢嶸傑出的氣勢，則有如鬼斧神工的傑作。

從塔頂再仰望四座崇高而又碩大的簷角，顯然它們肯定可以阻礙太陽的運行；而在七層高的塔樓上，簡直可以觸摸到高曠的天空。在塔頂俯瞰時，可以細數腳下高翔的飛鳥；俯身傾聽時，呼嘯而過的烈風會令人驚心動魄。極目四望時可以見到：東邊是連綿起伏的山脈，就像是洶湧的波濤朝向東海奔騰而去；南邊是青翠的兩排槐樹夾著寬敞的馳道，一直延展向遠方小巧玲瓏的宮殿樓臺；金風挾帶著蒼褐黃紅的秋色從西邊襲來，使得遼闊的關中瀰漫著蕭瑟的情調；北方原野上有漢朝五位帝王的陵寢，萬古不變地籠罩在縹緲迷濛的煙嵐裡。

登塔覽眺之餘，讓我對於佛法中的清淨妙理有了更透徹的觀照和領悟；我向來篤信廣種善因、勤修善德的思想也因而更加堅定。我發願有朝一日要辭官習佛，以求得覺悟正道，那才是終生受用無窮的福報啊！

【注釋】

① 詩題──天寶十一載（752）秋，詩人與高適、杜甫、儲光羲、薛據共五人同遊慈恩寺，登塔縱目，賦詩吟詠[1]。薛據，開元十九年王維同榜進士，天寶六載又中「風雅古調科」第一人，為人鯁直有節概，然自恃其才而孤高自負，未能顯達；歷任涉縣令、司儀郎，終水部郎中，晚年隱居終南山。慈恩寺，在今陝西省西安市東南郊，乃太宗貞觀二十年（646），太子李治為紀念文德皇后的慈母之恩，就隋代無漏寺故址修建而成[2]。浮圖，梵語之音譯，指佛寺之寶塔，在本詩中是指大雁塔[3]，時僅餘七層。

② 「塔勢」二句──寫由塔外仰望之觀感。湧出，《妙法蓮華經‧寶塔品》曰：「爾時佛前有七寶塔，高五百由旬[4]，縱廣二百五十由旬，從地湧出。」故作者借以為起筆，言其突出平地，峻極天宮。

③ 「登臨」二句──寫登臨過程凌空盤紆之感；然實為「磴道盤虛空，登臨出世界」之倒裝。出世界，謂超脫於時間空間之外，或迴出於塵世之上。世界，本佛家語，世指時間，界指空間；《楞嚴經》云：「何名為眾裡世界？世為遷流，界為方位。」磴道，塔內的石級。盤虛空，謂盤繞梯級上升而步步騰空高起。

④ 「突兀」二句──前句是登臨塔頂後俯瞰大地所感受的雄偉形勢；後句是對於外觀之崇峻、形構之聳拔與氣象之磅礡的讚嘆。突兀、崢嶸，皆高聳特出貌。壓，形容其氣勢之雄奇，可以鎮壓一方。神州，中國之代稱；《史記・孟荀列傳》載鄒衍把中國稱為「赤縣神州」。鬼工，謂乃鬼斧神工之所獨運，非人力所能及也。

⑤ 「四角」二句──寫由塔頂再仰望之感受：由塔頂仰望四面之簷角，既高且大，足可遮蔽太陽並阻礙其運行；而塔高七層，亦幾可上摩青天。四角，指塔層向四方翹起的簷角。礙，遮蔽。摩，撫摸、觸及。蒼，形容天色之青；穹，形容天之形狀，有如中央高而四周低的圓蓋。

⑥ 「下窺」二句──以目見耳聞，襯托出塔之高峻：由塔頂下望，則飛鳥歷歷可數；俯聽疾風，則入耳驚心[5]。

⑦ 「連山」二句──此處反用西晉辭賦家木華〈海賦〉「波如連山」之意，並化用《尚書・禹貢》：「江漢朝宗於海」之意，謂東方之群山連綿起伏，有如波濤洶湧，向東海奔注而去。奔走，一作「奔湊」。

⑧ 「青槐」二句──意謂：向南眺望，可見馳道兩旁青翠之槐樹，及馳道盡頭小巧玲瓏之宮闕。按：宮闕原應巍峨雄偉，今乃小巧玲瓏，可見塔頂視野之遼遠。馳道，御輦奔馳之大道。玲瓏，精緻靈巧貌。

⑨ 「秋色」二句──意謂：西風挾秋色而俱來，於是西邊之關中全被染上了蕭然的秋意。秋色，天地被秋氣籠罩時的特殊景色。蒼然，

在深青為主的色調中揉入紅黃褐等色澤的樣子。

⑩ 「五陵」二句──五陵，漢代五位帝王之陵墓，高祖之長陵、惠帝之安陵、景帝之陽陵、武帝之茂陵、昭帝之平陵，皆在渭水北岸⁶。青濛濛，謂青翠蓊鬱而顯得幽密深邃，亦有青濛如煙而暗含生死無常、人事如煙之意。

* 編按：以上八句，每二句分寫東南西北縱目遠眺之所見。

⑪ 「淨理」二句──淨理，佛門所謂諸象皆幻，常保此心清淨不染之妙理。了，了然於心；了可悟，謂了然於心，而有透徹之領悟。勝因，佛家語，謂勝妙之善因，亦即善緣之因；《佛說無常經》：「勝因生善道，惡業墮泥犁。」夙，向來。宗，信仰。

* 編按：末四句，另起一段作收，而其關鍵正在有感於漢代帝王生前何等榮華富貴，身後不過蓊鬱之陵土而已，因而頓悟生死無常之妙諦，而有勤種善因，廣結善緣之領悟。

⑫ 「誓將」二句──意謂：將泥塗軒冕，棲心禪悅，以求學佛悟道，而有終身清淨無垢之福報。誓將，決心去作、打算將要。掛冠，辭官也；《後漢書‧逸民傳》載逢萌於王莽時預料天下將亂，乃掛冠於東都城門，攜家浮海，客居遼東之事。覺道，即領悟佛理正道；梵文「佛」之原意乃「覺者」之意。資，憑藉、運用也。

【補註】

01 薛作後亡佚，仇兆鰲《杜詩詳注》收錄其餘四篇並評曰：「岑、儲兩作，風秀慰貼，不愧名家；高達夫出之簡淨，品格亦自清堅。少陵則格法嚴整，氣象崢嶸，音節悲壯；而俯仰高深之景、盱衡古今之識、感慨身世之懷，莫不曲盡篇中，真足壓倒群賢，雄視千古矣！」又曰：「三家結語，未免拘束，致鮮後勁；杜於末幅，另開眼界，獨闢思議，力量千倍於人。」

02 當年李治所修建的慈恩寺，寺內有十三座院塔，一千九百間房屋，

僧侶三百餘人；玄奘西遊歸國後大半時間內均於寺內翻譯佛經。玄奘倡議依照印度佛塔形式興建雁塔以貯藏印度佛經，遂於高宗永徽三年（652）由玄奘設計構築五層雁塔，高180尺，磚面土心，不能登臨。武后長安元年（701）重加整建，增為十層，並由實心改為空心，內砌石階以便登臨遠眺。岑參等人遊覽時僅餘七層；後唐長興年間（930－932），西安留守安重霸又修築一次，大致即目前所見模樣。另在西安城南門外的三里處，有一座建於睿宗文明元年（684）的荐福寺（原意是為死去的高宗祈福），中宗復位後的景龍年間（707－709）又建荐福寺之塔院，院內有十五層高塔，規模較玄奘所立者為小，故有大、小雁塔之名。現存之大雁塔七層，高64公尺，底部邊長25公尺。

03 相傳印度小乘佛教原本食肉；一日寺內飯僧無計得肉以供養方丈，乃仰天而嘆，遂有一雁墜地，飯僧乃拾以供養眾僧。方丈驚曰：「此乃菩薩顯聖捨身佈施也。」僧眾感動之餘從此捨肉茹素；遂於墜雁處築五層塔而名之曰雁塔。

04 由旬，為梵語，是天竺里數名。《維摩經》注：「上由旬六十里，中由旬五十里，下由旬四十里。」《翻譯名義集》引《大論》云：「由旬三別，大者八十里，中者六十里，下者四十里。」大概是以「由旬」作為古帝王一日行軍之里程，然各地山川不同，所行里程之遠近，遂亦不等，故有大中小三別。

05 唐人章八元於寺內「詩版」上所留之〈題慈恩寺塔〉云：「卻怪鳥飛平地上，自驚人語半天中。」筆法與此雷同。杜甫〈同諸公登慈恩寺塔〉詩首聯云：「高標跨蒼穹，烈風無時休。」亦由風之迅疾猛烈，襯托塔之高峻。

06 唐代之五陵，與此不同，請參見杜甫〈哀王孫〉注⑭。

【導讀】

　　天寶十一載（752）秋，作者與高適、杜甫、儲光羲、薛據同遊慈恩寺，登塔縱目，賦詩吟詠，而有本詩之作。

　　沈德潛《說詩晬語》云：「五言古，長篇難於鋪敘，鋪敘中有峰巒起伏，則長而不漫。……長篇必倫次整齊，起結完備，方為合格。」本詩正是這種結構完備，條理分明，鋪敘有方，而且首尾圓合，長而不漫的佳作；因此沈氏《唐詩別裁》又稱賞本詩說：「登慈恩塔詩，少陵之下，應推此作；高達夫、儲太祝皆不及也。」高步瀛《唐宋詩舉要》也說：「氣象闊大，幾與少陵一篇並立千古。」

　　首段共六句，是對於慈恩寺的總體印象。

　　起筆的「塔勢如湧出，孤高聳天宮」兩句，是寫未登臨前仰望慈恩塔拔地參天的氣勢，發出由衷的讚嘆。由於登臨的是佛教勝地，因此開篇便運用《妙法蓮華經》中有關七寶樓臺在佛祖面前從地下湧出的典故，既逗出第三句「出世界」的佛教術語，也為末段領悟妙理，辭官學佛之想預留線索，的確是能觀照全篇的不凡起筆。

　　「登臨出世界，磴道盤虛空」兩句，是直承次句的孤高聳峙而來，以逆轉語順的方式，書寫登臨過程中節節升高，步步凌空的危懼，與盤旋而上，迥出塵外的快意。「世界」二字，本是佛家用語，世指時間，界指空間。因此這兩句兼有超脫於空間之外和凌越於時間之上的意蘊；一方面開啟了次段馳騁筆力，刻意鋪敘觀覽宇宙所見所感的端緒，另一方面又遙引末段棄絕俗世的名位而清修淨理的緣由。

　　「突兀壓神州」五字，是寫登上樓頂後，遠眺山河，俯瞰大地，頓時有氣吞神州、包舉天下的壯闊之感。「崢嶸如鬼工」五字，是對整體結構與氣勢的評價，表示若非鬼斧神工所鑿，絕對不可能有如此雄奇的氣象。這一句包括了前面的仰觀、登覽、俯瞰，以及出塔後回顧時的驚心動魄之感，等於是前五句的總結，也是次段十二句的總起；寫得餘波盪漾，峻偉不凡。

次段共十二句，書寫在塔頂極目所見所聞、所思所感。

「四角礙白日，七層摩蒼穹」是承接孤高聳天的意象，補寫大雁塔的形構和外觀，以及它峻極天庭的實感。首段的塔勢如湧，孤高聳天，是在地平線上瞻仰時想像它插入雲天，高不可攀；此處則是身臨塔頂，實際印證它「果真」礙日摩天，是更進一層的誇張筆法。

「下窺指飛鳥，俯聽聞驚風」兩句，則是銜接「突兀壓神州」的俯瞰之意而來，表示連高鳥都低飛於腳下，風聲都呼嘯於塔腰，有聲有色地凸顯出寶塔之巍峨。只不過首段的「突兀壓神州」是大筆渲染遠處，強調它雄鎮八荒、氣吞萬里的威勢；此處則是細筆勾勒近處，側重在映目盈耳的新奇驚詫之感，藉以烘托出它凌空孤迥的高聳。

「四角礙白日，七層摩蒼穹；下窺指高鳥，俯聽聞驚風」四句，是由仰觀俯瞰的角度攝取景象，刻意突顯出它的高出雲表；其後「連山若波濤，奔走似朝東；青槐夾馳道，宮館何玲瓏；秋色從西來，蒼然滿關中；五陵北原上，萬古青濛濛」八句，則轉而由視野遼闊、一覽無遺的感受，更進一步渲染遠眺四方的觀感。如此極盡鋪張揚厲之能事，不僅意境蒼莽，寫景如畫，而且尺幅萬里，寄興遙深，同時又正好層次井然，條理分明地照應了上下四方各個角度，讀來頗有漢代大賦那種包舉宇宙、籠罩六合的寫法，和雄奇壯偉、蒼勁磅礴的氣勢；因此高棅《唐詩品彙》說：「雄渾悲壯，足以凌跨百代。」施補華《峴傭說詩》說：「雄勁之概，直與少陵匹敵矣！」

值得注意的是：「秋色從西來，蒼然滿關中；五陵北原上，萬古青濛濛」四句的安排，還別有玄機妙理。「秋色」是時序的色彩，卻能從表示方位的西邊瀰天漫地而來，不僅把悄無聲息的景致變換表現得具有動感和氣勢，無形中也使遼闊夐邈的關中籠罩在渾灝流轉的造化循環之中，透露出歷史興衰的蒼涼蕭瑟之感，令人悵惘莫名。「北原五陵」，則是空間的景點，詩人卻又把表示蒼茫無盡的時間概念「萬古」二字，植入青濛濛的視野之中，自然令人有滄桑世變，虛幻縹緲

的感受。換言之,詩人似乎有意經由時空的交錯變幻,引出生死無常、富貴如煙的領悟,使人根觸百端,感慨萬千;同時又自然開出末段了悟淨理,拋棄名位的思路。作者構思之縝密,手法之巧妙,都有可觀之處。

末段共四句,是寫登覽後的心得與領悟。

「淨理了可悟,勝因夙所宗」兩句,是直承「萬古青濛濛」暗含的生死無常、人事如煙之意而來,表示胸無塵念,心有妙悟,發願要勤修佛理,廣種善因,因此接著說:「誓將掛冠去,覺道資無窮」,表明有朝一日將要捨棄利祿,棲心禪悅,遠離諸幻而獲得清淨無垢的福報。其中「淨理」「了悟」「勝因」「覺道」等佛門術語,完全扣緊題目中的「浮屠」二字來構思,不僅可以和首段「塔勢如湧」的佛教典故,以及迥出「世界」之外的術語相呼應,又適足以表現出佛門勝地慈恩寺應有的神韻,因而使本詩成為登臨佛塔詩篇的當行本色之作。孫洙在編選《唐詩三百首》時捨棄老杜等人之作而獨取嘉州,大概有意以能否針對「浮屠」二字敘題不漏,作為重要的考量依據吧。

【評點】

01 譚元春:(「秋色」句)「從西來」,妙!妙!詩人慣將此等無指實處說得確然,便奇。 ○「萬古」字入得博大,「青濛濛」字下得幽眇。 ○鍾惺:「秋色」又四語寫盡空遠,少陵以「齊魯青未了」五字盡之;詳略各妙。 ○岑塔詩惟「秋色」四語可敵儲光羲、杜甫,餘寫高遠處,俱有極力形容之跡。(《唐詩歸》)

02 陸時雍:形狀絕色,語氣復雄。(《唐詩鏡》)

03 毛先舒:「四角」一語,拙不入古,酷為鈍語。至「秋色從西來……萬古青濛濛」,詞意奇工,陳、隋以上人所不為,亦復不辦;此處乃見李唐古詩真色。(《詩辯坻》)

04 劉邦彥:前幅塵氣,後幅腐理,幾不成詩;賴有「秋色」四語,

一開眼界。（《唐詩歸折衷》）

05 王士禎：老杜、高、岑諸大家同登慈恩寺塔，如大將旗鼓相當，皆萬人敵。（《唐賢三昧集箋注》）

06 黃子雲：岑有「秋色……」四語，洵稱奇偉；而上下文不稱，末乃逃入釋氏，不脫傖父伎倆。（《野鴻詩的》）

07 宋宗元：（首二句）句亦如湧出。（《網師園唐詩箋》）

08 賀貽孫：詩家化境，如風雨馳驟，鬼神出沒，滿眼空幻，滿耳飄忽，突然而來，倏然而去，不得以字句詮，不可以跡相求。如岑參〈歸白閣草堂〉起句云：「雷聲傍太白，雨在八九峰。東望白閣雲，半入紫閣松。」又〈登慈恩寺〉詩中間云：「秋色從西來，蒼然滿關中。五陵北原上，萬古青濛濛。」（《詩筏》）

164 白雪歌送武判官歸京（七古）　　　岑參

北風捲地白草折，胡天八月即飛雪。忽如一夜春風來，千樹萬樹梨花開。散入珠簾濕羅幕，狐裘不暖錦衾薄。將軍角弓不得控，都護鐵衣冷難著。

瀚海闌干百丈冰，愁雲黲淡萬里凝。中軍置酒飲歸客，胡琴琵琶與羌笛。紛紛暮雪下轅門，風掣紅旗凍不翻。

輪臺東門送君去，去時雪滿天山路。山回路轉不見君，雪上空留馬行處。

【詩意】

當北風捲地而來時，連塞外堅韌的白草都為之攔腰折斷！（胡人居住的荒漠，即使是在秋季八月時就已經滿天飛雪，轉眼間就是一大片粉妝玉琢的銀白世界了——何況是在北風呼嘯的冬季，你想想看那該有多冷——這種八月雪的奇麗景象，就好像是突然一夜春風襲來，就使得千萬株的白梨花全部綻放出冰清玉潔的容顏一般，令人詫異。）當雪花被呼嘯的北風橫掃得四散飛舞時，往往會穿過珠簾，沾濕羅幕；此時，儘管白天穿著狐狸皮裘也無法保暖，即使夜裡裹著錦緞衾被也仍嫌單薄！在這樣奇寒酷冷的天氣裡，連神勇的將軍也無法拉開被凍得僵硬無比的角弓，連威武的都護都覺得身上的鐵製盔甲冰冷異常而很難久穿！

從帳幕裡向外探望，只見陡峭的冰崖上覆蓋了百丈厚的冰雪，還有許多相互推擠之後隆起的冰凌則參差縱橫，景致相當瑰奇冷峻；昏暗而濃密的雲層，看起來已經凝結有萬里之遙，那覆天蓋地的態勢，讓心情也被壓迫得沉重而愁煩起來。主帥在營帳裡準備了佳餚美酒來為即將返京的僚友餞行，還演奏起胡琴、琵琶和羌笛，可是這些繁絃急管反而觸動了主客之間濃重的鄉愁，讓人別情滿懷，杯酒難澆。散席時，只見紛紛的暮雪飄落在轅門前，原本威風凜凜的紅旗，早就被雪花封鎖凝凍起來，連狂暴的北風亂吹，都無法使它飄揚招展開來！

我在輪臺的東門外依依相送，你離去的時候，天山路上已經積滿了又深又厚的冰雪。山路在幾個迂迴轉折之後，我就漸漸看不見你的身影了；只有雪地上留下模糊的馬蹄痕跡，向蒼茫一片的遠方延伸而去……。

【注釋】

① 詩題——本詩是作者在天寶十三、四載間任安西、北庭節度判官時，送別離職返京的武姓僚友之作。〈白雪歌〉，相傳是黃帝時的琴曲。

岑參此作，殆以樂府舊題為名，以詠白雪為主而兼及送別。判官，為節度使或觀察使掌書記的幕僚。

② 「北風」二句—白草，顏師古注《漢書・西域傳》曰：「白草似莠而細，無芒。其乾熟時正白色，牛馬所嗜也。」王先謙補注曰：「春興，新苗與諸草無異；冬枯而不萎，性至堅韌。」據此，可知堅韌之白草竟至於折斷，一則因經霜雪而變得鬆脆，故易折斷；二則因風勢剛猛，故一折而倒，不再隨風偃仰。至於「胡天八月即飛雪」，是反筆以八月秋雪映襯首句北風凜冽時冬雪之可怖，絕非送別武判官之時為八月。

③ 「忽如」二句—忽如，或作「忽然」。此二句乃異想天開，妙手回春的譬喻，並非實景之描繪，而是以春風吹拂而使梨花一夜間全部盛開，比擬一夜之八月飛雪能使江山白頭。梁蕭子顯〈燕歌行〉：「洛陽梨花落如雪」，李白詩〈宮中行樂詞八首〉其二云：「柳色黃金嫩，梨花白雪香」，都是以白雪喻梨花之名句；作者反用其意而以花喻雪，便有新穎之奇趣，而又符合中原人士的經驗印象。

④ 「散入」四句—散入，指雪花被北風狂捲而飛入。珠簾、羅幕，可能是指平日大將軍都護府中的佈置，而非野宿紮營的軍帳內實有之物。狐裘不暖，言白日之冷；錦衾薄，言夜晚之寒。角弓，以牛角為弓背雕飾的精弓。控，引弓也；不得控，謂手與弓弦均已凍得僵硬而無法張弓射箭。都護，鎮守邊境的軍府長官。唐時曾設安西、北庭等六大都護府，各府均有大都護一員，負責邊政事務；此處泛指武將而言，與「將軍」互文見義。鐵衣，鐵甲。著，穿也；冷難著，蓋奇寒酷冷之故，鐵衣不僅無法抵擋風雪之冷，反而使寒氣貼肌刺骨而難受異常。

⑤ 「瀚海」句—寫峽谷背陰的百丈山崖上冰雪交錯覆蓋的壯麗景色。瀚海，指峽谷背陰處的山崖¹。闌干，縱橫交錯貌；可能形容冰崖形狀的陡峭、線條之錯落，也可以形容深雪覆蓋，化為堅冰，

彼此推擠而隆起參差錯落的冰凌、冰錐。

⑥「愁雲」句—愁雲黲淡，形容雪天彤雲之濃厚、灰暗，預兆又將
有暴風驟雪。萬里凝，誇飾雲層凝聚之低且厚。

⑦「中軍」句—中軍，此指主帥的營帳。古時行軍作戰，常分為左、
中、右（或上、中、下）三軍；中軍乃主帥領軍作戰、發號施令
之所，故稱主帥為中軍。飲，音一ㄣˋ，使役動詞，作勸飲解；
飲歸客，設酒宴為武判官餞別。

⑧「胡琴」句—謂演奏各種胡人樂器以助興侑酒。

⑨ 轅門—指軍營的大門。古時軍隊出征而紮營野地時，往往以車輛
環繞外圍作為屏障；又把兩車的車轅相對，架高豎起，上樹旗幟，
作為軍營出入的大門。

⑩「風掣」句—掣，音ㄔㄜˋ，用力牽曳拉扯。紅旗，天寶九載
（750），把諸衛及節度使所用的緋色旗旛改為赤色。凍不翻，謂
轅門上的紅旗已冰凍僵硬得如鋼鐵所鍛鑄，故北風雖狂暴，亦無
法使之迎風招展。編按：此句殆化用虞世南〈出塞二首〉其二：「霜
旗凍不翻」句而更形出色。

⑪「輪臺」二句—輪臺，唐時屬北庭都護府管轄，位於今新疆維吾
爾族自治區內烏魯木齊市東北方吉木薩爾一帶。天山，又名祁連
山、雪山、白山、折羅漫山等，乃橫亙西域中部群山之總稱，東
西綿延六千餘里，距離長安八千餘里；春夏有雪，出好木及金鐵，
胡人敬畏如天，過之者皆下馬拜，故名天山。又，唐時伊州、西
州西北一帶山脈亦統稱天山。按：由於天山綿亙甚遠，作者由輪
臺東門送別及武判官東行返京，均在庭州境內及天山腳下，故曰
「去時雪滿天山路[2]。」

【補註】

01 瀚海，舊說謂沙漠，殆因飛沙若浪濤，人馬失散其中若沉入茫茫

大海而不可見，故云。然沙漠無水而不結冰，故施補華《峴傭說詩》質疑：「瀚海即大漠、即戈壁，非有積水，安所得百丈冰也？」今人柴劍虹先生有〈瀚海辨〉之考證，謂維吾爾族人習慣稱陡峭的山崖所形之的陂谷為「hang」，而陂谷的幽靜處為「hangəli」，稱山谷背陰處為「hang hiro」；如果略去部分尾音，均可譯成「杭海」或「瀚海」；據此，則瀚海句，是指峽谷背陰的百丈山崖。編按：北庭都護府下置有瀚海軍，殆亦由此譯音而輾轉得名。柴先生推測：「『瀚海』的方位正在北庭故城以西的庭州輪臺附近……這正是岑參寫〈白雪歌〉時居住、活動的地帶。」他所得到的結論是：「瀚海闌干百尺冰」，正是寫的峽谷背陰的百丈山崖上冰雪交錯覆蓋的壯麗景色。柴文收入《西域文史論稿》頁 7－16，國文天地雜誌社 1991 年 3 月初版。

02 《西域文史論稿》頁 31 云：「自先秦以來，我國各族人民對橫貫新疆中部的天山山脈，曾經有過不同的稱呼。如先秦時統稱為『北山』，以區別於『南山』崑崙；西漢時將天山東段與祁連山混為一談，因匈奴呼天為『祁連』，即稱天山；至唐代，已將新疆境內之天山與甘肅祁連山明確分開，但在具體稱呼上，則有許多不同名稱（如折羅漫山、凌山、白山、赤山、金莎嶺、貪汗山等），而烏魯木齊以東的天山北支，則常常稱為陰山。」

【導讀】

唐人詩篇中，有一種「賦得體」之作，大多以五言詩作一體兩面的寫法：一面是寫所賦得的命題內涵，一面則寓有送別之意，例如高適有〈賦得征馬嘶送劉評事充朔方判官〉詩，一方面是詠征馬之嘶鳴，一方面送別劉評事去擔任判官；韋應物有〈賦得暮雨送李冑〉詩，一面渲染暮雨沉沉，一面融入離情悽悽；白居易有〈賦得古原草送別〉詩，也是一面詠古原青草，一面寓寄別情。本詩的題目雖然並沒有「賦

得」二字，性質仍然相彷，是以歌詠白雪的精神風貌為主軸，詩末再點出送別之意。詩人似乎是希望離去的僚友能帶著塞外白雪漫天蓋地的形色神韻而去，作為日後在中原時刻骨銘心的回憶，因此窮盡筆力，馳騁才思，把胡天飛雪妝點為有聲有色、奇麗絕倫的臨別贈禮；如果從這個角度來觀察，岑參真可以稱得上是深情重義之人。因此，儘管詩中並未刻意渲染離思，卻仍有惆悵的別情洋溢字裡行間，使全篇具有風神搖曳，唱嘆有致的情味。

　　本詩可以分成三段，首段極力鋪張北國風雪之奇寒，是以唱嘆禮讚的口吻，表達中原人士對於塞外嚴寒景觀的驚心與新奇之感；次段則轉筆折入餞席別宴前後的實景；末段的時空再變，跳接到次日送別的情景。除了「中軍置酒飲歸客，胡琴琵琶與羌笛」兩句是寫離杯共舉之外，其餘十六句，句句是雪的意態神韻，因此章燮《唐詩三百首注疏》說：「此詩連用四『雪』字：第一『雪』字見送別之前，第二『雪』字見餞別之時，第三『雪』字見臨別之際，第四『雪』字見送歸之後；字同而用意不同耳。」換言之，連首段中奇寒驟雪的景象，也都是為了襯出別情之濃而寫；這和〈走馬川行〉〈輪臺歌〉中，帶出雪景來反襯軍行之苦與征戰之艱，都是借景增情的筆墨，頗有異曲同工之妙。

　　「北風捲地白草折」句，具有先聲奪人氣勢；詩人未寫白雪風貌之前，先傳風勢之剛猛強勁，以便折筆帶出次句「胡天八月即飛雪」的早雪精神來。如果不先在首句蓄足風勢，則以下的雪之早、雪之驟、雪之寒、雪之凍等，都會失去傳送的憑藉；這種因風見雪的手法，最有委婉曲折的韻致。塞外堅韌的白草，竟會攔腰折斷，可見北風捲地而來的聲勢之威猛及其呼嘯而過時的勁道之剛強，自有使人凜然畏懼的狂暴之氣逼人眼目而來。「胡天八月即飛雪」，是寫雪降之早帶給作者驚詫不已的感受。因為就中原人士而言，八月還是秋高氣爽的時節，還有李白〈長干行〉中「八月蝴蝶來，雙飛西園草」所描寫的繽紛色

彩，和杜甫〈與任城許主簿游南池〉詩中「菱熟經旬雨，蒲荒八月天」所描寫的成熟風韻可賞，還只是韓偓〈已涼〉詩「已涼天氣未寒時」的清秋時分，而北地早已滿天「飛」雪而不僅是「飄」雪而已了；因此作者便用「即」字來傳達少見多怪的新奇之感和驚詫之情。再者，首句寫捲地，次句寫漫天，則天地之間無處不飛雪的瑰奇冷肅之景，也就閉目可想了；因此方東樹《昭昧詹言》除了給予全篇「奇峭」的評價外，還稱賞起筆之「颯爽」。

必須特別說明的是：「胡天八月即飛雪」七個字，並不代表舉酒送別的時間是在八月，而是詩人先提北風雪狂掃之後，故意逆折筆墨，以八月即飛雪來凸顯出送別之際北風嚴寒酷冷之令人恐懼！換言之，這正是以秋雪初臨顯現冬雪酷冷的映襯手法。同樣地，「忽如一夜春風來，千樹萬樹梨花開」兩句所譬喻的場景，也是「八月飛雪」而不是令人畏怯膽寒的冬雪！道理很簡單：如果八月就飛雪，江山很快就白頭了，哪能等到冬雪降臨才「忽如一夜春風來，千樹萬樹梨花開」而倏地一片銀白呢？

「忽如一夜春風來，千樹萬樹梨花開」是以矛盾逆折的聯想，作反向思考而形成奇氣橫溢、妙手回春的譬喻：上一句才說「八月即飛雪」，此處立刻接以「一夜春風來」；由於兩句之間季節的轉移和景致的變換是在瞬間完成跳接，再加上選用輕靈順暢的「忽如」兩字不著痕跡地穿針引線，因此使人渾然不覺其突兀峭折，反而會先被粉妝玉琢的瑩潔芬芳所吸引，而後才逐漸意識到這個奇思妙譬的新穎出色而驚詫讚嘆。在面對雪花初飛的場景，感受到陰冷的寒氣襲來時，詩人卻能異想天開地拈出春天裡團團簇簇、一大片潔白而又芬芳可人的梨花來設喻，使人彷彿感受到陽春的溫煦，嗅到花香的氣息，見到爛漫的生機；尤其又有「千樹萬樹」的複沓，更是把眼前的情境烘托得清麗脫俗，使人好像從荒寒的塞北回到明媚的江南一般，心靈也頓時由驚悸而澄靜下來。初唐時東方虬的〈春雪〉詩：「春雪滿空來，觸處

似花開」，雖然就以花喻雪而言，和本詩的構思相同，但是不論就色相、音調、情境、視野、神韻、奇氣、妙思而言，都不及本詩細膩生動；這就不能不使人驚嘆作者情懷的浪漫和才思的奇峭了。

　　以上四句都是藉「風色」寫戶外的景致，使人產生由蒼白枯冷的嚴冬進入明麗清芬的暖春之感；「散入珠簾濕羅幕」以下四句，則又轉筆回到送別的季節，描寫「風勢」吹散雪花、穿入珠簾、沾濕羅幕，進而悄無聲息地帶著逼人的寒氣登堂入室而來，於是便能自然地以「狐裘不煖錦衾薄」來把風雪透簾進屋的視覺印象，轉化成侵肌透骨的觸覺感受，從而帶出「將軍角弓不得控，都護鐵衣冷難著」兩句，來更進一步表現白雪寒冷肅殺的威風。這種透過敏銳的肌膚觸感，來寫中原人士不曾遭遇的反常現象──連穿胡裘都恨冷，連蓋錦被都嫌薄，連王維〈少年行〉所讚嘆的「一身能擘兩雕弧」的將軍都凍僵到無法開弓，連岑參〈走馬川行〉所歌頌的「將軍金甲夜不脫」的都護都難耐鐵衣之冷而急欲卸下──最能真切具體地捕捉到寒氣的凜烈，側寫出白雪的精神。方東樹《昭昧詹言》特別指出「忽如」以下六句說：「奇才、奇氣、奇情逸發，令人心神一快！須日誦一過，心摹而力追之。」大概除了稱揚設譬的奇峭生動之外，還包括了因風見雪的構思極為靈妙自然，乘風入室的空間轉換無跡可尋，觸肌生寒的感受親切入骨，因此才連用三個「奇」字加以嘆賞。此外，不僅「來」和「開」是以平聲的宏亮悅耳來傳達雪景之美給人的娛目之感，而且「春風來」和「梨花開」又都是悠揚動聽的三平聲，也有助於傳達驚奇的賞心之情。接著轉用發音時急促內縮的入聲韻「幕、薄、著」，很能表現寒氣給人的瑟縮顫抖之感；「控」和「著」這兩個動詞，又正好安排在句末，無形中也增強了寒氣襲人的勁道。

　　首段八句是先渲染天候之奇寒，次段六句才導入餞別的場景。「瀚海闌干百尺冰，愁雲黲淡萬里凝」兩句，是以誇張的筆調承上轉下，一方面銜接風雪的威勢和天候的惡劣，一方面過渡到離杯共舉的場面。

前一句是在別筵中眺望天山山脈冰凌縱橫交錯的瑰奇之美，後一句是寫彤雲濃密時天色的灰暗沉重。這兩句其實是作者先行為武判官觀望天候，打量歸途；既預告他即將面臨嚴酷險惡的風雪跋涉，又反襯別席上的人情之溫暖，同時還為段末的暮雪紛飛埋下伏筆。值得玩味的是：「愁雲黲淡萬里凝」這七個字，既是由寫景過渡到敘事的津梁，也同時是渲染淒楚別緒的抒情筆墨。「中軍置酒飲歸客」則轉筆折回帳中，正面敘寫別筵；由主帥出面來宴客送行，可見其鄭重。「胡琴琵琶與羌笛」疊用三種異族的樂器，既表現出繁絃急管的熱烈場面，以見歡送會上人情的溫暖，也難免因胡樂盈耳而引起王昌齡〈從軍行〉詩中「琵琶起舞弄新聲，總是關山舊別情」的酸楚之感，同時又有觸動主客雙方濃厚鄉愁的作用。

　　由於詩題表明了是對白雪的謳歌禮讚，因此雪前餞行的場面就只用兩句話帶過，然後就迅速地寫到散席之後，詩人走出軍帳時所見的景色，同時也暗示了白居易〈琵琶行〉「醉不成歡慘將別」的愁情之濃。「紛紛暮雪下轅門，風掣紅旗凍不翻」兩句，是以動靜的對比和色澤的映襯來烘托雪天奇景：儘管北風狂嘯，暮雪紛飛，但是紅旗卻兀自不動！讀者眼前的畫面上濛濛密密的雪花凌亂狂飛，正可以凸顯出紅旗凝定不動所透露出的詭譎氣氛；而僵凍靜止的紅旗，既可以反襯出雪花翻飛的威勢，又在森寒冷肅的色調上，以它微弱的暖色反顯出萬里積雪的遼闊、潔白、幽美與凜冽。由色調的冷暖映襯、景物的動靜相形、場面的大小對比，可以看出詩人觀察入微而又佈置有方的藝術功力。

　　必須特別說明的是：「紛紛暮雪下轅門」兩句，並不是補寫送別時的天候，而是描寫散席後的景色；因為在萬里冰雪的情況下，既不可能連夜趕路，更不可能在雪夜之中還有所謂「山迴路轉不見君」的景象。

「輪臺東門送君去，去時雪滿天山路；山迴路轉不見君，雪上空留馬

行處」四句,是轉而敘寫翌日送別場面來抒發情感。作者在武判官離去之後,仍然深情地注目冰封雪埋的大地上逐漸向遠方蜿蜒而去的蹄印,表現出只見蹤跡,不見友人的依依離情。尤其是「送君去」「去時」的頂真修辭,以及「天山路」「山迴路轉」的回環句式,都使語氣蟬聯直貫而節奏加快,表現出惋惜僚友不能多作停留而快速離去的惘然。「山迴路轉不見君」七字,是藉著畫面上曲折蜿蜒的小徑向遠方延伸而去所形成的縱深,把離別的場景拓展得極為廣闊遼遠而有層次;讓讀者彷彿可以看見友人離去的背影成為越來越小的黑點,最後終於隱沒在山後的畫面。「雪上空留馬行處」七字,則帶著讀者的視線沿著眼前清晰的蹄印,移向越來越遠也越蒼茫的遠方,表現出詩人惆悵迷茫的感傷。如此佈局,使全詩從一片銀白的世界開始,經過雪花紛飛,寒氣四射之後,又在茫茫無際的銀白天地中結束,留給讀者廣闊夐遠的抒情和想像空間,無怪乎杜甫要稱讚岑參的詩作說:「意愜關飛動,篇終接混茫。」王壽昌《小清華園詩談》也稱讚末兩句有「味外之味,絃外之音」了。

　　沈德潛《說詩晬語》說:「歌行起步,宜高唱而入……以下隨手波折,隨步換形,蒼蒼莽莽中,自有灰線蛇蹤,蛛絲馬跡,使人眩其奇變,仍服其警嚴。至收結處……一往峭折者,防其氣促,不妨作悠揚搖曳語送之。」本詩開篇的「北風捲地白草折,胡天八月即飛雪」兩句,的確符合「高唱而入」標準;而全篇內容所寫的雪之早、雪之驟、雪之猛、雪之盛、雪之寒、雪之凍,也符合隨步換形而又一線貫注的要求。最後「山迴路轉不見君,雪上空留馬行處」兩句,更是以飛雪空濛的畫面作結,不僅全篇結構完整,首尾圓合,也以其悠揚搖曳的風調,留給讀者涵詠不盡的遙情遠韻。

【評點】

01 邢昉:細秀裊娜,絕不一味縱筆,乃見煙波。(《唐風定》)

02 王夫之：顛倒傳情，神爽自一，不容元、白問花源津渡。　○「胡琴琵琶與羌笛」，但用〈柏梁〉一句，神采驚飛。（《唐詩評選》）

03 黃培芳：起得勢，四語精微。　○彬彬乎大雅之章也。首尾完善，中間精整。（《唐賢三昧集箋注》）

04 宋宗元：入手飄逸，迥不猶人。　○深情無限，到底不脫歌雪故也。（《網師園唐詩箋》）

05 張文蓀：嘉州七古，縱橫跌蕩，大氣盤旋，讀之使人自生感慨；有志學古者，誠宜留心此種。　○看他如此雅健，其中起伏轉折，一絲不亂；可謂剛健含婀娜。後人競學盛唐，能有此否？（《唐賢清雅集》）

06 范大士：酒筆酣歌，才鋒馳突。「雪」字四見，一一精神。（《歷代詩發》）

165 走馬川行奉送出師西征（七古）　　　岑參

君不見：走馬川行雪海邊，平沙莽莽黃入天。

輪臺九月風夜吼，一川碎石大如斗，隨風滿地石亂走。

匈奴草黃馬正肥，金山西見煙塵飛，漢家大將西出師。

將軍金甲夜不脫，半夜軍行戈相撥，風頭如刀面如割。

馬毛帶雪汗氣蒸，五花連錢旋作冰，幕中草檄硯水凝。

虜騎聞之應膽慴，料知短兵不敢接，車師西門佇獻捷。

【詩意】

您是否看見：由走馬川的舊河床向雪海邊前進時會穿越乾燥的戈壁沙漠，一旦狂風席捲而來，蒼茫無際的平野黃沙便遮天蔽日地在空中亂舞！

夜晚時，輪臺九月的暴風就像野獸的怒吼咆哮一樣，連乾河床上許多巨大如斗的石頭，也都被威猛狂暴的風勢掃得滿地逃竄！

匈奴趁著秋草枯黃，戰馬最肥壯的時節，向金山西邊發動了猛烈的攻勢，一時間只見烽煙四起，塵土飛揚，形勢極為緊張；因此漢家的大將便迅速地調集兵馬，昂然出師西征而去！

即使是在深夜裡，將軍仍然隨時準備應戰，不肯脫下盔甲讓自己有絲毫的懈怠。漆黑的夜晚，我們的大軍正在秘密行軍，只能偶爾聽到隊伍中的戈矛相互碰撞的聲音。即使是在寒風峻利如刀，把將士的臉面割得疼痛萬分的惡劣天候下，大軍仍然日夜兼程，大家一心只想要殺敵報國！

您看那些戰馬身上覆蓋著的雪花，才剛被蒸騰的汗氣消融而冒出白煙，又立即在牠們五片花瓣形狀的馬鬃和連環錢幣圖案的毛色上凝結成薄冰。即使我在帳幕裡起草軍用文書時，硯臺上的墨汁都會轉眼就凝凍成冰，可是我們的大軍仍然鬥風傲雪地昂首前進！

我料想敵虜的騎兵在得知我軍高昂奮勇的士氣之後，一定聞風喪膽，不敢和我軍短兵相接。我將會在車師的西門恭候你們大勝而回，等著為你們舉行獻捷的慶典，高唱凱旋的軍歌！

【注釋】

① 詩題──《唐詩三百首》中原題有「奉送封大夫出師」字樣，然《全唐詩》收錄本詩，題中並無「封大夫[1]」三字。「走馬川行」是詩歌的體裁與主題，「奉送出師西征[2]」是副題，說明作詩之目的。奉送，敬送也。川，可指乾涸的河床，或河川邊的平野，由於可以馳馬其間，故曰走馬川；可能位於今烏魯木齊市附近，確實位置不詳[3]。行，是古體詩歌的體裁之一。

② 「君不」三句──君不見，樂府詩中常見的襯字。雪海，王鴻蘆注以為在古爾班古特沙漠邊緣，地點應在輪臺附近。莽莽，茫茫無際貌。

③ 「輪臺」三句──漢代輪臺在今新疆維吾爾自治區的輪臺縣（一說在今輪臺東邊的庫爾勒市一帶）；唐時則指自治區內烏魯木齊市東北方吉木薩爾一帶，屬北庭都護府管轄，兩地相距四百公里左右。一川碎石，指當時已乾涸的舊河床中的巨石。

④ 「匈奴」三句──匈奴，本漢時北方部族名，此代指西域之游牧部族。金山，王鴻蘆謂金山指博格騰山[4]，而柴劍虹以為是指天山北支的金嶺，二說所指皆在烏魯木齊市一帶，大抵近是。煙塵，指邊境所燃用以告警的烽煙和戰場滾滾的沙塵。

⑤ 「將軍」三句──金甲，指金屬打造的盔甲。戈相撥，謂深夜行軍時兵器偶爾發出的碰觸聲。

⑥ 「馬毛」三句──首句謂馬毛上所沾覆的雪花，被馬匹奔馳時流下的熱汗蒸騰融解而冒出白色的煙氣。五花，指毛色作五花紋的駿馬，或馬鬃翦絞成五瓣狀的名駒；此泛指戰馬而言。連錢，毛色有深淺斑駁，望之如錢幣相疊狀者，古人謂之曰連錢驄；此亦泛指耐長途跋涉之戰馬。旋，立即也；或與「連錢」合讀，指馬身上有如螺旋的毛色而言。草，擬稿；草檄，起草軍用文書。

⑦ 「虜騎」三句──虜，對西北少數部族的蔑稱。短兵，指刀劍之屬；

長兵則指弓矢。車師，漢時西域國名。前車師國在今吐魯蕃一帶，後車師國在北庭都護府所在的庭州。「車師西門」四字，即指輪臺而言，詩人送大軍出師後殆即留駐於此。佇，久立；指恭候之意。獻捷，古代班師凱旋時有獻捷的典禮。又，車師，或作「軍師」，則指留守的將士。

【補註】

01 封大夫，舊注以為指封常清。

02 關於此次西征，正史未載；注家說法紛紜，其事難詳。

03 葛培嶺以為走馬川即北庭川，並說：「『川』非河，而是平川，故得以『平沙莽莽黃入天』『隨風滿地石亂走』述之。筆者曾至其地考察，知岑詩所言非假。」王鴻臚注：「走馬川當在輪臺附近，疑是天山東段以北的北庭川；北庭川在準噶爾盆地的古爾班古特沙漠的邊緣，此沙漠有『雪海』之稱，與詩義不背。」請參見【後記】。

04 關於金山，高步瀛注謂即阿爾泰山，蓋蒙古語和突厥語系中的哈薩克語、維吾爾語，都稱「金」為「阿爾坦」，故所謂「阿爾泰山」即「有金的山」之意；然其位置卻在輪臺之北，既與詩中「漢家大將西出師」的方向不符，又與前文之雪海偏離甚遠，殆非。

【導讀】

本詩是岑參相當著名的邊塞之作，筆致粗獷豪邁，語氣昂揚雄壯，音調激越跌宕，再加上風聲寒色的描寫細膩生動，如聞如見，讀來令人有魂飛魄動、心折骨驚之感，因此施補華《峴傭說詩》以為「岑嘉州七古，勁骨奇翼，如霜天一鶴，故施之邊塞最宜。」

音韻的組合變換和情節的鋪敘發展，搭配得相得益彰，是本詩相當突出的地方：

＊首先，是幾乎句句押韻的安排。由於是在固定的板眼上逐拍形成
　強而有力的節奏感，讀起來便有進行曲般奔放豪宕的風格和激越
　威猛的氣概。

＊其次，是大致上三句一轉韻的安排[1]，既避免句句同韻的呆板，
　又能表現出倉卒、緊湊、危急與險峻的接戰氣氛。這種三句一韻
　的作法，導源於秦朝的〈嶧山碑銘〉，音調顯得警動亢烈，用在
　七言歌行中，尤其顯得急促踔厲，很適合表現沙場的肅殺氣氛，
　因此施補華《峴傭說詩》曾舉二、四段為例，以為有如「兵法所
　謂『其節短，其勢險也。』」

＊第三，是平仄韻互換的安排，造成一抑一揚的參差起伏，使音調
　更加錯落有致；同時還彷彿當時艱苦的行軍、惡劣的天候、緊急
　的戰況和高昂的鬥志之間的反差現象。

＊第四，是選韻極為精細考究，使不同的韻腳表現出不同的聲情和
　意境，增加了朗誦長吟時聲情相生，風發泉湧的神韻和奇氣[2]。

　　由「君不見」至「滿地石亂走」這六句，可以視為獨立的片段，
像電影開演時以廣角鏡頭所拍攝的遼闊場面，為後面奔襲行軍的艱苦
情狀提供了極佳的背景襯墊。

　　「君不見：走馬川行雪海邊，平沙莽莽黃入天」三句，是概括描
寫戈壁征行的辛苦，把白天跋涉長途時所見的風「色」寫得歷歷在目。
「平沙莽莽」四字，畫出渾沌蒼茫，邈遠無盡而又沙天一色的景象，
則當時飛沙叩頭碰腦，撲鼻灌耳，刮臉掃頰的疼痛，和遮天蔽日，寸
步難行的景象，也就可想而知了。「入」字寫出襲捲而來與呼嘯直上
的威勢之猛和勁道之強，為次節三句「風吼石走」的駭人景象預先伏
下具有說服力的線索。「輪臺九月風夜吼，一川碎石大如斗，隨風滿
地石亂走」三句，轉而描寫夜晚的風「聲」之咆哮、風「勢」之峻暴
和風「向」之狂亂。「風夜吼」三字，把震怒狂嘯的聲勢，表現得驚
天動地：斗大的巨石竟然滿地翻滾逃竄，的確令人心魂俱顫，肝膽欲

裂。值得注意的是：僅僅是「碎石」就已經巨大如斗，則河床中的磐石、巖石之巨大，當然更令人咋舌！由此可見岑參詩筆之誇誕與奇氣之橫溢，無怪乎胡應麟《詩藪·內編》卷 2 說：「高、岑並工起語，岑尤奇峭。」作者透過前六句有聲有色，繪形繪影的描寫，就把塞外荒漠中惡劣的環境，點染得聳人聽聞而又駭人眼目，足可令人望之膽寒，聞之色變，的確不愧是邊塞詩的頂尖高手。

「匈奴草黃」以下六句，是出征的正面描寫。

「匈奴草黃馬正肥，金山西見煙塵飛，漢家大將西出師」三句，交代了出征的緣由、時節和方向。「草黃」回應前面的「九月」二字；「馬肥」可見敵虜圖謀已久，戰備已足，聲勢正盛；「煙塵飛」則既見出我方早有提防，又暗示軍情緊急，故而大將立即調集兵馬，予以迎擊鎮壓。「將軍金甲夜不脫，半夜軍行戈相撥，風頭如刀面如割」三句，不僅描寫將軍肩負禦敵保境之重任，因此隨時保持戰鬥狀態，不敢稍有懈怠；也凸顯出天候之險惡、軍情之緊急、行動之迅捷。暗夜行軍時可寫之事物甚多，詩人卻只選擇以「戈相撥」三字來訴諸聽覺，採用的是以有聲襯托闃寂無聲的手法，不僅可以想像夜行軍在奔襲時的倉促，也把伸手不見五指的漆黑夜色，烘托得宛然在目，是相當值得揣摩的精采之筆。第三句則轉而訴諸觸覺，把銳利乾燥的塞外秋風能輕易割肌裂膚的苦寒情狀，描寫得很有臨場的切身之感。

「馬毛帶雪汗氣蒸，五花連錢旋作冰」兩句，是更進一步以局部的特寫和旁襯的筆法，補足急行軍的艱苦和衝風冒雪，勇往直前的氣概。即使是五花馬和連錢驄這麼名貴的寶駒都奔馳得汗氣蒸騰，可見跋涉之遠與奔馳之疾。而當這蒸騰的汗氣和沾覆在馬毛上的雪花接觸時，汗的熱氣蒸融了雪花，新飄下的雪花又凍結了汗氣，於是便有了乍冷乍熱，旋融旋凝，忽凍忽化的瞬間變化而冒出白色的煙氣；如此一來，則奔馳的辛勞，氣候的奇寒，以及赴敵時的堅毅精神，都在細膩的特寫鏡頭下，一覽無遺了。「幕中草檄硯水凝」七字，突然把筆

鋒從戰地折回帳幕，藉草檄硯冰的細節來凸顯軍士們無畏冰天雪地的豪氣，應屬旁斜橫出的拗峭之筆[3]。

「虜騎聞之應膽寒，料知短兵不敢接，車師西門佇獻捷」三句，是在前面十五句筆酣墨飽、興會淋漓的構圖之後，自然水到渠成地引出敵寇聞風喪膽，以及預祝高奏凱樂的本意，來扣合「奉送出師西征」的題面。

整體而言，這首七言古詩寫得聲調激越，詞情豪宕，奇氣橫溢，的確是大家手筆，因此得到歷代詩家極高的評價。

【補註】

01 所謂「幾乎句句押韻的安排」和「大致上三句一轉韻」的看法，除了沈德潛《唐詩別裁》、張文蓀《唐賢清雅集》、丁儀《詩學淵源》等書清楚標示外，還有兩種情況：其一，前人或謂「走馬川行雪海邊」中之「行」字，是由詩題羼入的衍字，應當刪除（見吳仰賢《小匏庵詩話・卷 1》、汪瑔《松煙小錄・卷 1》），則首段即可斷為「君不見走馬川，雪海邊，平沙莽莽黃入天」三句。其中「川／邊／天」三字皆用下平聲中的「一先」韻，如此一來，則全詩皆屬逐句用韻而又三句一轉韻的整齊形式。其二，以比較寬鬆的標準（讓平仄可以通韻）把首句斷成「君不見」和「走馬川行雪海邊」兩句，如此一來，「見」「邊」便和第三句「平沙莽莽黃入天」的「天」字屬於同韻的三句一組了。

02 關於不同的韻腳能表現不同的聲情和意境，前人屢屢提及，可參見《唐詩鑑賞》頁 189－191。

03 儘管本詩散發出的雄渾剛猛之氣令人懾服，但是在條理脈絡上，似乎顯得瑣碎凌亂而缺乏連貫性。除了前六句和中段六句之間，缺乏相互鉤鎖的環節之外，末段的「幕中草檄硯水凝」和「五花連錢旋作冰」之間，也既看不出場景和時空銜接的脈絡而顯得突

兀，又和「虜騎聞之應膽寒」之間，找不出藕斷絲連的關係而顯得跳脫，恐怕都應該算是美中不足的缺失。

【後記】

解讀本詩時最感困惑的，當然是歷史上的相關地理位置。前注中的推測，全是筆者依照中國大陸出版的地圖集所作的模擬概算而已，所得的結果之真實性如何，還有待進一步查證。近日購得《西域文史論稿》一書，作者柴劍虹先生曾於新疆任教十餘年，用功既深，實地考察亦勤，故所論述之地理位置應該頗有足供參考之處。茲依該書頁19－20 的說法，分別爬梳與本詩相關的地理位置於後：

＊第一，所謂「走馬川」即北庭輪臺以西的著名水道「瑪納斯河」。「瑪納」是蒙古語「巡邏」的音讀，「斯」謂其人；濱河有巡邏之人，故名。而「巡邏」一詞，在維吾爾語中作「qarlimak」（音近於「恰里馬」），維語中「騎馬巡行」讀作「qapmak」（音近於「恰馬」），兩者皆與古漢語中之「走馬」一詞的音義相近。柴先生推論：這一條河流，漢語稱為走馬川，譯成維語為「qaylimak 」或「qapmak」，譯成蒙語即為「瑪納斯」河。由於元代蒙古人在北疆一帶影響特別大，「走馬川」的名稱亡佚了，而「瑪納斯」之名卻流傳至今。

＊第二，唐時北庭督護府治所在當時輪臺之東的金滿縣（今新疆昌吉回族自治州吉木薩爾縣城北二十里破城子）。詩中的金山，並非阿爾泰山，而是天山北支的金嶺。封長清出師西征，首先要經過金滿以西四百餘里處的庭州輪臺，岑參送大軍至輪臺以後就停留於此。

＊第三，金滿縣，漢時為車師後王庭所在地，因此輪臺可以稱為車師國的「西門」，故詩云：「車師西門佇獻捷」。大軍西過輪臺，第一條大河就是瑪納斯河（走馬川）。據徐松《西域水道記》所

載：「余數渡斯河，冬則盡涸。」因此呈現在人們面前的就是「一
川碎石」了。

＊第四，至於「雪海」，實際上也正是準噶爾盆地南緣、北庭輪臺
一帶雪原的泛稱（見該書頁 20）。又說：雪海，可能即是準噶爾
盆地「北沙窩」雪原的泛稱（見該書頁 40，〈輪臺、鐵門關、疏
勒辨〉）。

【評點】

01 黃培芳：第一解二句，餘皆三句一解，格法甚奇。「大如斗」者尚
謂之碎石，是極寫風勢，此見用字之訣。　○（「馬毛帶雪」二句）
奇句，亦是用字之妙。　○其精悍處似獨闢一面目，杜亦未有此。
老杜〈飲中八仙歌〉中，多用三句一解而不換韻，此首六解換韻，
平仄互用，別自一奇格也。（《唐賢三昧集箋注》）

02 沈德潛：勢險節短，句句用韻，三句一轉，此〈嶧山碑〉文法也，
唐〈中興頌〉亦然。（《唐詩別裁》）

03 宋宗元：（「一川碎石」句）奇景以奇語結出。　○險絕怕絕，中
夜讀之，毛髮豎起。　○每三句一轉，促節危弦，無詰屈聱牙之
病，嘉州之所以頡頏李、杜，而超出於樊宗師、盧仝輩也。（《網
師園唐詩箋》）

04 張文蓀：才作起筆，忽然陡插「風吼」「石走」三句，最奇。下略
平舒其氣，復用「馬毛帶雪」三句跌蕩一番，急以促節收住，微
見頌揚，神完氣固。謀篇之妙，與〈白雪歌〉同工異曲。三句一
轉都用韻，是一格。（《唐賢清雅集》）

05 洪亮吉：詩奇而入理，乃謂之奇。……詩之奇而入理者，其惟岑
嘉州乎！……嘗以己未冬杪，謫戍出關，祁連、雪山，日在馬首，
又晝夜行戈壁中，沙石嚇人，沒及髁膝，而後知岑詩「一川碎石
大如斗，隨風滿地石亂走」，云奇而實確也。大抵讀古人之詩，又

必身親其地，身歷其險，而後知心驚魄動者，實由於耳聞目見得之，非妄語也。(《北江詩話》)

06 方東樹：奇才奇氣，風發泉湧。　○「平沙」句，奇句。(《昭昧詹言》)

07 丁儀：其詩辭意清切，迥拔孤秀。……至古詩、歌行，間亦有氣實聲壯之作。〈走馬川〉詩三句一轉，亦為創格。(《詩學淵源》)

166 輪臺歌奉送封大夫出師西征（七古）岑參

輪臺城頭夜吹角，輪臺城北旄頭落。

羽書昨夜過渠黎，單于已在金山西。戍樓西望煙塵黑，漢兵屯在輪臺北。

上將擁旄西出征，平明吹笛大軍行。四邊伐鼓雪海湧，三軍大呼陰山動。

虜塞兵氣連雲屯，戰場白骨纏草根。劍河風急雪片闊，沙口石凍馬蹄脫。

亞相勤王甘苦辛，誓將報主靜邊塵。古來青史誰不見？今見功名勝古人。

【詩意】

　　當輪臺城頭在夜裡吹起響亮的號角聲時，輪臺城北方夜空中的旄頭星就迅速地沉落了——這代表敵軍即將要慘敗而潰散了！

　　昨天晚上，緊急的軍書傳過了渠黎，報告敵方的首領已經來到了金山西邊。從漢軍的戍樓上向西邊瞭望，只見熊熊的烽火和滾滾的戰

塵，熏騰得西方一片昏黑；我軍的主力部隊已經屯駐在輪臺以北，擺開堂堂正正堅實的陣勢（雙方劍拔弩張，已經到了一觸即發的時刻了）！

黎明時，主帥在高舉的旄節下威風凜凜地率師西征，我軍便在吹笛擊鼓的軍樂聲中浩浩蕩蕩地出發了！傳向四面八方的擂鼓聲，震動得連雪海都翻騰洶湧起來；三軍將士奮勇的齊聲吶喊，連巍巍的陰山也為之震動而搖撼不已！

遠遠望去，敵人集結的戰鬥陣地，也頗有殺氣騰騰上衝雲霄的氣勢，難免令人憂慮；而遼闊的戰場上，時常可以見到被草根緊緊纏住的白骨，令人怵目驚心。劍河附近，寒風狂捲而過，帶來了遮天蓋地的大片雪花；沙口一帶的石頭又硬又冰，可以把馬蹄凍得受傷脫落（一番惡鬥勢所難免，艱苦的鏖戰就要轟轟烈烈地展開了）！

兼領御史大夫榮銜的節度使為了王事而出師，即使艱苦備嘗，他也立誓要掃淨邊境的戰塵來報答君王的重託。自古以來留名青史的英雄豪傑誰不備受景仰？如今眼看封大夫的功業名望就要超過古人了！

【注釋】

① 詩題──本詩與〈走馬川行〉殆為同期之作；前一首寫奔襲之艱苦，本詩寫鏖戰之難免，並且都以祝捷頌禱作結。輪臺，見〈走馬川行〉注③；歌，古體詩之體裁。封大夫，指封常清（690－756）。天寶十三、四載間，封氏奏調岑參為安西北庭節度判官，軍府在輪臺；作者當時殆留守而未隨軍出征，故作詩送別以壯行色。

② 角──號角，長五尺，形如竹筒，本細而末大，或以竹柄為之，或以皮革製作，可以傳令與報時。或謂本出羌、胡，吹以驚中原之馬；或謂本出吳、越。

③ 旄頭落──旄頭，又作「髦頭」，星名，指昴宿；《史記‧天官書》：

「昂為髦頭，胡星也。」《史記正義》注謂昂七星搖動若跳躍者，胡兵大起；一星不見，則胡兵敗象。

＊ 編按：一說，髦頭，亦可解為用犛牛尾裝飾的旗幟；旄頭落，則象徵胡兵勢衰而即將潰敗覆滅。然此說實不可取，蓋下文有「漢兵屯在輪臺北」，則所謂「城北髦頭落」將變成預兆漢軍大敗。

④「羽書」二句—羽書，又稱羽檄；軍中緊急的文書，往往加羽其上，以示飛速傳遞之意。渠黎，漢時西域國名，與唐時渠黎都督府均位於今新疆庫爾勒市；今之輪臺在其西一百餘公里處，唐之輪臺在其東北約三百公里處。羽書傳過渠黎，可能意指整個安西都護府轄境的所有駐軍全都戒備起來。「金山」句見〈走馬川行〉注④。

⑤「戍樓」二句—戍樓，邊防的城樓；煙塵，邊境所燃用以告警的烽煙和戰場滾滾的沙塵。黑，形容來勢洶洶，戰情緊急。屯在輪臺北，當時北庭有瀚海軍屯駐以防異族入侵。

⑥「上將」二句—擁旄，掌握天子所賜可以調度兵馬的旄節。古代使臣及鎮守一方的軍政首長，都擁有天子所賜的竹製信物，上注犛牛尾為飾；後改用羽毛。平明，天剛亮。吹笛，指吹奏軍樂而出發進兵。

⑦「四邊」二句—雪海，見〈走馬川行〉注及其【後記】。陰山，舊注多以為是今日內蒙的河套以北、大漠以南的陰山山脈；然而卻遠在輪臺以東達一千六百公里以上，顯然謬誤過甚，無法和「西征」相符，故絕不可從。依柴劍虹先生考辨，陰山是指天山北支博克達山脈而言，見《西域史論稿》頁 29；今地圖標示作博格多山脈，唐時輪臺即在其北麓不遠處。

⑧「虜塞」句—兵氣，戰陣或要塞所透射而出的戾氣。連雲屯，謂殺氣騰騰，上薄九霄，凝聚如烏雲般籠罩著兵塞。

⑨「劍河」二句—劍河，位於前蘇聯國境內西伯利亞以東約六百公

里南北走向的河流，今名葉尼塞河；然其地在庭州、輪臺以北約一千公里處，絕非西征所往的方位，可知詩中僅為泛指邊地。沙口，當為地名，然亦不詳何處。按：劍河與沙口二詞，可能只是取其字面上的兵凶戰危、艱阻難行的意象以入詩，借以引發對於戰雲密佈、氣氛肅殺之聯想而已；應非實指征戰之地。雪片，或作「雲片」。

⑩「亞相」二句──亞相，指封常清。漢代御史大夫為三公之一，地位僅次於宰相，而封氏以節度使兼領御史大夫之榮術，故以亞相尊之。勤王，為王事操勞。甘苦辛，以辛苦為甘甜。靜邊塵，掃蕩邊境的戰事而平定外患之意。

⑪「古來」二句──青史，古代以竹簡紀事，剖竹為簡的過程中，須炙竹汗、去青皮而書於竹白，謂之殺青；後以汗青、青史等代指史冊。誰不見，謂誰不景仰有加。此二句謂：古來立功邊塞、流芳史冊之名將雖多，然皆不及封常清功勳之隆；頗有數英雄風流，當看今朝的豪氣。

【導讀】

本詩除了「古來青史誰不見」之外，其餘十七句是句句入韻，兩句一轉；轉韻時又是平仄互換，共計八次；因此節拍顯得特別緊湊急促，險峭逼仄，而且抑揚頓挫，變化繁多，正好足以表現出對陣的緊張、戰況的慘酷、志氣的奮發、聲威的浩壯、戰地的嚴寒等典型氛圍。末段四句則是以四句三韻的形式，讓節奏顯得比較舒徐平和而又一氣流轉，表現出艱苦戰鬥後凱歌高奏時輕快飛揚的意態與心境；再加上幾個表示戰況的緊要處：「夜吹角／旌頭落／煙塵黑／輪臺北／雪片闊／馬蹄脫」等，都用入聲韻腳來揣摩急迫危難的形勢，使得本詩在朗讀時能達到以聲傳情的特殊效果，因此王夫之《唐詩評選》引用唐朝人陳彝稱賞本詩的聲情說：「本詩『韻凡八轉，如赤驥過九折坂，

履險若平，足不一蹶。』可謂知言。」

　　就詩意的轉換來觀察，本詩前二句是獨立的一節，性質有如序曲；其餘則四句為一段落，合奏出這一首悲壯激昂而又奇氣橫逸的樂章，無怪乎邊貢在〈刻岑詩成題其後〉說岑參詩歌的風格是：「夫俊也、逸也、奇也、悲也、壯也五者，李、杜弗能兼也，而岑詩近焉。」

　　「輪臺城頭夜吹角，輪臺城北旄頭落」兩句，是以軍府駐軍的城頭號角聲劃破暗夜的寂靜，以及昴星詭異的閃爍隱沒，烘染出緊急備戰，即將展開一場惡鬥的凶險氣氛。由於詩人把羽檄傳警，邊境告急的原因留待次段才倒敘補足，因此使詩歌一開始就有先聲奪人的奇峭突兀之勢。其中「輪臺城」三字的重出，加速了時間的步調，也增快了開篇的節奏，使詩歌才起手便有了俐落健爽的音韻感，因此《唐宋詩舉要》引吳北江的評語說：「起首特為警湛。」又引沈德潛之言說：「起法磊磊落落，送別之作，應以嘉州為則。」再者，一「吹」一「落」的對比，不僅語勢連貫，而且暗示我軍的氣盛與敵虜的氣衰，正是送師出征時昂揚自信的樂觀表現，也是此類詩篇的當行本色。

　　「羽書昨夜過渠黎，單于已在金山西；戍樓西望煙塵黑，漢兵屯在輪臺北」四句，倒轉筆鋒，先交代局勢緊張的原因，是由於胡寇入侵，邊境告警；後描寫兩軍對壘、一觸即發的態勢。這四句緊承「夜吹角」而來，分別從胡、漢兩方鋪寫，章法嚴謹，銜接自然；而且由於實字用得多，句勢顯得勁健有力；再加上「單于已在金山西」和「漢兵屯在輪臺北」的句式相同，儼然造成對仗的陣勢，自然加重了嚴穆肅殺的氣氛。值得注意的是：前兩句的平聲韻較為舒徐平緩，彷彿出敵人大軍迤邐而來的陣勢，後兩句的入聲較為沉重迫促，點染出軍情的緊急和我方佈陣的厚實；兩相對照，便烘托出接戰前險惡而詭譎的氛圍，也鞭逼出主帥親征的形勢。

　　「上將擁旄西出征，平明吹笛大軍行；四邊伐鼓雪海湧，三軍大呼陰山動」四句，是正面鋪寫封將軍出征時堂堂正正、浩浩蕩蕩的聲

勢。前兩句的平聲韻顯得從容寬和，表現出上將的鎮定和出師陣容之嚴整；後兩句的仄聲韻顯得渾雄深厚，是以誇張的手法凸顯出氣壯山河、撼動天地的聲威。最巧妙的是：這四句的韻腳正好順勢形成「征行湧動」的四聲遞換，而且動詞又都在句末，讀起來自然有大軍開拔後如波翻浪湧，滾滾向前而銳不可擋的氣勢，使人耳中彷彿充滿了敲鉦擊鼓時既清揚又沉穩的樂音而感到心志篤定，士氣高昂，同時也烘托出摧枯拉朽、所向披靡的氣概，激勵了勢如破竹、必勝必成的信心與勇氣。

「虜塞兵氣連雲屯，戰場白骨纏草根；劍河風急雪片闊，沙口石凍馬蹄脫」四句，突然在昂揚奮發的進行曲中，折筆鋪敘征戰苦惡的情景，使人對其峭折頓宕的佈局感到驚怪惶惑，無怪乎翁方綱《石洲詩話》說：「嘉州之奇峭，入唐以來所未有，又加以邊塞之作，奇氣益出。」王士禎也說岑作奇異而峭。推測詩人突然以拗峭之筆來跳接戰場險惡的用心，除了提醒封長清不可掉以輕心的善意之外，大概也有以強襯強的筆意；換言之，愈是艱苦慘烈的戰鬥，愈能凸顯出大將的能耐，彰顯出英雄的本色。前兩句是描寫敵兵集結之多，渲染殺氣之重，並示現胡、漢爭戰以來傷亡之慘烈；後兩句則是以形象化的地名，助長接戰時刀光劍影、飛沙走石的情境聯想。由於這四句是根據詩人長期在沙塞鞍馬間生活的經歷而作的聯想，因此氣氛的營造和場景的搭配，都極具令人怵目驚心的逼真感和震撼效果，使人不由得毛骨悚然；再加上風之急、雪之闊的強調，與石竟凍、蹄竟脫的誇張，便令人有如陷入奇寒酷冷的天候之中，親臨陰森蕭殺的凶險之地，體驗到割肌裂膚、凍徹骨髓的痛楚。如此逆折插敘的筆法，既能以鏖戰的天昏地暗，鬼愁神慘來烘托出全軍將士奮勇挺進的英風義烈，也反襯出征戰勝利之彌足珍貴，並為歌頌封大夫留名青史的成就，預先作了極為有力的襯墊。

「亞相勤王甘苦辛，誓將報主靜邊塵；古來青史誰不見？今見功

名勝古人」四句，是以悠揚的平聲韻調，一氣呵成地表達推崇頌揚和預祝凱歸的主旨，使前段四句所描寫的種種荒曠愁慘的景象，和胡虜剽悍強橫的聲勢，全部成為襯托上將勳業和榮耀的筆墨。筆法在一抑一揚之間，跌宕生姿；氣氛在一張一馳之際，聲勢益顯。最後又以古今英雄豪傑來陪襯封大夫的功勞，更能凸顯出上將勳業之震古鑠今；如此寫法，不僅抬高封大夫的身分地位，對他推崇備至，也以熱情的頌禱激勵全軍將士，預祝旗開得勝，凱旋歸來，圓滿地照顧到題目的各個面向，完成這一首出師祝捷的傑作。

【後記】

《四部叢刊》本《岑嘉州集》於本詩之上有眉批云：「封大夫，封常清也。天寶四載以高仙芝為安西四鎮節度使，仙芝署常清為判官，任以軍事。仙芝嘗破小勃律王及其旁二十餘國，題云『西征』，必此時也。」

按：此說之誤，其實相當明顯，因為詩題中稱呼為「封大夫」，詩中末段又尊稱為「亞相」，顯然是指天寶十二載封氏入朝攝御史大夫之後的事；天寶四載時封氏僅為節度判官，焉能呼之為「大夫」「亞相」呢？何況岑參又是在天寶八載至十載間才入高仙芝幕府，十三載才隨封常清出征，又豈能在天寶四載就寫本詩而恭送大軍西征呢？

又，小勃律在今帕米爾高原以南，印度河以北，屬於巴基斯坦實際控制的地區，距離東北方的輪臺有一千五百公里之遠，絕非屯駐在輪臺城北的唐軍所要征討的對象。

柴劍虹先生在〈岑參邊塞詩中的陰山辨〉一文中，對「四邊伐鼓雪海湧，三軍大呼陰山動」的解釋是：「這是寫封常清從金滿出征，西過輪臺的軍威：戰鼓震得輪臺北邊的遼闊雪原湧起『雪波』，喊聲撼動了輪臺南面的天山雪峰。」（《西域文史論稿》頁30）

按：當時曾經在輪臺以西約五百公里處設有陰山州都督府，倘若

封常清的西征竟然遠達伊賽克湖以東不遠處的「雪海」，則「陰山動」「雪海湧」兩句就可能是指遠征到距離輪臺約八百公里的地方時浩蕩的軍威了。不過，此次出征未見於正史，因此只能略述如上以供參考。

【評點】

01 周珽：起伏結構，語語壯健。（《唐詩選脈會通評林》）

02 毛先舒：嘉州輪臺諸作，其姿傑出，而風骨渾勁；琢句用意，俱極精思，殆非子美、達夫所及。（《詩辯坻》）

03 李鍈：此詩前十四句，句句用韻；兩韻一換，節拍甚緊。後一韻衍為四句以舒其氣，聲調悠揚有餘音矣。（《詩法易簡錄》）

04 黃培芳：何減少陵！　○二句一解，平仄互用；末一解四句作收結，格法森嚴。（《唐賢三昧集箋注》）

05 施補華：「四邊伐鼓雪海湧，三軍大呼陰山動」，〈走馬川行〉：「輪臺九月風怒吼，一川碎石大如斗」「半夜軍行戈相撥，風頭如刀面如割」等句，兵法所謂「其節短，其勢險」也。（《峴傭說詩》）

167 奉和賈至舍人早朝之作（七律）　　岑參

雞鳴紫陌曙光寒，鶯囀皇州春色闌。金闕曉鐘開萬戶，玉階仙仗擁千官。花迎劍佩星初落，柳拂旌旗露未乾。獨有鳳凰池上客，陽春一曲和皆難。

【詩意】

當雄雞啼曉時，京城裡昏暗的道路仍然籠罩在曙光初露時的寒涼之氣中，頃刻之間，黃鶯婉轉悅耳的啼音便在暮春時的長安城裡傳唱開來了。不一會兒，宮闕裡傳出莊嚴而悠揚的曉鐘聲，千萬扇的宮門

便一片一片依序敞開了，然後玉階兩側的儀仗衛隊便引導文武官員魚貫進入東西兩側的殿閣，整齊地各就朝班的定位，準備參拜聖上。當御花園裡的花朵迎向早朝後達官的劍佩和玉飾時，天際的群星才剛要隱沒；當柳條輕拂著退朝的儀仗隊高舉的旌旗時，還有昨夜的露珠灑落下來。啊！早朝的景象，真令人精神抖擻，意志昂揚！可是回到官署中，讀到在鳳凰池畔的長官所作的陽春白雪般美妙的詩篇後，真讓中書及門下兩省的僚友，為了寫出酬答的和詩而左右為難啊！

【注釋】

① 詩題—此題為筆者所節略，原題在「早朝」之後有「大明宮」三字。和，指酬唱原作。本詩約作於乾元元年（758）暮春，餘請參見王維所作同題之注。

② 「雞鳴」句—紫陌，指京師長安的街道。古人以為紫微星垣位於天庭中央，乃天帝所居之處，故以紫微代指京師之帝居；而紫陌即代指京師的街道。

③ 「鶯囀」句—囀，啼音清亮之謂。皇州，天子所在之地，即帝都、京師。闌，晚也、衰也；春色闌，謂暮春時節，春色衰減。

④ 「金闕」二句—金闕，猶金殿，指皇宮。曉鐘，南齊武帝蕭賾（440－493）因皇宮深密，難以聽聞宮門傳來的鼓漏聲，乃於宮中景陽樓置鐘報時，稱為景陽鐘。萬戶，極言宮門之多。仙仗，又稱天仗，乃天子視朝時，引導百官由東西閣進入宣政殿的衛士所擎舉的儀仗。

⑤ 「花迎」二句—劍佩與旌旗，分指早朝時高官的服飾與儀仗；唐制五品以上之朝服有劍、玉佩、綬帶等，六品以下則無。旌旗，指儀仗中以犛牛尾和翠羽為飾的旗幟。星初落、露未乾，均寫早朝之早。

⑥ 「獨有」二句—鳳凰池，代指中書省，參見王維同題之注；賈至

時任中書舍人，故云池上客。上，畔也。〈陽春〉一曲，稱美賈至高妙的原作；《昭明文選・宋玉對楚王問》：「客有歌於郢中者，其始曰〈下里〉〈巴人〉，國中屬而和者數千人；……其為〈陽春〉〈白雪〉，國中屬而和者不過數十人。……是其曲彌高，其和彌寡。」故後世以「下里巴人」喻低俗而通行的曲調，以「陽春白雪」喻高妙而少有人能領略其美的曲調。皆，兼指中書省及門下省的僚友王維、杜甫而言。

【導讀】

這一首賡和之作的前六句，是以華詞麗藻和濃彩重墨，極力描寫早期前後富麗堂皇、衣冠鼎盛的榮華景象，表現出上國盛世的宗廟之美，百官之富；末兩句才回應題面而扣準和作之意，表達出推崇原作和謙讓不及的態度。如果拿原唱以及諸人的唱和之作比對合觀，稱得上是春蘭秋菊，各領風騷的傑作，未必須要在難分軒輊的眾美之中強分優劣。

「雞鳴紫陌曙光寒，鶯囀皇州春色闌」二句，是以極為精工華麗的對偶句入手，經由聲色光影的點染來營造出長安城由沉睡至初醒前的氣氛，為早朝時莊嚴肅穆的氣派，揭開光影迷濛、聲色並美的序幕。詩人由雄雞啼曉，劃破夜空寫起，便襯出黎明之前長安城裡的沉寂寧靜。「紫陌」寫出夜幕漸收前京師街道昏暗濛昧的色調，「曙光寒」寫出天方破曉時春寒料峭的觸感，一幅京師侵曉圖卷便宛然在目了。而後是黃鶯睡足而歡鳴百囀，大地便在間關嘹亮的清音中逐漸甦醒過來，恢復了它的活力；此時詩人的視力逐漸適應了昏昧的光景，兼又借助於熹微的晨光，因此看得出皇州春意闌珊的特殊風情。換言之，首聯是在時間緩慢的流程中，以「雞鳴鶯囀」的聽覺，「紫陌皇州」和「曙光春色」的視覺（按：「皇」字可以引起黃色的聯想，可見詩人借對之巧妙），「寒」的觸覺和「闌」的心理感受，多元地烘托出早朝前夜

色猶昏、曉寒襲人時長安寧靜岑寂的景象；一方面凸顯出「早」字的精神，一方面藉以和次聯描寫早朝時熱鬧而雄偉的場面形成有力的對襯。由於首聯兩句寫得端凝嚴整，堂廡正大，而又情景如畫，意境夐遠，因此胡應麟《詩藪》稱之為「工麗婉約，亦可諷詠」，而且拿來和老杜妙絕千古的「風急天高猿嘯哀，渚清沙白鳥飛迴」一聯並稱，以為是唐人七律對起的典範。

「金闕曉鐘開萬戶，玉階仙仗擁千官」兩句，也是由聽覺帶出視覺，正面描寫早朝時宮庭間的活動。曉鐘的宏亮悠揚，和雞鳴的突兀嘶啞，以及鶯囀的清脆細碎相較起來，顯得極為莊嚴渾厚，使人不禁精神抖擻而態度端莊起來；此時殿門依序敞開，可以見到職事穿梭，百官奔集，仙仗簇擁等莊嚴肅穆、氣象非凡的場面。「金闕」和「玉階」，寫出了宮庭富麗華貴的氣派，和首聯的「紫陌」和「皇州」的色相之美相映成趣，只覺金碧輝煌，繽紛絢麗，光影照人，可見詩人選字用詞的匠心。

「花迎劍佩星初落，柳拂旌旗露未乾」兩句，是承接仙仗千官的意象，轉筆細寫早期之後返回官署前的景況。由於晨星初落，朝曦方現，因此能夠看出迎向劍佩的花木正綻放出嬌豔的容顏；也因為曙光微明而露珠未乾，所以當它們由柳梢滴落旌旗而溼人顏面、沾人肌膚時，猶帶沁人心脾的涼意。如此取材，不僅芳菲的花柳能為暮春生色添香，而且晶瑩的星露所散發的色彩和光澤，又能和前兩聯的華詞麗藻交相輝映，顯得極為和諧統一，同時又能以退朝時晨星方隱而夜露未晞，凸顯出早朝的時間之「早」；不論時間流程的安排或景物素材的攝取，皆見詩人的巧思，因此王夫之《唐詩評選》嘆曰：「刻寫入冥，如兩鏡之取景。……《三百篇》後，不可無唐律者以此。」由此可見詩人寫景之細膩動人。

「獨有鳳凰池上客，陽春一曲和皆難」兩句，說明賈舍人深受早朝時壯麗美盛的中興氣象所感動，因而觸發靈感，創造出珠玉聯翩的

佳作，遂使兩省僚友既嘆服其詩有〈陽春〉〈白雪〉之超妙，又深感曲高難和之窘迫。如此作結，收束全詩，既能切合和詩之本意，又能表現出淳和謙讓的語氣，並體現溫柔敦厚的詩教和以文會友的古訓，同時還能隱約見出官秩之高下，實在可以稱得上是如鹽入水，渾融無跡的高明手法。尤其是以「獨」字推許原唱之並世無雙，以「皆」字點出兩省僚友之酬唱為難，更可以看出詩人下筆時一絲不苟而照應周全的分寸，無怪乎本詩能夠贏得詩家崇高的評價。

【後記】

儘管前人相當褒美本詩，筆者以為本詩仍有瑕疵：

＊第一，本詩的尾聯收束的得過於突兀，似難與前三聯的詩義相銜接而有脈絡截斷之虞，因此毛先舒《詩辨坻》說：「結句承上，神脈似斷。」紀昀也質疑說：「五、六方說曉景，末二句如何突接，究竟倉皇少緒。」（《瀛奎律髓匯評》）

＊其次，是措詞略嫌寒澀窘迫，不若王維之雍容華貴；因此胡震亨《唐詩癸籤》說：「早朝四詩，名手匯此一題，覺右丞擅場，嘉州稱亞，獨老杜為滯鈍無色。富貴題出語自關福相，於此可占諸人終身窮達，又不當以詩論者。」田子藝說：「諸公倡和，此當為首；惜『寒』『闌』『乾』『難』四韻不佳耳。」（《唐詩廣選》引）王謙也說：「又聞研之者謂諸公倡和，此當為首，唯『寒』『闌』『乾』『難』四韻不佳；此雖不必泥，然應制作中最恐有人摘破也。」（《磧砂唐詩纂釋》）

撇開胡氏的窮達命定觀點，和王氏把本詩歸類為「應制」之作的誤解不論，他們認為岑參的語言和韻腳不夠莊重典雅，富貴氣派，倒也是不爭的事實。

【評點】

01 楊萬里：七言褒頌功德，如賈至諸公倡和〈早朝大明宮〉，乃為典

雅重大。和此詩者，岑參……最佳。(《誠齋詩話》)

02 顧璘：此篇頡頏王、杜，千古膾炙，貴乎皆見「早朝」二字。中間二聯分大小景，結引故實，親切條暢。(《批點唐音》)

03 胡應麟：岑通章八句，皆精工整密，字字天成。頸聯絢爛鮮明，早朝意婉然在目。獨頷聯雖絕壯麗，而氣勢迫促，遂至全篇音韻微乖；不爾，當為七言律冠矣。王起語意偏，不若岑之大體；結語思窘，不若岑之自然。頸聯甚活，終未若岑之駢切；獨頷聯高華博大而冠冕和平，前後映帶，遂令全首改色，稱最當時。大概二詩力量相等，岑以格勝，王以調勝；岑以篇勝，王以句勝；岑極精嚴縝匝，王較寬裕悠揚。(《詩藪》)

04 邢昉：(岑之)早朝詩第一，在右丞上；杜公不足驂駕。(《唐風定》)

05 毛先舒：〈早朝〉倡和，舍人作沉婉穠麗，氣象沖逸，自應推首；「衣冠身」三字微拙。右丞典重可諷，而冕服為病，結又失嚴。嘉州句語，停勻華淨，而體稍清颺；又結句承上，神脈似斷。工部音節過屬，「仙桃」「珠玉」近俚，結使事亦粘帶，自下駟耳。四詩互有軒輊，予必賈、王、岑、杜為次耳。(《詩辯坻》)

06 陸時雍：唐人〈早朝〉，唯岑參一首最為正當，亦語語悉稱；但格力稍平耳。(《唐詩鏡》)

07 吳昌祺：此詩用意周密，格律精嚴，當為第一。(《刪訂唐詩解》)

08 周敬：「皇」「紫」假對，「星」「露」二字實詩眼；通篇心靈，脈融語秀，作廊廟古今衣冠法物，令人對之，魂肅神斂。不特〈早朝〉諸什，此為首唱，即舉唐七律，取為壓卷何讓？　〇周珽：諸家取唐七言律壓卷者，或推崔司勳〈黃鶴樓〉，或推沈詹事〈獨不見〉，或推杜工部「玉露凋傷」「昆明水池」「老去悲秋」「風急天高」等篇；然音響重薄，氣格高下，前有確論。珽謂冠冕莊麗，無如嘉州〈早朝〉，淡雅幽寂，莫過王維〈積雨〉。澹齋翁以二詩得廊廟、山林之神髓，欲取以壓卷，真足空古准今。質之諸家，

亦必以為然也。（《唐詩選脈會通評林》）

09 唐汝詢：岑、王矯不相下，舍人則雁行，少陵當退舍。蓋尺有所短，寸有所長，不當以一詩議優劣也。（《唐詩解》）

10 金聖嘆：夫千官未入朝時，則只須「雞鳴」七字，便寫「早」字無不已盡；而今又更別添「鶯囀」七字者，意言此風日韶麗，誰不詩情滿抱？（《聖嘆選批唐才子詩》）

11 黃生：賈作平平耳，王衣服字太多，杜五句遽云朝罷，稍覺傷促，固當推此詩（按：指岑作）擅場。看他「紫陌」「春色」「鶯」「柳」「劍佩」「鳳池」等字，皆公然取之賈詩，則運用不同，氣色迥別；與此作并觀，低昂不待辨矣。結美其首唱，唐人和詩必如此。（《唐詩摘抄》引）

12 何焯：倡和諸篇，斯為稍弱。　○「曙光」下接一「寒」字，早意生動。「皇州」以「黃」字借對；「紫陌」平起，卻不覺其板。（《唐律偶評》）

13 屈復：題是早朝，「早」字最要緊。看他分合照應，花團錦簇，天衣無縫，諸早朝詩，此首第一。（《唐詩成法》）

14 黃叔燦：結語王、杜俱收到舍人，此獨以和賈說，亦各見筆墨。（《唐詩箋注》）

15 趙臣瑗：正大之中，復饒風致。（《山滿樓箋注唐詩七言律》）

16 梅成棟：如仙樂之競作，似丹鳳之長鳴。（《精選七律耐吟集》）

17 靳榮藩：岑詩乃臺閣第一，杜之〈登高〉乃山林第一，崔之〈黃鶴樓〉乃游覽第一。（《綠溪語》）

18 胡本淵：〈早朝〉唱和詩，明秀莫過於嘉州；王右丞亦正大，原唱平平，杜作無朝之正面，自是不及。（《唐詩近體》）

19 方東樹：原唱及摩詰、子美，無以過之。（《昭昧詹言》）

20 施補華：和賈至〈早朝〉詩，究以岑參為第一。「花迎劍佩」「柳拂旌旗」，何等華貴自然！摩詰「九天閶闔」一聯，失之廓落；少

陵「九重春色醉仙桃」，更不妥矣。詩有一日短長，雖大手筆不免也。(《峴傭說詩》)

21 吳北江：莊雅穠麗，唐人律詩，此為正格。(《唐宋詩舉要》引)

22 郭濬：雄渾足敵王、李，而神彩獨勝。(《增訂評注唐詩正聲》)

168 寄左省杜拾遺 (五律)　　　　岑參

聯步趨丹陛，分曹限紫微。曉隨天仗入，暮惹御香歸。白髮悲花落，青雲羨鳥飛。聖朝無闕事，自覺諫書稀。

【詩意】

　　我們時常一同快步奔向宣政殿前紅色的臺階去趕赴早朝，然後便各自回到中書省和門下省的官署辦公。往往在破曉時分，就隨著天子儀仗隊伍進殿朝覲；直到傍晚時，才沾染著御爐的香氣，各自散班回家。(這樣日復一日隨著別人重複做出單調呆板的上朝、下朝的動作，究竟有何意義呢？)面對著春花飄落的景象，我不禁悲嘆自己鬢髮添白；望著高飛的鳥雀，我只能歆羨牠們能在雲天之上自由自在地翱翔。唉！當聖明的朝廷裡沒有什麼可以補正的缺失時，我察覺到自己進呈的諫書已經越來越少了！

【注釋】

① 詩題—寄，贈也。左省，指唐朝的門下省而言，由於官署在大明宮宣政殿的左側，故名左省。杜拾遺，指時任左拾遺的杜甫；拾遺為從八品上的門下省屬官，掌供奉諷諫。作者由於杜甫等人的推薦而出任右補闕，屬中書省，負有補救君王缺失的責任；時為

蕭宗乾元元年（758）暮春。

② 「聯步」二句—聯步，謂二人情好相親，常聯袂同步，趨赴早朝。趨，小步疾行，以見恭謹之態。丹陛，宮殿前塗飾紅漆的臺階，亦可指天子御座前鋪有紅毯的臺階。曹，古時官府分部治事之所；分曹，謂分別隸屬於中書省和門下省兩個不同的官署。限，界域也，引申有分隔之意。紫微，原指天帝所居之星垣，後用以代指天子所居之宮殿，此指宣政殿而言[1]。

③ 「曉隨」二句—天仗，又名仙仗；乃天子視朝時，引導百官由東西閤進入宣政殿的衛士所擎舉的儀仗。惹，沾染。御香，御爐上昇騰的煙氣。

④ 「白髮」二句—白髮，作者岑參自嘆老大無成，時年四十四。「青雲」句，感嘆自己人微言輕，不為君王重視，因此歆羨鳥雀能高飛遠翔，借以暗示自己有志難伸。

【補註】

01 唐代的門下省有左省、東臺、東省等別稱。當時大明宮的宣政殿是朝會之所，殿東的門廊名為日華門，門外的東上閤就是門下省官署的所在；杜甫早朝之後，即回此地任事。殿西的門廊名曰月華門，門外的西上閤就是中書省官署的所在；岑參早朝之後，即返此間辦公。

【導讀】

　　杜甫在至德二載（757）輾轉奔赴鳳翔晉謁蕭宗，於是拜左拾遺之職；雖官卑秩微，卻掌供奉進諫，能在君王之前論列是非，自有其清望與分量，因此老杜頗思盡職效忠，一展抱負。次年，岑參便由杜甫等人的推薦而任右補闕，成為以監察諫諍為職志的言官。奈何兩人雖有意補朝廷之缺失，拾君王之遺漏，可是蕭宗並非能夠察納雅言的

明君，因此他們勤敏任事的熱情便逐漸冷卻了；不僅岑參借本詩向摯友抒發不得重視的牢騷與悲憤，連原本為了封書奏事而夙夜憂勤的老杜（按：〈春宿左省〉詩末云：「明朝有封事，數問夜如何？」）都有了〈題省中壁〉詩的感慨：「腐儒衰晚謬通籍，退食遲迴違寸心；袞職曾無一字補，許身愧比雙南金」，以及〈曲江二首〉詩中「朝回日日典春衣，每向江頭盡醉歸」「細推物理須行樂，何用虛名絆此身」的消沈與頹廢了。由此可見二人對於拒諫飾非的宮廷文化已有心餘力絀、不如歸去的無奈之感了；本詩便是在這種背景下的抒憤遣懷之作。

　　本詩的前半，乍讀之下好像也是屬於詞藻華美、色澤鮮麗、對仗精工、氣派堂皇的臺閣之作，似乎與〈奉和賈至舍人早朝大明宮之作〉的風格並無二致；但是撥開「丹陛」「紫微」「天仗」「御香」等色彩穠縟，嗅味芳馨的迷霧之後，不難察覺到作者是以華豔的外衣包裹著一顆苦悶的心靈，以祥瑞的氣氛隱藏著滿腔忠愛的憂憤。因此，詩人便在後半特別拈出「羨」字來襯托失意之「悲」，並採用倒辭反語、寓貶於褒的手法來婉轉地諷諭與無奈地自嘲，讀來格外蘊藉含蓄，而又哀傷沉痛。

　　「聯步趨丹陛，分曹限紫微」兩句，是以雕繢華美的對偶來表現情好相親卻咫尺相隔的感慨，似乎頗為兩人必須忠勤公務而不得長相左右感到遺憾；這是入手擒題，簡潔明快的起筆。不過，再和「曉隨天仗入，暮惹御香歸」結合起來觀察，詩人自嘲的意味便隱約浮現出來了。原來作者意在表示：每日畢恭畢敬地奔赴早朝，誠惶誠恐地分署辦公，似乎朝乾夕惕，宵旰黽勉了；但是這種廁身朝班，忝列清貴的生涯，其實不過是行禮如儀的例行公事，和單調無聊的虛應故事罷了！因此詩人先以「曉入暮歸」來暗示日復一日蹉跎虛度、尸位素餐的乏味，又以「隨」字點出無所用心、形神離散的迷惘，更以「惹御香」暗示徒有親近君王之名而無克盡言官之責的苦悶；只是詩人的牢

騷憤鬱包藏得極為曲折含蓄，意在言外罷了。如果拿他同期所作〈西掖省即事〉的腹聯「平明端笏陪鴛列」，薄暮垂鞭信馬歸」來對讀，也就不難領略原本熱烈歌頌立功邊塞之舉的奇男子岑參，在回京出任右補闕時意志是如何消沉了。「陪鴛列」三字，寫他陪襯著中書省官員上朝列班時呆若木雞的情狀，豈不是正如本詩「曉隨天仗入」五字所暗示的心不在焉一樣單調無聊嗎？那種濫竽充數、聊備一員，無關緊要、無足輕重的失落感，以及上朝時無所事事，渾如行尸走肉的木然表情與漠然眼神，簡直狀溢目前。「垂鞭」二字所勾勒出的形象，是多麼地頹廢消沉，失魂落魄；再加上「信馬歸」三字所刻畫出的迷惘茫然之狀，和透露出的無奈無力之感，和本詩中「暮惹御香歸」的無所作為，心餘力絀，簡直如出一轍。

由於本詩前半是以極其幽密隱微的手法來寄寓詩人深沉的騷心，抒發他在走馬燈般忙亂的京官生涯裡毫無建樹的苦悶，只怕很難讓人明白作詩的旨趣所在；因此作者便以「白髮悲花落，青雲羨鳥飛」來進一步點明年光虛度、歲月嗟跎的悲哀，以及空懷凌雲壯志，奈何難逢英君的鬱憤。至於「聖朝無闕事，自覺諫書稀」兩句，表面上是頌揚君王英睿而朝政清明，並自責有虧職守的可鄙，其實是以綿裡藏針的反諷手法，和辛酸憂傷的自嘲語氣，冷峻地批判奸佞當道，君王昏庸；因此《瀛奎律髓匯評》引紀昀之言說：「五、六寓意深微，末二句語尤婉至；聖朝既以為無闕，則諫書不得不稀矣！非頌語，乃憤語也。」薛雪《一瓢詩話》也說：「正謂闕事甚多，不能縷縷上陳，託此微詞；後人不察其心，至有以奸諛目之，亦屬恨事！」《唐宋詩舉要》更引吳北江之言說：「能茹咽懷抱於筆墨之外，所以為絕調。」

大概岑參在初任補闕這個清要的職位時，也頗有一番輔佐賢君平治天下的抱負，因此他「頻上封章，指述權佞」（杜確〈岑嘉州詩集序〉）。可是當時的宦官李輔國、魚朝恩等已經專攬權柄，結黨營私，排除異己，而肅宗似乎也不重視作者的諫書；因此詩人只能把難以宣

洩的滿腹抑鬱和一腔牢愁，化而為欲語還休、欲吐還吞的絃外之音來寄贈僚友了！〈西掖省即事〉尾聯說：「官拙自悲頭白盡，不如巖下偃荊扉。」其中透露出蹉跎壯志，老大無成的苦悶，以及愧負職守，不如掛冠的自嘲，和本詩後半所流露出的惆悵失意，其實是同樣沉痛悲切的，因此吳喬《圍爐詩話》說：「反言以見意。」的確善體騷心。

【補註】

01 由於中書省有鳳凰池、鸞閣之稱，故詩人以「鸞」通「鸞」而稱中書省官員上朝列班為「鸞列」。

【商榷】

　　杜甫讀了岑參本詩之後，曾有唱和之作〈奉答岑參補闕見贈〉云：

　　窈窕清禁闥，罷朝歸不同；君隨丞相後，我往日華東。冉冉柳枝碧，娟娟花蕊紅；故人得佳句，獨贈白頭翁。

　　仔細推敲後半四句表現出的悅目賞心的情狀，可以得知連老杜都未能真正領略詩人的騷心，所以他的和詩中，竟無一語觸及岑詩的旨趣，讀來頗有雞同鴨講的荒謬之感；無怪乎黃徹《蛩溪詩話》說：「岑參〈寄杜拾遺〉云：『聖朝無闕事，自覺諫書稀。』退之〈贈崔補闕〉云：『年少得途未要忙，時清諫疏尤宜罕。』皆謬承荀卿『有所從，無諫諍』之語，遂使阿諛奸佞用以藉口。以是知凡造意立言，不可不預為天下後世慮。」他顯然誤以為岑參意在勸老杜少諫諍、多阿諛了。

　　此外，章燮也有誤解詩心的情況，他以為腹聯意在「悲余白髮之年，慘同落花；羨君青雲之路，捷若飛鳥。」其實，杜甫此時四十七歲，較岑參年長三歲，品秩低於岑參；可知本詩中的「青雲」句，絕非指老杜而言。章氏又說尾聯：「頌揚得體，更進一層。以為羨君青年，不但得志，抑且躬逢明主，無事關心，則官途坦然可知矣。」這

就更感到令人啼笑皆非了。

【評點】

01 凌宏憲：「白髮」二語，托興堪詠。（李攀龍輯，凌宏憲集評《唐詩廣選》）

02 葉羲昂：寫得雍容，有體有度，與子美〈左掖〉詩相敵。（李攀龍輯，葉羲昂直解《唐詩直解》）

03 譚元春：（尾聯）伊、呂之言。　○鍾惺：勿忽作頌聖諛語。（《唐詩歸》）

04 吳敬夫：多少規諷，寓於渾厚之中。（劉邦彥《唐詩歸折衷》引）

05 李因培：氣格蒼渾，詞旨溫遠，深得古人贈言之義，直堪與少陵旗鼓相當。（《唐詩觀瀾集》）

06 沈德潛：下半自傷遲暮，無可建白也。感嘆語以回護出之，方是詩人之旨。（《唐詩別裁》）

07 宋宗元：婉而多諷。（《網師園唐詩箋》）

08 陸貽典：落句有含蓄。　○何義門：第七言反之，末句自省之詞。「自覺」者，問心常有自負也，故是少陵同調。　○紀昀：子美以建言獲遣，平時必多露圭角；此詩有規之之意。而但言自甘衰朽，浮沉時世，則詩人溫厚之旨也。　○無名氏：腹聯煉沉思於五字，情景俱到。（《瀛奎律髓匯評》引）

二九、劉方平詩歌選讀

【事略】

劉方平，字不詳，河南洛陽人，生卒年不詳。

二十工詞賦，天寶前期曾應進士舉不第；亦曾入軍幕任職，三十餘歲後辭官歸隱。

嘗與元結之族兄元魯山相善，隱居潁陽大谷。皇甫冉、李頎等人相與贈答，推崇其神意淡泊；蕭穎士稱之為「山東茂異」。汧國公李勉嘗延至齋中，甚愛敬之，欲薦之於朝，不忍屈；遂任其辭還舊隱。

方平善畫山水，昔人譽之為「墨妙無前，性生筆先。」詩則陶寫性靈，默會風雅，多悠遠之思，頗能脫略世俗，超然物外。

《全唐詩》存其詩 26 首，《全唐詩續拾》補詩 1 首。

【詩評】

01 辛文房：工詩，多悠遠之思，陶寫性靈，默會風雅，故能脫略世故，超然物外。（《唐才子傳》）

169 月夜（七絕）　　　　　劉方平

更深月色半人家，北斗闌干南斗斜。今夜偏知春氣暖，蟲聲新透綠窗紗。

【詩意】

更深夜半時，千萬戶人家的院落，有一半沐浴在皎潔的月色中，另外的一半則仍然隱藏在昏暗的陰影裡沉睡；大地在這樣明暗的對比之下，顯得格外寂靜、清幽、神秘而美好。夜空中，北斗七星正參差錯落地縱橫散列，南斗六星則在反方向微微傾斜；繁星璀璨的夜空，看起來是那麼寧靜而寥闊。此時，冬眠後出土的昆蟲才剛剛把牠初試新聲的歡唱，透過碧綠的窗紗傳送進屋子裡來，使我頓時感受到今夜特別有一股暖融融的春意，在萬籟有聲中悄悄地來到人間。

【注釋】

① 詩題——一作「夜月」。
② 「更深」句——言更深時分，人間家家戶戶的半座院落，都有明月清輝的朗照。
③ 「北斗」句——闌干，橫斜散布狀。南斗，即斗宿六星，為二十八宿之一；因相對位於北斗七星之南，故名。斜，謂因夜深而傾斜；北斗橫而南斗斜，點明更深之意。
④ 「今夜」二句——偏，特別也；偏知，格外能感受到。新，初、方、始也；新透，才剛剛由庭院傳入。

【導讀】

在我們所讀到的詩篇裡，「月夜」總是能撩起詩人或思憶或怨慕的複雜情感，因此當我們吟詠時，往往會感受到親情、友情、愛情與鄉情洋溢滿紙，盪人胸臆而來；本詩則不然，作者只是以生花妙筆勾畫出一幅靜謐清幽的春夜鳴蟲圖卷，透過視覺、聽覺與觸覺的輔助，來刺激讀者產生對於時間、空間、光影、方位、節候與生命的「感覺」，就讓人領略到有別於其他描寫「月夜」詩篇的特殊風情，因此格外耐人尋味。

由於詩人能夠拋開情感的羈絆，另闢蹊徑地經由外在環境中不同景物的轉移變化，來呈現心靈中細膩而新穎的特殊感覺，正是鍾嶸《詩品·序》所謂「氣之動物，物之感人，故搖蕩性靈，形諸舞詠」的具體呈現，以及「若乃春風春鳥，秋月秋蟬，夏雲暑雨，冬月祁寒，斯四候之感諸詩者」的親切例證，讀來有如沁人心脾的小品文，饒有清新雋永的情趣；黃叔燦《唐詩箋注》評曰：「寫意深微，味之覺含毫邈然。」宋顧樂《萬首唐人絕句選評》說：「寫景幽深，含情言外。」他們一說寫意，一說寫景，正可以看出本詩的確已達「狀難寫之景，如在目前；含不盡之意，見於言外」的超妙之境了。

「更深月色半人家」七字，是以簡潔的筆墨點出時間之晚和空間之廣。詩人畫出眼中所見的庭院，一半沉浸在皎潔的月色下，顯得澄明清淨；另一半則籠罩在昏暗的陰影裡，顯得神秘深邃。兩相對比，便烘托出庭院的闃寂和月夜的靜謐。「半人家」三字點出儘管已是更深月斜時分，然而明月的清輝依然可以光照寰宇。換言之，首句所寫其實並不止於詩人所在的院落而已，而是涵括了舉目所見的所有人家在內，全部都在或明或暗的光影中顯得既神祕雅致，又恬靜清美；再加上更深夜靜的關係，月色便顯得更溫柔有情，夜景便顯得更清潤美好，大地也顯得更空曠寥廓，具有豐富的層次和深遠的情韻了。

「北斗闌干南斗斜」七字，是寫視覺活動中由平視而仰觀，再進一步點出「更深」的意涵。北斗七星和南斗六星在暗藍色的長空中縱橫散布，而且還向西天傾斜，不僅使詩人有了夜更深沉的知覺，同時也經由群星璀璨的幽光，拓展了空間的感受。詩人的眼光由平面的庭院大地移接到天宇的星空圖像，不僅使空間顯得更為夐遠而富有立體感和層次感，月夜也因而更為清幽靜謐，深具引人遐思的浪漫神秘。唯其把環境點染得如此空闊寧靜，才使穿透碧紗窗而來的微弱蟲鳴，能觸動詩人靈敏的心絃；由此可見作者勾勒景物、渲染氣氛和佈局構思時意在筆先的妙詣。

「今夜偏知春氣暖，蟲聲新透綠窗紗」兩句，是以倒敘因果的手法，為靜謐的月光加進聲音來撥動心絃，寫出細膩的感受：原本涼意襲人的更深夜半和靜謐生寒的星光月色，由於微弱輕細的蟲聲初鳴，頓時顯得生趣盎然，彷彿有一股暖洋洋的春氣隨之悄悄而來。蟲聲新透，表示昆蟲在經過漫長的冬季蟄伏之後，感受到和暖的春意而甦醒過來；牠們才破土而出，就情不自禁地試啼清音來迎接春天的信息。而當這標誌著生機之萌動發越，與生命之歡欣愉悅的草蟲鳴吟聲，穿透碧綠的窗紗傳入詩人的耳中時，頓時使詩人產生大地春回時和煦溫暖的美好聯想，感受到自己的生命之蛹也正緩緩蠕動，而生命之泉也正涓涓而流。尤其當他循著蟲吟聲而望向翠綠色窗紗時，「綠」的色調又使他產生春意盎然、生機勃發的感覺而有了浪漫的情懷和曼妙的聯想，彷彿不僅春氣正隨著蟲聲穿透細緻的窗紗而流入屋內，洋溢四周，連繽紛的色彩和駘蕩的春風也似乎隨著融融的氣息裊娜而來了。因此他特別以「偏知」來傳達初聞蟲唧時的新奇與愉悅之感，再轉而以訴諸觸覺的「暖」字來傳達乍聽時的欣喜與興奮之情，流露出對於爛漫春光的嚮往和期待之意。由於詩人是把知覺和觸覺的感受安排在前，而讓入耳動心的聲音在末句出現，於是不僅令人有蟲吟唧唧，泠泠滿耳的感覺，而且隱約有長夜漫漫，鳴聲不斷的意思；既曲傳「偏知春氣暖」的驚奇生新之感，也側寫出他凝神諦聽的表情，更襯托出月夜的靜謐美妙而蕩人性靈了。

本詩前半主要是訴諸視覺，不僅景致清潤，空間深邃，而且意境幽謐，同時詩人留戀月色而徘徊不寐的恬適自在，也隱然見於言外。後半再輔之以觸覺和心感之餘，更結合聽覺和視覺的意象來刺激讀者的官能，激發讀者作形色、聲情、意境與神態的聯想。經由多元的烘托渲染之後，一幅律動著生命的脈博，洋溢著生命的喜悅，飽含著生命的熱情之月夜蟲吟圖卷，便有聲有色地搖曳在眼前了。不僅墨淺意深，畫趣天成，而且更有丹青寫生所難以描摹的清音妙韻，深藏其中；

既能逗人遐思，也能撩人春情。整首詩除了構思的靈妙、意境的清幽、情韻的綿邈、寫景的生動、刻畫的細膩令人嘆賞之外，「偏」和「新」這兩個副詞的點染也頗具匠心，很能傳達婉約而豐美的意蘊；而「透」字的錘鍊功深，不僅寫出窗紗方格的精緻細密，以見出蟲鳴聲的低細幽微，更把蟲鳴聲寫得清新親切，因而使得詩境變得新奇警動，耐人玩味。

此外，「偏知」的主詞，如果是詩人，則後半兩句是倒敘法，凸顯出詩人對於自然敏銳的觀察力和領悟力。如果是昆蟲，則是順勢直敘的鋪寫，意謂「昆蟲格外敏銳地感受到今夜暖融融的春氣開始流盪人間，因此歡欣地吟唱出第一聲喜悅的清音，透過窗紗傳送進屋裡來」；如此則不僅可以見出詩人體物入微的細膩筆墨，也可以看出詩人曲傳自然奧秘的靈心妙想。換言之，如果是昆蟲先感知到春暖而吟唱，則這層構思，比起蘇軾膾炙人口的名篇〈惠崇春江晚景〉：「竹外桃花三兩枝，春江水暖鴨先知；蔞蒿滿地蘆芽短，正是河豚欲上時。」和張栻〈立春偶成〉中的名句：「春到人間草木知」，都早了兩、三百年以上，更可以看出詩人設想之巧與運筆之奇了。劉方平傳世之作只有二十六首，孫洙卻能隻眼獨具地選錄本詩，可見作者融合詩情、畫意和理趣於短章之中的功力之高了。

170 春怨二首 其一（七絕）　　　劉方平

紗窗日落漸黃昏，金屋無人見淚痕。寂寞空庭春欲晚，梨花滿地不開門。

【詩意】

　　斜照紗窗的落日逐漸西沉，天色也逐漸昏黃下來；她獨自居住在華麗的宮中，儘管淚痕難乾，卻沒有人看見，也沒有人愛憐。眼看著又即將是晚春時節了，她日夜切盼苦候的結果，等到的卻只是一座寂寞的空庭！為了不忍心看到滿地零落的梨花，她便任憑宮門深鎖，把自己幽閉在冷宮之中……。

【注釋】

① 金屋──形容華麗的宮室。《漢武故事》載武帝為膠東王時才數歲，姑母曾抱之膝上而問曰：「兒欲得婦否？」答曰：「欲得。」指左右百餘女，皆云不用；末指其女問曰：「阿嬌好否？」乃笑對曰：「好！若得阿嬌作婦，當作金屋貯之也。」後果如其言，故世傳「金屋藏嬌」之典；阿嬌，即後之陳皇后也。

【導讀】

　　本詩旨在描述宮妃失寵之後，芳華虛度，紅顏衰老的寂寞悲苦；唐汝詢《唐詩解》曰：「一日之愁，黃昏為切；一歲之怨，春暮居多。此時此景，宮人之最感慨者也。不忍見梨花之落，所以掩門耳。」早已言簡意賅地點出本詩情藏景中而怨在言外的特色。

　　賞讀本詩時首先要體會詩中的興象之深遠：

＊「紗窗」與「金屋」，見出居室之華麗堂皇，既點出詩中女子身分的尊貴，也更能反顯出環境的空廓冷清和心境的寂寞淒涼；此其一。

＊日落黃昏、空庭春晚、梨花滿地，全都是蕭瑟衰殘的景象，暗示詩中女子黯淡沉淪的命運，包括青春消逝、紅顏憔悴、君恩不再、尊嚴掃地、幻夢成空、晚景堪虞……種種複雜而深曲的心緒，令人思之神傷，念之腸迴；此其二。

＊寂寞的空庭，象徵她寂寞空虛的心房；而深掩的宮門，象徵她幽
閉深鎖的心扉；此其三。

＊由紗窗而金屋而宮門而空庭，這樣一個有限的生活空間，則象徵
她侷促逼仄而又層層封鎖、禁閉幽絕的內心世界；此其四。

鄭愁予的〈錯誤〉說：「東風不來，三月的柳絮不飛；你底心如
小小的寂寞的城，恰如青石的街道向晚。跫音不響，三月的春帷不揭；
你底心是小小的窗扉緊掩。」正可以借來說明本詩在空間安排方面的
匠心幽微，因此全詩顯得含蓄婉轉，蘊藉有味，情藏景中，而又意餘
象外。

其次，則應該特別留意反覆勾勒、重疊渲染的手法，適足以烘托
出怨情的深濃與沉重：

＊日落之時已使人頗覺惆悵，又加上「黃昏」二字，便使色調格外
陰沉暗淡，足以象徵她心境的慘澹灰暗與命運的枯寂冷淡；此其
一。

＊再加上一個「漸」字，便顯出她守候了漫長的白晝所忍受的煎熬
與苦悶，寂寞與失望，以及眼見紅日西斜，自己竟無力挽回的惆
悵落寞之感；此其二。

＊白晝的苦候企盼，儘管百無聊賴，畢竟庭院之中尚有姹紫嫣紅可
以消愁，還有狂蜂浪蝶可以遣悶；可是一旦入夜，則只有孤燈挑
盡，暗壁獨影的淒涼與悲苦了，因此她不禁珠淚婆娑，此其三。

＊珠淚婆娑已惹人疼惜了，詩人再加上「淚痕」二字來表示她思之
黯然，念之慘然，以至於淚乾復濕、淚濕復乾，忽又淚流、流而
又乾的愁苦——她甚至完全不加以擦拭，只是失神地兀坐在闃暗
的屋內，任憑珠淚在臉頰上風乾，因而才留下兩道淚痕——則她
獨坐之久、哀怨之苦、心緒之亂、命運之慘，也就俱在言外了，
此其四。

＊再加上「無人」二字來表示君恩之薄，失寵之久，以至於終究無

　　人愛憐的淒怨欲絕，也就不難意會了；此其五。因此劉永濟《唐
　　人絕句精華》評析說：「此詩於時於境皆極形其淒寂，處在此等
　　環境中之人之情如何，不言可喻；況欲得一見淚痕之人而無人耶！
　　設想至此，詩人用心之細，體情之切，俱非易到。」

＊詩人以「金」字冰冷的觸感來暗示君王的薄倖寡義之外，又加上
　庭院的空寂和宮門的深掩，來點染環境的冷清寂寞，幽閉阻絕；
　如此層層渲染、字字烘托之下，君王的絕情斷義和女子無可申訴
　的深悲極苦，焉得不令人也陷入愁絕的窮城？此其六。

＊由日落而黃昏而薄暮，詩人猶唯恐一日之枯等不足以呈顯她內心
　的愁苦，又加上「春欲晚」三字來暗示她苦候成空的失望之久長
　與怨恨之深濃：一日不見，已如三秋，何況是三月不見？何況又
　不止是三月而已，而是又到了芳菲消歇的晚春時節！則其地久天
　長的綿綿之恨、幽幽之怨，也就更令人魂銷骨毀，柔腸寸斷了！
　此其七。

＊詩人偏又何其忍心，竟然繼之以狼藉滿地的梨花，來點染環境的
　蕭條殘敗，象徵她紅顏的長逝不返、運命的無可救贖、痴心的終
　究徒然、君恩的斷絕難續，以及幻夢的必然成空！此其八。

＊這些逐層增濃的渲染手法，不僅拉長了她幽居冷宮的時間之久，
　也加重了她難以承受的哀怨分量，自然使全詩瀰漫著令人感傷的
　悲慘氣氛，使人讀來眼酸心苦，喉脹胸悶，簡直難以卒篇了；詩
　人偏又再加上「不開門」三字來暗示女子之哀莫大於心死，側寫
　她失魂落魄的形象，更是令人為之唏噓不已了；此其九。

　　正由於詩人採用逐層渲染和逐步增濃的筆墨，並且巧妙地運用情
景交融的象徵手法來寄藏怨情，因此儘管全篇並無華詞麗句，卻顯得
深婉蘊藉，語悲境苦。俞陛雲《詩境淺說‧續編》評曰：「李白詩『但
見淚痕溼，不知心恨誰』愁深淚溼，尚有人窺；此則於寂寞無人處淚
盡羅巾，愈可悲矣。後二句言本甘寂寞，一任春曉飛花，朱門深掩，

安有餘緒憐花？結句不事藻飾、不訴幽懷，淡淡寫來，而春怨自見。」

　　本詩同題其二云：「朝日殘鶯伴妾啼，開帘只見草萋萋。庭前時有東風入，楊柳千條盡向西。」由末句觀察，似乎是寫征夫遠在西塞的閨怨，與本詩應非聯章之作。黃叔燦《唐詩箋注》評後半曰：「想見離魂倩女，玉立亭亭。於此可悟詩家離脫（編按：疑為「貌」字之誤）入神之筆，畫家白描烘染之法矣。」可見評價亦高，值得賞讀。

三十、裴迪詩歌選讀

【事略】

裴迪，關中人，字號及生卒年不詳，相傳肅宗在位時（756－762）曾任蜀州刺史。

嘗與王維及王維之內弟崔興宗偕隱終南山，吟詠賦詩，琴酒相樂。又與杜甫、李頎友善，相與酬贈唱和。

王士禛《帶經堂詩話》推崇裴、王二人的輞川絕句「句句入禪」；潘德輿《養一齋詩話》說：「輞川唱和，須溪論王優於裴；漁洋論裴、王勁敵。」喬億《劍溪說詩》說：「後人苦效王、裴五絕而不得其自在，所以去之彌遠。」可見裴迪的山水田園詩頗有王維清麗閑遠的風格。

《全唐詩》存其詩 29 首。

【詩評】

01 蔡啟：王摩詰、韋蘇州集載裴迪、邱丹唱和詩，其語皆清麗高勝，常恨不多見。如迪「安禪一室內，左右竹亭幽。有法知不染，無言誰敢酬。鳥飛爭向夕，蟬噪已先秋。煩暑自茲適，清涼何所求。」如丹「賣藥有時至，自知來往疏。遽辭池上酌，新得山中書。步出芙蓉府，歸乘鷇觫車。猥蒙招隱作，豈愧班生廬。」其氣格殆不減（王、韋）二人，非唐中葉以來嘐嘐以詩鳴者可比。乃知古今文士，湮滅不得傳於子孫者，不可勝數。然士各言其志，其隱顯亦何足多較？觀兩詩趣尚，其胸中殆非汲汲於世者，正爾無聞，亦何所恨？其姓名偶見二人集，亦未必不為幸也。（《蔡寬夫詩話》）

＊ 編按：裴迪詩題為「夏日過青龍寺謁操禪師」，邱丹詩題為「奉酬

重送歸山」。

02 王夫之：迪詩雅淡，有類摩詰，恨力弱鮮超拔處。（《匯編唐詩十集》引）

03 賀裳：輞川唱和，裴迪尤多。其詩體反不甚與王近，較諸公骨格稍重。裴早友王維，晚交杜甫，篇什必多，今所存維集數篇，不勝遺珠之憾。（《載酒園詩話‧又編》）

171 送崔九（五絕）　　　　　　　　　　裴迪

歸山深淺去，須盡丘壑美；莫學武陵人，暫遊桃源裡。

【詩意】

你歸隱山林之後，不論是結廬在深山或是淺林裡，都應該要盡情領略山居歲月的逍遙自在，盡興欣賞峰巒丘壑的萬種風情；可千萬別學武陵漁人誤入桃源那樣，只是短暫地住了幾天，就從此告別人間淨土而迷失在紅塵裡啊！

【注釋】

① 詩題—崔九，殆指王維的內弟崔興宗而言。崔興宗起初與王維、裴迪隱居終南山，蕭然有終老之志；後曾官右補闕。王維曾有〈送崔九興宗遊蜀〉〈秋夜坐懷內弟崔興宗〉等詩。

【淺說】

本詩《全唐詩》題作「崔九欲往南山馬上口號與別」，表示這是送崔九歸隱終南山時，作者在馬背上口占一絕相送，因此語言明淨流

暢，不假雕飾；感情自然真切，毫無做作；勸慰誠摯懇切，無所隱諱；充分表現出直諒友愛的情誼，流露出言近旨遠、語重心長的關懷，可見彼此交分匪淺，才能直抒胸臆，贈人以言而愛人以誠。這種莫逆於心的肺腑之言，唯有相契相知的至交之間，才能言者鄭重而聞者感念，不至於引起絲毫的猜忌不悅，和劉長卿〈送上人〉詩「莫買沃洲山，時人已知處」的敬告之語，同樣出於真誠的愛護之意，也同樣使我們看到古人交友時風義相勉的坦率真切，的確令人嚮往。

顧璘《批點唐音》評本詩說：「此興自高，人道不得。」所謂人道不得的「高興」，其實正是真誠的「情義」二字；因此俞陛雲《詩境淺說‧續編》說：「此詩送人歸隱，則云『莫學武陵人』；良以言行相顧，事貴實踐，若高談肥遁，恐在山泉水，瞬為出岫行雲矣。」這種提醒朋友言行一致，表裡如一的情義，正是本詩所以引人之處，也正是我們待人接物，立身處世時應該嚴以律己，恕以待人的南針。

由於詩意清澈如水，僅淺說如上，不再多所著墨。

三一、皇甫冉詩歌選讀

【事略】

　　皇甫冉（716？－770？），字茂政，安定（今甘肅省涇川縣）人，曾祖皇甫敬德時已移居潤州丹陽（今江蘇省丹陽市）。

　　十歲能屬文，張九齡一見嘆為清才；十五歲而老成，頗得伯父秘書監皇甫彬之器重。

　　天寶十五載（756）進士，調無錫尉。嘗營別墅於陽羨（今江蘇省宜興市境內）山中，耕山釣湖，放適閒淡。大曆初，王縉為河南節度使時辟掌書記；後任左拾遺，官終左補闕，世稱「皇甫補闕」。

　　冉自擢第禮闈，便稱高格，然以世道艱難而避居江南，詩中每多飄零之慨。文章傳至京師，人皆嘆其高妙；故當時才子，悉願結交。論者謂其詩造語玄微，措詞雅麗，思理清逸，可以平揖沈（約）、謝（靈運），雄視潘（岳）、張（協），能令前賢失步而使後輩卻立。

　　《全唐詩》存其詩 2 卷，然頗與他人之作相雜；《全唐詩外編》及《續拾》補詩6首。

【詩評】

01 獨孤及：沈、宋既歿，而崔司勛顥、王右丞維復崛起於開元、天寶之間，得其門而入者，當代不過數人，（皇甫）補闕其人……其詩大略以古之比興，就今之聲律，涵詠《風》《騷》，憲章顏（延之）、謝（靈運）。至若麗曲感動，逸思奔發，則天機獨得，有非師資所獎。每舞雩詠歸，或金谷文會，曲水修禊，南浦愴別，新聲秀句，輒加於常時一等，才鍾於情故也。（〈唐故左補闕安定皇甫冉公集序〉）

02 高仲武：冉詩巧於文字，發調新奇，遠出情外。（《中興間氣集》）
　○皇甫冉補闕……於詞場為先輩，推錢（起）、郎（士元）為伯仲。
　（〈皇甫冉集序〉）

03 計有功：張曲江深愛之，謂清穎秀拔，有江（淹）、徐（陵）之風。
　（《唐詩紀事》）

04 賀裳：兩皇甫殊勝二包（按：指包何、包佶兄弟，天寶時進士），
　雖取境不遠，而神幽韻潔，有涼月疏風，殘蟬新雁之致。如補闕
　「菓熟任霜封，籬疏從水度」「山晚雲和雪，汀寒月照霜」「裛露
　收新稼，迎寒葺舊蘆」，昔人賞鑑固自不錯。侍御（按：指皇甫曾）
　之「細泉松徑裡，返景竹林西」「隔城寒杵急，帶月早鴻遠」，亦
　自清絕；至若「客散高樓上，帆飛細雨中」，旅中讀之，尤不能為
　懷。才雖稍亞於兄，正自不墮家法。（《載酒園詩話·又編》）

172 春思（七律）　　　　　　　　皇甫冉

鶯啼燕語報新年，馬邑龍堆路幾千？家住層城鄰漢
苑，心隨明月到胡天。機中錦字論長恨，樓上花枝
笑獨眠。為問元戎竇車騎，何時返旆勒燕然？

【詩意】

　　黃鶯歡悅地啼唱，燕子親密地呢喃，彷彿殷勤地向世人傳報新春
又再度降臨人間的喜訊。這不禁使我想起遠戍邊境的良人有時得駐守
馬邑，有時得移防龍堆，不知道這一年內他又跋涉了幾千里的長途？
我家是在亭臺樓閣層層疊疊的繁華長安，就在靠近皇宮禁苑的地方；
每到夜晚，我的心思就不由自主地隨著明月飛到胡天荒涼的大漠裡去
了。我也有前秦時蘇蕙想念丈夫竇滔經久不歸時，巧織錦繡成迴文詩

篇的纏綿深情和幽怨悲恨，也總是得忍受閨樓上隨處可見的並蒂花、連理枝嘲諷我孤枕難眠，相思病臥的苦悶。啊！有誰能為我前去請問元帥竇將軍：什麼時候我軍才能高舉著凱旋的旗幟，在燕然山上刻石記功後就立刻班師回京呢？

【注釋】

① 詩題─《全唐詩》在詩題下注云：「一作劉長卿詩。」

② 「馬邑」句─馬邑，在今山西省朔縣西北；由於為形勝要塞，漢時曾與匈奴爭奪此城，唐時設郡置大同軍於此。龍堆，故址在今新疆羅布泊東、古玉門關西之間的庫姆塔格沙漠區。由於兩地在地圖上的直線距離達一千八百公里以上，故問曰「路幾千」以見移防奔戰之勞。

③ 「家住」句─層城，代指長安，蓋長安有內城、外城之分；亦可代指高聳的層樓。漢苑，代指皇宮禁苑。

④ 「機中」二句─錦字，《晉書》載前秦符堅時，竇滔為秦州刺史，被徙流沙（今內蒙古與甘肅間之沙漠地區）。其妻蘇蕙善屬文，思念竇滔，乃織錦成〈迴文璇璣圖〉詩以寄滔，循環宛轉以讀之，詞甚悽切。《侍兒小名錄》謂竇滔因寵愛姬妾而對蘇蕙不加聞問，蘇悔恨自傷，因織錦成回文圖，題詩二百餘首，計八百四十字，縱橫反覆而讀，皆成文章，詞甚悽惋；使人送至襄陽，滔覽錦字，感其妙絕，因具車從以迎蘇氏。論，宛轉表達。樓上花枝，殆指樓閣中屏風、被褥、羅帳、衾枕上所繡之連理枝、並蒂花而言。笑，除作嘲弄解外，唐人亦以花開為「笑」；然出句既已拈出「長恨」二字，則此作「嘲弄而令人惱慍」解較切。

⑤ 「為問」二句─為問，誰能代為詢問；亦可作「欲請教」解。元戎，元帥、主將也。竇車騎，指漢和帝之母兄竇憲，曾任侍中，後獲罪畏誅，自請擊匈奴，領兵出塞三千里，大破匈奴，於是溫

犢等八十一部來降，遂登燕然山，命班固作銘文，刻石紀功而還，後拜大將軍。因竇憲曾領車騎將軍銜，故稱竇車騎。燕然山，在今蒙古共和國之杭愛山。旆，音ㄆㄟˋ，原指旒末燕尾狀之垂旒，亦可作旌旗之通稱，此指帥旗；返旆，即高舉凱旋之軍旗而班師回朝也。勒，刻石紀功。

【淺說】

本詩是以代言的形式，為閨婦抒發思憶征夫的幽怨心聲。儘管主題和沈佺期的〈獨不見〉、李白的〈春思〉、王昌齡的〈閨怨〉等相似，但是不論抒情之婉轉怊悵、構思之心裁別出、刻畫之細膩入微，似乎都很難與前人之作分庭抗禮；因此，僅簡略解說如下。

既屬思憶之作，必然會有空間懸隔而異地相思的纏綿之情，故其筆法總是一近一遠地往復穿梭，交錯成幽遠綿長的情思，是為此體之正格。

「鶯啼燕語報新年」七字，是以鶯歌間關和燕語呢喃，喚起新春又已降臨的意識；言下之意是夫君離家已不知幾多年矣！「報」字透露出思婦孤棲獨眠的歲月裡，渾渾噩噩，度日如年，直到耳聞鳥鳴，才察覺年華如水，又已蹉跎一年的驚心。「馬邑龍堆路幾千」七字，意謂良人遠征在外，得經常移防，隨處戍守，不知忍受了多少千里跋涉的艱苦；手法和柳中庸〈征人怨〉：「歲歲金河復玉關，朝朝馬策與刀環；三春白雪歸青塚，萬里黃河繞黑山」如出一轍，只不過代言對象不同罷了。前兩句合觀，可以看出思婦即使在春光爛漫的鳥語啁啾聲中，也無心賞玩，她所想到的只有遠戍沙塞的征夫，則其魂牽夢縈之苦與纏綿悱惻之情，其實不難想像。此外，「燕語」二字，似乎有意以呢喃親密之聲情，撩起思婦孤獨之愁懷，而以鶯啼開篇，則扣準女子思春的題面；可見詩人入手擒題，相當簡潔俐落。

「家住層城鄰漢苑」七字，寫出家在繁華京師而身在碧瓦朱樓的

富貴身分，則其養尊處優，山珍海錯之生活，應該令人羨煞，而其與貴婦名媛遊賞春光的雅集宴飲之情趣，也應該足以散愁遣悶；奈何錦衣玉食的享樂，仍然無法填補她內心的空虛，因此詩人再以「心隨明月到胡天」來表現她思君深切的纏綿情思。

「機中織錦論長恨」七字，化用前秦人蘇蕙以其靈心妙手將二百多首詩織錦成〈回文璇璣圖詩〉的典故，寫她白晝時百無聊賴，意興闌珊，只能吟詩遣悶，已不知完成多少幽怨悲恨的詩篇了；則夫君離家之久，就不言可喻了。論長恨，意謂細密婉轉地傾訴相思之情，加上〈回文璇璣圖詩〉的意象，便不難想像女子蕙質蘭心的性靈深處，交錯盤結著多少鬱紆糾葛而又剪不斷、理還亂的情思了；無怪乎她要在其中深藏著無法化解的哀怨苦恨了。「樓上花枝笑獨眠」七字，是寫空閨獨寢時輾轉難眠的煎熬：只見衾被、羅帳、屏風、象床，隨處都有並蒂花與連理枝的圖案，讓她觸景傷情，悲不自抑；則其懊惱苦悶，以至於淚灑高樓而柔腸寸斷的憔悴悽楚情狀，也就宛然在目了。

經過字字關情、層層渲染之後，可以看得出她以纏綿的情絲作繭自縛，以至於日夜思慕，無法排遣，隨處傷情，無計迴避了；深陷在無邊愁思之中的她，自然如大旱之望雲霓般切盼夫妻團圓，以拯救她於水深火熱的煉獄之中，因此詩人再拈出「為問元戎竇車騎，何時返斾勒燕然」兩句，便顯得水到渠成、順理成章了。沈佺期〈雜詩〉尾聯云：「誰能將旗鼓，一為取龍城。」李白〈子夜吳歌〉的收筆說：「何日平胡虜，良人罷遠征。」都屬於同樣的心靈獨白，也是此體的正格。

【評點】

01 喬億：一氣蟬聯而下，新麗自然，可謂情到兼神到矣！唯第六句涉纖，或易「笑」作「照」較渾。（《大曆詩略》）

02 沈德潛：「盧家少婦」之亞，惟「笑獨眠」句工而近纖，或難與沈詩爭席耳。（《唐詩別裁》）

＊ 編按：儘管第六句略嫌纖巧，卻也能曲傳女子孤棲獨宿時相思苦
恨的黯然寂寞之神，即使稍嫌露骨，也無須一味抹殺。至於「心
隨明月到胡天」七字，不僅語言明淨，不假雕琢，而且心志貞潔，
情意纏綿，自是值得圈點的佳句。

03 方東樹：前四句，一彼一此，屬對奇麗，而又關生有情，所以為
佳；五、六專就自己一邊說，而點化入妙。結句出場入妙，勝沈
雲卿矣。此等詩，色相不出齊、梁，而用意則去《三百篇》不遠；
所謂哀而不傷，怨而不怒，溫柔和平，可以怨者也。(《昭昧詹言》)

三二、元結詩歌選讀

【事略】

元結（719－772），字次山，先世居太原，後移居魯山（今河南省魯山縣）。

少不羈，年十七始折節讀書。天寶十二載（753）進士，禮部侍郎楊浚見其文而奇之，遂擢置高品。

安史亂起，曾逃難入猗玗（音一　ㄩˊ）洞，始自稱猗玗子；後又有浪士、漫郎、聱叟、曼叟等別號以為筆名。

國子司業蘇源明薦於肅宗，乃召議京師，上時議三篇，擢右金吾兵曹參軍，攝監察御史，又出任山南東道節度參謀；後屢佐戎幕，討賊有功，迭有升遷。道州刺史任內，減免賦稅，安撫流亡，政績顯著；授容管經略使後，身諭蠻豪，綏定八州。後加封左金吾衛將軍，因遭嫉害，辭官歸隱。

元結為人戇直，深憎薄俗。發為詩文，則憂黎元，念蒼生，流露出藹然淳厚的儒者胸襟，有社會寫實之風，天下皆知景仰，亦頗得老杜推重。元結以為詩歌須能感上化下，有裨時政民生，因此反對「拘限聲病，喜尚形似」（《篋中集‧序》）的形式主義，主張以質樸通俗的文字諷諭時政，反映社會現實與民生疾苦。編有《篋中集》1 卷，所選皆質樸雅淡之五古，可見其詩風。

其〈大唐中興頌〉一文，燦若金石，清壓湘流，久為世所傳誦。

《全唐詩》存其詩 2 卷，《全唐詩續拾》補詩 3 首又 2 句。

【詩文評】

01 歐陽修：元結，好奇之士也。其所居山水，必自名之，唯恐不奇；

而其文章用意亦然，而氣力不足，故少遺韻。（〈唐元結華陽岩銘〉）

02 晁公武：結性耿介，有憂道憫世之思。逢天寶之亂，或仕或隱，自謂與世聱牙；豈獨行事而然？其文辭亦如之。然其辭義幽約，譬古鐘磬，不諧於俚耳，而可尋玩。在當時名出蕭、李之下，至韓愈稱數唐之文人，獨及結云。（《郡齋讀書志》）

03 湛若水：余自北游，觀藝於燕、冀之都，得元子而異焉；欲質不欲野，欲樸不欲陋，欲拙不欲固，卓然自成其家者也。唐之大家，風斯下矣。（〈元次山集序〉）

04 陸時雍：元結詩，每有真性情，淺而可諷。（《唐詩鏡》）

05 鍾惺：元次山詩，溪刻直奧，有異趣，有奇響，在盛唐中自為調；不讀此，不知古人無所不有。若掩其姓名以示俗人，決不以為盛唐人作矣。　○不知者笑其稚樸，知者驚其奇險；當觀其意法深老處。（《唐詩歸》）

06 許學夷：元結五言古，聲體盡純，在李、杜、岑參外另成一家。結與〈劉侍御宴會詩序〉云：「文章道喪久矣，時之作者，煩雜過多，歌兒舞女，且相喜愛，係之風雅，誰道是耶？」故其詩不為浮泛，關係實多。但其品高性潔，激揚太過，故往往傷於許直。中如〈賤士吟〉〈貧婦詞〉〈下客謠〉等，質實無華，最為淳古；其他意在匠心，故多游戲自得而有奇趣。蓋上源淵明，下開白、蘇之門戶矣；惜調多一律耳。　○其五言古極意洗削，聲體之純，遠勝光羲諸子；但矯枉太過，往往有稚樸憨直之句。（《詩源辯體》）

07 賀貽孫：唐詩人能以真樸自立門戶者，唯元次山一人。次山不唯不似唐人，并不似元亮；蓋次山自有次山之真樸，此其所以自立門戶也。（《詩筏》）

08 賀裳：疏率自然，元次山之本趣也，然亦有太輕、太樸者。酬贈、游宴諸詩，宜分別存之。唯憫貧窮、悲兵燹之言，宜備矇瞍之誦；為人牧者，尤宜置之座右。（《載酒園詩話·又編》）

09 沈德潛：次山詩自寫胸次，不欲規模古人；而奇響逸趣，在唐人
中另闢門徑。前人譬諸鐘磬不諧俚耳，信然。(《唐詩別裁》)

10 張謙宜：元次山詩悠然自適，一種沖穆和平之味，又在少陵以上。
○高古渾穆，老杜甘處其下，王摩詰更不必言。唯韋蘇州略近，
而矜貴終讓一籌。(《絸齋詩談》)

11 牟願相：元次山樸素中更饒嫵媚。(《小澥草堂雜論詩》)

12 喬億：元次山詩在唐人中又是一格，所謂「仁義之人，其言藹如」
也。(《劍溪說詩》)

13 紀昀：結性不諧俗，亦往往跡涉詭激……頗近古之狂。然制行高
潔，而深抱閔時憂世之心，文章戛戛自異，變排偶綺靡之習。老
杜嘗和其〈舂陵行〉，稱其可為天地萬物吐氣；晁公武謂其文如古
鐘磬，不諧俗耳；高似孫謂其文章奇古，不蹈襲；蓋唐文在韓愈
以前毅然自為者，自結始，亦可謂耿介拔俗之姿矣。(《四庫全書
總目提要》)

14 管世銘：元次山古調獨彈，冰襟雪抱，令人不敢褻玩。(《讀雪山
房唐詩序例》)

15 劉熙載：元、韋兩家皆學陶，然蘇州尤多一「慕陶直可庶」之意；
吾尤愛次山以不必似為真似也。(《藝概》)

16 宋育仁：〈貧婦〉〈農臣〉〈下客〉諸篇，托諷深微，樸而不野；〈閔
荒〉〈舂陵〉，古思同頡。雜言七字，別具風味；正如未下鹽豉，
千里蒪羹。(《三唐詩品》)

173 賊退示官吏 (五古)　　　　　元結

昔歲逢太平，山林二十年。泉源在庭戶，洞壑當門
前。井稅有常期，日晏猶得眠。

忽然遭世變，數歲親戎旃。今來典斯郡，山夷又紛然。城小賊不屠，人貧傷可憐。是以陷鄰境，此州獨見全。

使臣將王命，豈不如賊焉？今彼征斂者，迫之如火煎。誰能絕人命，以作時世賢？

思欲委符節，引竿自刺船。將家就魚麥，歸老江湖邊。

【詩意】

從前正逢太平盛世，我在山林間逍遙了將近二十年；庭院裡就有清澈的泉源，門前正對著窈窕幽深的巖穴谿谷。當時按戶口徵收的賦稅有一定的額度和固定的期限，百姓到了日上三竿，都還能高枕而眠。

豈料忽然間就遭遇了世局的變亂，我親身參與了好幾年征討叛亂的軍務。如今來鎮守道州，西原山裡的蠻夷又紛紛劫掠擾亂。他們並沒有來到這座小城屠殺，是因為可憐百姓太過困窮才手下留情；因此鄰近的永州、邵州都被他們劫掠一空，本州卻能僥倖獨自保全。

奉命前來徵收租庸賦稅的使臣，難道竟然不如還有悲憫之心的盜賊嗎？哪些橫徵暴斂的官員，對百姓的逼迫殘虐，有如用烈火去煎熬他們一般。對於劫後餘生的百姓，誰忍心斷絕他們的生路，好讓自己成為統治者褒揚的賢能官吏呢？

我真想交還印信，從此遠離官場，到江湖邊享受自己撐船的自在生活；希望移家到可以捕魚種麥的地方，安養我的晚年。

【注釋】

① 詩題─賊，指廣西境內少數民族「西原蠻」而言。代宗廣德二年（764）五月，元結為道州（州治在今湖南省道縣）刺史；七月，西原蠻來犯，因元結率眾堅守，乃轉而攻破永州（今湖南零陵區）、邵州（今湖南邵陽市）。

② 「昔歲」二句─逢太平，指出仕前安享開元盛世的太平歲月。元結自十七歲折節讀書起，至天寶十二載（753）進士及第止，將近二十年之間，或從學魯山，或浮游江、淮，或習靜商餘山（今河南省魯山縣）。

③ 「泉源」二句─謂山居清靜幽美，有山有水，宛如世外桃源。

④ 「井稅」二句─井稅，原指井田制度中約征十分之一的稅賦，此代指唐朝所施行的按戶口征取定額賦稅的租庸調法而言。有常期，有固定的額度和徵收的日期。日晏，日晚也。次句謂既無盜賊侵擾，亦無須過於操勞，可以高枕安眠；亦即安居樂業之意。

⑤ 「忽然」二句─世變，指安、史以來的戰亂。戎旆，以毯子製成的軍事帳幕，此代指軍旅事務而言。作者於肅宗乾元年間充山南東道節度使參謀，奉命在唐、鄧、汝、蔡諸州召募義軍，配合李光弼的部隊，大挫史思明的鋒銳，使之不敢南侵，保全了十五座城池。上元年間，又佐荊南節度使呂諲拒賊，著有功績。

⑥ 「今來」二句─典，掌領管理也。山夷，指廣西山區少數民族，當時稱為西原蠻。

⑦ 「使臣」句─使臣，指朝廷所派至州郡催繳稅賦的租庸使。將，奉也。

⑧ 「誰能」二句─誰能，猶豈能、怎能。絕人命，謂催逼稅賦而斷絕人民生路。時世賢，指善於橫徵暴斂而取得當時賢能官吏的美名。

⑨ 「思欲」二句─謂有意辭官隱遁。委，棄置。符節，古代使臣出

行則持符節以示信；唐時刺史也加號持節，然並未實授符節，僅
授銅魚符為信。委符節，即掛冠而去之意。刺船，以篙撐船。

⑩ 「將家」二句──將家，攜家帶眷。就，趨赴、前往也。就魚麥，
謂自行捕魚、種麥，亦即歸隱林泉，自食其力。

【導讀】

代宗廣德元年（763）冬，廣西境內少數民族「西原蠻」發動武
裝起義，攻陷道州（州治在今湖南省道縣），盤踞月餘，才被桂管經
略使邢濟討平。次年五月，元結為道州刺史；七月，西原蠻又來犯，
因元結率眾堅守，乃轉而攻破永州（今湖南零陵區）、邵州（今湖南
邵陽市）。元結有感於當時朝廷派遣的租庸使在農村凋敝而民窮財盡
之際，仍然只知橫徵暴斂，不恤黎庶，於是不惜獲罪丟官，屢上奏疏
為民請命，乞免賦稅，并作〈舂陵行〉及本詩，憂憫蒼生之困苦，宣
洩內心之悲憤。

本詩是以地方長官愛護百姓的沉痛心情，曉諭屬下以百姓為念的
為官之道，并告誡切勿荼毒生靈，殘民邀功。作者曉之以理，動之以
情，語言質樸，意蘊深遠，充分展現出人溺己溺，人飢己飢的仁者胸
懷。詩前有序曰：

「癸卯歲，西原賊入道州，焚燒殺掠，幾盡而去。明年，賊又
攻永破邵，不犯此州邊鄙而退。豈力能制敵歟？蓋蒙其傷憐而已。
諸使何為忍苦征斂？故作詩一篇以示官吏。」

文中絕口不提自己糾眾拒賊之功，反而把道州得以保全，歸之於西原
賊的悲憫垂憐，很可以看出作者不矜功不炫能，不伐善不施勞，唯以
黎元為心的溫厚性情；因此張謙宜《絸齋詩談》說：「若純作刺時語，
亦傷厚道；看首尾詞意和平，可知古人用筆之妙。」

本詩可以分為四段。

首段「昔歲逢太平，山林二十年。泉源在庭戶，洞壑當門前。井

稅有常期，日晏猶得眠」六句，追述自己安享太平，隱遁林泉的早年生涯，既作為中間兩段所寫亂世賊叛而民不聊生的清楚對比，又為末段的歸隱之志預留伏筆。「井稅有常期，日晏猶得眠」兩句，既表現出對於開元盛世時安居樂業的無限留戀，又對襯出中間兩段所述官吏兇於賊而苛政猛於虎的憤激之切，同時作為告諭部屬輕徭薄賦，與民生息的居官之方。

「忽然遭世變，數歲親戎旃。今來典斯郡，山夷又紛然。城小賊不屠，人貧傷可憐。是以陷鄰境，此州獨見全」八句為第二段，表明亂世應命而出仕，輾轉征戰之後來典守道州；正值西原蠻賊叛亂，卻僥倖保全，皆因賊憫民窮，實非己功。「城小賊不屠，人貧傷可憐」兩句，既流露出淒惻沉痛的悲憫之情，也為下一段揭露租庸使的凶暴狠戾預作襯墊，同時也最能看出作者不貪功邀賞，唯以生民為念的仁者胸懷。

「使臣將王命，豈不如賊焉？今彼徵斂者，迫之如火煎。誰能絕人命，以作時世賢」六句為第三段，強烈地控訴官使不恤民命，罔顧人飢的蠻橫殘虐；語氣憤激峻切，可使人義憤填膺而悲恨莫名，也能令薄夫敦而鄙夫寬，頑者廉而懦者立。「誰能絕人命，以作時世賢」兩句，語重心長，是作者深自反省之餘痛徹肺腑之言，也是本詩曉諭官吏的主題所在，足以震聾發瞶。

「思欲委符節，引竿自刺船。將家就魚麥，歸老江湖邊」四句為末段，表現出為民請命，即使丟官去職也在所不惜的決心；一方面是以身作則來曉諭部屬出處進退之道，一方面回應首段，表明重拾歸隱林泉的心願，同時更具體地表現出對於以糟蹋民命為富貴階梯的不齒之意，實踐《中庸》所謂「言顧行，行顧言」的慥慥君子之風；讀來真令人有「高山仰止，景行行止」之嘆。

施補華《峴傭說詩》說：「作五古詩，寧拙毋巧，寧樸毋華，寧生毋熟；次山《篋中集》實得此意。」本詩正是這種風格的代表作。

因此，本詩儘管率直真切而又樸拙簡淡，可是語語發自肺腑，句句流露真情，自有其苦口婆心而又正氣浩蕩的感人力量，絕不能因為詩中沒有古奧深僻的典故，華麗精美的詞藻，就以為枯淡寡味而輕忽作者的深心。《文心雕龍·情采》篇說：「夫桃李不言而成蹊，有實存也；男子樹蘭而不芳，無其情也。」本詩儘管素白無華，可是由於真情流露，正義浩然，因此可以完全實踐作者修辭立其誠的文學主張；無怪乎陸時雍《唐詩鏡》說：「元結詩，每有真性情，故淺而可諷。」沈德潛《唐詩別裁》說：「次山詩自寫胸次，不欲規模古人，而奇響逸趣，在唐人中另闢門徑。」

　　元結主張文學應該為政教服務，竭力反對「拘限聲病，喜尚形似」（〈篋中集序〉）的繁縟詩風，因此作品以樸實古拙為尚，不以雕章琢句為高。由於詩人有意以平淡自然的語言反映時代的亂離，期能「極帝王理亂之道，繫古人規諷之流」，進而達到「上感於上，下化於下」「救時勸俗」的功效，再加上詩中流露出反躬自省的態度、批判諷喻的精神及仁民愛物的真情，因此能夠使得社會寫實派的宗師杜甫深受感動，寫下了推崇備至的〈同元使君舂陵行〉酬答：「……粲粲元道州，前聖畏後生。觀乎〈舂陵作〉，㳠見俊哲情；復覽〈賊退〉篇，結也實國禎……道州憂黎庶，詞氣浩縱橫；兩章對秋月，一字偕華星。」除了稱讚這兩首社會寫實之作可以和秋月華星並垂千古之外，還肯定它們能褒善貶惡，功同《春秋》。可以說中唐時期標榜「文章合為時而著，歌詩合為事而作」的元、白新樂府運動，正是元結諷喻寫實詩風的發揚光大；即此可見作者在詩歌發展史上的重要貢獻了。

【補註】

01 引文依序見元結之〈二風詩論〉〈繫樂府十二首序〉與〈文編序〉。

【後記】

《全唐文》卷 380 載元結任道州刺史時曾上表兩通，極言民窮吏惡，請朝廷慎擇良吏，勿增賦稅：

「臣愚以為，今日刺史，若無武略以制暴亂，若無文才以救疲弊，若不清廉以身率下，若不變通以救時須，一州之人不叛，則亂將作矣。豈止一州者乎？臣料今日州縣，堪徵稅者無幾，已破敗者實多；百姓戀墳墓者蓋少，思流亡者乃眾。則刺史宜精選謹擇以委任之，固不可拘限官次，得之貨賄，出之權門者也。」（〈謝上表〉）

「今四方兵革未寧，賦斂未息，百姓流亡轉甚，官吏侵刻日多，實不合使凶庸貪狠之徒，凡弱下愚之類，以貨略權勢，而為州縣長官。伏望陛下特加察問，舉其功過，必行賞罰，以安蒼生。」（〈再謝上表〉）

這種公忠體國的深謀遠慮，和不畏權貴的讜言正論，真可謂堅逾金石，擲地有聲。正由於關心民瘼，因此不欲殘民邀功；正由於憂念時艱，因此不計個人毀譽。《唐才子傳》說他：「性梗僻，深憎薄俗，有憂道閔世之心。」劉熙載《藝概》說他：「疾官邪，輕爵祿，意皆起於惻惻為民。」信然！正由於作者具有痌瘝在抱的仁者胸懷，因此明人陳繼儒引《韻語陽秋》之言嘆曰：「元結刺道州，以人困甚，不忍加賦；嘗奏免租稅和市雜物十三萬緡，又奏免租庸十餘萬緡，困乏流亡盡歸。乃知賢者所存，不特空言而已。夫文人作吏，非厭其煩，則厭其俗；使摛詞之士，盡如元次山，孰謂詞賦家不可入循良傳耶？」（《佘山詩話》）無怪乎連皇家都不僅不怪罪他請免賦稅的抗命忤上之舉，反而還在他保全道州之後，擢升為容管經略使；他也能進而「身諭蠻豪，綏定八州」，使百姓都樂於接受他的教化，感念他的仁恩德威，為他立石頌德了。（見《新唐書・卷 156・元結傳》）

【評點】

01 吳山民：是真憂真憤，真慈惠人語；使俗吏讀之，能不為之心怍而面熱？（《杜詩詳注》引）

02 王士禛：真樸惻怛，如讀〈變風〉〈小雅〉。不獨有仁慈之心，亦可以為詩史也。（《唐賢三昧集箋注》）

03 施補華：詩忌直拙，然如元次山〈舂陵行〉〈賊退示官吏〉諸詩，愈拙直愈可愛；蓋以仁心結為真氣，發為憤詞，字字悲痛，〈小雅〉之哀音也。（《峴傭說詩》）

＊石魚湖上醉歌・序　　　　　元結

【序文】

漫叟以公田米釀酒，因休暇，則載酒於湖上，時取一醉；歡醉中，據湖岸，引臂向魚取酒，使舫載之，遍飲坐者。意疑倚巴丘，酌於君山之上，諸子環洞庭而坐，酒舫泛泛然，觸波濤而往來者，乃作歌以長之。

【注釋】

① 漫叟──元結之別號。

② 休暇──唐時官吏有旬節休假的制度；此外，五月有給田假，九月有授衣假，各十五日。

③ 向「魚」──指水中形狀似魚的獨石。

④ 意疑──想像中疑似。

⑤ 巴丘──山名，又名巴陵，在湘水右岸。

⑥ 君山──洞庭湖中小山名，相傳為舜妃湘君之游處，故又名湘山。

⑦ 「長」之──助長興致也。

174 石魚湖上醉歌（七古）　　　　元結

石魚湖，似洞庭，夏水欲滿君山青。

山為樽，水為沼，酒徒歷歷坐洲島。

長風連日作大浪，不能廢人運酒舫。

我持長瓢坐巴丘，酌飲四座以散愁。

【詩意】

　　石魚湖就像是八百里洞庭湖一樣可愛，湖中造型像魚的那塊石頭，就像夏季湖水上漲時快要被淹沒的青翠君山一般；這樣一想，就頓時覺得天地寬敞，胸襟開朗起來，於是君山就成為我們的酒杯，湖水就成為我們的酒池，而我的朋友們就是一個個環坐在洲渚邊、島嶼上的酒徒了。這裡即使是連日的長風掀起了巨浪，也阻止不了我們載酒的小船往來其中；而我呢，正拿著長柄的酒瓢坐在湖畔的巴陵山上，為四座的朋友酌酒勸飲，好排遣大家內心的憂愁。

【注釋】

① 詩題──本詩是代宗廣德二年（764）道州局面稍微安定時所作。石魚湖，位於湖南道縣東。作者〈石魚湖上作〉詩前〈序〉云：「漫泉南上有獨石在水中，狀如游魚。魚凹處，修之可以貯酒。水涯四匝，多欹石相連，石上堪人坐。水能浮小舫載酒，又能繞石魚迴流，乃命湖曰『石魚湖』，鑴銘於湖上，顯示來者，又作詩以歌之。」準此，則石魚湖原本只是一座小水池，因池中有石形狀似魚，故發揮想像力而命名，本非山水名勝。其詩云：「吾愛石魚湖，石魚在湖裡；魚背有酒樽，繞魚是湖水。」更可見所謂「湖」之

小。

② 「山為樽」二句──前句謂石魚湖中的獨石轟立水中，其凹陷處可以貯酒，有如酒杯一般；《博物志》：「君山上有美酒數斗，得飲者不死。」本句或由此而來。次句謂環繞著獨石的湖水，有如盛滿瓊漿玉液的池沼一般。

③ 「酒徒」句──由〈石魚湖上作〉之序文可知石魚湖畔有高低不齊的石頭相連，故諸友坐石上飲酒，有如環坐於洞庭湖畔的醉仙。酒徒，稱美與會的友人；元結嗜飲，其〈漫歌八曲〉云：「將船何處去，送客小回南。有時逢惡客，還家亦少酣。」並自注云：「非酒徒，即惡客也。」歷歷，一個個分開散坐的樣子。

④ 「不能」句──廢，阻止。因湖甚小，故即使清風吹拂所掀起之漣漪，也不至於影響載酒的小舫往來洄流於湖中。長風與大浪，大概都是詩人所發揮的想像；否則如真有長風掀起波濤，詩人與酒友應皆敗興而返矣。

⑤ 「我持」二句──詩人想像自己有如仙人坐於巴陵山上為列仙取君山凹處之酒漿以酌客。巴丘，在此應指湖邊較大的石頭。

【淺說】

本詩所寫的內容，是作者妙想聯翩，把和朋友同飲於漫泉邊上的一次尋常聚會，想像成列仙酌酒於洞庭般豪邁暢快，同時體會到其中頗有蘭亭修褉時曲水流觴的雅趣。

作者〈石魚湖上作〉詩云：「吾愛石魚湖，石魚在湖裡；魚背有酒樽，繞魚是湖水……。」詩前〈序〉云：「漫泉南上有獨石在水中，狀如游魚。魚凹處，修之可以貯酒。水涯四匝，多欹石相連，石上堪人坐。水能浮小舫載酒，又能繞石魚洄流，乃命湖曰『石魚湖』，鑴銘於湖上，顯示來者，又作詩以歌之。」可見所謂石魚湖，不過是一座小水池，因池中有石如魚而命名，原非山水名勝。再由本詩之〈序〉

觀察，可知石魚湖甚小，故詩人可由岸邊伸臂向石魚取酒；而所謂載酒之舫，不過是模擬船形的平底盤子，因此可以浮游水上而傳送酒杯，由環坐岸邊的友人取而飲之。換言之，元結大概是模仿蘭亭曲水流觴的雅集，又發揮有如柳宗元在〈永州八記〉中將小巧玲瓏的鈷鉧潭、小丘、小石潭、小石城山都寫得天寬地闊，清峻幽美，使人悠然神往的想像力，把石魚湖比擬為洞庭湖，又把石魚比擬為君山，於是不知不覺心曠神怡，胸懷開闊，故作本詩以記其趣。

詩人能把名不見經傳的小池小石勾勒得天寬地闊，境界開朗，又在奇詭縱恣的想像中，流露出率性自然，優遊自得的情趣，除了他自有豪爽的胸襟和隱者的性情之外，恐怕也是由於飲酒樂甚才能想入非非地寫出有如沈復《浮生六記・閒情記趣》：「以叢草為林，以蟲蟻為獸，以土礫凸者為丘，凹者為壑，神遊其中，怡然自得」那種納須彌於芥子的古怪興會吧。

然而，這首詩除了想像清新可愛之外，就詩歌講究的情采之美而言，其實還不足以使人涵詠不倦，回味再三，是以僅淺說如上，不再深入導讀。

【商榷】

坊間常見的注譯本，往往曲探詩人本心，以為詩中別有寄託；茲摘錄數說，並略作評述。

＊章燮：此詩元公必傷唐季，澹於宦途，有懷隱遁而作，故託石魚湖以寄興耳。……「石魚」等句，言欲隱遁，不必遙在三湘五湖方為真隱，即此石魚湖當夏水滿溢之時，安見不及洞庭君山也？「山為樽」等句，遇此勝境，正堪盤旋笑傲也。「長風」二句比世亂，下句有鳥自高飛，羅當奈何意。末以逍遙世外之情結之。（《唐詩三百首注疏》）

＊喻守真：表面雖為石魚湖風景而放歌，其實也可說次山在唐末時

看到天下擾擾，自己澹於仕進，大有歸隱之意。同時可以看出作者胸襟的闊大、及時行樂的丰神。（《唐詩三百首詳析》）

＊金性堯：當時或已有歸隱之意。（《唐詩三百首新注》）

＊張教授：本詩看似為石魚湖作歌，其實是藉歌以抒襟抱。……先敘石魚湖的風景，次敘此等勝境值得遊賞流連，縱然長風大浪也不致敗興。末以逍遙之情作收，表現了他的歸隱之意。（《唐詩三百首鑑賞》）

＊未署名：表面上是頌揚石魚湖的山清水秀，縱酒放歌，其實是鑑於天下擾攘，澹於功名富貴，隱然有徜徉湖山、遁跡林泉的意思。旨在借酒澆愁，及時行樂，以暢胸臆，與歐陽修〈醉翁亭記〉正有同樣風致。（《唐詩新賞》）

編按：歐陽修〈醉翁亭記〉旨在表達「醉翁之意不在酒，在乎山水之間也」和「與民同樂」這兩層意思，與前述之說絲毫無關；《唐詩新賞》之說，實有謬誤。

＊未署名：起首三句……暗示這是歸隱的好地方。……「山為樽」三句寫賞覽。……接著說難得遇到如此佳山麗水，正堪盤遊嘯傲，開懷暢飲，否則將愧對美景。（《唐詩新賞》）

＊未署名：「長風」二句寫飲酒的豪情，言即使有長風大浪也不能阻止大夥兒一起飲酒作樂的行動，因為「人生難得幾回醉」啊。（《唐詩新賞》）

＊未署名：最末二句以逍遙世外，終隱於酒作結。釀「愁」之原因是由於傷時，「酌飲」之目的則是為了「散愁」，作者萬目時艱，心餘力絀，不得已而寄情於詩酒，浪跡於湖山，最後則欲高翔遠引，與麋鹿同遊，看他取別號為浪士、漫郎、漫叟、聱叟，即可知其生平志趣之所在。（《唐詩新賞》）

筆者以為所謂憂國傷時、淡於仕途、及時行樂、借酒澆愁、浪跡湖山、儔侶麋鹿、遁跡歸隱等說法，都是把詩中所沒有的情境擴大聯

想到迷途難返的地步，主要的錯誤是由於太過強調作者懷有「憂道閔世」之心，不自覺地把〈賊退示官吏〉的傷嘆移植到本詩，才產生了誤解。其實只要掌握住詩序的「歡醉中」「作歌以長之」這八個字，就可以了解元結原是酌酒甚歡的，何來歸隱之意呢？詩末固然有「散愁」之義，不過是排遣煩悶之意罷了；誰心中沒有一些煩心悶意之事呢？一位有使命感的父母官為道州之凋敝而憂慮，是再自然不過的事了，哪能因詩末「散愁」二字就輕率地斷言他有歸隱之思呢？因此，把〈賊退示官吏〉詩末的「歸老江湖邊」套用在此詩，可以說是張冠李戴、指鹿為馬了！吳瑞榮《唐詩箋要》評本詩曰：「石魚為樽，器皿已奇；巴丘、君山、洞庭，須彌世界乃藏芥子，真耶？幻耶？有古怪興會，始有古怪文章。豪於飲者，世不乏人，吾斷推次山為第一。」從酒興豪邁而妙想奇特，以至於描寫酒場情境如真似幻的觀點來賞讀本詩，恐怕才是正解。

三三、張繼詩歌選讀

【事略】

張繼，字懿孫，襄州（今湖北襄陽市）人，生卒年不詳。

與皇甫冉為總角之交，情逾昆玉，早振詞名。又與劉長卿、竇叔向、章八元、顧況友善。

初至長安，頗矜氣節，有〈感懷〉詩云：「調與時人背，心將靜者論。終年帝城裡，不識五侯門。」可見其人之淡泊。博覽有識，好談論，知治體。天寶十二載（753）進士。嘗佐戎幕，為鹽鐵判官；大曆末，以檢校祠部員外郎，分掌財富於洪洲，卒於任；劉長卿有〈哭張員外繼〉詩，自注云：「公及夫人相次歿於洪州。」

《全唐詩》錄其 1 卷，僅四十餘首，然頗與他人之作相雜。

【詩評】

01 高仲武：員外累代詞伯，積習弓裘。其於為文，不雕不飾。及爾登第，秀發當時。詩體清迴，有道者風。如「女停襄邑杼，農廢汶陽耕」，可謂事理雙切；又「火燎原猶熱，風搖海未平」，比興深矣。（《中興間氣集》）

02 辛文房：詩情爽激，多金玉音。（《唐才子傳》）

03 丁儀：繼詩多絃外音，適意寫心，不求工而自工者也。然絕句已漸改盛唐之舊，而下逗乎中、晚體格矣。（《詩學淵源》）

175 楓橋夜泊（七絕） 　　　　張繼

月落烏啼霜滿天，江楓漁火對愁眠。姑蘇城外寒山寺，夜半鐘聲到客船。

【詩意】

　　當中天明月冉冉向西邊沉落時，遠處傳來烏鴉啞啞的啼叫聲，劃破了暗夜的寂靜，使人頓時感受到侵肌砭骨的霜寒之氣正瀰天漫水而來，心中不禁泛起難以言喻的淒清之感。江岸邊上的楓樹，依稀可辨，而昏昧迷濛的江面上，則散佈著明滅閃爍、起伏搖曳的漁火；面對如此空廓寂寥的夜景，不禁令孤舟客子的心中愁緒深濃而難以入眠。就在霜天清寥，萬籟俱寂，水光滉漾如夢，漁火閃爍似星的情境使人悵惘莫名的夜半時分，忽然從姑蘇城外的寒山寺傳來幾聲疏宕而清遠的鐘聲，更使得客舟遊子別有感觸而愁思滿船了……。

【注釋】

① 詩題—唐人高仲武編《中興間氣集》作「夜泊松江」，大約是詩人在肅宗至德年間漫游吳、越時所作。當時作者泊船在蘇州城外吳江上的渡口邊歇宿，吳江的下游就稱松江。此外，又有「晚泊」「夜泊楓江」等詩題，而以本題流傳最廣。楓橋，在今江蘇蘇州市西南，與寒山寺鄰近。

② 「月落」句—月落，明月西斜也，表示夜之深。霜，代指嚴寒之氣，或霜寒之感；並非指凝結於地面上的白霜。簡錦松教授認為是指「如霜的月光」，可備一說。烏啼，殆即因霜威稜稜，難以成眠而咶叫。

③ 「江楓」句—江楓，清人王端履《重論文齋筆錄》云：「江南臨水

多植烏桕，秋葉飽霜，鮮紅可愛，詩人類指為楓；不知楓生山中，性最惡濕，不能種之江畔也。此詩『江楓』二字，亦未免誤認耳。」漁火，漁舟上星星點點的燈火。對，意近於「伴」；對愁眠，謂江楓的暗影幢幢，漁火的明滅閃爍，伴人愁思滿懷而難以成眠。

④ 「姑蘇」句──姑蘇，蘇州吳縣西南有姑蘇山，故可以「姑蘇」二字代稱蘇州或吳縣。寒山寺，始建於梁，原名妙利普明塔院，又稱普明禪院、普明寺；唐代高僧寒山、拾得曾主持此寺，故以寒山寺而聞名。

【導讀】

由於本詩所寫的內容，聲色俱佳，動靜交融，情景渾成，畫面和諧，再加上古城所散發的歷史幽情，和名剎所含蘊的宗教玄思，全藉著悠揚的鐘聲「鏜─鏜─鏜」地迴盪在霜天、古城、江楓、漁火、客舟和遊子所形成的深廣空間裡，因此別有神祕浪漫而又清遠幽謐的意境，格外引人入勝，甚至令人著迷。

然而，歷代詩評家對本詩的解析往往側重在紛繁的考據，包括詩題、異文、詩義、時間、地點等，使人望而生畏；至於詩中的情境與氣氛，則論述得極為簡略，或者時有相異的看法，使人難於取捨。筆者以為詩人既以他主觀的心靈燭照，勾勒出他曾經醉心的詩情畫意和美感體驗，讀者不妨經由自己的生命閱歷和靈心慧眼，各自以意逆志去尋繹詩中的化境，體悟詩人的騷心；因此譚獻的《復堂詞話》說：「作者之用心未必然，而讀者之用心何必不然？」他提示我們：一件藝術品固然有作者所賦予的意志和情感，但是它獨立的生命內涵，卻有待讀者的靈心妙悟去探索、去發掘，才能更為豐富，更形璀璨。

「月落」二字，訴諸視覺形象，既是靜中藏動的畫面，又點出夜深時清輝轉淡而視野昏暗的景象。「烏啼」二字，則訴諸聽覺形象，採用的是王籍〈入若耶溪〉詩中「蟬噪林逾靜，鳥鳴山更幽」那種以

喧襯寂的手法，既和「月落」二字結合而暗示不寐，又烘托出夜之淒清與境之寂寥，同時也有觸惹愁懷，驚動旅思的作用。再加上「霜滿天」三字，既有觸覺上侵肌砭骨的寒冷，又有視覺上迷濛空闊的蒼茫，同時還有心理上孤子悽涼的惆悵；如此一來，首句七字三折的語勢中，便飽含了逗人情思、撩人愁腸的豐富意境了。對於孤舟漂泊的遊子而言，心中本來就蘊蓄著淒清的旅愁，何況身在江南水鄉深秋時清幽的景致中，自然容易觸目生悲。而在萬籟俱寂的暗夜裡，心理上本來就容易倍感孤單茫然，何況又有棲鴉驀然驚寒的聒噪聲劃破暗夜的岑寂，無形中便令漂泊異鄉的詩人在身心兩方面對於寒涼的感受都變得格外敏銳；即使霜華原本應該凝白於地，卻無礙於詩人感覺到霜氣的威稜由四面八方襲來時淒神寒骨的悲愴。換言之，即使「飛霜滿天」未必符合科學上的「事實」，卻無礙於風行水宿的孤舟遊子對於瀰天漫水而來的嚴寒霜氣的「真實感受」；因此，「霜滿天」除了點出秋末冬初的時節之外，又和「月落烏啼」的聲色結合而渲染出使人愁懷不寐的淒寒情境。

「江楓」二字，自從《楚辭・招魂》：「湛湛江水兮上有楓，目擊千里兮傷春心」以來，早就在古典文學中沉積為能令離人黯然神傷，也能令旅人愁情滿懷的典型情境；當它們的形象在寒山寺輪廓的烘托下顯得格外清矓，或者在昏暗夜幕的襯托下顯得格外神祕時，難免會勾起作者另一種難以名狀的深沉哀傷。再加上光影滉漾的水波上，幾星起伏搖曳的漁火正在闃暗的江流中明滅閃爍，更顯得水天無際，一片岑寂；此時詩人漂泊不定的旅愁似乎不僅在心中若隱若現，倏起倏滅，而且還瀰漫在遼闊的江面上，時濃時淡，忽遠忽近，自然令他倍覺惆悵，油然而生淒清之感。由於「江楓漁火」四字所構成的畫面是動中有靜，色調是暖中帶冷，因此使作者所見的情境別有詭譎而迷離，神秘而浪漫的氣氛；也許還有拍打船舷的潮水在四周低語，更把暗夜襯托得極為幽靜而使人棖觸萬端，也驚擾得客舟中的旅人無法弛然而

臥，安然而眠，因此詩人說「對愁眠」。「對」字是「相伴」的意思，卻又可以兼有面對落月啼烏、霜氣滿天、江楓漁火所組成的特殊情境，使人愁懷如潮而難以成眠的意思，在意境上要比「伴」字來得豐富蘊藉而耐人尋味。

前半十四個字中，詩人以月落、烏啼、霜天、江楓、漁火這五組密集的實字，營造出繁富淒美的意象，藉以渲染來去無端而又消除無方的旅愁；後半兩句則轉而以相當疏朗的筆墨敘寫臥聞遠鐘的情境。姑蘇古城原本就蘊蓄有吳越爭戰的豐富內涵，能夠喚起作者興衰成敗的滄桑之感，而寒山古剎隔水傳來歷史悠久的疏鐘，又聲聲敲醒詩人多愁善感的心靈，於是宗教的禪思和歷史的情懷便交融互滲，寥廓的夜空和秋水的波光也一同混漾，更使作者在霜天月斜之時和江楓漁火之境裡覺得心緒迷茫，思潮如湧，不免情靈搖蕩而產生種種難以言傳的感受了。這種只能意會而難以言傳的美感與詩意，宋人嚴羽的《滄浪詩話》談論得最為深中肯綮：「盛唐諸人，惟在興趣，羚羊掛角，無迹可求。故其妙處，透徹玲瓏，不可湊泊；如空中之音，相中之色，水中之月，鏡中之象，言有盡而意無窮。」正由於本詩的色相、音聲、動靜與時空，和諧而圓融地搭配成幽邈的天籟和縹緲的畫境，因此自然以其涵詠不盡的神韻，成為千餘年來最膾炙人口的七絕名作之一。

【評點】

01 桂天祥：詩佳；（然）效之恐傷氣。（《批點唐詩正聲》）

02 周敬：目未交睫而齋鐘聲驟至，則客夜恨懷，何暇名言？（《唐詩選脈會通評林》）

03 南邨：此詩蒼涼欲絕。（張揔《唐風懷》引）

04 沈子來：全篇詩意自「愁眠」上起，妙在不說出。（《唐詩三集合編》）

05 沈德潛：塵市喧闐之處，只聞鐘聲，荒涼寂寥可知。（《唐詩別裁》）

06 喬億：高亮殊特，青蓮遺響。(《大曆詩略》)

07 宋宗元：寫野景夜景，即不必作離亂荒涼解，亦妙。(《網師園唐詩箋》)

08 俞陛雲：作者不過夜行紀事之詩，隨手寫來，得自然趣味。(《詩境淺說・續編》)

09 劉永濟：詩中除所見所聞外，只一「愁」字透露心情。半夜鐘聲，非有旅愁者未必便能聽到；後人紛紛辨夜半有無鐘聲，殊覺可笑。(《唐人絕句精華》)

【別裁】

01 胡應麟：「夜半鐘聲到客船」，談者紛紛，皆為昔人愚弄。詩流借景立言，惟在聲律之調，興象之合，區區事實，彼豈暇計？無論「夜半」是非，即「鐘聲」聞否，未可知也。《詩藪》)

02 胡震亨：繼詩特言其早，見行役勞耳。(《唐音癸籤》)

03 唐汝詢：目未交睫也，何鐘聲之遽至乎？「夜半」訝其早也。(《唐詩解》)

04 黃生：從夜半無眠到曉，故怨鐘聲太早，攪人魂夢耳。語脈渾渾，只「對愁眠」三字略露意。此已曉而追寫昨夜之況也，故首句從曉景說起，次句即打轉昨夜；先是楓火靜中打攪，再是寺鐘聞得打攪。一夜打攪，天將明矣；起視之，「月落烏啼霜滿天」矣。不識章法之倒敘，此詩終於混沌。　○「夜半鐘聲」，或謂其誤，或謂此地故有半夜鐘；俱非解人。要之，詩人興象所至，不可執著；必欲執著，則「晨鐘雲外濕」「鐘聲和白雲」「落葉滿疏鐘」，皆不可通矣。(《唐詩摘抄》)

05 章燮：月落，見天將曉；烏啼，聞天已曉；霜滿天，見天大曉。……漁火射於江岸之楓，其光返照於客船之內；愁眠之客，對此何能睡去？此天曉回想一夜之詞。(天)明知姑蘇城外寒山寺之鐘也；

既已天曉，計若夜半者，一夜未嘗交睫也。　○鐘聲傳響，無處不聞，而獨到客船上，因愁人不能酣睡也。全用疑詞作收，不直致。（《唐詩三百首注疏》）

06 黃叔燦：本云夜半鐘聲，客船初到，而江楓漁火，相對愁眠；則已月落烏啼。客情水宿，含悲俱在言外。文法是倒拈，並非另有客船到也。不然，「夜半」與上「月落烏啼」，豈不刺謬乎？（《唐詩箋注》）

07 俞陛雲：首句言泊舟之時，次句言旅客之懷；後二句言夜半而始泊舟，見客子宵行之久。寺中尚有鐘聲，見山僧夜課之勤。（《詩境淺說·續編》）

三四、司空曙詩歌選讀

【事略】

司空曙（？－790？），字文明（一作「文初」），廣平（今河北省永年區）人，一說京兆人。

磊落有奇才，性耿介，不干權要，雖家無儲粟，晏如也。

代宗大曆初年（766）任洛陽主簿，後入朝為左拾遺。德宗建中年間（780－783）貶長林（今湖北荊門市）縣丞；貞元四年（788）前後，在劍南西川節度使韋皋幕中任檢校水部郎中，官終虞部郎中。

工五言詩，〈閑園即事〉之作，頗有高逸雅興。然由於長期沉淪流離，故詩中多身世羈旅之思，悲歡離合之歎；幽淒情調，往往動人性靈。為大曆十才子之一。

《全唐詩》存其詩 2 卷。

【詩評】

01 辛文房：多結契雙林（按：雙林，指佛教寺院與僧人而言），暗傷流景。〈寄暕上人〉詩云：「欲就東林寄一身，尚憐兒女未成人。柴門客去殘陽在，藥圃蟲喧秋雨頻。近水方同梅市隱，曝衣多笑阮家貧。深山蘭若何時到，羨與閑雲作四鄰。」閑園即事，高興可知；屬調幽閒，終篇調暢。如新花笑日，不容熏染；鏘鏘美譽，不亦宜哉！（《唐才子傳》）

02 徐獻忠：文明詩氣候清華，感賞至到，中唐作者前有繼躅，後罕聯肩；誦之口吻調利，情意觸發，可謂風人之度矣。如「雲白當山雨，風清滿峽波」「淡日非雲映，清風似雨餘」，景象依然，摹

寫切至；如「酒杯同寄世，客棹任銷年」「他鄉生白髮，舊國見青山」，情寄宛轉，綽有餘思。如「連雁下時秋水在，行人過盡暮雲生」，景物蕭瑟，含思悽惋；雖桓大司馬漢南之嘆，無是過矣。（《唐詩品》）

03 胡震亨：司空虞部婉雅閑淡，語近性情；抗衡長文不足，平視茂政兄弟有餘。（《唐音癸籤》）

04 許學夷：曙五言律如「中散詩傳話，將軍扇繼書」，七律如「雲生客到侵衣濕，花落僧禪覆地多」「講席舊逢山鳥至，梵經初到竺僧求」，乃晚唐奇僻之漸，學者所當慎始。（《詩源辯體》）

05 譚宗：曙詩清氣刻思，著手便不同。似其一逞飄蕭，幾將逸正，已而過之，誠中唐之人傑也。（《近體秋陽》）

06 喬億：司空文明詩亦以情勝，真到處與盧允言可云魯、衛。（《大曆詩略》）

07 宋育仁：其源出於沈、宋，而音思就短，彌近晚唐，在大曆詩人之中，亞於盧、李。七言稀見，「絲結」一歌，便娟贍雅；五言則〈分流水〉〈關山月〉，古情跌宕，清言雋永，足以參孟方王。（《三唐詩品》）

08 賀裳：司空文明每作得一聯好詩，輒為人壓占，如「乍現翻疑夢，相悲各問年」，可謂情至之語；李益曰：「問姓驚初見，稱名憶舊容」，則情尤深，語尤愴，讀之者幾於淚不能收。「池晴龜出曝，松暝鶴飛迴」，寫景亦佳；又有包佶「鳥窺新罅栗，龜上半敧蓮」，由得點染之趣。正如劉毅挐蒲，方矜得雉，不意他人又復成盧而去。（《載酒園詩話‧又編》）

＊ 編按：此則似可看出其人詩作流播之既速且廣，故能激宕諸子之騷心，啟沃詞之人靈感，而有後出轉精的爭勝之作。

176 賊平後送人北歸（五律）　　　司空曙

世亂同南去，時清獨北還。他鄉生白髮，舊國見青山。曉月過殘壘，繁星宿故關。寒禽與衰草，處處伴愁顏。

【詩意】

　　安史之亂時，我們為了逃難一同來到南方，如今時局清明之後，你就要獨自北歸了……。流離異鄉的歲月裡，我們都已經早生白髮，而你很快就能再度見到故鄉的青山了，真讓我既無限神往，又感慨萬千。想你一定會歸心似箭而兼程趕路吧！大概你會在拂曉時，殘月還未隱沒前就迫不及待地啟程，當中不知道要越過多少座殘破的營壘；一直趕路到繁星滿天的時候，你才肯投宿在荒涼古老的關塞邊吧！這一路上，只有淒涼的鳥啼和衰敗的秋草，將陪伴你看盡滿目瘡痍的景象，也會在無形中助長你悲愴與哀傷的愁懷，因此我要請你特別珍重啊！

【注釋】

① 詩題—賊平，指安史之亂已平。安史亂起時，北人紛紛南下避難，顧況〈送宣歙李衛推八郎使東都序〉形容當時景況是：「多士奔吳為人海」；亂事平定後，北人又多返鄉，因此當時有不少送人北歸的詩篇，如僧皎然有〈送李季良北歸〉〈兵後送姚太祝赴選〉等。編按：前人多謂本詩是作者在安史亂時（755－763）隨韋皋在劍南幕中，亂平後留滯四川時送人北歸之作。然作者在韋幕是西元788年前後，亂事早已平定二十餘年矣，故不可信。

② 「他鄉」二句—生白髮，如以安史亂平之年（763）計算，作者殆

已年過四十，符合唐人年近四十就自言白髮的慣例。舊國，故鄉
也。見青山，想像唯有青山如舊，奈何家園殘破，人事全非，滿
目瘡痍，將有不勝其悲者矣。

③ 故關──指古老而荒涼的城關。

【導讀】

本詩前半「世亂同南去，時清獨北還；他鄉生白髮，舊國見青山」
四句，主要是採用對比手法，凸顯出同來而獨留，竟至於客中送客的
悲哀；以及他鄉易老，故園難見的滄桑。世亂同來，是為了逃難，見
出相互扶持的感情；而今時清而獨留，不論何因，總有無限感傷。尤
其是曾經患難與共，甘苦同嚐的友人即將獨自北歸，而自己竟然不能
伴隨返鄉，則其孤單落寞的心境，不言可喻。再加上留滯他鄉，竟致
白髮頻添，可見時日之久；而由青壯離鄉到白首難返，作者歸心似箭
之急切，和事與願違之愁悶，更是可想而知。因此詩人一方面安慰友
人終於劫後餘生，即將重返故園，一方面感慨自己困居異鄉，不能重
見青山；兩相對照，更見悽楚悲愴。

後半則主要借助於耳聞與目見的示現手法，一方面表達自己歆羨
友人的心理，一方面渲染山河破碎，荒涼殘敗的景象，以扣準詩題中
的「賊平後」三字。「曉月過殘壘，繁星宿故關」兩句，是以一氣呵
成的流水對，想像友人歸心似箭，急欲返鄉，因而曉行夜宿，披星戴
月地兼程趕路的辛勞。「殘壘」與「故關」，既流露出作者憂念時艱，
悲憫世亂，為山河破碎而傷悼之意；也側寫出詩人神往形留，心魂隨
著友人北返的悠悠歸思，最能見出對於故鄉長懷不忘的深情。「寒禽
與衰草，處處伴愁顏」兩句，仍是以懸想式的示現，預料友人在見聞
滿目瘡痍，一片蕭瑟荒蕪之後，必然會有無限悲涼悽愴之感，因此先
行叮囑對方保重；最能見出作者體貼入微的細膩情感。

本詩雖以「他鄉生白髮，舊國見青山」一聯而膾炙人口，筆者以

為「曉月過殘壘，繁星宿故關」兩句更是情景相生，韻致深遠的佳構。只不過，這兩聯孤立來看，雖然氣韻生動，情景宛然如見；如果結合全詩而言，的確難免有王世懋《藝苑巵言》所說的「四言一法」的毛病而顯得呆板單調：

* 首先，就句法而言，八句全屬於「2－1－2」的結構，由於缺少變化，節奏和語勢容易顯得呆板僵化。

* 其次，就動詞而言，第三、四、五、六、八句，全安排在各句的第三字，尤其是中間兩聯，都是以動詞「生、見、過、宿」銜接上下兩組名詞「他鄉、白髮／舊國、青山／曉月、殘壘／繁星、故關」。

* 第三，更有甚者，上述八組名詞全都是「形容詞＋名詞」的形式，實在過於單調刻板。

我們只要拿本書中所收的五、七言律詩來作對照，便可以清楚地察覺出：這種四句一律的結撰方式，不僅缺乏頓挫跌宕之勢，也沒有錯綜變化之美，的確是習詩之人應該避免的毛病。

　　大概正由於本詩雖有名聯而乏勝意，只可拈出佳句而不能全篇皆妙，而且又有前述的呆板單調之病，因此前人對本詩並無很高的評價，只留下幾則泛泛之談而已。

【評點】

01 徐用吾：中唐雅調。頷聯不甚費力，甚不淺促。觀其結句，猶不免有悲傷之意，其與《詩經》：「鴻雁于飛，哀鳴嗷嗷」同一用意。（《精選唐詩分類評釋繩尺》）

02 陳繼儒：悲調自饒神韻，不必深遠。（《唐詩選脈會通評林》）

03 朱之荊：劉文房〈穆陵關作〉獨三、四兩語居勝，全首雅潤，尚不及此篇。（《增訂唐詩摘抄》）

177 雲陽館與韓紳宿別（五律）　　司空曙

故人江海別，幾度隔山川。乍見翻疑夢，相悲各問年。孤燈寒照雨，深竹暗浮煙。更有明朝恨，離杯惜共傳。

【詩意】

　　自從和故人在江海邊一別之後，已經多少個年頭過去了；儘管幾度思憶情切，卻總因為山川阻隔而不能相會，只能空自惆悵感傷罷了。今天突然間相見了，反而驚疑那只是一場夢境；當確定果真會面了以後，詢問起對方的年紀，我們都不禁為闊別之久遠、年華之衰老而唏噓不已。我們投宿驛館中時，孤燈如豆，映照著飄灑在窗外的雨絲，讓人倍覺淒寒難耐；望著屋外深密的竹林，籠罩在浮動的雨霧之中，也助長我們黯然神傷的情緒。再加上我們心中都深藏著明朝就得分手的遺憾，於是只能痛惜地在重逢的酒宴中舉起餞別的離觴，頻頻傳杯共飲了！

【注釋】

① 詩題──雲陽，唐時關內道京兆府的屬縣，故址在今陝西涇陽縣西北。館，古時郡縣設置有供來往行旅的官員和驛使歇宿的館舍。韓紳，《全唐詩》注：「一作韓升卿」。編按：韓愈的叔父韓紳卿曾任涇陽縣令，與司空曙同時，或即其人。宿別，同宿後分別。

② 「乍見」二句──乍，突然。翻，反而。問年，詢問歲數，可見離闊之久。

③ 「孤燈」二句──是「孤燈映照著雨絲而倍覺淒寒，浮煙籠罩著深竹而倍感黯淡」的倒裝；亦可視為「孤燈照寒雨，浮煙暗深竹」

之峭折句法。浮煙，浮盪在竹林間的雨霧之氣。

【導讀】

「故人江海別，幾度隔山川」兩句，先由上次的別後說起；海闊江遙，山阻川隔，已經表明了人各一方，相會之難，為今日的相會之喜先行襯墊。詩人可能有意以「江海」和「山川」對舉，象喻天涯海角，山重水複的睽隔之遙；一方面顯示出晤對之不易，一方面襯托出次聯重逢之可喜。「幾度」則表示思慕之切，並非偶一念及，而是屢次襲上心頭，可見交誼匪淺。

「乍見翻疑夢，相悲各問年」兩句，寫驟然相見的驚喜猜疑與感情波動。「乍見」，傳寫喜出望外的情感；「翻疑夢」，則勾勒出疑真疑夢，難以置信的表情和心理，極為細膩幽微。「相悲」是確認無誤，信其為真之後喜極而悲的感情轉折；惆悵感慨之意，溢於言表。「各問年」可見離闊之久，以致年長容衰；則雙方各自經歷了多少滄桑世事，也就不言可喻了。這一聯和杜甫〈羌村三首〉的「夜闌更秉燭，相對如夢寐」、戴叔倫〈江鄉故人偶集客舍〉的「還作江南會，翻疑夢裡逢」，都寫出疑幻似夢的悲喜之情；又和郎士元〈長安逢故人〉的「馬上相逢久，人中欲認難」、李益〈喜見外弟又言別〉的「問姓驚初見，稱名憶舊容」，同被范晞文《對床夜話》稱為「久別倏逢之意，宛然在目；想而味之，情融神會」的名聯。

「孤燈寒照雨，深竹暗浮煙」兩句，折筆寫在投宿驛館時燈下相聚的景象。由於短暫聚首之後，轉眼又將別離，而多年的滄桑浮沉，也不是三言兩語就可以說得清楚詳盡的，因此詩人便不去細述兩人交談的內容，而是以縹緲飄忽的筆墨，描寫孤燈映照寒雨的淒清，以及浮煙籠罩竹林的黯淡，來曲傳悲涼愁慘而難以言說的心境，並象徵沉浮漂泊的人世滄桑。仔細玩味之後，可以發覺：「孤、寒、深、暗、浮」等字，其實都融入了詩人的愁思，含藏著詩人的落寞，搖曳著詩

人的哀傷，甚至連雙方各自孤單的身影和憔悴的形象都閉目可想。由於這一聯寫得情景交融，興象綿邈，因此讀來自有佗悵悽愴的悲涼之感，無怪乎屈復《唐詩成法》評曰：「情景兼寫，不失古法。」喬億《大曆詩略》也說：「真情實語，故自動人。」

「更有明朝恨，離杯惜共傳」兩句，是在前面三聯所寫因憶而苦，由驚翻疑，由喜轉悲的種種情感波瀾之後，詩人深感又即將無可避免地平添一段離別的新恨，因此用「更」字表達情何以堪的悵恨！可是即使百般不捨，卻又萬分無奈，因此只能共傳離杯來同澆別愁了！「惜共傳」三字，不僅寫出相互舉杯勸飲時的依依眷戀之情，也寫出敘舊之酒竟變成餞別之觴的淒涼酸楚之感，因此便不嫌直露地以「惜」字表達痛惜之懷；則兩人悽楚相對時那種情濃於酒與未別先悲的苦悶，也就不難體會了。

【評點】

01 范晞文：前輩謂唐人行旅聚散之作，最能感人，信非虛語。（《對床夜話》）

02 方回：三、四一聯，乃久別忽逢之絕唱也。（《瀛奎律髓》）

03 謝榛：詩有簡而妙者，戴叔倫「還作……夢裡逢」，不及司空曙「乍見翻疑夢」。（《四溟詩話》）

04 陸時雍：「相悲各問年」，更自應手犀快。風塵閱歷，有此苦語。　○盛唐人工於綴景，惟杜子美長於言情。人情向外，見物易而自見難也。司空曙「乍見翻疑夢，相悲各問年」，李益「問姓驚初見，稱名憶舊容」，撫衷述愫，馨快極矣。因之思《三百篇》，情緒如絲，繹之不盡；漢人曾道隻字不得。（《詩鏡總論》）

05 沈德潛：三、四寫別久忽遇之情，五、六夜中共宿之景；通體一氣，無餖飣習，爾時已為高格矣。（《唐詩別裁》）

06 吳北江：三、四千古名句，能傳久別初見之神。(《唐宋詩舉要》引)

178 喜外弟盧綸見宿 (五律)　　　司空曙

靜夜四無鄰，荒居舊業貧。雨中黃葉樹，燈下白頭人。以我獨沉久，愧君相見頻。平生自有分，況是蔡家親。

【詩意】

　　我獨自居住在舉目無鄰的荒涼郊外，每當寂靜的夜裡，就特別容易想起舊時家業的殘破與如今的貧窮困窘而感慨不已。愁對窗外的秋雨，看著葉片轉黃的樹影，總讓我聯想到鬢髮斑白的自己，往往就只能獨自坐在昏暗的油燈下，淹沒在惆悵哀傷之中。我長久以來沉淪在孤獨潦倒的境況裡，你卻屢次殷勤相訪，真使我又欣慰、又慚愧。我們本來就有心志相契的特殊情分，何況你又是我的姑表兄弟，自然更有遠非他人所能及的親密情感，更讓我為此而感念不已。

【注釋】

① 詩題—外弟，表弟也，姑媽之子；賈公彥曰：「姑是內人，以出外而生，故曰外兄弟。」盧綸，與作者同列於「大曆十才子」中，詩歌功力難分軒輊，又都經歷過安史之亂，同時既是知心之友，更是姑表之親，所以作者於末聯寫出「平生自有分，況是蔡家親」，表現出兩人情誼的深摯和關係的親密。見宿，宿於我之居室；一本作「見訪」。

② 「靜夜」二句—荒居，野外的居屋。舊業，舊時的家業。此聯寫

離群索居的寥落與貧窘情狀；盧綸有〈過司空曙村居〉詩云：「南北與山鄰，蓬庵庇一身；繁霜疑有雪，枯草似無人。」可與本聯相參。按：司空曙雖然嶔崎磊落，才調頗高，但是個性耿介，傲岸自負而不肯夤緣權貴，以致宦途坎坷，瓶無儲粟，只能勉強在陋室荒村中安貧守道；而盧綸〈晚次鄂州〉詩云：「舊業已隨征戰盡」，可見其時兩人皆飽嚐安史亂禍之苦，陷入家無恆產的困境。

③ 「以我」二句──獨沉，獨自沉淪困境。相見，來訪之意。

④ 「平生」二句──分，音ㄈㄣˋ，相契的情誼。蔡家親，謂姑表之親。《晉書・羊祜傳》載羊祜為蔡邕外孫，羊祜討吳賊有功，將進爵土，乞以封舅氏蔡襲；故本詩以「蔡家親」表示姑表兄弟的關係。又《南史》中載有蔡興宗之甥袁顗，子蔡昂，皆為名士；亦可解本詩末句。又，或本作「霍」家親，殆用漢代霍去病為衛青姊之子的關係。

【導讀】

俞陛雲《詩境淺說》云：「前半首寫獨處之悲，後言相逢之喜；反正相生，為律詩一格。」這段話點出了本詩悲喜相襯而使「悲涼」的感受更為突出也更為深刻的手法；因此，明明是欣喜表弟來訪，而且又留宿的詩作，讀來卻不知究竟是悲是喜，很能傳達作者沉淪潦倒時的鬱悶之懷。

由於前半寫獨處之悲，因此首聯「靜夜四無鄰，荒居舊業貧」兩句，便馳騁筆墨，極力描寫暗夜沉靜，荒郊空寂，陋室清貧，四望無鄰的窮苦景況和孤子情形，勾勒出暗淡寥落的場景。

頷聯「雨中黃葉樹，燈下白頭人」兩句，再以室外的寒雨叩窗，黃葉飄零，和室內的昏燈如豆，白首兀坐，更進一步渲染淒清冷肅的氛圍。「雨中黃葉樹」五字，能曲傳零落衰颯的意象，正和作者沉淪遲暮的淒涼境況相彷彿，是藏情於景而又義涵豐富，令人唏噓感慨的

佳句。由於先有秋雨落葉的飄零，烘托出哀傷陰沉的氣氛，使得「燈下白頭人」的風燭殘年形象，更為驚心醒目；於是搖落之悲、滄桑之感與老朽之嘆，便洋溢滿紙了。

謝榛《四溟詩話》以為頷聯和韋應物〈淮上遇洛陽李主簿〉的「窗裡人將老，門前樹已秋」，以及白居易〈途中感秋〉的「樹初黃葉日，人欲白頭時」，機杼相同，而本詩尤勝。仔細玩味起來，可以發覺：大概正因為這三聯都情景相生，義兼比興，因此說「同一機杼」；而本詩在畫面上又多了風雨淒其和孤燈搖曳的意象，意境更形豐富，詩情也更為悲涼，因此他才以為本詩是能「善狀目前之景，無限淒感，見乎言表」而尤勝韋、白之作的傑構。比較起來，司空曙的頷聯十字裡有八個是實字，韋作僅有四個，白詩則只有六個；實字多，寫景狀物時能夠包孕更為豐富深密的內涵，自然給予讀者更多刺激感官與生發聯想的媒介：包括雨聲、黃葉、寒燈、白頭及種種光影和色調，從而營造出情景如見如聞的勝境，因此孫洙評曰：「十字八層。」如果再拿馬戴〈灞上秋居〉的名句「落葉他鄉樹，寒燈獨夜人」來觀察，更可以看出作者譬喻兼含韋、白，而手法更勝馬戴的高明之處，因為馬詩雖然貌似司空之語，卻少了以樹喻人的衰頹之意；也可以看出作者在意蘊方面的確有超邁其他三人的獨到造詣。

「以我獨沉久，愧君相見頻」兩句，轉為敘寫外弟來訪時的欣喜之情，卻又以「愧」字欲言又止地傳達欣喜背後所隱藏的窮愁潦倒與悲涼無奈。「獨沉久」寫出長期離群索居的孤寂落寞之苦，「相見頻」寫出外弟顧念情分，屢次相訪的關切之意，自然使作者喜出望外，感念不已。不過，由於「愧」字的拗折，就使相見之喜反而成為映襯出獨居之悲的逆筆；寫來欲吐還吞，耐人咀嚼。再者，本聯多用虛詞來傳達哀婉之情，正好可以和上聯多用實字渲染淒苦氣氛，相輔相成；因為實字可以使意象豐富而語勢健舉，而虛字則可以使意蘊深沉而文氣疏宕，從而使中間兩聯虛實相涵而又悲喜相反，自然在整飭之中有

疏宕之氣，在繁縟之外有深厚之味。

　　「平生自有分，況是蔡家親」兩句，說明盧綸多次相訪的情誼之親密。作者用「蔡家親」的典故緊扣題面的「外弟」兩字，更使本詩比李益的〈喜見外弟又言別〉來得工穩而切題。此外，在尾聯中作者所吐露出的雖是表弟常相過訪的親切情分，其實含茹未說卻是更無他人相親的悲哀；因此章燮《唐詩三百首注疏》所評的「此詩一氣相接，線索條理井然；結聯以親戚收之，更加情熱。」前半所說的固然不錯，後半的「情熱」兩字，恐怕就值得斟酌了。

三五、皎然詩歌選讀

【事略】

皎然（約 720 － 約 804），是唐代成就最高的詩僧，俗姓謝，名晝，字清晝，湖州長城（今浙江長興縣）人，為謝靈運十世孫。

早年出入儒、墨、道三家，安史亂後，皈依空門。初，嘗於杼山（今浙江湖州市吳興區）習佛經，與靈澈上人、陸羽同居於妙喜寺。湖州刺史顏真卿雅愛敬重之，嘗於郡齋集文士撰《韻海鏡源》，皎然亦參預修撰，聲價頗高。顏氏嘗於妙喜寺旁建三癸亭，由陸羽命名，顏氏題匾，皎然為之賦詩，時人謂之三絕，可見三人交誼匪淺。

生性放逸，不拘常律俗禮，外學超然（按：佛學有「內學」之稱，佛學以外之學問為「外學」），時人高之。

皎然詩風清淡閒適，時有禪思。詩名盛於大曆、貞元間，常與韋應物、皇甫曾、薛逢等文士酬唱，詩題中尊之為「晝上人」。

居西林寺習禪入定之餘，撰文評述作詩體式，兼論古今詩歌，有《詩式》《詩議》之作；不重文采，但見性情，強調「貌逸神主，杳不可羈」的高玄自然之風，對司空圖《詩品》、嚴羽《滄浪詩話》頗有影響。另有《杼山集》之作。

《全唐詩》存其詩 7 卷，《全唐詩續拾》補詩 2 首。

【詩評】

01 權德輿：吳興長老晝公，撰六義之精英，首冠方外。（〈送靈澈上人廬山回歸沃州序〉）

02 于頔：釋皎然，字清晝，即康樂之十世孫。得詩人之奧旨，傳乃

祖之菁華，江南詞人，莫不楷模。極於緣情綺靡，故辭多芳澤；師古興制，故律尚清壯。其或發明之理，則深契真如，又不可得而思議也。（〈釋皎然杼山集序〉）

03 趙璘：（皎然）工律詩，嘗謁韋蘇州，恐詩體不合，乃於舟中抒詩，作古體十數篇為贄；韋公全不稱賞，晝極失望。明日，寫其舊製獻之；韋公吟之，大為嘆詠，因語晝公云：「師幾失聲名，何不但以所工見投，而猥希老夫之意？人各有所得，非卒能致。」晝大服其鑑別之精。（《因話錄》）

04 王讜：楚僧靈一，律行高潔，而能為詩。吳僧皎然，一名晝一，工篇什，著《詩評》三卷。及卒，德宗遣使取其遺文。中世文僧，二人首出。（《唐語林》）

05 嚴羽：釋皎然之詩，在唐諸僧之上。（《滄浪詩話》）

06 范晞文：唐僧詩，除皎然、靈澈三兩輩外，餘者率皆衰敗不可救，蓋氣宇不宏而見聞不廣也。（《對床夜話》）

07 徐獻忠：皎師臥深山壑，思繞滄州；游從既勝，興致復遠。其詩深窺色相，騁其才力，在諸衲間，一公之外，卓非等等。然禪悟未徹，機鋒尤近。（《唐詩品》）

08 鍾惺：皎然清淳淹遠，當於詩中求之，不當於僧中求之。（《唐詩歸》）

09 李維楨：皎然不能為唐初、盛詩，而談詩得唐初、盛法；時代所限，難以自超。（〈汪文宏詩序〉）

10 胡震亨：皎然《杼山集》清機逸響，閑淡自如；讀之覺別有異味，在咀嚼之表。當由雅慕曲江，取則不遠爾。（《唐音癸籤》）

11 毛先舒：皎然精於詩法，而己作不能稱，較之清江氣骨，故應卻步。（《詩辯坻》）

* 編按：清江，指與皎然並稱「會稽二清」的詩僧，《全唐詩》存其詩 1 卷。

12 張世煒：皎公詩婉儁，不特為詩僧冠，可與文房、仲文並轡中原。
（《唐七律雋》）

＊ 編按：文房指劉長卿，仲文指錢起。

13 胡壽芝：皎然與高詞贍，各體皆備，詩僧中豪者也。昔人評永師
書有冷齋飯氣，畫詩不然，知非菜肚阿師也。（《東目館詩見》）

＊ 編按：永師指智永，為王羲之第七代孫，有《真草千字文》傳世。

179 尋陸鴻漸不遇（五律？）　　　僧・皎然

移家雖帶郭，野徑入桑麻。近種籬邊菊，秋來未著
花。扣門無犬吠，欲去問西家。報到山中去，歸來
每日斜。

【詩意】

　　陸羽的新居雖然距離城郭不遠，但還是得循著田野小徑，穿入一
大片桑林和麻叢之後，才能遠遠望見那清幽的所在。儘管已經是清爽
的秋天了，籬笆邊新種不久的菊花卻還沒有開花（可見他種茶的本事
可比種菊要高明）。敲門時連狗叫的聲音都沒有，想要離去時，又去
向西邊的鄰居打聽他的行蹤。鄰人說：「他到山裡去了，常常要到日
落時才會回來。」

【注釋】

① 詩題—陸羽（733－804），字鴻漸，自稱桑苧翁，有茶神、茶仙、
茶聖之稱。

② 「移家」二句—移家，遷居。皎然有〈同李侍御萼李判官集陸處
士羽新宅〉詩，而李萼於大曆八年至十一年任湖州團練副使，故

本詩約作於大曆末年前後。帶，毗連、接近。郭，外城。首句謂陸羽的新居在城鄉之間，次句可能用陸羽的桑苧翁之號。

【導讀】

本詩前半寫尋訪，後半寫不遇。「移家雖帶郭，野徑入桑麻」兩句，點出陸羽的新宅正在離城不遠且去鄉非遙的郊野之區。由於外有桑麻林園，掩映廬舍，因此讀來頗有陶潛「結廬在人境，而無車馬喧」的幽居逸趣，和似隱非隱、似道非道的逸士風調。

「近種籬邊菊，秋來未著花」兩句，除了說明主人遷至新居未久，因此叢菊尚未著花之外，可能還一方面表示陸羽確有陶潛「採菊東籬下，悠然見南山」那種心與景會，神與境合，物我兩忘，妙契自然的清明靈性；另一方面則流露出詩僧本人隨興觸發的禪悟：愛菊而種菊，至於開不開花，則非所關心，頗有「醉翁之意不在酒，在乎山水之間也」那種清逸的情趣。換言之，作者所要抒發的是：著花正可以娛目寄情，無花也可以怡神忘情的瀟灑意態，體現了無可無不可、無拘無執、自適自得的禪趣，同時也暗示了相會固然可喜，不遇也自欣然的蕭散風神。

「扣門無犬吠」五字，則把不遇亦欣然的暗示，借著犬喜近人的習性來挑明。主人此際正攜犬遨遊山中，完全不在乎無犬守戶可能的損失；可見他不以室家為念，不為身外之物所累的瀟灑自在。「欲去問西家」五字，一方面表明陸宅的確是「結廬在人境」，因此猶有西鄰可問；一方面寫出作者隨興尋訪，並不執著於晤對歡言的盼望，因此有了「欲去」的想法。至於臨行前再去「問西家」，則可以見出兩人曾經同居於妙喜寺而結為忘言之交的深厚情誼，因此不妨探問鄰舍，稍事打聽，表現出的仍然是無可無不可的悠閒意態。

「報到山中去，歸來每日斜」兩句，結出終究不遇之意，和賈島〈尋西山隱者不遇〉「只在此山中，雲深不知處」的情味略有不同：

賈詩旨在表現出對於隱者的無限嚮往之情，本詩則在側寫陸羽耽山溺水，流連林野的飄逸個性，以及行止無定，盡興適意的放曠情態。

　　整首詩雖然沒有一句正面描寫陸羽，但是從他的居室倚城帶郭而又近郊入野的不遠不近，籬邊幽菊的應開未開，有門無犬的不以家室縈懷，以及遨遊山中而行蹤難定等特殊況味來看，自然勾勒出一幅疏放自得，瀟灑出塵的閒雲野鶴圖。再者，作者雖寫「尋」而不刻意去「覓」，雖寫「不遇」而不渲染未晤的惆悵，只是以清空如話的語言和平淡似水的心境，說出一段尋而未遇的因緣而已，絕無非見面不可的執著，和乘興而往卻敗興而返的俗情，的確不愧詩僧隨緣自適，自得自在的風神，因此章燮《唐詩三百首注疏》稱本詩為「通首流麗，不以對仗為工，不為法律所拘，真禪家逸品也。」

　　皎然《詩式》中對於詩歌的意境，曾有如下的見解：「取境之時，須至難至險，始見奇句；成篇之後，觀其氣貌，有似等閒，不思而得，此高手也。有時意靜神王，佳句縱橫，若不可遏，宛若神助。」由本詩脫口而出，完全不假雕飾，和隨興取材，就勾勒出陸羽閒雲野鶴的風神，同時也映襯出作者行雲流水、妙契自然的性靈來看，皎然不僅體現了自己對於詩歌的領悟，達到了繁華落盡而真淳自現的妙境，而且還信手拈出卷舒自如、無罣無礙的禪機，既飽含玄理妙趣，又不落言詮，的確給人氣定神閒、語清境遠的審美情趣；蘅塘退士特別把本詩收入《唐詩三百首》中，的確很有眼光。

【後記】

　　《滄浪詩話》論詩體說：「有律詩徹首尾不對者，盛唐諸公有此體。」本詩和李白的〈夜泊牛渚懷古〉、孟浩然的〈晚泊潯陽望廬山〉都是這種變體之作，備受詩家的青睞；王士禎《帶經堂詩話》以為李作「色相俱空，正如羚羊掛角，無迹可求；畫家所謂逸品是也。」呂本中《呂氏童蒙訓》以為孟作「自然高遠」，楊慎《升庵詩話》則認

為本詩「清致可喜」。

筆者以為，這三首詩既然中間都不遵守對偶的規定，即使平仄合律，也都只能是沈德潛《說詩晬語》所謂「偶存標格」的變式而已，不足為訓，實在不應過分稱揚。不過，既然皎然的《詩式》已力斥時俗之拘於聲律，《詩議》中論對仗也有變工儷為寬散的意旨，再加上他的《杼山集》中平仄出律者有十分之二三，頷聯不對者為數不少[1]，通首不對者也還有〈獨游〉等數首，可見他顯然是在有意識地、有自覺地實踐他對詩歌形式的主張；這和李白、孟浩然偶一為之的情況，或許不能相提並論。

【補註】

01 頷聯不對者如：〈晚秋登佛川南峰懷裴例〉：「亭皋秋色遍，游子在荊門。」〈酬烏程楊明府華雨後小亭對月見呈〉：「暑退不因雨，陶家風自清。」〈山中月夜寄無錫長官〉：「遙知秣陵令，今夜在西樓。」〈題湖上蘭若示清會上人〉：「何似南湖近，芳洲一畝間。」

【評點】

01 黃周星：只如未曾作詩，豈非無字禪耶？（《唐詩快》）

02 黃生：極淡極真，絕似孟襄陽筆意。（《唐詩摘抄》）

03 何焯：詩至此，都無筆墨之痕。（高士奇輯《唐三體詩評》引）

04 沈德潛：興到成詩，人力無與。（《說詩晬語》）

05 俞陛雲：此詩曉暢，無待淺說。四十字振筆寫成，清空如話。唐人五律，間有此格，李白〈牛渚夜泊〉亦然。作詩者於聲律對偶之餘，偶效為之，以暢其氣，如五侯鯖饌，雜以蔬筍烹芼，別有雋味；若多作，則流於空滑。況李白詩之英氣蓋世，此詩之瀟灑出塵，有在章句外者，非務為高調也。（《詩境淺說》）

三六、錢起詩歌選讀

【事略】

錢起（722 ？—782 ？），字仲文，吳興（今浙江省湖州市一帶）人。

少年時期，落魄失意，貧病纏身。天寶十載（751）進士及第，歷任祕書省校書郎、藍田縣尉，司勛員外郎、司封郎中、考功郎中，為大曆十才子之一。著有《錢考功集》。

其詩體格新奇，理致清贍，能芟除宋、齊之浮華虛飾，削盡梁、陳之綺靡輕艷，自成高格，故高仲武《中興間氣集》謂王維曾許之以高格，以為王維之後，錢起為雄。

當時與郎士元齊名，故士林語曰：「前有沈、宋，後有錢、郎。」又與劉長卿並價，《唐才子傳》載長卿之言曰：「今人稱前有沈、宋、王、杜，後有錢、郎、劉、李。李嘉祐、郎士元何得與余並驅？」可見劉氏對錢起亦敬重有加。

其子徽亦能詩，外甥懷素為玄奘高弟，以狂草著名，與張旭並稱「顛張醉素」；一門之中，藝名森出，傳為佳話。

《全唐詩》存其詩 4 卷，《全唐詩外編》及《續拾》補詩 8 首，斷句 2 句。

【詩評】

01 高仲武：員外詩體格新奇，理致清贍。越從登第，挺冠詞林。文宗右丞，許以高格；右丞沒後，員外為雄。芟齊、梁之浮游，削梁、陳之靡嫚。迥然獨立，莫之與群。且如「鳥道掛疏雨，人家

殘夕陽」，又「牛羊上山小，煙火隔林疏」，又「長樂鐘聲花外盡，
龍池柳色雨中深」，皆特出意表，標准古今；又「窮達戀明主，耕
桑亦近鄰」，則禮義克全，忠孝兼著，足可弘長名流，為後楷式。
（《中興間氣集》）

02 錢易：大曆以來，自丞相以下出使作牧，無錢起、郎士元詩祖送
者，時論鄙之。（《南部新書》）

03 葛立方：錢起與郎士元齊名……然郎豈敢望錢哉！起〈中書遇雨〉
詩云：「雲衙七曜起，雨拂九門來」；〈宴李監宅〉云：「晚鐘過竹
靜，醉客出花遲」，〈罷官後〉云：「秋堂入閒夜，雲月思離居」，〈對
雨〉云：「生事萍無定，愁心雲不開」，亦可謂奇句矣，士元詩豈
有如此句乎？……余讀其（按：指郎）詩，盡帙未見有可喜處，
以是知不及錢甚。（《韻語陽秋》）

04 高棅：天寶以還，錢起、劉長卿並鳴於時，與諸家實相卵翼，品
格亦近似；至其賦詠之多，自得之妙，或有過焉。（《唐詩品彙》）

05 王世貞：錢、劉并稱，故耳；錢似不及劉。錢意揚，劉意沉；錢
調輕，劉調重。如「輕寒不入宮中樹，佳氣常浮仗外峰」，是錢最
得意句，然上句秀而過巧，下句寬而不稱。（《藝苑卮言》）

06 桂天祥：錢詩亦有奇趣，蓋劉為主盟，而錢為尸祝矣。　○排律
自錢起以後，自是一格；中間隨珠、燕石俱在，觀者少失淘洗，
便墜跡蹊徑矣。（《批點唐詩正聲》）

07 謝榛：錢劉七言近體，兩聯多用虛字，聲口雖好，而格調漸下；
此文隨世變故耳。（《四溟詩話》）

08 鍾惺：錢詩精出處，雖盛唐妙手，不能過之。亦有秀於文房者。
泛覽全集，冗易、難讀處實多，以此知詩之貴選也。（《唐詩歸》）

09 胡應麟：唐七律自杜審言、沈佺期首創工密，至崔顥、李白，時
出古意，一變也。高、岑、王、李，風格大備，又一變也。杜陵
雄傑浩蕩，超忽縱橫，又一變也。錢、劉稍加流暢，降而中唐，

又一變也。　○詩至錢、劉，遂露中唐面目。錢才遠不及劉，然其詩尚有盛唐遺響；劉即自成中唐，與盛唐分道矣。(《詩藪》)

10 胡震亨：劉結體不如錢厚，寫韻自婉；錢選言似遜劉密，樹骨故超。郎藻變非富，具有錢之道上；李筆勢欲酣，終乏劉之深沉。(《唐音癸籤》)

11 許學夷：錢、劉才氣既薄，風氣復散……五、七言律造詣興趣所到，化機自在。(《詩源辯體》)

12 敬夫：劉頗閒婉，其詩也深；錢稍峭厲，其失也滯。似正相反，不知當時何以錢、劉並稱(《唐詩歸折衷》引)

13 沈德潛：仲文五言古彷彿右丞，而清秀彌甚；然右丞所以高出者，能沖和，能渾厚也。(《唐詩別裁》)

14 宋犖：律詩盛於唐，而五言律為尤盛。……降而錢、劉、韋、郎，清詞妙句，令人一唱三嘆。　○五言絕句起自古樂府，至唐而盛。李白、崔國輔，號為擅場；王維、裴迪《輞川》唱和，開後來門徑不少。錢、劉、韋、柳，古淡清逸，多神來之句。(《漫堂說詩》)

15 喬億：王、孟，金石之音也；錢、劉，絲竹之音也；韋如古雅琴，其意淡泊；高、岑則革木之音。兼之者，惟李、杜乎！(《劍溪說詩》)　○仲文五言，稍近宣城，亦工起調；顧語多輕俊，體質不厚，為遜儲、王。　○仲文詩如芷珠春色，精麗絕塵，右丞以後，一人而已。(《大曆詩略》)

16 紀昀：大曆以還，詩格初變，開、寶渾厚之氣，漸遠漸漓，風調相高，漸趨浮響；升降之關，十子實為之職志，起與郎士元其稱首也。然溫秀蘊藉，不失風人之旨，前輩典型，猶有存焉。(《四庫全書總目提要》)

17 劉熙載：錢仲文、郎君冑，大率衍王、孟之緒；但王、孟之渾成，卻非錢、郎所及。(《藝概》)

18 翁方綱：盛唐之後，中唐之初，一時雄俊，無過錢、劉。然五言

秀絕，固足接武；至於七言歌行，則獨立萬古，已被杜公占盡。仲文、文房，皆泡右丞餘波耳；然卻亦漸於轉調伸縮處，微微小變。（《石洲詩話》）

19 賀裳：昔人推錢詩者，多舉「長樂鐘聲花外盡，龍池柳色雨中深」。予以二語誠一篇警策，但讀其全篇，終似公廚之饌，饜腹有餘，爽口不足，去王維、李頎尚遠。（《載酒園詩話・又編》）

20 施補華：大曆錢、劉古詩亦近摩詰，然清氣中時露工秀；淡字、遠字、微字皆不能到，此所以日趨於薄也。（《峴傭說詩》）

180 贈闕下裴舍人 (七律)　　　　錢起

二月黃鸝飛上林，春城紫禁曉陰陰。長樂鐘聲花外盡，龍池柳色雨中深。陽和不散窮途恨，霄漢常懸捧日心。獻賦十年猶未遇，羞將白髮對華簪。

【詩意】

仲春二月，當您扈隨君王到上林苑遊獵時，應該會聽到黃鶯婉轉的啼音傳遍苑囿之中；當您陪侍君王在紫禁皇城處理政務時，應該也會見到春曉時分蔥蘢而幽深的林蔭之色。也許當您草擬詔書時，會聽到長樂宮悠揚的鐘聲飛越宮牆而迴盪在遠方的花樹之間；或者君王在龍池賜宴時，您可以觀賞到雨中的柳色顯得更加濃翠，也更加嫵媚了。（這些您所習見熟聞的景物，對我而言卻只能是夢中的仙境啊！）儘管皇恩有如溫暖的春陽，遍照大地，卻無法驅散我心中失意的陰霾；我雖然始終懷有像魏朝的程昱夢見雙手捧日的忠貞心志，卻只能瞻仰雲霄河漢而望空長嘆！十年了，我屢次呈獻詩賦，卻仍然無法獲得知音的賞識，使得霜鬢愁白的我，越來越羞於面對冠簪華貴的您了！

【注釋】

① 詩題—闕下，宮闕之下，可代指帝王起居及問政之所，亦可代指朝廷、京城、皇宮。舍人，皇帝身邊的近侍之臣：通事舍人負責朝覲官員的接納引見，起居舍人負責記錄帝王的言行，中書舍人則負責草擬及附署詔書，轉呈群臣章奏，常以有文學資望者充任；此處殆指中書舍人而言。裴氏，名事不詳。錢起之所以要投贈此詩，一方面是由於裴舍人能夠隨侍君王左右，過問樞機要務，官顯權重，位尊望崇，所以希望能夠得到提攜援引；另方面可能裴氏曾經為他邀譽延賞，而他卻一再失利科場，因此既感且愧。依照作者的生平來看，本詩應該是尚未及第前的干謁之作。詩題的「贈」字，或本在「闕下」之後。

② 「二月」句—黃鸝，或本作「黃鶯」。上林，原為秦時的苑囿，漢武帝時擴充修建為放養禽獸以供射獵之所，其中築有離宮、樓閣、館臺數十處，故址在今陝西省西安市西；此代指唐代宮苑而言。

③ 「春城」句—紫禁，又名紫臺，代指皇城禁苑，見岑參〈奉和賈至舍人早朝之作〉注；禁，謂其禁衛森嚴，不得隨意出入。曉陰陰，謂禁城春曉時林木蔥蘢而密覆成蔭。

④ 「長樂」句—長樂，宮殿名，原為秦之興樂宮，漢高祖時改建易名；故址在今長安西北，此代指唐朝宮殿。宮中原置有鐘，天寶以後廢。花外盡，謂鐘聲悠揚，遠送至花庭之外。

⑤ 「龍池」句—龍池，位於皇城東南角玄宗為諸王時所居住的隆慶坊中。相傳原為舊井，一日忽湧溢為池而日以滋廣，常有雲氣蒸騰，或見黃龍出其中。中宗景龍年間（707－709），潛龍復出水，後遂鑿寬浚深，命曰龍池。後王邸改建為興慶宮，玄宗常於此起居、聽政及賜宴。雨中深，謂御柳在春雨中顯得特別濃翠而幽深。

⑥ 「陽和」句—陽和，指溫和的春陽，回應首二句的仲春而言；亦可代指皇上的恩澤而言。窮途恨，指自己不能青雲得志的遺憾而

言。

⑦「霄漢」句—霄漢，雲霄河漢；表示瞻仰崇峻帝居之意。捧日心，喻效忠君王的赤誠心志，《魏志·程昱傳》裴松之注引《魏書》云：「昱少時常夢上泰山，兩手捧日；昱私異之，以語荀彧。及兗州反，賴昱得完三城；於是彧以昱夢白太祖。太祖曰：『卿當終為吾腹心。』昱本名立，太祖乃加其上日更名昱也。」懸，一本作「懷」。

⑧「獻賦」二句—獻賦，古代文人，常向帝王獻賦，既歌功頌德，亦藉表忠誠，進而求得一官半職；如杜甫獻〈三大禮賦〉而待詔集賢院，後授右衛率府參軍，周邦彥獻〈汴都賦〉而由太學生擢任為太學正。此處殆指參加科舉考試，十年之間未獲考官青睞之意。白髮，誇飾自己因未能鴻鵠展翅，施展抱負而愁白鬢髮，未必即已屆垂暮之齡。華簪，指達官顯宦華美的冠飾；此處代指裴舍人而言。白髮，一本作「短髮」。

【導讀】

這一首宮廷名篇，是作者青年時期科考失意的干謁之作。由於在華贍富麗的詞面中，還能表現出舒徐寬緩的韻致和蘊藉深遠的情味，因此頗受詩家推崇，以為可以上接王維，遠承沈、宋的宮體法脈。詩人未達之前所寫的詩篇，便有如此清麗高華的風神，似乎可以看出他終將干青雲而直上，凌層霄而捧白日的先兆，也展現了他能成為大曆時期宮廷詩魁的藝術功力。王維、岑參、賈至、杜甫等人的宮廷佳構，是他們親歷宮禁，身履皇苑時的聞見之作，寫得高華典麗，可謂理所當然；而錢起卻是以一個局外人的想像力，描寫出門外漢衷心傾慕嚮往的情境，竟也有一派吉祥端麗的華貴之氣，就使人嘖嘖稱奇了，因此邢昉《唐風定》評曰：「天然富麗，氣象宏遠，文房（指劉長卿）所不及。」方東樹《昭昧詹言》評曰：「前半寫閣景氣象，真朴自然，不減盛唐王摩詰。」尤其是能夠藉著投贈之作，一方面含蓄委婉地流

露出對於裴舍人的恭維與景仰之意，另一方面又清楚明白地傳達出晉身仕途，報效君王的宿願，同時還真切誠摯地說明自己又敬又羨、且悵且愧的複雜心理，而且又絕無卑屈謅媚，搖尾乞憐的寒酸相，就更顯得寬和溫厚，耐人尋味，無怪乎宋宗元《網師園唐詩箋》稱賞本詩「華贍，更饒風致」了。

本詩前半是採用示現手法，發揮豐富的想像力，經由裴舍人的眼睛和耳朵來描寫皇城苑囿的春色。「二月黃鸝飛上林，春城紫禁曉陰陰¹」兩句，是藉著畫面中黃鸝鳥飛翔的姿影（和藏在畫面之外婉轉的啼叫聲），帶領讀者的視線穿入禁衛森嚴的皇苑中，去一窺幽深邃密的皇城和蔥蘢蓊鬱的春色。詩人除了點出廣袤的禁城為背景，以便次聯能細膩地鋪陳宮苑的春光，含蓄地流露出對於舍人能親近龍顏，春風得意的豔羨景仰之意外，可能還有意以黃鸝鳥的啼音來傳達希望自己能「出於幽谷，遷於喬木²」的用心。

「長樂鐘聲花外盡，龍池柳色雨中深」兩句，是想像舍人追隨御駕，侍從宸居時的所見所聞。和上聯結合起來看，一方面是借著描繪華贍優美的景色，凸顯出裴舍人能自由出入深宮曲房，隨時陪侍君王的特殊榮寵與尊貴身分，一方面流露出自己無限神往向慕之意。詩人大概有意以「花外盡」「雨中深」二語，來增加紫禁苑囿幽深夐遠的遼闊感和層次感，除了呼應次句的「陰陰」二字，同時也為濃麗的春景敷上一層淡遠朦朧的面紗；再加上清遠而悠揚的鐘聲迴盪在花態柳情之間，穿梭在迷濛的雨簾之中，意境便顯得更加縹緲飄忽，若即若離，彷彿詩人不得置身其中，欣霑雨露的喟嘆也寄藏其中。因此，金聖嘆《聖嘆選批唐才子詩》說此聯是寫自己「方無路可通」，朱之荊《增訂唐詩摘抄》說「花外盡」是「不聞於外也」，而「雨中深」是「獨蒙其澤也」。

換言之，詩人在濃淡合宜、聲色交融的寫景中，巧妙地以花鐘雨柳來象喻裴舍人沐浴君恩、沾潤雨露的榮寵，同時渲染出幽邃深邈的

紫禁風情，寄藏著自己無限嚮往之懷，因此喬億《大曆詩略》說：「頷聯比興微妙，非徒屬麗句也。」俞陛雲《詩境淺說》更說：「長樂、龍池句，羨舍人之身依禁近，而傷自己之白髮相對華簪，非泛言宮中花柳之景也。」他們看出了詩人在景中藏情的手法中還埋下了後半嗟嘆不遇的線索，可謂目光如炬，值得細加領會。此外，陶元藻在《唐詩向榮集》中說：「鐘聲從裡面一層一層響出來，柳色從外面一層一層看進去，才覺得『盡』字、『深』字之妙而神韻悠長，氣味和厚，殊難遽造此詣，宜當時之膾炙人口。」這種別開生面的設想，頗能掌握作者經營詩境，安排層次的匠心，也很值得我們細加揣摩。

綜合來看，前半幅裡絕無一字提及裴舍人，然其中有人，呼之欲出；雖無一語巴結裴舍人，然其中有情，含藏不露；似無一句嘆老嗟卑，然其中有意，耐人尋味；前人所謂「不著一字，盡得風流」的妙境，此處足以當之，因此高仲武《中興間氣集》也說頷聯：「特出意表，標準千古。」

「陽和不散窮途恨」，是前後幅銜接與轉折的關鍵。「陽和」二字，既是實寫雨後放晴的景象，又象喻皇恩廣施，如和暖的春陽普照大地；如此一來，正好可以總收前半幅的宮苑春景及舍人蒙受君恩之意，同時又逗出「霄漢」「捧日」的意象，並遙映詩題身在「闕下」的意涵，可以說是承上啟下的樞紐。「不散窮途恨」五字，正好和「陽和」所代表的皇恩浩蕩形成矛盾逆折的語義，表現出滄海遺珠的苦悶，和落拓失意的憂憤。可是作者並不順勢直寫窮途末路的悲哀，反而以「霄漢長懸捧日心」來抒發始終不改事奉君王和效命朝廷的忠誠之心，既符合溫柔敦厚的詩教，亦含有「怨誹而不亂」的情義。這一聯比起頷聯的天然富麗，不僅毫不遜色，而且更見大開大闔的筆勢、頓挫跌宕的風神和對仗精妙的火候，同時又形象具體地表現出明朗的性情和堅毅的志氣，值得再三玩味。

「獻賦十年猶未遇，羞將白髮對華簪」兩句，是承「窮途」而來，把前面含藏不露的敬羨之意，加以點明：一方面感嘆自己十年辛勤猶未登科，既有負平生之志，又愧對舍人之期望；另一方面又隱然寓有企盼對方再予以汲引之意。只是如此點明作結，稍嫌平直淺露，因此喬億《大曆詩略》以為結語似有「氣盡」之嫌，沈德潛《唐詩別裁》也以為此處「少含蘊」。

這首意在干謁求援的宮廷名作，在寫作時雖然免不了必須恭維對方，自嘆身世，但是在頌揚時卻能夠不露庸俗鄙陋的逢迎之色，而在抒懷時也能夠不落寒傖酸楚的奉承之相，態度不慍不火，語氣不卑不亢，的確難能可貴。仔細玩味涵詠之餘，可以發覺本詩之所以能夠寫得華而不艷、麗而不纖，而且嘆而不卑、怨而不怒，關鍵正在於前半的景語濃淡合宜而又託興深邈，使人在如見如聞的華贍景致中，幾乎無法察覺作者寄藏其中的嚮慕之心，的確是難能可貴的佳作。

【補註】

01 本詩前半的平仄是：「仄仄平平平仄平，平平仄仄仄平平；平仄平平平仄仄，平平仄仄仄平平」。儘管其中加框的部份是可以平仄通融之處，可是第二句和第三句的第二、四、六字平仄竟然相反，造成所謂「失粘」的現象，應該算是本詩在格律方面的敗筆。

02 《詩經·小雅·伐木》：「伐木丁丁，鳥鳴嚶嚶，出自幽谷，遷於喬木。」

【評點】

01 劉辰翁：有情、有味、有體，色深可愛。（《唐詩選脈會通評林》引）

02 楊逢春：通首逐層頂接，絲縷細密。（《唐詩繹》）

03 范大士：工致流麗，中唐佳律也。（《歷代詩發》）

04 胡以梅：法脈極細。(《唐詩貫珠》)

05 沈德潛：詩格近於李東川（按：指李頎）。(《唐詩別裁》)

06 吳瑞榮：氣格雖遜寶應（按：762－763，代宗年號）以前，而不落軟媚。員外之雄邁，所以直繼右丞也。(《唐詩箋要》)

181 送僧歸日本（五律） 錢起

上國隨緣住，來途若夢行。浮天滄海遠，去世法舟輕。水月通禪寂，魚龍聽梵聲。惟憐一燈影，萬里眼中明。

【詩意】

昔日您隨順機緣來到中國留學取經時，像是在夢幻之中步上茫茫旅程一般（還未能明覺本心，體悟自性）。當時你從滄海的彼岸，浮舟航向遙遠的天邊而來；如今則已經拋棄塵世的幻相，輕快自在地乘著弘法的舟船而去。海面上的水光月色，雖然明滅閃爍，卻也澄淨清虛，一定能使你空明的靈臺通悟寂靜的禪趣；海底的魚龍，也一定會深受你誦經聲的感動而專注地追隨聆聽。最令人愛慕的是那盞船燈，即使航向萬里之遙，依然散發出明亮的光影；它將為你照亮漆黑的海面，也將隨你而去，普照大千世界。

【注釋】

① 詩題—隋文帝開皇末年，日本與中國開始交通；唐高宗時，日僧智通與智達來中國追隨玄奘學習佛法，此後中日之間即有不少佛法和文物的交流。詩中的日僧，不詳何人。此詩約作於大曆年間，作者時在長安。日本，一作「日東」。

② 「上國」句—上國，古代諸侯稱帝室，藩屬國稱宗主國，以及域
外之邦稱中原之國，皆云上國；亦可代指京城。隨緣，隨主客觀
之因緣而動。住，或作「至」「去」。若夢，謂迷惑於世間幻相，
猶未能明覺本心，體悟自性。來途，一本作「東途」。

③ 「浮天」二句—前句是以日僧的眼光作追憶聯想，意謂日僧遠自
滄海彼岸泛舟而來，有如航向遙不可及的天邊。去世，指離開中
國而言；蓋古人以東海中有仙境，相對地，中國即為「塵世」。故
「去世」二字，既指日僧離開繁華京師，亦喻其脫棄塵世俗務之
累。法舟，原指佛法如舟，能渡人脫離生死輪迴、貪嗔痴怨之苦
海；此謂日僧將乘舟弘法於扶桑。輕，喻其體悟諸相皆幻，而能
揚棄世俗羈絆。浮天，一作「浮雲」；法舟，一作「法船」。

④ 「水月」二句—水月有相而空澄清虛，故佛經中常用以喻諸相皆
幻，萬法皆空。禪寂，因禪定而進入清淨寂靜，不染雜念，不迷
諸妄的境界。梵，佛經中表示潔淨之意。佛教修行以清淨為主，
故凡與佛教相關之事物，常冠以「梵」字稱之；又，古印度文又
稱梵文。梵聲，誦經聲；作者謂魚龍亦具佛性，能聽梵唄。禪寂，
一本作「禪觀」，則指禪家空觀之境。

⑤ 「惟憐」二句—惟，最也；憐，愛慕、景仰之意。一燈，既指船
燈，又象喻日僧明心見性之智慧與修為，也譬喻佛法如燈，能照
明大千世界。眼中明，既懸想日僧遠航萬里而船燈不滅，故作者
猶能遙望東海之明燈；亦喻指日僧能弘揚佛法而光照大千，同時
又頌揚他具有明心見性的大智慧。一燈影，一本作「慧塔影」。

【導讀】

　　錢起集中的送別詩多達一百餘首，幾佔全集的四分之一，而且又
擅名當時，因此《中興間氣集》記載當時「自丞相以下，更出作牧，
二公（按：指錢起、郎士元）無詩祖餞，時論鄙之。」可見時人對其

送別詩作的評價之高。沈德潛《唐詩別裁》也說：「錢、郎贈送之作，當時引以為重，應酬詩前人亦不盡廢也；然必所贈之人何人，所往之地何地，一一按切，而復以己之情性流露於中，自然可歌可詠。」今以本詩觀之，詩中的用語的確清楚地指示出僧人之身分、所歸之地及所為之事，而且全詩從首聯的追述式的示現開篇，到尾聯的懸想式的示現手法結束，句句洋溢著詩人的景仰愛慕之情，可見蘅塘退士編輯《唐詩三百首》時選入本詩，的確目光如炬。

本詩既然是送別日籍僧人回國之作，因此詩中絕無依戀悽楚的兒女情態，反多頌揚期勉的嚮往之意，而且又能妙用佛學常語（如：隨緣、若夢、法舟、水月、魚龍、禪寂、梵聲、燈影、眼明等）入詩，營造出通佛入禪、清虛澄明的意境，因此讀來特別具有玄遠的禪趣和縹緲的韻致。尤其是把高妙的佛理化為海上如夢似幻、明滅閃爍的夜景，既流露出作者心送萬里的情誼之綿長，又在極力頌揚日僧修為之高明的同時，表現出詩人佛學造詣之深湛，讀來更使人目迷心搖，神馳方外。由此可見詩人應酬之作的功力，的確已達爐火純青、登峰造極的化境了。

「上國隨緣住」五字，是追述日僧前來中國學習佛法的因緣，既是因緣際會而暫居中國，也就涵有無執無我，隨緣而返回日本的寓意存焉。換言之，入手就已經暗藏著別離之意，又寄寓了頌揚之情，頗有渾然天成、無跡可尋之妙。「來途若夢行」五字，雖然有對方跨海而來之時猶迷而未覺之意，但卻不是鄙視貶損之詞，反而意在對照出尾聯離華而去時諸幻盡棄而智慧長明的造詣之高，並引出「去世法舟輕」和「惟憐一燈影，萬里眼中明」的頌讚之意。如此反筆入手的寫法，使得首尾一氣，章法細密，正是作者匠心獨運之所在，不可等閒放過。

「浮天滄海遠」五字，是以日僧的眼睛寫他隔海而來時所見所感，除了形象生動，情景如見之外，還寓有對於日僧像玄奘一般遠入天竺，

虔誠學佛取經的讚揚之意。「去世法舟輕」五字，則是以日僧的心境寫他此次浮海而去時已經棄絕迷妄，脫盡塵累，並呼應次句來途如夢似幻、渾渾噩噩的筆意。不過，本句雖有稱揚他能體悟諸象皆幻的涵意，卻點到為止，留待尾聯才明白頌讚他已達靈臺澹然澄澈與智慧長明的化境；如此安排，則條理井然，層次分明，值得細心體會。

後半四句，是作者發揮「身在魏闕（編按：詩人時在長安），心在滄海」的驚人想像力，兼用示現和擬人的手法，寫自己佇立在海邊高聳的崖岸之上，目送歸帆而心隨萬里時所見的景象。其中「水月通禪寂，魚龍聽梵聲」兩句，詩人先由寂靜明滅的光影著墨，再由清遠莊嚴的聲響落筆，如此一來，便把日僧既能澄定入禪，又能渡化魚龍的高僧形象，描繪得儵然遠在海天之外，又宛然近在眉睫之前，的確使人悠然神往。再者，詩人一一點染水月的閃幻空明、禪寂的澄定清淨、魚龍的隨舟浮游、梵唄的和諧莊重，便把無邊沉寂而又一片漆黑的海上夜景，勾畫得有聲有色、有光有影、有動有靜、有情有意，使人渾然不覺孤舟浮海的危苦之感，反覺詩情畫意之美，頗為引人入勝；同時又把高妙的佛理，化為親切的圖像，還把頌讚的熱情，融入玄遠的意境中，誠可謂不著一字，盡得風流矣。由於這兩句已經先行勾勒出暗夜的海景，又指出對方具有點化魚龍、藉假（水月幻象）修真（禪定寂靜）的法力，因此尾聯更進一步寫他弘法日本時能普渡眾生，光照大千，便顯得理所當然，有水到渠成之勢。

「惟憐一燈影，萬里眼中明」兩句，則是在前面情景交融的畫卷之後，繼續發揮懸想的妙用，進一步寫足詩題「送僧歸日本」之意。就詩人想像中的「實景」而言，海夜行舟而一燈熒熒的圖像，既表現出光耀萬里及指引方向的祝福之意，又流露出離情深濃的景仰愛慕之情。就譬喻中的「虛境」而言，則既禮讚對方的佛性真如，能夠長明不滅，足以普照四方；又期勉對方能夠弘揚佛法，光照扶桑。如此虛

實相生，興象雙涵，使送別之情、仰慕之心和期勉之意，交相融合，相輔相成，因而有了淵永不匱的悠遠情韻。

【評點】

01 章燮：前半不寫送歸，偏寫其來處；後半不明寫出送歸，偏寫海上夜景，送歸之意，自然寓內。如此，則詩境寬而不散，詩情蘊而不晦矣。(《唐詩三百首注疏》)

02 王壽昌：結句貴有味外之味，絃外之音。言情則如……錢員外「惟憐一燈影，萬里眼中明」……寫景則有……錢員外之「曲終人不見，江上數峰青」……是皆一唱三嘆，慷慨有餘音者。(《小清華園詩談》)

182 谷口書齋寄楊補闕（五律）　　　錢起

泉壑帶茅茨，雲霞生薜帷。竹憐新雨後，山愛夕陽時。閒鷺棲常早，秋花落更遲。家僮掃蘿徑，昨與故人期。

【詩意】

　　山泉和溪壑，輕輕地環擁著一間茅草搭蓋的小屋；雲氣與霞影，悄悄地縈繞著薜荔攀生的窗帷和竹籬（我的書齋就座落在這樣優美而寧靜的山谷之中）。新雨後的竹林，色澤蒼翠欲滴，特別惹人愛憐；夕陽下的山巒，色彩瑰奇絢麗，使人悠然神遠。悠閒的白鷺，經常在靜謐的山谷中提早歇息；秋天的鮮花，在深幽的山林裡也經常遲遲不見凋零。家僮已經把松蘿披覆的小徑打掃乾淨了，就等著先前和我約定好的故人翩然來臨了。

【注釋】

① 詩題—谷口，原指山水的出口處，也可作地名解；最著名的是在今陝西涇陽縣西北、醴泉縣東北的仲山谷口，約在今咸陽北方三四十公里處；而藍田縣南方的輞川谷口，則在今咸陽東南方約七十公里處。作者曾任藍田縣尉，又在廣德年間入尚書省，都有可能置別業於前述兩地；而本詩作於何時，又難確定，故存而不論。楊補闕，名事不詳。補闕，為諫官名，唐時中書省與門下省分置右、左補闕各兩名，掌供奉諷諫，扈駕隨從等事。

② 「泉壑」二句—泉壑句，意謂谷口位於山光水色之間。泉壑，山泉谿壑。帶，環繞、映照也。茅茨，指用茅草、蘆葦搭蓋的屋頂；此代指茅屋。雲霞，指谷中的雲氣霞光。薜，又名薜荔、木蓮，常綠藤科；因常攀緣屋角、牆面、棚架而生，形成濃密綠蔭，恍如可以遮陽蔽屋之帷幔，故曰薜帷。《楚辭·九歌·湘夫人》：「網薜荔兮為帷。」在古典文學中則常以薜荔象徵芳潔之人品。

③ 「竹憐」二句—憐，愛憐之意。此二句為「余憐新雨後之翠竹，亦愛夕陽時之青山」的省略倒裝句，並非擬人化的修辭手法。

④ 「家僮」二句—蘿，地衣類植物，又名松蘿、女蘿、菟絲；古時常與薜荔合稱薜蘿，作為隱士幽居之所的典型景物。《楚辭·九歌·山鬼》：「若有人兮山之阿，披薜荔兮帶女蘿。」掃徑，表示佇候迎客之殷切。昨，泛指先前某時或某日。期，約定。

【導讀】

　　高仲武《中興間氣集》稱讚錢起詩：「體格新奇，理致清贍」，認為右丞沒後，錢起稱雄，並舉其「特出意表，標準古今」的寫景名句數聯以為高標，可見錢起的寫景之作，頗有名句可賞。例如本詩的「竹憐新雨後，山愛夕陽時」一聯，就被王壽昌《小清華園詩談》舉為「煉句」的範例；余成教《石園詩話》甚至還特別因高仲武未將本詩腹聯

「閒鷺棲常早，秋花落更遲」二句納入寫景名聯之中而表示遺憾，頗有替詩人抱不平之意。

大抵而言，錢起模山範水之作，簡淡清妙，瓣香於陶潛；而精深秀麗，則取法二謝。他能變陶詩的樸素自然為細緻朗潤，化謝詩之富艷精工為清秀明麗；而其林棲泉隱之作，又略有王維的風神，因此沈德潛《唐詩別裁》說：「仲文（錢起之字）五古彷彿右丞，而清秀彌甚；然右丞所以高出者，能沖和、能渾厚也。」又說：「錢、劉（長卿）以下，專工造句。」魯九皋《詩學源流考》以為：「大曆而後，風格稍降，……其揚王、孟餘波者，劉長卿猶不失雅正，而錢起次之。」又說：「律詩之稱正音者，王、孟二家為宗，而高、岑、錢、劉諸人為輔。」管世銘《讀雪山房唐詩序例》也說：「大曆五古，以錢仲文第一，得意處宛然右丞。」

本詩前六句全以對偶句鋪排書齋之清幽絕俗、景致之秀美多情、風物之晴雨皆宜，與花鳥之閒適自得，目的無非是營造出引人入勝的情境來「色誘」楊補闕，使之產生悠然神往的懷想，進而推開俗務，踐履前約，以圖良晤；最後兩句才點出殷勤佇候，竭誠相邀的心意，和王維〈山居秋暝〉的手法，如出一轍。讀者在作者所指點出的山光霞氣、泉聲竹韻、鳥語花香的風情中目迷神搖時，早已不知不覺走入松蘿幽徑之中，來到薜帷茅屋之前，甚至還來不及產生「盍興乎來」的念頭時，已經和錢起臥賞清境而共醉佳釀了。由此可見作者點染的景物之中，飽含醉人的情誼，並沒有胡應麟《詩藪》所謂「五律前起後結，中四句二言景，二言情，此通例也。唐初於首六句言景，只結二句言情，豐碩而失之繁雜」的毛病，也沒有他所謂「中四句言景，不善學者湊砌堆疊，多無足觀」的缺失，主要的關鍵就在寫景的句子中處處洋溢著招朋引伴的熱情，卻又能含蓄不露，所以讀來自有舒徐雍容的氣度和風流自賞的意趣，因而使人悠然神往。

　　「泉壑帶茅茨，雲霞生薜帷」兩句，點出書齋是在山幽水清的環境之中結茅草而為屋，既有泉湧水流的清音可以娛耳，又有嵐光霞影可以悅目，還有薜荔成蔭，掩映窗帷，可以怡情養性。經由「帶」字和「生」字的輕輕點染，既使靜態的景物有了活潑的動感，又表現出泉壑輕攬茅屋，雲靄依偎薜帷那種親切而又溫柔的情態；於是書齋和環境便在詩人細膩的筆觸下有了和諧親密的互動，使人恍然見到一幅優美的山居圖卷而心神嚮往。

　　「竹憐新雨後，山愛夕陽時」兩句，是把受詞「竹」「山」倒置到主詞的位置，讓讀者的視覺感官先接觸到翠竹的清幽之相與青山的沉靜之美，然後再拈出「憐」與「愛」的感受。如此安排，既符合我們先認識物象而後引發心理活動的規律，又表達出由景生情的賞愛之意；同時藉著一雨一陽的對比，也把雨濕碧竹的蒼翠欲滴，醒人眼目，和山映夕陽的黃綠橙紫，繽紛萬狀，摹寫得足以澄淨心神，滌蕩俗念，自然流露出作者欣於所遇，快然自足，而又樂於邀友共賞風物之美的殷勤情意。

　　「閒鷺棲常早」五字，點出谷口的清幽寧靜，所以使狀似悠閒而其實容易受到驚嚇的鷗鷺能安心地及早棲宿而眠。「秋花落更遲」五字，則點出山谷幽深，境況與外界不同而別具情趣，值得前來賞玩。這兩句既體現作者觀察入微，深得山中物理的神韻，又以移情入物的手法，隱然寄寓著尚未零落的秋花若有所企待的期盼之意，於是便能自然吟出尾聯掃徑佇候，殷盼友人惠然肯來的深切情意了。

　　「家僮掃蘿徑，昨與故人期」兩句中的「蘿徑」二字，回應次句的「薜帷」，是更進一步渲染適合流連徘徊的幽隱情境，以便招邀鴻影，翩然早臨，簡直可以說是甜言蜜語、半哄半央求了；再加上「昨與故人期」五字，則既訴之以故人之情，又期之以踐約之義，甚至可以說是威脅利誘，無所不用其極了——由此也不難體會出兩人莫逆於心的情誼之深厚了！

　　楊補闕讀了本詩之後，是否深受誘惑而盡快前來把酒言歡，雖未可知，但是由詩人另有一首〈山中酬楊補闕見過〉詩：「日暖風恬種藥時，紅泉翠壁薜蘿垂。幽溪鹿過苔還靜，深樹雲來鳥不知。青瑣同心多逸興，春山載酒遠相隨。卻慚身外牽纓冕，未勝杯前倒接䍦」來看，摯友終究曾經攜酒前來同賞春山幽谷的情趣，洋溢滿紙，也可以看出錢起模山範水的功力之深厚，已達令人魂牽夢縈、不遊不快的妙境了。

　　孟浩然有一首〈宿業師山房期丁大不至〉的五古：「夕陽度西嶺，群壑倏已暝，松月生夜涼，風泉滿清聽。樵人歸欲盡，煙鳥棲初定。之子期宿來，孤琴候蘿徑。」和本詩同樣是企盼和知友會晤言歡的佳作，兩首詩都寫得情深景美，清雋有味；涵詠之餘，的確讓人對於古代友朋之間那種其淡如水，而又其醇似酒的深厚情誼，心嚮往之。

【補註】

01 陸游〈自芳華樓過瑤林莊〉詩：「春晚江邊草過腰，雨餘樓下水平橋。名花未落如相待，佳客能來不費招。欄角峭風羅袖薄，柳陰斜日玉驄驕。此身醉死元關命，敢笑聞雞趁早朝。」其中「名花未落如相待，佳客能來不費招」二句可與此處互參。

三七、韓翃詩歌選讀

【事略】

　　韓翃，字君平，南陽（今河南沁陽市）人，天寶十三載（754）進士，大曆十才子之一，生卒年不詳。

　　曾供職於淄青節度使侯希逸幕下，後閒居十年之久；又曾為汴州節度使田神玉、宣武節度使李勉之幕僚，皆鬱鬱不得志。

　　德宗時知制誥出缺，御批曰：「與『春城無處不飛花』韓翃。」於是由幕吏一躍而為駕部郎中知制誥，一時傳為美談。後曾任中書舍人。

　　其詩興致繁富，清麗婉媚，有芙蓉出水，風流自賞之意，故一篇一詠，朝士珍之。高仲武《中興間氣集》評曰：「比興深於劉長卿，筋節成（編按：成，盛也）於皇甫冉。」頗為稱賞其詩寄託之深隱，與風格之矯健。

　　所撰〈章台柳〉詞，膾炙人口，後由許堯佐改寫成傳奇名作〈柳氏傳〉；晚唐時孟棨之《本事詩》亦載此事，可見流傳之廣。

　　《全唐詩》存其詩 3 卷，《全唐詩外編》補詩 2 首。

【詩評】

01 徐獻忠：君平意氣清華，才情俱秀，故發調警拔，節奏琅然，每一篇出，輒相傳布，亦雅道之中興也。七言古作，性情奔會，詞采翁鬱，雖格稍不振，而風調彌遠；諷其華要，亦足解於煩襟矣。（《唐詩品》）

02 胡應麟：中唐錢、劉雖有風味，氣骨頓衰，不如所為近體。惟韓

翃諸絕最高，如〈江南曲〉〈宿山中〉〈贈張千牛〉〈送齊山人〉〈寒食〉〈調馬〉，皆可參入初、盛間。(《詩藪》)

03 胡震亨：君平高華之句，幾欲奪右丞之席；無奈其使事堆垛堪憎，見珍朝士以此，見侮後進亦以此。(《唐音癸籤》)

04 許學夷：翃七言絕，後二句多偶對者，藻麗精工，是其特創，晚唐人絕不能有也。　〇七言古艷冶婉媚，乃詩餘之漸。(《詩源辯體》)

05 毛先舒：君平長篇，天才逸麗，興逐筆生，復工染綴，色澤穠妙，在天寶後，文房、仲文俱當卻席者也。(《詩辯坻》)

06 賀裳：貞元以前人詩多樸重，韓翃在天寶中已有名，其詩始修辭逞態，有風流自賞之意。昌黎曰：「歡愉之辭難工，窮苦之言易好。」獨翃反是。其佳句如「寒雨送歸千里外，東風沉醉百花前」「急管畫催平樂酒，春衣夜宿杜陵花」，皆豪華逸樂之概；惟〈送李少府入蜀〉詩「孤城晚閉秋江上，匹馬寒嘶白露中」，稍覺淒然可念。然在集中，亦如九十春光，一朝風雨耳。第姿韻雖增，風氣亦漸降。至若「葛花滿地能消酒，梔子同心好贈人」……已入輕靡，為晚唐風調矣……故知君平為柔艷之祖。〇君平以〈寒食〉詩得名……寓意遠，託興微，真得風人之遺。(《載酒園詩話·又編》)

07 喬億：歌行諸制，筆力不高，而調態新穎動人。　〇諸絕句興寄或深或淺，俱有樂府意。(《大曆詩略》)

08 余成教：七律健麗，而對仗天成；七絕亦神情流暢。(《石園詩話》)

09 宋育仁：其源出於謝元暉，泛艷輕華，已無深致。歌行法初唐之體，亦能卷舒命匠，經緯成機。律體自亞李、盧，猶稱芳潤。(《三唐詩品》)

183 寒食（七絕）　　　　　　　　　　韓翃

春城無處不飛花，寒食東風御柳斜。日暮漢宮傳蠟燭，輕煙散入五侯家。

【詩意】

　　寒食節到了，東風吹得皇家林苑裡的柳條輕快地橫斜搖曳，於是暮春時的長安城裡，白茫茫的楊花便隨處飄浮，滿城飛舞了。到了傍晚時，皇宮裡會遵循傳統，依序把剛剛從榆柳鑽鑿出來的新火苗頒賜給皇親國戚，只見幾匹駿馬便飛出宮門之外，幾縷燭火裊娜而起的輕煙就隨著宮廷的使者散開，紛紛鑽進最得寵的五侯之家了！

【注釋】

① 詩題——一作「寒食日即事」。寒食，節令名，每年從冬至節後算起，第一百零四日便開始進入寒食節，前後一共三日，有禁火¹、冷食的習俗，故謂之寒食節、禁煙節。由於這三日的飲食都是前幾天就先行準備好的熟食，因此關中人士又稱之為熟食節。

② 「春城」二句——為倒敘語順，應是東風吹拂，御柳飄揚，故而滿城柳絮。花，即指柳絮，又名楊花；可能不是指一般的落花而言。御柳，皇城中的宮柳。斜，形容東風吹拂而搖曳紛披之狀。

③ 「日暮」句——漢宮，代指唐朝宮苑。傳，依次頒賜也；《西京雜記》云：「寒食禁火日，賜侯家蠟燭。」唐時寒食也有禁煙的習俗，須到清明日才由宮中鑽榆柳取新火以賜近臣，民間也才各自鑽鑿新火。

④ 「輕煙」句——輕煙，指蠟燭所燃之黑煙，因快馬飛馳而飄散。五侯，有五位炙手可熱的貴戚與五位恃寵弄權的宦官兩種說法。

【補註】

01 寒食禁火的習俗由來已久，相傳起於商周時代；周時有「司爟氏」
的官職，便是主持火禁的官方單位。大抵古人以為每一年所用的
火種都有熱能用罄的時侯，因此便遵照節氣的循環，選擇在寒食
節時撲滅保留一年的「宿火」；到了清明節之日，才又以鑽木取火
的方式，重新取得「新火」，謂之「改火」。

【導讀】

　　根據孟棨《本事詩》的記載，唐德宗時制誥闕人，中書省雖兩度
提名，皆未蒙許可，乃轉而請旨，德宗批復說：「與韓翃」。當時另有
同名之人任江淮刺史，於是中書省又進呈兩人名籍再請裁示，德宗御
批曰：「與『春城無處不飛花』韓翃」。於是韓翃由幕府佐吏一躍而為
駕部郎中知制誥，一時傳為美談。由此可見〈寒食〉詩當時所受賞愛
之一斑。

　　「春城無處不飛花，寒食東風御柳斜」兩句，是由正面捕捉寒食
節期間長安城裡特殊的暮春風情。一個「春」字，既映帶出以下的「飛
花」「寒食」「東風」「御柳斜」等詞語的精神意態，又點染出長安滿
城春色，旖旎明媚的情狀，和迷人眼目、盪人心魂的濃郁春意，的確
是使前兩句顯得風神搖曳，撩人情思的句眼所在。「無處不」三字是
以雙重否定的句法，強烈地傳達出確定無疑、絕無一處不然的肯定語
氣，更使人對於由宮苑到街陌盡是撲人顏面、沾人衣衫的濛濛楊花，
有了身歷其境甚至觸手可掬的實際感受；再加上作者靈心妙選的「飛」
字，更是把柳絮漫天飛舞時空靈而輕盈的特殊風韻，勾勒得生動傳神，
宛然在目；無怪乎唐德宗賞愛有加，還特別拈出首句作為本詩的精神
所在。此外，「飛」字又逗出東風斜柳的形象，伏下「輕煙散入五侯
家」的線索，可見詩人鍛字鍊意時的匠心。

　　詩人特別選取「御柳」入詩，除了實寫宮苑中遍植楊柳，在春風

駘蕩時極其嫋娜嫵媚外,也因為宮中本有鑿取榆柳之火以賜寵貴的傳統,自然便能不著痕跡地過渡到第三句漢宮傳燭的意象,因此黃叔燦《唐詩箋注》說:「首句逗出『寒食』,次句以『御柳斜』三字引線,下『漢宮傳蠟燭』便不突。」這又可以看出詩人倒轉前二句的語順,反而使意象鮮明,景色如畫,而且針線綿密,銜接自然的手法之巧妙,因此徐增《而庵說唐詩》卷 12 特別把本詩回環往復如鉤鎖連環的細針密線加以條分縷析說:

＊「不飛花」之「飛」字,窺作者之意,初欲用「開」字,「開」字下不妙,故用「飛」字。「開」字呆,「飛」字靈,與下「風」字有情。「東」字與「春」字有情,「柳」字與「花」字有情。「御」字與「宮」字有情,「斜」字與「飛」字有情。「蠟燭」與「日暮」字有情,「煙」字與「風」字有情。「春」字與「柳」字有情。「五侯」字與「漢」字有情,「散」字與「傳」字有情。「寒食」字又裝疊得妙。其用心細密,如一匹蜀錦,無一絲跳梭,真正能手。今人將字蠻下,熟玩此詩,則不敢輕易用字也。

由此可見作者謀篇佈局時鍛句鍊字和細針密線的苦心了。

「日暮漢宮傳蠟燭,輕煙散入五侯家」二句,是轉而採用側面旁襯的手法,以宮中賜火傳燭的特殊畫面來烘托寒食禁火的主題,因此宋宗元《網師園唐詩箋》說:「不用禁火而用賜火,烘托入妙。」其中「傳」字比起「分」「賜」「頒」等字,更能見出依序頒賜恩典的莊嚴鄭重,以及由宮中迤邐而出的排場和動態,可見選字之精確。「輕煙散入」四字,雖然並未點出馬匹,也未勾畫人員,卻彷彿使人看見駿馬擎燭,分路飛馳,映照得原本昏暗的街坊忽明忽晦的畫面,甚至還似乎可以聞到燭煙的氣味,聽到達達的馬蹄聲,的確是使人如見如聞的優美畫面。

這一首七絕,音調和諧動聽,文辭簡潔明淨,針線綿密細膩,意象繁縟深邈,再加上作者以漫天飛舞的楊花、駘蕩宜人的春風、搖曳

橫斜的宮柳、縹緲飄散的輕煙和明滅閃爍的燭光，營造出華貴婉約的氣氛，讀來自然使人心目迷離，情靈搖蕩；因此桂天祥《批點唐詩正聲》說：「不事雕琢語，富貴嫻雅自見。」由於作者只描繪富有詩情畫意的圖象，並不刻意摻雜主觀的議論批判，反而使詩人創作的初心隱藏在如夢如幻，縹緲隱約的情境中；詩歌的旨趣也顯得更蘊藉含蓄，似有還無了。因此，本詩究竟只是捕捉一段長安的寒食風情，或是意在歌詠一派承平氣象，或是深藏一份諷諭微旨，便有了橫嶺側峰的仁智之見了。

詩中的「五侯」，多數評解以為是指是得寵弄權的宦豎而言，因為中唐以來，宦官擅權干政，以致朝政敗壞，國事混亂的情形，與漢代的桓、靈之世相彷彿；因此吳喬《圍爐詩話》說：「唐之亡國，由於宦官握兵，實代宗授之以柄。此詩在德宗建中初，只『五侯』二字見意，唐詩之通於《春秋》者也。」這是說在家家禁煙的寒食節裡，漢宮傳燭已屬特權行徑，而此恩寵又優先及於貴為五侯的宦官，正可以看出作者婉諷君王昏庸的用心，可以媲美《春秋》筆削的微言大義。李鍈《詩法易簡錄》也說：「君平此詩，託諷婉至。」

【評點】

01 賀裳：賜火一事，而恩澤先沾於戚畹，非他人可望。其餘賜予之濫，又不待言矣。(《載酒園詩話‧又編》)

02 黃叔燦：「散入五侯家」，謂近幸者先得之，有託諷意。(《唐詩箋注》)

03 管世銘：只說侯家富貴，而對面之寥落可知，與少伯「昨夜風開露井桃」一例，所謂「怨而不怒」也。(《讀雪山房雜著》)

04 章燮：飛花，有春宮不禁意；御柳斜，有持躬不正意。末二句，有特寵宦官意。(《唐詩三百首注疏》)

05 俞陛雲：二十八字，想見五劇春濃，八荒無事。宮廷之閒暇，貴

族之沾恩,皆在詩境之內。以輕麗之筆,寫出承平景象,宜其一時傳頌也。(《詩境淺說·續編》)

184 酬程延秋夜即事見贈(五律)　　　韓翃

長簟迎風早,空城澹月華。星河秋一雁,砧杵夜千家。節候看應晚,心期臥亦賒。向來吟秀句,不覺已鳴鴉。

【詩意】

　　屋外修長的竹子隨風搖曳,早早就迎來了寒涼的秋意;空廓冷清的城垣,正沐浴在澄淡如水的月色中,環境相當清幽。突然間,一隻野雁淒涼的叫聲掠過疏淡的星河,千家萬戶搗練冬衣的砧杵聲,便此起彼落捶擊出令人黯然神傷的鄉愁,使人倍覺落寞惆悵。從眼前的節氣物象來估算,應該已經是秋意深濃的時候了;閑居的日子過久了,原本的志向和抱負,似乎早已荒疏遙遠得難以追回了!方才我反覆吟誦你送給我的清新秀美之詩句,竟渾然不覺時間的流逝;直到烏鴉開始聒噪亂啼,我才發現已經是破曉時分了!

【注釋】

① 詩題─酬,以詩詞贈答。程延,一作程近,生平不詳。「秋夜即事」,是程延原唱的題目;即事,就當前所見所聞作詩以寄所感之事。見贈,相贈、贈我也。程氏原作今不可知,可能是寫一段秋思,因而引發作者內心一段賦閒無事的清愁;從「心期臥已賒」句觀察,本詩可能作於韓翃離開侯希逸幕佐之職而閑居十年之間。

② 「長簟」句─簟,原指竹蓆,此處可指竹子;〈博羅縣簟竹銘〉曰:

「簜竹既大，薄且空中，節長一丈，其長如松。」《筍譜》：「簜竹，長二丈猶為筍，可食。」迎風早，謂屋外修竹搖曳，早就迎來寒涼的秋意。

③「空城」句──空城，指秋風淒寒中，城垣顯得清虛寂寥。澹，蕩漾貌；澹月華，形容月色澄明如水，空城彷彿在月色中混漾，顯得幽靜而清虛。

④「星河」二句──星河句，謂孤雁掠過星光明滅的秋空。星河，即銀河。砧杵，代指搗練冬衣的聲響。

⑤「節候」二句──節候，節氣與風物的情狀。看，音ㄎㄢ，估算、衡量。心期，指對自己的期許，亦即抱負。臥，可能指閒居未仕之意，如孔明之高臥隆中，謝安之高臥東山。賒，遙遠。已賒，謂原有的理想和抱負，早已因閒居日久而遙不可及，頗有沉淪日久，不堪回首之慨。

⑥「向來」二句──向來，方才、剛才；其實是指入夜以來的一段時間。秀句，美稱對方的詩作。鳴鴉，破曉時棲鴉驚醒而聒噪。

【導讀】

由於缺乏程延的生平事跡和程作原唱的內容，以及本詩的寫作年代、作者的所在地、當時的生活情況等背景資料，因此解讀時難免有盲人摸象，難窺全貌的遺憾。不過，如果掌握「心期臥已賒」的正確意涵，或許就可以反過來揣摩前半清寥幽冷的景致中，深藏著作者黯然惆悵的心曲，也可以尋繹出作者在約句準篇時針線的穿梭、意脈的照應和章法的聯絡軌跡，同時還能領略到詩人渲染氣氛、勾勒情境、摹寫景象的功力淺深了。

「長簜迎風早，空城澹月華」兩句，主要是描繪秋夜的一般景致，並經由三種感官意象來渲染冷清寒涼的氛圍，曲傳作者賦閒時的黯淡心緒。其中，修竹搖曳的情態，屬於視覺刺激；而風聲颯颯的暗示，

則兼含聽覺與觸覺感受;「早」字則透露出沉淪失意的悲哀,因此才特別容易感受到秋意來襲的淒涼,隱約流露出簟竹招來秋風而使人哀傷的意思。城而曰「空」,主要是境由心生的移情作用,意在表現秋夜的寂寥和心境的落寞;再加上月華如水的觸肌生涼,以及澄淡的月光為沉靜的城垣敷設出的幽冷色調,自然使原本就意緒黯然的詩人又平添一段惆悵的清思。

「星河秋一雁」,是說一聲嘹唳的雁鳴突然驚擾作者的清思,他循聲仰望,只見孤飛的暗影正掠過星河閃爍的夜空。在銀河明燦的背景襯托下,一閃而逝的雁影顯得栖遑不安,難免使詩人別有感觸:鴻雁是候鳥,往往惹人鄉愁;雁足傳書的典故,又會使人思念親友;失群孤雁,還會使詩人想起離開仕途而長期賦閒在家的寂寞。「砧杵夜千家」,是說正當作者被雁唳撩起離鄉背井,音書寂寥,漂泊不定,難覓棲枝等複雜的情緒時,千家萬戶此起彼落的砧杵聲,又一陣一陣地隨著秋風傳入耳中,捶擣在他意緒不寧的心鼓上,自然又讓詩人心神煩亂,思潮起伏,根觸百端而黯然神傷了。

值得注意的是:「星河」的明燦和「一雁」的孤暗形成了清晰的對照,更能襯托出鴻雁夜飛時驚惶不安和孤弱危苦的情狀;而「秋」字既使星河更加明亮,又使候鳥更具有鄉愁的象徵意義,因此能令人有旅況清寥的感傷。再加上「一雁」又刻意安排在句尾,自然和下一句的「千家」砧杵聲形成相互鉤連的關係,於是雁唳不僅劃破了秋夜的沉寂,同時還牽引出此起彼落的砧杵聲,從而觸發作者撩亂的愁懷。換言之,詩人似乎有意以這樣特別安排的句式,使上下兩句的意象可以疊合成:一隻驚飛的鴻雁正馱著人間千家萬戶的砧杵聲所串聯成的親情鎖鏈,孤獨地朝向明燦的星空高飛遠去……的景象。月華的澄淡、星光的幽冷、寒砧的單調與凌亂,以及孤飛的雁影,相互烘托出一幕神秘而清雋的情境,其中有旅思,有鄉情,有失意,有苦悶,有悲哀,有感慨,有驚惶,有惆悵,有悽涼,有憂傷,有迷惑,有茫然,還有

拂之不去、揮之又來，剪不斷、理還亂的無限清愁；因此蘅塘退士以為前半有十七、八層意蘊，高仲武以為韓翃的詩篇「興致繁富」，的確相當中肯。

「節候看應晚」五字，是總收前半四句的景致給作者的感受，並轉而抒發沉淪失志的感傷。「心期臥已賒」的心靈告白，則交代出長期賦閒後心緒的黯淡枯寂，和意志的消沉低落。有了這五個字，不僅使前半四句所營造出的清雋意象，透露出前面所說的十幾種複雜而幽微的心緒，也使讀者恍然領悟詩人融情入景的手法之高明，驚訝詩人剪取物象的匠心之細膩，並嘆服他鎔裁句意與謀篇佈局時的縝密。

「向來吟秀句，不覺已鳴鴉」兩句，既表示對於程延原唱的欣賞，因此吟誦再三；又表示自己在疏淡而清寥的環境中，本來就不勝惆悵之感，再加上深受原唱的觸動，因此使自己更沉溺在詩情與畫境之中，思潮如湧，意緒難寧，以至於渾然不覺秋夜之漫長，直到烏鴉啼噪才由原作的意境中回神過來；同時又繳清「酬見贈」的題意，可以說是一筆三到的俐落收筆。因此紀昀評曰：「三、四清遠纖秀，通體亦皆清妥；結『和（按：酬唱之意）』字密。」（《瀛奎律髓匯評》）

185 同題仙游觀（七律）　　　　韓翃

仙臺初見五城樓，風物淒淒宿雨收。山色遙連秦樹晚，砧聲近報漢宮秋。疏松影落空壇靜，細草香生小洞幽。何用別尋方外去？人間亦自有丹丘。

【詩意】

　　我初次見到嚮往已久、有如神仙宮闕的仙游觀，正是隔夜的雨勢方歇，山川景物被洗潤得格外清幽美好的時節。黃昏時，從樓觀上遠

眺，可以看到綿延起伏的雲山，迤邐地連接上秦地朦朧蒼暗的樹色；附近的砧杵聲，則隱約傳來了漢朝宮苑中寒涼的秋意。在庭院裡閒步時，松樹的影子稀疏地落在空曠的醮壇上，環境顯得相當清虛寧靜；細草散發出的清香，也使這小小的洞天福地顯得格外深邃雅致。啊！何必再去別處追尋遠離塵世之外的神仙洞府呢？此地原本就是值得流連徜徉的人間仙境啊！

【注釋】

① 詩題—同題，結伴共遊之後，以同一題目賦詩之意。一本無「同」字。仙游觀，殆指位於嵩山逍遙谷中的崇唐觀；《舊唐書·隱逸傳》載道士潘師正居於嵩山逍遙谷中，高宗臨東都洛陽時召見而尊異之，乃詔令即其處建崇唐觀，後又於逍遙谷特開一「仙游門」。一說仙游觀在今長安西山，然不見所據。

② 「仙臺」二句—仙臺，對仙游觀的亭台樓閣之美稱。五城樓，相傳是神仙所居住的地方。風物，山川自然的景物。淒淒，形容雨後景色的清潤幽美。宿雨，隔夜、連夜之雨。

③ 「山色」二句—寫觀外遠近風物之美。秦，指函谷關以西之地，古屬秦國，故云。按：嵩山距離秦地尚遠，故出句乃誇飾視野之遼遠，氣象之雄渾，以為可以展眺連綿之山脈銜接秦地蒼茫的樹色。晚，點出薄暮。砧聲，捶搗熟絲以備冬衣的聲音。漢宮，殆指唐朝的宮苑，詩中可能指嵩山之西的洛陽。秋，謂秋意寒涼。

④ 「疏松」二句—轉寫觀內風清月白時情境之幽靜美好。香生，散發出清香的氣息。一本作「春香」，然就對偶而言，與「影落」二字的詞性不諧；就節令言，又與「砧聲」「秋」字牴牾，是以不取。小洞，指道教所稱十大洞天、三十六小洞天等神仙的居處。小洞幽，謂仙游觀乃幽靜清虛的洞天福地。

⑤ 「何用」二句—方外，塵世之外；然本詩中是指神仙之境。丹丘，

指神仙所居;《楚辭·遠遊》:「仍羽人於丹丘兮,留不死之舊鄉。」王逸注:「晝夜常明之處。」王夫之注:「南方赤色之丘,神之所存也。」

【導讀】

　　這是一首結構完整,承轉自然,對偶工整,寫景清美的七言記遊之作。由於是題詠道觀之作,因此入手就俐落地拈出「仙臺初見五城樓」七字,借「仙臺」與「五城樓」這種充滿道教仙靈色彩的詞面,引發讀者對於巍峨樓觀和清靜道院的聯想。「初見」兩字,傳達出嚮往已久,如今才宿願得償的欣慰和由衷的讚嘆,也為尾聯不必別求世外仙境的旨趣預留餘地,是相當成功的虛字傳神之筆,因此何焯說:「『初』字乃與『何用別尋』呼應。」(高士奇輯《唐三體詩評》)至於「風物淒淒宿雨收」七字,是表示尤其在經過連夜秋雨的梳洗和滋潤之後才巧遇初晴,不僅風物特別清潤幽美,連心情也格外愉悅寧靜,此時偕同好友登覽仙游觀,自然倍覺氣清神爽,景色宜人,因此作者才特別拈出「淒淒」二字來摹寫天地山川在秋晚時清虛的神韻;胡應麟《詩藪》以為首句之妙,不減盛唐,再加上次句,更是「氣雄調逸」的起筆。

　　「山色遙連秦樹晚,砧聲近報漢宮秋」兩句,是直承「風物淒淒」而來,寫薄暮時登臨樓觀,游目騁懷時的所見所聞;不僅點明節令、時間,而且把遠近風物寫得宛然如見而又恍然若聞。「晚」字放在句末,既可以為雲山和秦樹敷設蒼茫而朦朧的色調,又自然地把時間由黃昏引渡到夜晚而直貫對句,同時還不著痕跡地表示展眺所見的風物之美、氣象之雄和流連樓觀之久。「秋」字安排在全聯之末,既表現出砧聲催寒的意思,又把聽覺意象巧妙地轉換為觸覺感受和心理認知,同時還把清秋的氣氛擴散到雲山秦樹之間,使眼前的景物再塗上一層蕭瑟寂寥的況味而更有情韻;因此金聖嘆以為頷聯可圈可點:「『秦』

字妙,『晚』字妙,『漢』字妙,『秋』字妙!」甚至說:「讀之亦如列子御風,泠然其善;更不謂閱此詩時,正在三伏盛暑中坐矣!」(《聖嘆選批唐才子詩》)

「疏松影落空壇靜,細草香生小洞幽」兩句,是運用虛實相生的手法來烘托道觀清虛靜謐的氣氛,描寫詩人閒庭步月時所見的清幽情境。當稀疏的松影落在石板道上隨風搖曳之際,醮壇顯得格外空廓而蕭穆,作者的心靈也感到特別寧靜,因此便以「靜」字來內外兼寫。值得注意的是,詩中雖然並未明言「風」和「月」,但是明月朗照而清風徐來的情趣,卻已暗藏其中:唯其風來月出,所以松影才會倒映而搖曳幌動,詩人也才能分辨秋草之細,以及暗夜中傳來的草香。「幽」字又安排在全聯之末,便又有總收兩句景致的作用,更使人在眼明鼻香而心曠神怡中,領略到這座洞天福地的幽深寧靜和清虛空靈之美,自然也就油然生出「何用別尋方外去,人間亦自有丹丘」的讚嘆之情,而有了仙境不遠的了悟。

由於五、六兩句中,隱然有風清月白之美流動在疏松空壇、細草幽香之間,無形中便為這座道觀點染出動靜相襯、虛實相涵、明暗相形的縹緲意境而別有妙趣,因此金聖嘆甚至誇張地頌揚說:「讀此二句,便勝讀全部道經,不謂先生眼光至此!」由此也可以看出《中興間氣集》說韓翃之作「興致繁富」,《全唐詩話》稱說有「芙蓉出水」之姿,《圍爐詩話》也說:「修辭逞態,有風流自賞之意。」並非佞譽浮諛之辭而已。

【辨正】

研讀近人賞析本詩之作,對於「疏松影落空壇靜」的對句「細草香生小洞幽」七字,似乎常有嚴重的誤解,以為那是真的在描寫一個「長了細草的小洞」;讓筆者頗為詫異,茲摘錄如下:

＊上句應秋色壇觀也，下句言細草之香還是春日所留，由於小洞之
　幽也。（廣文書局《唐詩三百首注疏》）

＊頸聯再寫觀內的景物，上句是高處的空壇，下句是低處的小洞。
　（台灣中華書局《唐詩三百首詳析》）

＊以言大景，則有城樓漢宮；以言小景，則有細草小洞。仰觀則有
　疏松空壇，俯視則有細草小洞。（黎明文化事業《唐詩三百首鑑
　賞》）

＊曲曲山徑處盡處，是入口僅能容人的幽洞；洞口小草叢生，散發
　著淡淡的清香。（上海古籍出版社《古詩觀止》）

＊下句言小草之香，還是春日所留，大概是由於小洞清幽，無人踐
　踏之故。自春徂秋，歷時三季，而細草芬香依舊，這無非是作者
　刻意在拉長時間，使人有微香冉冉不絕的感覺，無形中加強了道
　觀的景色之美與可看性之高。（地球出版社《唐詩新賞》第八集）

＊寂靜的空壇月照松林疏影，小洞裡香馨的細草多麼清幽。（漓江
　出版社《今譯新析唐詩三百首》）

＊空壇澄清疏松影落水底，小洞幽徑細草芳香沁人。（吉林文史出
　版社《唐詩三百首譯析》）

　　筆者以為不論是把「小洞」解成地面的小坑洞，或是僅能容許一
人通行的小山洞，還是無人踐踏的清幽小洞，恐怕都犯了望文生義的
毛病。因此必須再提醒讀者一次：「小洞」是指道教的洞天靈府而言，
切勿誤入歧途而走火入魔了。

【評點】

01 桂天祥：氣格近逸，音節亦雄；佳！佳！（《批點唐詩正音》）

02 周珽：韻致亦自楚楚。（《唐詩選脈會通評林》）

03 邢昉：高華整煉，絕近李頎，中唐之極盛也。（《唐風定》）

04 朱之荊：若非次句，中聯如何承接？若非七句，全首如何結合？

真可味。(《增訂唐詩摘抄》)

05 吳瑞榮：頷聯極精警之致，此二語接得勻稱，格意又不犯重，甚
妙。(《唐詩箋要》)

06 趙臣瑗：風物淒清，已隱然有個「晚」字、「秋」字在內，非但以
宿雨初收之故。「秦樹」「漢宮」須活看；妙處全在「遠連」「近報」
之四虛字內。(《山滿樓箋注唐詩七言律》)

07 何焯：三、四台上遠望之大觀，五、六觀中歷覽之幽致；皆一高
一下，乃盡見五城十二樓也。(高士奇輯《唐三體詩評》)

08 喬億：詩格平正忽溜，去佻小之習。(《大曆詩略》)

三八、劉長卿詩歌選讀

【事略】

　　劉長卿（約726－約790），字文房，籍貫有河北河間、安徽宣城、江蘇彭城三說；自幼生長於洛陽，故自視為洛陽人。生卒年難於考定，茲依儲仲君《劉長卿詩編年箋注》說，擬測於開元十四年至貞元六年間。

　　天寶四載至十三載間（745－754）應進士舉，頻往來於洛陽、長安間。至德二年（757）應江東進士舉及第，釋褐出任蘇州長洲縣尉，兼攝海鹽縣（今屬浙江）令，因事繫獄。遇赦放歸，還潤洲；後議貶潘州南巴（今廣東省茂名市電白區）尉，命至江西洪州待命，於是三四年間居於江西鄱陽、洪州等地。永泰二年（766）入劉晏轉運使幕中，曾奉使淮西，後以轉運使判官、檢校殿中侍御使駐淮南，巡行江西、浙東等地。大曆五年（770）任鄂岳轉運留後，檢校祠部員外郎。九年，遭鄂岳觀察使吳仲孺誣以貪贓二十萬貫，去職東歸，居常州碧澗別墅二年。十一年，朝廷命監察御史按覆其事，沉冤得雪，復籍，仍貶為睦州（今浙江建德市附近）司馬。建中元年（780）秋冬之際，遷隨州（今湖北省隨州市）刺史，世稱劉隨州。

　　長卿清才冠世，頗凌浮俗，耿介不阿，多忤權貴，故兩遭遷斥；人多以為冤，詩人亦屢以賈誼自況寫其遠謫之悲、憂國之切與思鄉之愁。高仲武《中興間氣集》評曰：「大抵十首以上，語意稍同，於落句尤甚；思銳才窄也。」所論雖未必公允，然可見遷謫之痛切。

　　長卿自視甚高，作詩只署其名而不題姓，以為天下無不知其人者。嘗言：「今人稱前有沈、宋、王、杜，後有錢（起）、郎、劉、李；李

嘉祐、郎士元何得與余並驅?」(《雲溪友議》)

　　嘗自謂「五言長城」,可見五言造詣之高與自負之重;故《唐詩三百首》選其五律與五絕共計八首,顯然認同其五言之妙。所作詩調雅暢,風致自然,雖經苦心錘鍊,卻無雕飾之痕,是以名重詩壇。高棅稱之為七律名家,王士禎《燃燈記聞》以為「七律宜讀王右丞、李東川,尤宜熟玩劉文房諸作。」盧文弨〈劉隨州文集序〉說:「子美之後,定當推為巨擘。眾體皆工,不獨五言為長城也。」姚鼐、方東樹、管世銘都認為劉長卿可居「大曆十才子」之首。

　　《全唐詩》編其詩 5 卷,《全唐詩外編》及《續拾》補詩 2 首。

【詩評】

01 高仲武:詩體雖不新奇,頗能鍊飾。(《中興間氣集》)

02 范晞文:李、杜之後,五言當學劉長卿、郎士元,下此則十才子。
　　○人知許渾七言,不知許五言亦自成一家;知劉長卿五言,不知劉七言亦高……散句如「漢口夕陽斜渡鳥,洞庭秋水遠連天」「江上月明胡雁過,淮南木落楚山多」「細雨濕衣看不見,閒花落地聽無聲」,措思削詞皆可法;餘則珠聯玉映,尤未易遍述也。(《對床夜話》)

03 張戒:隨州詩韻度不能如韋蘇州之高簡,意味不能如王摩詰、孟浩然之勝絕;然其筆力豪贍,氣格老成,則皆過之。與杜子美並時,其得意處,子美之匹亞也。「長城」之目,蓋不徒然。(《歲寒堂詩話》)

04 方回:長卿詩細淡而不顯煥,當緩緩味之,不可造次一觀而已。　○長卿號「五言長城」,細味其詩,思致幽緩,不及賈島之深峭,又不似張籍之明白;蓋頗欠骨力,而有委曲之意耳。(《瀛奎律髓》)

05 胡應麟：七言律以才藻論，則初唐必首雲卿，盛唐當推摩詰，中唐莫過文房，晚唐無出中山（按：指劉禹錫）。不但七言律也，諸體皆然；由其才特高耳。（《詩藪》）

06 李東陽：《劉長卿集》淒婉清切，盡羈人怨士之思，蓋其情性固然，非但以遷謫故；譬諸琴有商調，自成一格。（《麓堂詩話》）

07 顧璘：劉公雅暢清夷，中唐獨步，表曰「五言長城」，允矣無愧。（《批點唐音》）

08 桂天祥：劉長卿七、五言稍覺不協，以李、杜大家及盛唐諸公在前，故難為繼耳。（《批點唐詩正聲》）

09 王世貞：劉隨州五言長城，如「幽州白日寒」語，不可多得，惜十章以還，便自雷同不耐檢。　○錢、劉并稱……錢似不及劉。錢意揚，劉意沉；錢調輕，劉調重。如「輕寒不入宮中樹，佳氣常浮仗外峰」，是錢最得意句，然上句秀而過巧，下句寬而不稱。劉結語「匹馬翩翩春草綠，昭陵西去獵平原」，何等風調！「家散萬金酬士死，身留一劍報君恩」，自是壯語。（《藝苑卮言》）

10 鍾惺：中、晚之意於初、盛者，以其俊耳；劉文房猶從朴入。然盛唐俊處皆朴，中、晚人朴處皆俊。文房氣有極厚者，語有極真者；真到極快透處，便不免妨其厚。（《唐詩歸》）

11 黃紹夫：劉文房……詩格調輕峭，而詞氣深厚；「五言長城」，語不虛也。（黃克纘、衛一鳳輯《唐詩風雅》）

12 許學夷：錢、劉五言古……劉句多偶麗，故平韻亦間雜律體，然才實勝錢。七言古，劉似沖淡而格實卑，調又不純；錢格若稍勝而才不及。　○五、七言律，劉體盡流暢，語半清空，而句意多相類。　○中唐五、七言絕，錢、劉而下，皆與律詩相類；化機自在，而氣象風格亦衰矣。（《詩源辯體》）

13 周履靖：劉長卿最得騷人之興，專主情景。（《騷壇秘語》）

14 陸次雲：文房在盛、晚轉關之時，最得中和之氣。（《唐詩善鳴集》）

15 劉邦彥：中唐諸家，各有獨至處，即各有偏蔽處，人皆知避之。
至於文房，則幾無瑕可指矣。嫌其有意煉飾，引人入平穩一路；
學者法此，一望雷同，黯然無色，有害於詩教不淺也。故於文房
詩，當賞其沉淡，去其平夷。(《唐詩歸折衷》)

16 賀貽孫：劉長卿能以蒼秀接盛唐之緒，亦未免以新雋開中、晚之
風。其命意造句，似欲攬少陵、摩詰二家之長而兼有之，而各有
不相及、不相似處；其不相似、不相及，乃所以獨成其為文房也。
(《詩筏》)

17 賀裳：隨州絕句，真不減盛唐，次則莫妙於排律。排律惟初、盛
為工，元和以還，牽湊冗復，深可厭也；惟隨州真能接武前賢。 ○
劉有古調，有新聲。盛唐人無不高凝整渾，隨州短律，始收斂氣
力，歸於自然，首尾一氣，宛若面語。其後遂流為張籍一派，益
事流走，景不越於目前，情不逾於人我，無復高足闊步，包括宇
宙，綜攬人物之意。(《載酒園詩話·又編》)

18 王士禎：唐人七言律，以李東川、王右丞為正宗，杜工部為大家，
劉文房為接武。(《師友詩傳錄》)

19 屈復：唐七律，隨州詞藻清潔，抑揚反覆，有味外味，最耐人吟
誦。但結句多弱，又多同。昔人謂才小，未必；但法律不精嚴耳。
(《唐詩成法》)

20 吳瑞榮：文房諸律，如玉饌時花，有口目者共賞。(《唐詩箋要》)

21 李因培：文房五言，格韻高妙，絕處不減摩詰。(《唐詩觀瀾集》)

22 沈德潛：中唐詩近收斂，選言取勝，元氣不完，體格卑而聲調亦
降矣。劉文房工於鑄意，巧不傷雅，猶有前輩體段。(《唐詩別裁》)

23 喬億：隨州「五言長城」，七律亦最佳；然氣象骨力，降開、寶諸
公一等。(《劍溪說詩》) ○文房古體，概乏氣骨，就中歌行情調
極佳，然無復崔顥、王昌齡古致矣。 ○七律亦最高，不矜才、

不使氣；右丞、東川以下，無此韻調也。　○文房詩為大曆前茅，
清夷閒曠，饒有怨思。（《大曆詩略》）

24 紀昀：隨州五言骨韻天成，非浪仙、文昌所可望。（《瀛奎律髓匯
評》）

25 趙翼：七言律……少陵以窮愁寂寞之身，借詩遣日，於是七律亦
盡其變，不惟寫景，兼復言情；不惟言情，兼復使典。七律之蹊
徑，至是亦大開。其後劉長卿、李義山、溫飛卿諸人，愈工雕琢，
盡其才於五十六字中，而七律遂為高下通行之具，如日用飲食之
不可離矣。（《甌北詩話》）

26 管世銘：大曆十子，所傳互異，而皆不及隨州。　○說者多以讀
少陵後，繼之以隨州，便覺厭厭無色。不知……其詩與大曆諸公
並瓣香摩詰，原與子美異派，善讀者當自出一番手眼心胸。（《讀
雪山房唐詩抄‧序例》）

27 方東樹：劉文房七律宗派，李東川色相華美，所以李輔輞川為一
派，而文房又所以輔東川者也。……文房詩多興在象外，專以此
求之，則成句皆有餘味不盡之妙矣。較宋人入議論、涉理趣，以
文以語錄為詩者，有靈蠢仙凡之別。（《昭昧詹言》）

28 劉熙載：劉文房詩，以研鍊字句見長，而清贍閒雅，蹈乎大方。
其篇章亦盡有法度，所以能截斷晚唐家數。（《藝概》）

29 潘德輿：隨州古體清妙，可與王、孟埒。若「楚國蒼山古，幽州
白日寒」「卷簾高樓上，萬里看日落」，直摹少陵之壘，又不止清
妙而已。（《養一齋詩話》）

30 丁儀：長卿詩務質實，尚情性，尤擅使事；格高氣勁，自然沉著。
古詩句法，猶襲齊、梁，而無穠纖之弊。近體五、七言無杜老之
峻峭，過白傅之高雅；其絕句則於江寧、太白之外，獨樹一幟者
也。（《詩學淵源》）

31 俞陛雲：盛唐之詩人懷古，多沉雄之作；至隨州而秀雅生姿，殆

風會所趨耶！（《詩境淺說》）

186 聽彈琴（拗絕）　　　　　　　劉長卿

泠泠七絃上，靜聽松風寒。古調雖自愛，今人多不
彈。

【詩意】

　　當我靜靜地傾聽七絃琴演奏出〈風入松〉的古曲時，耳中便洋溢
著長風吹入松林時那種和諧美妙的天籟，心靈也完全浸透在無邊沁涼
的寒意裡。雖然我非常鍾愛這種渾樸優雅的古代琴曲，可惜現代人大
多熱中於琵琶新聲而不再彈奏古調了。

【注釋】

① 詩題—或作「彈琴」，由第二句觀之，應有「聽」字為是。據儲仲
　君《劉長卿詩編年箋注》本詩殆作於至德二載及第之前；詩中隱
　約透露出不合時宜的苦悶，可能就包括了長達十餘年的落第之悲
　在內。

② 「泠泠」句—泠泠，狀琴音之清揚美妙。七絃，代指琴而言。相
　傳琴本五絃，象徵五行，以配合宮、商、角、徵、羽五音；後文
　王加一絃，武王又加一絃。一說神農製五絃琴，文王又加二絃。

③ 松風—風吹松林時的濤音，又雙關魏晉間人嵇康所作的琴調〈風
　入松〉，參見李白〈聽蜀僧濬彈琴〉注③。

【導讀】

　　漢、魏、六朝時南方的音樂以琴瑟為主，可是到了唐代則逐漸被

西域傳來的琵琶所取代。琴音雖然平和優雅而穆若松風，卻不敵「嘈嘈切切錯雜彈，大珠小珠落玉盤」的琵琶樂音之繁富多變，因此當時人競逐「琵琶起舞換新聲」之際，琴曲也就備受冷落了。作者在本詩中流露出世風日下、人心不古的感慨；除了音樂變遷的背景之外，或許有意抒發自己長達十年科舉失意、落落寡合的抑鬱之情，以及對於盛唐雄健渾成詩風的嚮往之意。換言之，本詩在字面上雖然是賦寫聽琴之感，其實詩人意在藉以寄託孤芳自賞，曲高和寡之悲，因此他在〈雜詩八首上禮部李侍郎〉其一的〈幽琴〉詩中又收入本詩的三句：「月色滿軒白，琴聲宜夜闌；颼颼青絲上，靜聽松風寒。古調雖自愛，今人多不彈。向君投此曲，所貴知音難。」而在〈客舍贈別韋九建赴任河南〉詩中他又重申「清琴有古調，更向何人操」之意；由此可以看出在作者清剛自負的個性中自有一肚皮不合時宜的堅持，無怪乎他會有知音難覓的感嘆了。俞陛雲《詩境淺說‧續編》說：「中郎焦尾之才，伯牙高山之調，悠悠今古，賞音能有幾人？況復茂才異等，沉淪於升斗微官；絕學高文，磨滅於蠹蟫斷簡。豈獨七弦古調，彈者無人？文房特藉彈琴一吐其抑塞之懷耳。」可謂知音。

　　「泠泠七絃上，靜聽松風寒」的意象相當豐富：首先，詩人以「七絃」代指琴，以「松風」形容琴音，先使人產生如見其形的具象感，和如聞其音的親切感。其次，又以「泠泠」二字狀其清音之洋溢滿耳，以「寒」字把抽象的聽覺轉化為真切的觸覺意象和心理感受。第三，接著詩人以「靜聽」二字描繪出專注聆賞的神態，以「松風」喻示長林古木和濤聲騰湧的形象，都使人恍如置身其境，而有「耳得之而為聲」的音籟之美，和「目遇之而成色」的畫境之趣，以及肌膚生涼、心靈生寒的清靜穆和之感，自然能引發幽遠的情思和豐富的聯想。換言之，這簡淡樸素的十個字裡，已經先寫足了音色、曲調、旋律、畫境，以及彈奏者技藝之超妙與聆聽者心神之凝定，因此能喚起讀者清幽的視覺印象、美妙的聽覺意象、細膩的觸覺感受，進而領略到豐富

的藝術饗宴；此時詩人再接以「古調雖自愛，今人多不彈」時，就令人對陽春白雪之曲、高山流水之調竟遭冷落的現象，產生無限惋惜之嘆了。

此外，「泠泠」「靜聽」「松風」這三組詞語中帶了六個鼻音韻母「ㄥ」，它們參差錯落地安排在十個字中，誦讀起來就像是三重唱中渾融悅耳的合音一樣，給人平和安寧的感受，正足以模擬悠揚空靈的松濤和直如天籟的琴韻。讀者不妨試著把他們串連讀成「泠泠靜聽松風」，自然便會有鏦鏦錚錚的琴音正流盪在胸臆之中又洋溢在耳輪深處的舒徐諧美之感，有助於我們領略詩人在選字摹聲以傳情時的匠心之妙；劉勰《文心雕龍‧神思》篇中說：「吟詠之間，吐納珠玉之聲；眉睫之前，卷舒風雲之色」，本詩正可以印證其中的奧妙。

【後記】

楊逢春在《唐詩偶評》中說：「此藉琴感詩體之衰靡也。首二為琴寫照，即為己詩寫照；謂猶存正始之音，所以古調自愛也。」這是從作者嚮往漢、魏古詩之格高調朗的觀點來解析詩旨；換言之，長卿以為古詩音調的清遠樸拙之美，直如高山流水般的天籟，完全沒有沾染人間俗調的喧囂，令他深深著迷，因此賦詠本詩以寄其意。如果此說不誤，則作者似乎有意以「通體拗句」的形式來追步古詩雄健蒼勁、渾然天成的風調，因為就平起五絕首句不入韻的格律而言，全詩應作「平平平仄仄，仄仄仄平平；仄仄平平仄，平平仄仄平」；可是本詩卻作「平平仄平仄，仄平平平平；仄仄平仄仄，平平平仄平」。儘管一、三、四句都還符合拗救的形式，但是第二句就完全不顧念平仄的規定了。像這種可能有意以拗句來呈顯古拙蒼勁之風的作品，如崔顥的〈黃鶴樓〉、王維的〈終南別業〉、杜甫的〈晝夢〉等，都有出人意表的遒勁渾厚之氣；因此劉公坡在《學詩百法》中鄭重地說：「拗句之詩不論平仄，較諧平仄者為難。」「而五絕則句短字少，更不能輕

易著筆；且亦須有曲折、有寄託，方為合法。」他還認為「前人非學到功深，神而明之者，斷不出此。」如果以本詩的前兩句中多用平聲來狀寫琴音之清越悠揚，和第三句善用仄聲的頓挫跌宕與音急調促來轉換心境，抒發不平，以及末句採用一仄四平來傳達深沉的慨歎等變化來看，可以說作者苦心經營的平仄已經突破了格律的窠臼，達到聲情合一的效果，而且還能蘊藏著深刻的寄託；無怪乎劉公坡要特別拈出本詩以為「通體拗句」的代表作，並評之為「意味深長，真令人百讀不厭」了！

187 尋南溪常山道人隱居（五律） 劉長卿

一路經行處，莓苔見屐痕。白雲依靜渚，芳草閉閒門。遇雨看松色，隨山到水源。溪花與禪意，相對亦忘言。

【詩意】

去尋訪常山道人的居處時，一路上所經過的山林小徑，都鋪著厚厚的莓苔，上面印著稀疏錯落的屐齒痕跡。從遠方眺望道人的廬舍所在時，只見悠悠白雲徘徊在寂靜無人的洲渚上；走到近處時，發現茂密的芳草已經遮沒了被隨手掩上的柴門。（既然道人出門雲遊去了，我便信步觀賞附近清幽的景物。）當一場山雨來和我巧遇的時候，正適合觀賞蒼翠欲滴的松林景觀；後來我隨興循著山崖迴轉之後，竟然意外發現到溪水源頭的所在。溪邊的小花，即使是在空無人跡的山中，仍然自在地展現它獨有的生命情韻，使我頓時領悟到一路上所遇到的景物，無不透露出耐人參詳的禪理；只是這種會心不遠的情趣，哪裡是語言所能描述透徹的呢？

【注釋】

① 詩題—或作「尋南溪常道人 ¹」。南溪，不詳。常山，在今浙江省
衢州市西南約二十公里處，唐時屬衢州。儲仲君《劉長卿詩編年
箋注》謂本詩為作者在肅宗乾元二年（759）由江左赴洪州的貶謫
途中經常山時所作。

② 「一路」句—指作者尋訪途中所經過之處，亦可指僧人往返盤桓
於一定之地以修身養性；《法華經》云：「經行林中，勤求佛道。」

③ 「莓苔」句—莓苔，複詞，均指苔而言，是一種常蔓生於石上的
隱花植物。屐痕，木屐底部二齒所印在莓苔上的痕跡，亦可泛指
鞋印。屐，一作「履」。

④ 「白雲」二句—暗示道人不在。閒門，表示道人隱居於幽僻之處，
是以乏人叩訪；亦可指隨手而掩，並不刻意關鎖的門扉。

⑤ 遇雨—一作「過雨」，猶言雨後、經雨。

⑥ 「溪花」句—謂見溪花之自開自落而領悟其中自有難以言喻的妙
意。與，給予、提供、呈現也。禪意，如如自在而耐人尋繹的妙
逸之趣。

⑦ 忘言—《莊子‧外物》：「言者所以在意，得意而忘言。」陶潛〈飲
酒〉詩之五：「此中有真意，欲辯已忘言。」

【補註】

01 詩題或作「尋南溪常道『士』」。《度智論》：「得道者曰道人。」據
此，則道人可指僧人，而「道士」則專指道教中出世清修之人，
顯然與詩中飽含的禪趣不符，故不取。

【導讀】

　　《唐詩三百首》中，有些是賦寫詩人尋訪僧道或隱士不遇的感受，
其中賈島的〈尋隱者不遇〉是五絕，丘為的〈尋西山隱者不遇〉是五

古，僧皎然的〈尋陸鴻漸不遇〉、李商隱的〈北青蘿〉和本詩同被視為五律。儘管它們的體裁不盡相同，但同樣都是情景交融，意境清遠的名作；再加上常建的〈宿王昌齡隱居〉，也屬於闡發禪悅情趣的佳構，可以看出從王維以來援禪入詩的風氣正逐漸擴散開來。

本詩是以「尋」為詩眼，而以隨緣自在的妙悟為詩心的詠懷之作。由於詩人能信筆勾勒出清幽動人的景致，又隨手點染出逸趣盎然的禪機，不僅可以看出他陶醉在一路上優美的情境裡，顯得瀟灑自在，也讓讀者在移步換景的山行途中，充分領略到耳清目明，心曠神怡的寧靜和喜悅，享受了一趟豐富的心靈之旅；至於是否尋得常山道人，則已經無關宏旨了，因此屈復《唐詩成法》說：「題是『尋常道士』，只『見履痕』三字完題，餘但寫南溪自己一路得意忘言之妙；其見道士否不論，與王子猷『何必見安道』同意。」

「一路經行處，莓苔見履痕」兩句，是寫山行途中，一路上莓苔遍佈，履痕稀疏，可見道人平日往來修行的小徑中，環境極為清幽僻靜，不知不覺間，詩人的凡心俗慮便已被洗滌得平和恬淡，能夠耳清目明地觀照萬物，進而領略道人幽居山林之中的情趣了。換言之，詩人是經過一條相當隱秘的綠色隧道，才能通往道人隱居的茅廬所在；而這一條蒼翠而幽深的林中小徑，也許還會有潺潺湲湲的水流穿梭其中，再加上隱天蔽日的繁密枝葉，使得陽光難以照到地面而顯得潮濕陰暗，也才會莓苔遍佈。至於履痕參差，可能是暗示道人出門不久，因此足蹤新印，猶可辨識。

「白雲依靜渚」五字，是寫未至道人居所之前遠眺搜尋時所見的景象：白雲悠閒地徘徊在洲渚上空，正是一派安和自在的氣象。「靜」字隱指道人並未遊憩於洲渚上，可能是出遊未返；「渚」字則微點詩題中的「南溪」之意；再加上一個「依」字，便顯得風物有情，令人神往。「芳草閉閒門」五字，是寫詩人來到道人幽居之前近觀的景致：芳草茂密，遮沒柴扉，又是一派清謐寧靜而又生機盎然的氣象。「閒

門」意指門前幽靜，人跡罕至，因此離離芳草足以掩映荊門，遮沒小徑。「閑」字則明寫道人出遊在外，再加上「芳草」提前作為主詞，便見出道人無罣無礙、無拘無執的心境，因此門戶並不刻意關鎖緊閉，而只是任由草萊掩映廬舍。頷聯兩句的寫景中，一方面是交代道人外出的情節，一方面又在有意無意間折射出常山道人自在而閑靜、活潑而不枯寂的生命情調，因此章燮《唐詩三百首注疏》說本詩「句句俱尋不見道士意」，卻又「偏寫出所見者」；喬億《大曆詩略》說：「三、四寫南溪隱居，而道人之風標在望。」當然，這清謐優美的情境讓作者安適自在，完全沒有尋訪不遇的惆悵與失望，因此他才能隨興所之地信步觀覽附近的景物，從而有了會心不遠的妙悟。由於首聯的林深景幽，已經使詩人洗盡塵囂，頷聯的白雲靜渚和芳草閑門，又給予詩人恬靜自得的感受，因此作者絲毫沒有尋訪未遇的低落情緒，詩意也不著痕跡地過渡到遇雨看松和隨山訪水的腹聯。

「遇雨看松色」五字，則寫隨遇而安，無往不樂的情趣。此時作者的心靈已經完全敞開，無拘無束，達到逢晴亦喜，遇雨亦奇的灑脫自在，因此穿林打葉而來的山雨並不至於擾亂心神，破壞雅興，他反而能悠閑地欣賞雨洗青松的蒼翠欲滴，而有耳目一新的舒暢快意，並體認到欣欣向榮的生命情調。「隨山到水源」五字，是寫無我無執，融入自然的意外驚喜。「隨山」表示順著山路信步漫遊，全然沒有刻意尋找道人行蹤或執意搜山訪水的意念；由於心境恬和，不染塵垢，反而能有偶然間發現水源的意外欣喜。詩人隨興而往，無心而得，因此當涓涓而流的水源映入澄澈清明的心靈中時，又使他領略到生生不息的宇宙奧妙；這種意境，正是王維〈山居秋暝〉：「行到水窮處，坐看雲起時」的無拘無束，隨緣自在，也是丘為〈尋西山隱者不遇〉：「草色新雨中，松聲晚窗裡」的清新恬適，怡然自得。事實上，詩人那種契合自然的喜悅之情，和陶然忘機的寧靜之心，是從他在首聯穿越莓苔屐痕的幽林小徑時便已洗盡塵垢、脫卸俗累開始的；再加上次聯白

雲靜渚的悠然淡遠，芳草閒門的沖和寧靜，以及腹聯雨洗松色的蒼翠蓊鬱及泉湧水流的潺湲澄澈，自然更使他寵辱偕忘，欣然自樂了。

「溪花與禪意，相對亦忘言」兩句，是說看到溪畔野花在空山無人之處綻放姿容，散發幽香，更讓自己領悟到一路走來所遇到的景致，無不蘊藏著活潑的生命和盎然的生機，同時又都展現出悠閒自在的意態，隱含著清靜無為的禪趣，頓時使詩人有了丘為〈尋西山隱者不遇〉中「雖無賓主意，頗得清淨理」的全新體認，進而沉浸在陶潛〈飲酒〉詩「此中有真意，欲辯已忘言」的妙境之中。

詩人尋訪常山道人，雖然不曾晤面交談，可是卻能在過程之中得到心曠神怡，賞心悅目的寫意自在，領略到林泉溪壑的清幽秀麗，體悟出道人瀟灑於風塵之外的精神意態，而有了不虛此行的欣喜；因此俞陛雲《詩境淺說》云：「朋友存臨，但須會意；溪花相對，莫逆於心，寧在詞費耶？」由於詩人只是信手拈花來闢喻此行的逸趣，原本無意闡釋佛理，更無意展現自己參禪學道的造詣之高，因此結筆便流露出陶然滿足，欣然自樂的情調，而格外耐人涵詠。方東樹《昭昧詹言》說：「文房詩多興在象外，專於此求之，則成句皆有餘味不盡之妙矣。較諸宋人入議論、涉理趣，以語錄為詩者，有靈蠢仙凡之別。」王壽昌《小清華園詩談》也特別稱賞本詩之尾聯的「有味外之味，絃外之音」。

詩題雖然是「尋」，內容卻是「不遇」；不過作者並不像丘為、賈島、皎然三人明白地在詩題之末綴上「不遇」二字。推究他的用心，大概是有意把尋訪方外之交的筆墨，更進一步衍生出尋訪幽靜山水的妙趣，藉此表示常山道人實已妙造自然，契合無形；因此雖然不曉得道人雲蹤何在，但是一路所見的莓苔屐痕、白雲靜渚、芳草閒門、雨過松青、山涵水源、溪花自放等景物，無不展現出鳶飛魚躍的活潑生機，和花開水流的自然意趣，足以使人想見道人的生命情調和修為境界。詩人不加上「不遇」二字，也許正是暗示胸無罣礙則物有餘情的

逸趣，啟發我們「不在如在，未遇即遇」的禪機吧。

【補註】

01 只不過他又說：「花與禪本不相涉，而連合言之，便有妙悟。」他似乎把「與」字視為連接詞，於是「溪花」和「禪意」便成為相對忘言的主體；如此解讀，恐怕值得商榷。因為「與」字在此當作「提供」「呈現」解，尾聯應解讀為「溪花也展現自如自在的生命情調，使我頓時領悟到一路上所遇的景物，無不透露出耐人參詳的禪理；只是這種會心不遠的情趣，並非語言所能描述透徹的。」

【評點】

01 桂天祥：「芳草閉閒門」，絕好，絕好！結句空色俱了。（《批點唐詩正聲》）
02 陸時雍：幽色滿抱。（《唐詩鏡》）
03 唐汝詢：觀苔間履痕，而知經行者稀；觀停雲幽草，而知所居者僻。過雨看松，新而且潔；隨山尋源，趣不外求。惟其深悟禪意，故對花而忘言也。（《唐詩解》）
04 周敬：起二句便幽，中聯自然，結閑靜；有淵明丰骨。（《唐詩選脈會通評林》）

188 秋日登吳公臺上寺遠眺（五律） 劉長卿

古臺搖落後，秋入望鄉心。野寺來人少，雲峰隔水深。夕陽依舊壘，寒磬滿空林。惆悵南朝事，長江獨至今。

【詩意】

　　在草木零落的秋日裡，我登上了古老的吳公臺上遠眺，滿目蕭瑟的秋意頓時觸動我的心靈，勾起思鄉懷歸的惆悵。這裡遊客稀少，早已成為荒野中被遺忘的古老寺院；遠望縹緲的雲山，被深廣的水流遠隔，看起來相當冷清寂寥。似乎只有夕陽殘照會依戀這座古老的軍壘，為它抹上感傷的色調；似乎只有鐘磬的清音會在樹葉凋零的空林裡迴盪，為它的沒落淒涼而輕輕嘆息。想到多少南朝的繁華成空，豪奢盡滅，不由得使人惆悵不已；惟有吳公臺外的長江水至今依舊見證著滄桑變幻的人間萬事……。

【注釋】

① 詩題──題下原有自注云：「寺即陳將吳明徹戰場。」吳公臺，又名雞臺，在今江蘇省揚州市北，原為南朝劉宋沈慶之（386－465）攻打竟陵王劉誕（433－459）時所築的弓弩臺，至陳朝時吳明徹（512－578)圍攻北齊東廣州刺史敬子猷時又加以增築以射城內，故稱吳公臺。

② 「古臺」二句──搖落，草木零落；宋玉〈九辯〉：「悲哉秋之為氣也！蕭瑟兮草木搖落而變衰。」秋，指蕭瑟寂寥的秋意。入，觸目之意；一作「日」。次句謂登臺遠眺，滿目蕭瑟，不禁湧起思鄉懷歸之意。

③ 「野寺」二句──謂吳公臺遠隔縹緲雲山及深廣河水，既隱密又偏遠，故來訪之遊客甚少。雲峰，雲靄縹緲的山峰。來人，或作「人來」。

④ 「夕陽」二句──舊壘，指吳公臺昔日為作戰之高壘。磬，僧尼誦經時所用之金屬法器。寒磬，秋日的磬音。空林，草木零落後之山林。

⑤ 「惆悵」二句──南朝（420－589），指宋、齊、梁、陳四個據有中

國南方而與北朝對峙的王朝。長江，在吳公臺南。

【淺說】

　　本詩大約是大曆三四年間（768－769）詩人以轉運使判官、檢校殿中侍御史駐淮南時遊揚州之作，旨在抒發登臨弔古與撫今追昔之情，同時寄寓著滄桑之感與興亡之慨。

　　劉長卿擅長以白描的手法與清淡的色調來點染自然景物，描繪出蕭瑟寂寥的荒村水鄉；即使有時出於苦心錘飾，卻能不留雕琢痕跡地寄深味於淺淡之中，耐人回味，因此吳喬《圍爐詩話》認為劉長卿的五律勝過錢起，並說本詩「言外有遠神」，喬億《大曆詩略》稱賞本詩說：「空明蕭瑟，長慶諸公無此境地。」

　　不過，筆者以為這首詩似乎被賞譽過當，理由如下：

＊首先，姑不論就江南地區而言，吳公臺既非名臺，寺又非名寺；僅就詩中並無一語交代此臺此寺如何能使人發思古之幽情？或有何令人意志奮昂之處？或詩人因何而來？詩中又寓有何種興寄遙深的典故？以及何以鉤惹詩人之鄉愁等問題而言，本詩就稱不上成功的登臨懷古之作。

＊其次，不僅此臺此寺的歷史內涵與精神面貌完全未被勾勒出來，而且詩中作者的情緒感受又和它的歷史淵源看不出有何直接關聯，當然也稱不上合格的登臨懷古之作。

＊第三，最嚴重的是：八句詩所寫的內涵太過模糊、空洞，以至於即使用來描寫江南地區其他殘敗冷清的古寺古臺，似乎皆無不可。換言之，如果抹去詩題，光讀本詩八句，根本無法給予讀者一個確切不移的古蹟風情或歷史印象，又怎能稱得上是登臨懷古的佳作呢？

＊第四，全詩所寫的不過是面對蕭瑟荒寒的古蹟，抒發世事變幻的滄桑之感而已。然而這種主題，前有王勃的〈滕王閣詩〉：「閣中

帝子今何在？檻外長江空自流」、崔顥的〈黃鶴樓〉：「黃鶴一去不復返，白雲千載空悠悠」、李白的〈登金陵鳳凰臺〉：「鳳凰臺上鳳凰遊，鳳去臺空江自流，吳宮花草埋幽徑，晉代衣冠成古丘」，後有劉禹錫的〈西塞山懷古〉：「人世幾回傷往事，山形依舊枕寒流」、韋莊的〈金陵圖〉：「君看六幅南朝事，老木寒雲滿故城」、韋莊的〈臺城〉：「江雨霏霏江草齊，六朝如夢鳥空啼」等名篇佳構，都是氣韻生動、形神俱美、意涵深遠而又膾炙人口的傑作；本詩的藝術成就均難以超越。

* 第五，筆者固然同意方回《瀛奎律髓》所謂：「長卿詩細淡而不顯煥，觀者當緩緩味之，不可造次一觀而已」的看法，也承認作者善於營造衰颯寂寥的氣氛來借景增情；然而細味再三，卻發覺本詩的好處也僅止於情景相生而已，既缺乏深曲幽微而耐人尋繹的象外之旨、絃外之音，也沒有特別值得稱道的技巧可言。

* 第六，就章法而論，次句拈出「秋入望鄉心」，似乎應該要抒發鄉愁旅思了，可是以下六句卻完全沒有任何思鄉情懷的呼應，難免有脫針斷線之嫌。

總之，勉強說來，本詩除了腹聯「夕陽依舊壘，寒磬滿空林」兩句，是以光線和聲音烘托殘破荒涼、寂寥空曠的意境，比較逗人情思之外，其餘的詩句，似無深入賞析的必要。

【評點】

01 鍾惺：「獨至今」三字極深，悲感不覺。（《唐詩歸》）

02 俞陛雲：六句言平林葉脫，時聞磬聲；用一「滿」字，正以狀秋林之空。（《唐詩品彙》引）

189 餞別王十一南游（五律） 劉長卿

望君煙水闊，揮手淚沾巾。飛鳥沒何處？青山空向人。長江一帆遠，落日五湖春。誰見汀洲上，相思愁白蘋。

【詩意】

　　望著你的舟船在煙水迷濛的空闊江面上漸行漸遠，我只能在岸邊向你揮揮手，淚水在不知不覺間已經沾濕了我的巾帕。你就像江上的飛鳥一樣，振翅遠飛之後，又將隱沒在何方呢？只留下對岸的青山陪著孤獨的我隔水發愁。你的一片風帆將隨著浩淼的長江航向越來越遙遠的地方；想來緩緩下降的落日，應該會把你前去的太湖映照得霞光璀璨，讓你沉醉在無邊的春色裡吧……。只是，有誰會看見這裡水邊的沙洲旁，還有一個孤獨的身影仍然對著白蘋花而滿懷思念的惆悵呢？

【注釋】

① 詩題—王十一，名事俱不詳。南游，殆指渡江南下太湖一帶。本詩可能是作者在大曆四五年（769－770）間於揚州任職時餞別友人之作；太湖在揚州東南約一百二十公里處。

② 五湖—指江、浙間之太湖而言。《國語・越語》下韋昭注：「五湖，今之太湖也。」《水經・沔水注》：「范蠡滅吳，返至五湖而辭越，斯乃太湖之兼攝通稱也。」《蘇州圖經》：「太湖接蘇、常、湖、秀四州界，范蠡泛五湖，當在此。」

③ 「誰見」二句—汀洲，水邊沙洲或平地，此指作者所佇立的江岸。白蘋，生長於淺水中的植物，莖細軟，葉有長柄，花白色。汀洲

白蘋，在傳統詩詞中常寓有遠道相思之情；梁朝柳惲〈江南曲〉：
「汀洲採白蘋，日落江南春。洞庭有歸客，瀟湘逢故人。故人何
不返？春華復應晚。不道新知樂，且言行路遠。」溫庭筠〈江南
春〉：「梳洗罷，獨倚望江樓。過盡千帆皆不是，斜暉脈脈水悠悠。
腸斷白蘋洲。」

【導讀】

本詩前五句是寫自己佇立江邊凝望客舟遠去，藉煙水、飛鳥、青
山、江帆等景物，營造出空闊寂寥的意境，渲染自己依依的離情和綿
綿的思念；第六句則是窮盡目力之後，遙想友人舟行所至之處的景物
之美，側寫出詩人的身形雖仍佇立江畔，心魂卻已一路伴隨而去的深
情。末二句則是由凝望遙想，心馳遠天的恍惚情境中，折筆返回送別
的江畔來觀照自己孤孑落寞的身影；設想新穎奇妙，感情淒楚纏綿，
既表現出作者徘徊踟躕，始終不忍離去的無限愁思，也勾勒出頓失良
友，顧影無儔的落寞形象。全詩風致自然，不假雕琢，語淺情遙，情
景如畫，正是長卿五言律詩的本色之作。

首句「望君煙水闊」的「望」字通貫全篇，詩中所有難捨的離情
和綿長的思戀，全部經由佇立凝望的形象來傳達。「煙水闊」三字，
是寫友人的舟船啟碇離岸之後，詩人的心魂便隨之盪向江心的情景；
既省卻了殷殷話別的場面，使起筆就宕出遠神，也透露出由於交誼深
厚而離情濃鬱，以至於珠淚婆娑而更覺煙水迷茫的訊息。如此寫法，
不僅使次句的「淚沾巾」有所承續，還描繪出舟船入江之後，漸行漸
遠，詩人的視野也隨之空闊邈遠的動態感。

第三句「飛鳥沒何處」，既是眼前實景，又雙關友人遠去之意。
出之以問句，自然流露出對友人前程的關切和牽掛之情。第四句「青
山空向人」是以青山寂寞而人影孤獨，彼此隔水相對而默默無言的畫
面，烘托友人離去之後的冷清，和王昌齡〈芙蓉樓送辛漸〉：「平明送

「客楚山孤」的情境相似。由於青山之映襯，更可以凸顯出岸上人影之渺小，自然可以使詩人的惆悵和寂寞由眼前擴散開來，進而瀰漫江天，傳寫出乍別良友時淒惻哀傷的神情。

第五句「長江一帆遠」，是以長江之浩淼對比一帆之渺小，既描繪出孤舟起伏於煙波之中漸行漸遠的畫面，也勾勒出作者目注神馳的難捨之情，和李白〈黃鶴樓送孟浩然之廣陵〉：「孤帆遠影碧山盡，惟見長江天際流」的情境相似。第六句「落日五湖春」，是以落日西斜含蓄地暗示佇望之久，又以落日之遠來轉換空間。詩人遙想友人所前往的太湖此際正春光明媚，既有李白〈聞王昌齡左遷遙有此寄〉：「我寄愁心與明月，隨風直到夜郎西」的深情，也有杜甫〈春日憶李白〉：「渭北春天樹，江東日暮雲」的遙想；不僅牽掛關切的情意，溢於言表，而且開拓出遼闊的空間感，描繪出落日融入太湖的神祕畫趣，渲染出霞光與水光相互輝映的璀璨瑰麗，因此成為情景交融的名聯。

第七句以「誰見汀洲上」五字憑空設問，把詩人的心魂由一百餘公里外的太湖拉回眼前的實境之中，表現出神馳天外時的恍惚之情，和綿長無盡的思慕之意；筆致空靈，相當動人。「相思愁白蘋」五字，則勾畫出孤子失侶，顧影自憐的形象。尤其是以一大片白蘋花淒清的色調來渲染別地的氛圍，象徵惆悵的心境，並凸顯出詩人孤獨的身影，更是融情入景、風神搖曳的成功收筆。

尾聯兩句也可以理解為：詩人採用透過一層的寫法，從懸想故人此後徘徊汀洲上憶我良深的情狀，進一步反面凸顯出自己思慕故人的款款深情；如此解讀，則可以和「落日五湖春」相互銜接，一氣貫注地以示現懸想的手法，表達出雙方異地相思、彼此牽掛的情誼之綿長。

吳喬《圍爐詩話》評述劉長卿的五律說：「盛唐人無不高凝整渾，隨州五言律始收斂氣力，歸於自然；首尾一氣，宛如面語。」仔細玩味起來，可以發覺本詩的確有如面對知己時無所保留地傾訴離腸的語

言，因此顯得溫馨親切，別有感人的情韻。

【商榷】

　　儲仲君《劉長卿詩編年箋注》以為本詩乃「蘇州送行之作，當作於任長洲尉時。」如依此說，則本詩當作於至德二年（757）初入仕時；也有人以為是作於至德三年攝海鹽縣令時。不過，依照詩句「長江一帆遠，落日五湖春」和詩題「南遊」二字來考察，詩人應該既不在蘇州送別，更不在海鹽縣。因為長江位於蘇州與海鹽之北，友人既然南遊，斷無反而北渡長江之理，此其一；五湖既位於蘇州以西約二十公里處，又遠在唐時海鹽西北方約八十公里處，顯然又與詩題「南遊」二字的方向不符，此其二。因此，筆者以為詩人應是在長江北岸的揚州送別較為合理。

190 長沙過賈誼宅（七律）　　　　　劉長卿

三年謫宦此棲遲，萬古惟留楚客悲。秋草獨尋人去後，寒林空見日斜時。漢文有道恩猶薄，湘水無情弔豈知？寂寂江山搖落處，憐君何事到天涯？

【詩意】

　　你被貶謫到長沙來長達三年之久，像鳥雀那樣斂藏起羽翼，不能展翅高飛，終究只落得作客楚地，留悲萬古的淒涼命運罷了。在秋草枯黃的庭院中，我獨自尋訪你遠去之後蕭瑟的故宅遺跡，卻只見到斜陽餘暉映射著空廓荒涼的園林，讓人倍感滄桑。九百年前的漢文帝號稱是英明的君主，尚且對你薄情寡義，使你遭受毀謗而遠放湖南，無法洗刷自己的冤屈（正如我在奸佞當道，君昏國危的時局裡，不可能

證明自己的清白）；那麼，無情的湘水，又哪能理解你前來憑弔屈原時的無限冤苦呢（你又哪裡知道九百年後的我也和你一樣遭讒被誣，獨自在你的舊宅中滿腹牢騷地憑弔你呢）？面對著冷清寂寞的楚國江山，看著在秋風中零落紛飛的片片黃葉，更加使我深深痛惜：你究竟是為什麼被流放到天涯來呢（而我又有什麼罪過，竟然也步上你的後塵，淪落到此地來呢）？

【注釋】

① 詩題─賈誼（200 B.C. −168 B.C.），才高學博，年甫弱冠即為博士，深得文帝器重，一年中超遷至太中大夫，上書請改正朔、易服色、修法度、興禮樂；文帝以即位未久，不便悉更秦法，遂未見用。雖曾擬授之以公卿之位，然因元老重臣及權貴周勃、絳灌、馮敬等忌其才，多方詆毀，遂不用其議而漸疏之。後遠放為長沙王太傅，三年後又遷為梁懷王太傅。梁懷王墮馬而死時，賈誼自傷為傅無狀，哭泣歲餘，亦卒。賈誼宅，位於湖南長沙。本詩或謂作於蕭宗至德二載（757）貶往南巴（今廣東省茂名市電白區）途中，或三四年後召還路上；或謂作於代宗大曆十一年（776）由鄂州貶赴睦州（今浙江建德市附近）途中。而儲仲君以為本詩當是大曆六年（771）作者以鄂岳轉運留後之職，巡行湖南，歷經岳、潭、衡、永、連、郴諸州時作；蓋詩人兩度遭貶，皆未嘗路過長沙。由於有關劉長卿仕履遊歷之跡極難考索，姑錄於此以備參考。

② 「三年」兩句─三年，指賈誼離開長安，擔任長沙王太傅的時間長達三年。棲遲，居留也；謂遭貶之人如鳥雀斂羽暫棲而不得振飛。楚客，因長沙舊屬楚地，故以屈原、賈誼以下謫居或宦遊此地之人為楚客，也包括作者本人在內。

③ 「秋草」兩句─抒寫孤身尋訪蕭瑟故宅的淒涼之感。人去後，暗用賈誼〈鵩鳥賦〉：「野鳥入室兮，主人將去」之意，表示賈誼早

已不在人間；日斜時，暗用〈鵩鳥賦〉：「庚子日斜兮，鵩（按：
形似鴉，夜晚發出惡聲，古人以為不祥之鳥）集於舍」的不祥之
意。

④ 「湘水」句——弔，賈誼被謫為長沙王太傅時，聞長沙卑濕，自以
為壽命難久，又滿懷遷客騷人之抑鬱，乃於渡湘水時作賦投水以
弔屈原；蓋屈原自沉之汨羅江可以接通湘水。

⑤ 搖落——指秋意蕭殺，草木凋零而言；《楚辭‧九辯》：「蕭瑟兮草木
搖落而變衰。」

【導讀】

本詩筆法頓挫多變，造語奇峭靈活，感情沉摯哀痛，讀來頗有梅
成棟《精選唐七律耐吟集》中所謂「一唱三嘆息，慷慨有餘哀」之感。
詩人情感之所以如此沉痛，主要是因為「同是天涯淪落人」的關係，
自然會以賈誼的落拓失意寄託自己的憤慨不平，因此喬億《大曆詩略》
說：「讀此詩須得其言外自傷意，苟非遷客，何以低迴至此？」其實，
解讀弔古傷今之作時，都應該設身處地、將心比心，自然就會發覺：
別有懷抱的傷心人，都有借古人酒杯澆自己塊壘的寄託，不獨本詩為
然。

「三年謫宦此棲遲，萬古惟留楚客悲」兩句，是說賈誼謫放三年
卻留悲萬古，使得所有淪落楚地的遷客騷人，同感賢良遭嫉被讒而蒙
冤莫白的憂憤。詩人似乎是在披閱了中國的文學史與政治鬥爭史的長
卷之後，把心中累積的沉重感壓縮在首聯兩句之中，不僅為古今昏亂
的時局中有才無命的志士抒發感慨，也把自己受謗被誣的怨憤悲苦寄
藏其中了。「棲遲」二字，傳神地表現出侘傺失意者有如鳥雀斂羽息
翼，不得振飛的驚惶不安與失魂落魄之情態，很值得細加玩味。

「秋草獨尋人去後，寒林空見日斜時」兩句，是直承「萬古留悲」
的感嘆，表示自己在賈誼逝世九百餘年之後，隻身尋訪秋草蕭瑟的故

宅遺跡之感傷；既可以見出作者對賈誼的景仰愛慕之深，也流露出「蕭條異代不同時」的情懷，來落實次句的「悲」字之意。「秋草」「人去後」「寒林」「日斜時」這幾組詞語，極力渲染出故宅的荒涼蕭瑟，也襯托出「獨尋」時孤單的身影，和「空見」的落寞悵惘之意。尤其值得注意的是：由於當年賈誼謫居長沙時，曾有古人視為不祥的鵩鳥飛入室內，讓賈誼以為自己年壽難永，寫作了〈鵩鳥賦〉以自傷；賦中有「庚子日斜兮，鵩集予舍」「野鳥入室兮，主人將去」等句，因此詩人在憑弔故宅遺跡時特別以「人去後」「日斜時」二語隱括此事，把時間凝定在獨尋空宅的頃刻之間，彷彿詩人正立在寒林蕭瑟、斜陽秋草的時光隧道中，看著自己修長而又寂寞的身影，恍惚間自己已經幻化成遭受迫害的賈誼，因而和賈誼有了神祕的精神契合一般，自然倍覺淒涼感傷了，因此黃叔燦《唐詩箋注》說：「懷古情深，有顧影自悲之意。」這一聯把時間壓縮得萬古如一瞬，又把空間點染得極為蕭條冷落，因此畫面中詩人與賈誼孤獨的身影及受傷的靈魂，便宛然可遇了。由於這一聯從表面上看，似乎只是隨手勾畫當時景物而已，其實正可以看出詩人點染古人成句而又渾如出自其口的功力之高，以及蕭條異代，古今同悲而又情藏景中的深刻寄託，因而贏得前人一致的嘆賞[1]。

「漢文有道恩猶薄，湘水無情弔豈知」兩句，是句意鉤連，一氣呵成的流水對，意謂賈誼身當清平之世，遭逢英明之主，猶不免遠放長沙，留悲萬古；自己處在黃鐘毀棄，瓦缶雷鳴的亂局之中，遇到昏瞶無能的庸君，自然更是仕途坎坷，恩遇難期了！賈誼不能起屈原於湘江來傾聽他滿腹的抑鬱牢騷，則湘水之憑弔，也是枉然；同樣地，作者也無法起賈誼於九泉來宣洩自己的悲憤不平，則故宅獨尋，也只是空自感傷而已！「有道」之君「猶」難免「恩薄」地放逐忠貞之臣，是以逆折矛盾的句意寄藏自己在衰世無辜受謗的冤苦[2]，可知詩人之悲憤難平了；「湘水無情弔豈知」七字，則是以反詰語氣表達聖主難

逢，知音難覓，無處告愬的沉痛。這兩句的句法靈活善變，意涵曲折深刻，讀來自有一唱三嘆，風神搖曳的情味，因此洪亮吉《北江詩話》以為「對偶參以活句，盡變化錯綜之妙。」吳瑞榮《唐詩箋要》也說：「怨語難工，難在澹宕深婉耳。『秋草』『湘水』二語，猶當雋絕千古。」

尾聯的「寂寂江山搖落處」七字，是呼應「秋草」「寒林」「日斜時」三語，一方面是以寥廓寒瑟的景致，烘染作者淒清寂寞的悲涼，一方面也可能是以「搖落」所表示的零落衰殘的景象，暗寓唐室岌岌可危的形勢令人憂心。「憐君何事到天涯」句是以設問作結，婉轉地寄藏著忠而被謗、信而見疑的淒涼感傷；因此何焯《唐律偶評》說：「結句『何事』二字，非罪遠謫，包含有味。」沈德潛《唐詩別裁》說：「誼之遷謫，本因被讒；今云何事而來，含情不盡。」盧文弨在為《劉隨州文集》題詞時說：「隨州詩雖不似浣花翁之博大精深，牢籠眾美；然其含情悱惻，吐辭委宛，緒纏綿而不斷，味涵泳而愈旨，子美之後，定當推為巨擘。」玩味本詩之蘊藉沉痛，更可以印證其言之深中肯綮。

【補註】

01 胡震亨《唐音癸籤》：「初讀之似海語，不知其最確切也。誼〈鵩鳥賦〉云：『四月孟夏，庚子日斜，野鳥入室，主人將去。』『日斜』『人去』，即用誼語，略無痕跡。」周敬說：「哀怨之甚！〈鵩賦〉中語，自然妙合。」（《唐詩選脈會通評林》引）黃生說：「三、四『人去』『日斜』皆〈鵩賦〉中字，妙在用事無痕。」（朱之荊《增訂唐詩摘抄》引）王闓運《湘綺樓說詩》云：「運典無痕跡。」施補華《峴傭說詩》也說：「可悟運典之妙，水中著鹽，如是如是。」

02 因此湯鼈序《劉隨州詩集》說：「隨州之詩，其衰世之哀鳴者也。……蓋長卿時國事尋荒，奸諛當道，忠良半已剝喪。」可以作為了解出句的背景資料。

【評點】

01　周珽：以〈風〉〈雅〉之神，行感慨之思，正如〈鵩鳥〉一賦，直欲悲弔千古。　　○吳山民：三、四無限淒傷，一結黯然。（《唐詩選脈會通評林》引）

02　邢昉：深悲極怨，乃復妍秀溫和，妙絕千古。（《唐風定》）

03　胡以梅：鬆秀輕圓，中唐風致。（《唐詩貫珠》）

04　黃生：後四句語語打到自家身上，憐賈所以自憐也。（《增訂唐詩摘抄》引）

05　趙臣瑗：筆法頓挫，言外有無窮感慨，不愧中唐高調。（《山滿樓箋注唐詩七言律》）

06　喬億：極沉摯，以澹緩出之；結仍深悲而反咎之也。（《大曆詩略》）

191 自夏口夕望岳陽寄源中丞（七律）劉長卿

汀洲無浪復無煙，楚客相思益渺然。漢口夕陽斜渡鳥，洞庭秋水遠連天。孤城背嶺寒吹角，獨戍臨江夜泊船。賈誼上書憂漢室，長沙謫去古今憐。

【詩意】

　　向鸚鵡洲極目而望，只見風平浪靜，煙靄散盡，視野極為遼闊；客居楚地的我，對您的思慕牽掛之情，正如浩浩渺渺的江天一般悠遠無窮。眼看著水鳥馱著夕陽的餘暉，從漢口向西南方斜飛渡江，我的思緒也隨之飛向秋波浩蕩而遠連天際的洞庭湖而去。料想此際身在岳陽的您，可能會聽到從山嶺上傳來的號角聲而難以承受淒寒的感傷吧；入夜時分，我的舟船將會停泊在一座孤單的碉堡下，對您的想念之情，

只怕會讓我更難平靜地休息吧！當年賈誼由於憂念漢朝的國事而上書直言，即使含冤遭貶長沙，但他的一片忠心，卻贏得了古今有志之士對他的尊敬與同情；因此，您即使因為上書而遭黜放，也絕對不要心灰意冷，妄自菲薄啊！

【注釋】

① 詩題——原題作「自夏口至鸚鵡洲夕望岳陽寄源中丞」，今題為筆者所節略。夏口，指今日湖北省武漢市一帶，正當漢水注入長江處。鸚鵡州，在漢陽西南的長江中，見崔顥〈黃鶴樓〉詩注。源中丞，名事不詳；或作「阮中丞」「元中丞」。儲仲君謂指曾任御史中丞，因故配流溱州，後移岳陽的源休；並謂源休移岳時，作者任鄂岳轉運留後，故得相往來。據此，則本詩作於大曆六年至八年間（771－773）。

② 「汀州」二句——汀州，水洲可居之地，此殆指由夏口望向鸚鵡洲一帶的汀州而言。楚客，夏口及鸚鵡洲在古代都屬於楚國轄境，而作者又是羈旅宦遊之人，故自稱楚客。渺然，深遠浩渺狀。

③ 「漢口」二句——漢口，猶詩題之「夏口」，在長江北岸，與武昌隔江相望，和西南方的漢陽均位於漢水入長江口，呈三面夾峙之勢。洞庭，在漢口西南方約三百公里處，今屬湖南北部轄境；此泛指源中丞所在之岳陽而言。

④ 「孤城」二句——孤城，殆指岳陽而言。角，古時軍中的號角。獨戍，殆指作者泊船之處恰為戍卒駐守之據點；一本作「獨樹」，則為地名。吳喬《圍爐詩話》：「劉長卿云：『孤城背嶺寒吹角，獨樹臨江夜泊船。』予意『獨戍』為是，有戍卒處堪泊船也。及讀地志，其地有『獨樹口』，乃知古人詩不可輕議」。

【導讀】

　　本詩的主題是對一位遭讒被貶的友人表達思慕之情與慰勉之意。由於兩人相距甚遙，因此中間兩聯便一句寫眼前之景，一句寫遠天之景，表現出睽隔兩地而情誼綿長、思憶彌切之意。

　　「汀州無浪復無煙，楚客相思益渺然」兩句，是寫登舟之時，放眼遠眺，只見風煙淨盡，水天浩淼，頓時興起《詩經・秦風・蒹葭》篇「所謂伊人，在水一方」的思慕之情。「無浪無煙」，表示波平舟穩，煙散風清，因而水天顯得格外遼闊，不禁勾起思念謫友之情。「楚客」，是「相思」的主詞，乃詩人自稱，並非代指屈原或賈誼而言。「益」字可見平日亦牽掛惦記，而今因水闊天遙，倍增思慕，於是放眼遠眺之際，心魂便不自覺地隨著浩淼的水波向岳陽滉漾而去；只覺念友情切，既漲滿胸臆，又瀰漫眼前，故曰「益渺然」。通常我們是在面對風煙迷茫而江波騰湧時比較容易被觸動思親憶友的感傷情緒，詩人卻說自己是在風平浪靜，景致清美的時刻思慕彌深，更可見兩人情誼之密切。

　　「漢口夕陽斜渡鳥」七字，是寫乘船時所見的景象。在首聯中，詩人已經藉著浩淼的水波來寄託思慕情懷之浩蕩，此句又拈出落日斜暉來渲染相思彌切的惆悵，並交代登舟南下的時間；同時還藉著鷗鳥斜渡遠飛的蒼茫形象，帶領自己的視線與牽掛的心情，一起宕向源中丞所在的岳陽而去，如此便可順勢引出「洞庭秋水遠連天」七字，來懸想對方此時所能見到的景致，筆法流暢自然。詩人特別拈出「遠連天」三字，可能一方面藉此表示彼此相距雖遠，然而情誼相繫，不曾斷絕，正如洞庭秋水和長江波流始終同源共派一般；如此則是以「海內存知己，天涯共比鄰」的詩意傳達思慕之情，希望能稀釋對方的孤獨之感。另一方面，也似乎有意藉著水闊天長之美，慰勉對方敞開胸懷，寄情煙波而盡興流連；如此則又是期許友人能擁有以順處逆的豁達心態，希望能沖淡對方的失意之悲。

　　大概是因為「夕陽斜渡鳥」和「秋水遠連天」兩句，能把「相思益渺然」的情緒落實為優美而富有情韻的動態形象和靜態畫面，不僅使人彷彿見到詩人兀坐舟中，目注飛鳥而心馳遠天時惆悵的表情，也使人感受到詩人對朋友綿長的思慕和真誠的關懷，因此王壽昌《小清華園詩談》稱賞頷聯為「可以照耀古今，膾炙人口」的唐人佳句，王闓運《湘綺樓說詩》也以為寫出了「手揮五絃，目送飛鴻」的深情遠意。至於金聖嘆說因為時已晚而地猶遠，是以不及拜訪源中丞，則顯然沒有領悟到詩人借飛鳥引出思念心神的構圖之美與設想之妙。

　　「孤城背嶺寒吹角」七字，是直承「洞庭秋水遠連天」而來，仍是以懸想的方式落筆，表達對於友人在日暮時分聞角聲而增悲，念際遇而生寒的感同身受之意，流露出分擔憂苦的體貼；可謂關愛之情，溢於言表。「獨戍臨江夜泊船」七字，則是折筆回寫自己泊舟江畔守軍的碉堡之下時，耳聽江水嗚咽，眼見江夜闃暗，倍覺孤獨寂寞而難以成眠的苦悶。詩人一方面是藉著寂寥荒廓的夜景來透露出益增思慕之意，另一方面似乎有意渲染出淒清的氛圍，來和上一句構成兩地遙隔，彼此懸念時你孤我獨的感傷畫面；如此兩面對照，則患難與共，不相背棄的真情，便隱然可知矣。

　　正由於中間兩聯寫得情寄景中而意餘象外，既有悠遠不盡而與時俱深的思慕之意，又有兩地孤獨，心魂相守的患難之情，因此范大士《歷代詩發》評曰：「寫景悠揚綿婉」。不過，詩人賦吟的旨意原本就不止於抒發思慕之苦，更重要的用心是慰勉摯友於遷謫之中，希望既能表達出敬重對方憂心國事的忠貞，體貼他橫遭遠放的委屈，更期盼他能早日洗清冤情，脫困而出；因此便盪開筆勢，轉而以「賈誼上書憂漢室，長沙謫去古今憐」來收束全篇，既肯定對方謀國之忠忱，又安慰對方切勿懷憂喪志，充分體現出友朋之間相互激勵，彼此勸勉的風義，因此喬億《大曆詩略》才會予以崇高的評價說：「文房固五言長城，七律亦最高；不矜才，不使氣，右丞、東川以下，無此韻調也。」

【辨正】

前人解讀本詩，大抵上都認為是作者遭貶途中觸景生情而抒發牢愁之作：

＊金聖嘆：起句妙妙，言使今夜有浪有煙，即相思還可推托；乃今如此風清月朗，此真如何好置懷抱也。三（句之）夕陽度鳥，寫時既已無及，四（句之）秋水連天，寫為地又頗不近；然則但好相思，不好相過，固有不待更說者也。　○七、八（句）恰引賈誼上書，被謫長沙，而又輕輕於「古」字下逗一「今」字，以自訴己之宜應見憐也。（《貫華堂選批唐才子詩》）

＊屈復：五、六言謫去道路之淒涼。賈誼以上書被謫，古今同憐，言外見我之所遇，不異賈生，中丞亦憐否？（《唐詩成法》）

＊章燮：先敘夏口，感懷屈原。楚客，屈原也。以為余至汀洲，憑舟一望，見湘川之上，寂然無痕（疑應作「浪」），亦復無煙，是無影響可求矣，而欲相思楚客，益覺渺茫也。……以為賈誼憂漢室，數上諫書，被貶長沙，古今未有不憐其忠憤者；而我之上書，豈非憂唐室乎？自遭吳仲孺誣奏，乃貶南巴，君獨不為我憐耶？（《唐詩三百首注疏》）

以上三說的共通點是：尾聯不僅是作者自憐而已，甚至還有乞憐之色，筆者以為如此解詩，未免把劉長卿理解得太過鄙陋可疑，而且有以下幾點值得商榷：

＊首先，豈有以「古今憐」自言古今之人皆應為自己抱屈之理？誇言今人盡憐惜自己，已屬狂妄；侈言古人亦憐惜自己，則近於瘋癲。

＊其次，即使本詩的確是詩人遭貶途中所作，詩人又豈會脆弱到「自訴己之宜應見憐」的地步，甚至還可憐兮兮地詢問對方：「中丞亦憐否？」「君獨不為我憐耶？」如此語氣，簡直是哀求了，詩人豈會崩潰到如此直率淺露地哀告苦求而毫無自尊的地步？

＊第三，根據《舊唐書・列傳第八十七》所載，詩人是被鄂岳觀察
史吳仲孺誣以貪贓二十萬貫而落職東歸，並非因上書而遭貶，則
以賈誼上書之事自況來乞憐，並不貼切。再者，根據儲仲君的說
法，詩人根本未曾在貶謫途中經過長沙，則所謂「長沙謫去古今
憐」七字顯然也不是指詩人而言，那就更沒有所謂「自訴己之宜
應見憐」「中丞亦憐否？」「君獨不為我憐耶？」之可能了。

＊第四，上書乃「中丞」一職的分內之事，自可比擬賈誼之上書；
此際又移至岳州，與賈疑遭貶的長沙同屬湖南省。而詩人坐船由
夏口到鸚鵡洲的水路，則屬於湖北省，距長沙遠達三百公里左右。
由此觀之，詩人以賈誼謫去長沙來譬況源休謫至湖南岳州而予以
安慰，會比以賈誼自喻而乞憐於人的說法來得合理得多。

綜合以上四點，筆者無法同意前述三人的說法，因此將本詩視為
慰勉謫宦與思慕良友之作。

金聖嘆所謂頷聯寫由於時晚地遠，故只能遙相思慕，不能浮舟相
訪云云，筆者也以為可議。蓋作者如為遭貶之人，即使時程尚早，地
又非遙，能否但憑個人意志便自由行動，前去拜訪友人，實在令人懷
疑。而如果詩人並非待罪之身，則不妨泊舟宿夜，天明後再行前往相
訪就是，又何至於有「自訴己之宜應見憐」的淒苦之語呢？

至於章燮以為詩人在舟中一望，但見「湘川之上，寂然無痕」云
云，筆者以為純屬誤會。蓋漢口距離湘水至少二百公里之遙，絕非詩
人遠眺所能及者也。

【商榷】

金聖嘆曰：「起句妙妙，言使今夜有浪有煙，即相思還可推托；
乃今如此風清月朗，此真如何好置懷抱也。」他把時間說成「今夜」
而景物說成「月朗」，只怕無法和第三句的「夕陽度鳥」在時間上相
銜接，顯然值得商榷。

趙臣瑗也對首聯嘆賞有加地說：「一、二起得最曲最妙，向使浪阻煙迷，索性付之相忘；今波平氣朗若此，而不得與故人相隨，良可惜也。」他是從清景無人共賞的感慨來解讀，只怕既無法交代何以浪阻煙迷便可忘懷朋友，也無法說明何以清景當前會產生比平日「益渺然」的相思，更難以使安慰謫宦之意從開篇就一氣貫注地直透尾聯，因此也值得商榷。

192 送李中丞歸漢陽別業（五律）　　劉長卿

流落征南將，曾驅十萬師。罷歸無舊業，老去戀明時。獨立三邊靜，輕生一劍知。茫茫江漢上，日暮欲何之？

【詩意】

曾經號令十萬大軍遠征南方而功勳彪炳的老將軍，如今解職之後，竟然漂泊落拓，窮愁潦倒地要回去老家了。他退役之後，兩袖清風，囊橐蕭然，連從前的家業也都蕩然一空，不知道他將要如何營生；但是他飽嘗過戰亂之苦，所以年事老大之後，反而對眼前的「清明盛世」特別感念和珍惜，絲毫沒有怨尤之意。當年他奉命駐守邊塞時，只要他威風凜凜地獨自駐馬在高崗上，就能使幽州、并州、涼州等邊境一片寧靜而烽煙不起，是何等的神威蓋世啊！可嘆他以身許國、有死無悔的耿耿精忠，卻只有隨身的寶劍能夠了解而已！如今他來到長江、漢水邊上徬徨徘徊，面對著江上的斜暉，竟茫然不知自己該何去何從……。

【注釋】

① 詩題——或無「別業」二字，或作「送李中丞之襄州」。中丞，是御史中丞的簡稱，輔佐御史大夫，唐時為宰相以下之要職，當時的鎮將常加御史大夫銜。李中丞，名事不詳。漢陽，今為湖北省武漢市的市轄區，在武漢市中心以西，與武昌隔江對峙。別業，即別墅；然由詩意觀察，此處殆指簡陋的家園而言，並非山明水秀之區的渡假豪宅。本詩大約作於大曆五年至八年（770－773）之間，作者時任鄂岳轉運使留後。

② 「罷歸」二句——罷歸，解甲歸田。舊業，原指昔日的家業或技業，此指故鄉的田園廬舍而言。明時，清明太平的時世。

③ 三邊靜——三邊，漢時幽州、并州、涼州，皆在邊地，故後世以三邊泛稱邊地。靜，謂烽煙不起。

④ 「日暮」句——日暮，除實寫送別之時外，還兼指老將垂暮之年與處境之窮愁潦倒而言。之，往也。

【導讀】

　　本詩雖然題為送別，卻沒有一般送別之作依依難捨的離情別緒，也沒有表達相互思慕，寄望魚雁往返的安慰期勉。作者把全副精神用在追述老將昔日功勳之高，並痛惜今日淪落之悲，兩相對照，自然浮現出對於統治階層不知關懷老將，忍令其自生自滅的強烈不滿，同時也流露出對於橫遭罷黜而晚景淒涼的老將軍之極度同情。

　　「流落征南將，曾驅十萬師」二句，是以倒敘回憶的方式來和頷聯形成鮮明對比，為老將抒發撫今追昔的唏噓感嘆。詩人開篇就特別拈出「流落」二字總冒全詩，既有出人意表而引人注目的效果，又流露出哀傷感慨的語氣，確定了全詩的抒情基調，使全詩瀰漫著深沉的慨歎，是相當突兀振拔的起勢。「征南將」三字，顯示出備受倚重的地位與權勢，再加上「曾驅十萬師」的鮮明形象，不難想像老將軍當

年軍威壯盛，號令嚴明，以及指揮若定的英雄氣概——那曾經是何等意氣風發的歲月啊！奈何他如今竟孑然一身，飄零異鄉，落魄潦倒！由於先有「流落」二字冠首，因此即使以下八字是以雄健的詞語緬懷往日的風采，仍然使人感覺到在豪氣逼人的追憶裡，似乎隱藏著強自克制的悲憤。

「罷歸無舊業」五字，寫他解甲退役，卻無田可歸的窘況，並暗示他在戎馬生涯中，不蓄產業，清廉自持，以致如今身無長物，家無餘財，唯有兩袖清風與一身朽骨而已。「罷歸」一句，既補充說明了今日「流落」之因，又逗出末句「何之」之嘆，彼此間的照應聯絡相當緊密。「老去戀明時」五字，既正面稱揚老將軍雖遭廢棄，晚景堪憂，猶能無怨無尤的忠愛之忱，又反面嘲諷清明太平的時代竟然過河拆橋，狠心地罷黜有功於國的老將！頷聯兩句不僅寫出了君王的冷酷無情，刻薄寡恩，也寫出了老將的一腔赤忱，滿腹辛酸；同時還寄寓了作者深沉的悲憤和冷峻的批判，因此陸時雍《唐詩鏡》說：「三、四老氣深衷。」

「獨立三邊靜」五字，仍然採用對比的手法，以三邊的遼闊無盡作背景，勾畫出老將駐馬獨立的英姿；背景越是蒼蒼莽莽，就越能襯托出他昔日雄震邊關，威風蓋世的巨大形象，也越能凸顯出他一身繫天下安危的重要貢獻。而後詩人再以「輕生一劍知」五字，來和廣遠無垠的三邊作第二層對比，更見出老將軍半生戎馬、一劍飄零之可悲；同時也以惟有他從不離身的寶劍能夠了解他捨身報國的忠藎與節概，來嘲諷君王缺乏知人之明，以致一片赤誠精忠，只能換得滿眼淒涼寂寞！這一聯由於字錘句鍊，而又對比鮮明，因此形象生動，神采如見，和王維的〈老將行〉：「一身轉戰三千里，一劍曾當百萬師」，同其豪邁俊爽，英氣勃發，只是更加悲愴憤慨，讀來更是蒼涼滿紙，令人扼腕！

「茫茫江漢上，日暮欲何之」兩句，仍然歸結到篇首的「流落」二字之意。作者先把畫面定格在「日暮」時分，渲染出老將遲暮而窮途的境況；再把空間由江漢擴展開來，直到水天相連的盡頭，以凸顯出老將身形的渺小孤獨；然後再把時間由此刻延伸向無限的未來，表現出老將茫茫不知所往的徬徨落寞；如此安排，便把一代名將竟淪為喪家之犬的潦倒情狀，和他欲歸無業、欲哭無淚的淒涼晚景，勾勒得逼人眉睫，撼人心魂了！不僅使人聯想到世傳李陵〈與蘇武詩〉：「攜手上河梁，遊子暮何之？徘徊歧路側，恨恨不能辭」那種生死訣別的慘痛，也使人聯想到江淹〈恨賦〉中噴薄而出的名言：「人生至此，天道寧論！」無怪乎胡應麟《詩藪》以為：「劉長卿送李中丞、張司直，文皆中唐，妙境往往有不減盛唐者。」周珽評本詩曰：「章法明煉，句律雄渾，中唐佳品。」（《唐詩選脈會通評林》）喬億《大曆詩略》也對本詩讚譽有加地說：「清壯激越，而意自渾渾。」

這首詩原本也可以依照時間發展的順序寫成：「流落征南將，曾驅十萬師；獨立三邊靜，輕生一劍知。罷歸無舊業，老去戀明時。茫茫江漢上，日暮欲何之？」也就是前半寫過去的勳業志概，後半寫今日的落魄潦倒。可是為了合乎平仄格律的要求，不得不交錯語序；可見就律詩而言，平仄格律已有相當嚴格的規範，不是可以隨意違背的。

193 江州重別薛六柳八二員外（七律）劉長卿

生涯豈料承優詔？世事空知學醉歌。江上月明胡雁過，淮南木落楚山多。寄身且喜滄洲近，顧影無如白髮何！今日龍鍾人共老，愧君猶遣慎風波。

【詩意】

遭到誣陷而被停職調查的苦悶日子裡，本以為就此刑罰臨身而沉冤莫白了，哪裡料得到還能蒙受優渥的皇恩，只被貶到睦州而已呢？身在浮沉不定的宦海裡，我早已看透了世事的變幻無常，所以只想要學習縱酒酣醉，放浪高歌，來消磨我的殘餘歲月了！在江州和你們短暫交遊之後，又要匆匆分手的今夜，來自北方的鴻雁正紛紛飛掠過江上皎潔的月輪；想來明日將會見到淮南一帶的樹葉凋零之後，楚地山巒的輪廓將反而變得清晰而歷歷可數了。唉——在這樣雁飛葉落的深秋江畔和你們分手，實在是令人頗為感傷的。可喜的是我前往棲身的睦州雖在海邊，但是和江州相距並不遙遠，還是可以和好友相互存問；只不過可悲的是：當我望著鏡中滿頭的白髮時，只能無奈地獨自感慨年老體衰的淒涼和形影相弔的愁苦而已！今天，我們三人都已經老態龍鍾了，卻還要承蒙你們在送別時反復叮嚀我務必小心江湖的風波和仕途的險惡，真是令我十分慚愧哪！

【注釋】

① 詩題——作者先有五律〈江州留別薛六柳八員外〉云：「江海相逢少，東南別處長。獨行風嫋嫋，相去水茫茫。白首辭同舍，青山背故鄉，離心與潮信，每日到潯陽。」故本詩再度辭別則改曰「重別」。江州，今江西九江。薛六，殆為薛弁，大曆初年曾任水部員外郎，大曆八九年間（773－774）派任江州刺史；本詩約作於大曆十一年詩人貶睦州（今浙江建德市附近）途中，時薛弁尚在任。柳八，殆指柳渾，曾為祠部員外郎、司勛郎中；大曆十一年任江西觀察使判官，十二年拜袁州刺史。

② 「生涯」句——生涯，殆指作者擔任鄂岳轉運使留後時，竟遭轉運使吳仲孺誣陷貪贓二十萬貫而靜待調查期間。當時年約四十八九歲的詩人因此事而去職東歸，途經和州、宣州，歸至常州，於義

興（今江蘇宜興市）營造碧澗別墅，就此閒居至五十一歲。後經由監察御史仔細調查而復籍，雖冤屈得以昭雪，仍貶為睦州司馬。優詔，優容之詔命，指並無刑罰臨身，僅貶至睦州而言。大曆十一年（776）秋，作者由鄂州沿江而下，經江州、洪州而赴謫所。

③ 「江上」二句──胡雁，北方飛來避寒的鴻雁。淮南，指江州而言；江州在淮水以南，又為古代楚國之屬地。楚山多，謂木葉零落之後，山巒綿延層疊之輪廓將更歷歷可見，彷彿無形中增多了許多山巒。

④ 「寄身」二句──五句謂和兩位友人再圖良晤，尚屬容易；魚雁往返，地亦非遙。六句謂攬鏡自照，將見白髮而興悲；既無良朋相伴，又恐來日無多，徒然無可奈何。寄身，暫時棲身。滄洲，指濱海之地，此處指睦州而言。睦州在今浙江建德附近，距離最近的海邊（杭州灣）約一百公里，對於中原人士而言，在心理上已經覺得接近滄海了，故云。近，是指自己所要前往的睦州，和薛、柳二人所在的江州相近而言（兩地相距約三百餘公里）。無如，無奈也。

⑤ 「今日」二句──龍鍾，形容老態遲鈍之景況。一說原為竹名，後因年老之人行動遲緩，老態畢露，不能自持，有如竹之枝葉搖曳，難能自主，故以之形容老態。遣，教、使、讓也，有誡勉之意。風波，指作者赴睦州途中之風波險惡，也含有仕途崎嶇，人心險惡之意。按：高仲武《中興間氣集》謂「長卿有吏幹，剛而犯上，兩遭遷謫，皆自取之。」無怪乎友人要特別誡勉其慎防風波險惡。

【淺說】

由於對劉長卿的生平仕履之跡，眾說紛紜，因此解讀本詩時便有各種不同的臆測。筆者根據北京中華書局 1996 年版儲仲君所撰《劉長卿詩編年校注》之生平簡表，暫定本詩作於大曆十一年（776）秋

貶赴睦州（在今浙江建德附近）司馬途中；僅做淺說如下。

「生涯豈料承優詔」句，各家大抵以「優詔」乃作者遭貶之「反諷」，蓋專制時期，忌諱特多，稍一疏忽，動輒得咎，因此即使遭到罷黜貶降，也必須頓首謝恩，以示恭順心服而無所怨尤；此時如牢騷滿腹，怨懟成篇，等於向威權挑釁，必然遭受更嚴厲更殘酷之懲罰。不過，筆者以為如此反諷，未免太過明顯而笨拙，簡直是虎口拔牙，玩火自焚，愚不可及！事實上，不論是君王或政敵，要摘取詩句來羅織罪名，再痛加教訓，甚至藉口殺人，可謂易如反掌；詩人當不至於如此無知，是以不取此說。「生涯豈料承優詔」七字所流露的其實是承蒙皇恩垂憐，明察秋毫的感念，以及還其清白的意外驚喜之情。「世事空知學醉歌」則表明了見慣宦途險惡，世路坎坷，打算從此酣歌縱酒，以求明哲保身的消極心態。由此可見吳仲孺誣奏作者貪贓之事，使作者備受打擊與煎熬，是以宦情已冷，無心銳進，才會說出如此頹放的話來。「空知」的沉痛與「豈料」的驚喜，其實並不矛盾，詩人所要表現的正是待罪之身在沉冤得雪之後，心情之複雜與感慨之深沉。

「江上月明胡雁過」七字，是寫江邊送別時所見的夜景：此時天光水色相互映照，因此當鴻雁橫過中天明月時，在天上和水面都可以映照出清楚的形影。江上的蒼茫昏暗和明月的銀輝清光，已經先營造出遼闊深邈的立體感和寧靜而神秘的情境，此時耳聞鴻雁掠空而過的振翅聲與哭叫聲，眼見由玉盤般的月輪所襯托出的黝黑形影，自然令遠放東南的詩人頓時感到淒涼哀傷。因為鴻雁不過是南移過冬的候鳥，明年春天必然按時北返；而自己的歸期卻難以逆料，當然會讓詩人觸景傷情，產生深秋悲涼的感受了。「淮南木落楚山多」七字，是懸想明朝分手之後，詩人獨自放舟東下所會見到的秋景。淮南，是指位於淮水以南的江州而言。在淒寒的秋風中，詩人似乎可以望見兩岸凋殘的黃葉紛紛墜落，遠處橫亙綿延的山岳由於缺少樹葉的裝扮點綴似乎

變得憔悴清瘦，歷歷可數，從而產生楚地峰巒也因而增加了不少的錯覺。

「寄身且喜滄洲近」七字，是以自我解嘲的口吻安慰故人：彼此相距非遙，自可魚雁往返，音問相通；亦可扁舟往來，再圖良晤，因此無須為暫別而不捨。「顧影無如白髮何」七字，是料想獨赴貶所之後，將無知友相伴，必有顧影無儔的寂寞和白髮頻添，來日無多的感慨。「且喜」二字，透露出苦中作樂的無奈與自我解嘲的淒涼；「無如……何」，寫出不能自主，心餘力絀，無法改變現實的悵嘆。

「今日龍鍾人共老」句承「白髮」之意而來，寫出臨老遭貶的悲哀，以及此地一別，世事難料，不知能否再晤良友的憂心；除了推翻「且喜滄洲近」的樂觀期待之外，也透露出詩人內心掩藏不住的深悲極苦。「愧君猶遣慎風波」七字，是對故人提醒風波險惡，一路珍重，並囑咐言行謹慎的愛護表示感念，也以慚愧的自嘲作結，透露出對於炎涼冷暖深有體驗，對於人心險惡已知所提防的學乖之意。

194 送靈澈（五絕）　　　　　　　　劉長卿

蒼蒼竹林寺，杳杳鐘聲晚。荷笠帶夕陽，青山獨歸遠。

【詩意】

在鬱鬱蒼蒼的山巒間深藏著的竹林寺，遠遠地傳來悠揚的鐘聲，彷彿是催促你趕緊回寺裡作晚課一般；於是背著笠帽的你便披著夕陽的餘暉，獨自向青山的深處走去……。當我望著你越來越小、越來越暗淡而模糊的身影時，只覺得孤獨落寞的惆悵，竟然隨著晚鐘的飄送和你的遠去而瀰漫整座山林之間……。

【注釋】

① 詩題—靈澈（748－816），俗姓湯，字澄源，會稽人，為當時著名的詩僧。與僧皎然交游，名顯朝廷，然為僧眾所忌，遂遭謠諑誣謗而流放汀州；遇赦後東歸會稽，名盛東南，頗受尊禮。元和十一年圓寂於宣州開元寺。按：靈澈曾從嚴維學詩，多警句，能備眾體，頗為同時詩人稱賞。

② 竹林寺—舊注多謂指潤州的竹林寺[1]，位於今江蘇省鎮江市南；相傳宋武帝劉裕幼時家貧，至此砍柴時常有黃鶴騰空翔舞，稱帝後改竹林寺為鶴林寺。由於詩人一生中曾多次居於潤州，故寫作年代難以確定[2]。

③ 杳杳—深遠貌。

【補註】

01 對於「竹林寺」三字，儲氏有獨樹一幟的解說：「或以為潤州鶴林寺舊稱竹林寺，此詩當為潤州作。然蕭、代年間詩人均稱之為『鶴林』，未聞有稱竹林者。杭州則有竹林寺，見《宋僧傳》卷 8〈慧朗傳〉、卷 10〈道悟傳〉、卷 11〈景霄傳〉。然此詩所云，非必專名；寺旁多竹，即可謂為『竹林寺』也。」

02 儲仲君以為本詩大約作於大曆十二年（777）秋，作者時任睦州司馬。當時靈澈上人雲遊至睦州一帶，棲身寺院之中，白天與作者盤桓，傍晚時作者即送他返回寺院。

【導讀】

　　本詩和另一首〈送上人〉的送別之情，頗為不同：〈送上人〉清楚地點出靈澈即將前往東越的沃洲山禪院，顯然是遠別之作；本詩則可能是靈澈雲遊至睦州時棲身在山寺中，作者白日與之詩酒盤桓之後便送他回寺晚課時的暫別之詩。兩首詩都沒有在題目中交代靈澈的去

處，只在詩中點明；大概作者以為線索已足，因此就未再多費筆墨。〈送上人〉的可貴之處在勸勉之真誠，可見交誼匪淺；本詩的可貴之處則是：在送別的畫境中融入了作者惆悵落寞和悠然神往的複雜感受。

就時間先後順序而言，詩義大概是作者送靈澈回竹林寺途中，先聽到晚鐘悠悠，而後再眺望寺宇茫茫，知道是靈澈該回寺的時候了，因此兩人隨即舉手作別，靈澈便大步邁向青山深處，而作者則佇立原處目送其笠帽映照著斜陽的背影，頓覺惆悵與神往；惆悵的是不能與好友多作盤桓的孤獨與失落，神往的則是友人夕陽獨歸時，無罣無礙的瀟灑磊落和自得自在的丰采神態。

楊逢春《唐詩偶評》評解本詩說：「景從去一邊寫，神則從送一邊傳；不寫別情，正爾淒情欲絕。」如果僅就拈出作者目送歸僧的心儀和神往而言，楊評可謂慧眼獨具，很有啟發性；但是說作者和方外之交暫別一晚，就感傷到「淒情欲絕」的地步，恐怕有待商榷了。

俞陛雲《詩境淺說·續編》說：「四句純是寫景，而山寺歸僧，饒有瀟灑出塵之致。高僧神態，湧現筆端，真詩中有畫也。」就凸顯高僧瀟灑風塵，飄然獨歸的神采而言，可謂一針見血；可惜沒有點出送行者的感情，因此反而使作者也變得彷彿是一位心性淡泊，心境枯寂的高僧了。

其實本詩之所以動人，可以從以下幾個面向來理解：

＊首先，是由於作者能夠描繪出暮靄沉沉、山色蒼蒼、斜暉眽眽（甚至包括鐘聲杳杳）的畫面中，一位風神瀟脫而意態散朗的僧人踽踽獨行的清寂形象，的確入木三分，令人印象深刻。

＊其次，則是詩人能不著痕跡地把自己耳聞悠揚的晚鐘，目送孤子的背影時，佇立在夕陽裡悵然遠望的依依之情，隨著靈澈漸行漸遠的身形投入蒼茫的山林中，又沒入清遠的鐘聲裡……自然可以使人感受到詩人的內心浮現出孤獨失侶的落寞和悠然神往的惆

悵。

*其三，則是由於四句中有動靜的互顯（靈澈向遠方移動而詩人靜
止於原地）、光影的掩映、聲色的點染，還有廣闊的青山和渺小
的身影的對比，以及流盪於畫面中的深厚情誼，因此才使詩境中
有寧和的畫趣，畫趣中有悠遠的鐘聲；而隨著鐘聲迴蕩在山谷之
間的，則是詩人對於這匹瀟灑於塵世之間的閒雲野鶴所流露出的
關愛和敬重的深情了。

無怪乎喬億《大曆詩略》評點說：「向王（維）、裴（迪）誦此，應把
臂入林。」由此可見本詩畫趣之濃與情韻之長了。

195 送上人（五絕）　　　　　　　　　　劉長卿

孤雲將野鶴，豈向人間住？莫買沃洲山，時人已知
處。

【詩意】

孤雲伴隨著野鶴般的上人即將絕塵遠去了，他們哪裡會在人世間
長久駐留呢？我要鄭重地寄語一心禪修的上人：切莫在沃洲山潛隱，
因為世人早已知道它是靈山勝地而絡繹不絕地前去了啊！

【注釋】

① 詩題—上人，佛典中以內有德智，外有勝行，修養超乎凡人之上
者為上人，後用為對僧人的尊稱。此處之上人，殆指靈澈而言。
見〈送靈澈〉注。

② 「孤雲」句—雲鶴，喻靈澈；張祜〈送靈澈〉詩云：「獨樹月中鶴，
孤舟雲外人」，也是以「雲鶴」為喻。將，共、陪也。

③「莫買」二句──買山，歸隱也；《世說新語·排調》：「支道林因人就深公買印山，深公答曰：『未聞巢、由買山歸隱。』」沃洲山，在今浙江省新昌縣東，為道書中神仙所居七十二福地之一；相傳晉代名僧支道林曾於此放鶴養馬，故當地有放鶴峰與養馬坡。靈澈曾居住於沃洲山禪院中，故權德輿有〈送上人廬山回歸沃洲序〉之作。白居易〈沃洲山禪院記〉云：「東南山水，越為首，剡為面，沃洲、天姥為眉目。」可知唐時沃洲山已和天姥山並稱而為遊覽勝地，故云「時人已知處」而告以勿歸隱於此。

【導讀】

這首亦莊亦諧的送別詩，大約作於大曆十三年（778）前後，表達了對於喜愛棲隱於名山勝境以求得功名富貴的利祿之流的嘲諷之意。詩人能在委婉的勸諭中流露出對於沽名釣譽之輩的批判，卻不必顧忌靈澈可能誤會或疑猜自己的用心而產生疙瘩，倒可以看出兩人交情之深，已達莫逆於心的地步了。

唐代頗有一些身在江湖而心懷魏闕之徒藉隱居名山以自高，而用心則在引起朝廷注意，終於獲得君王徵召禮遇而入仕的故事，例如：《大唐新語·隱逸》中就記載著：盧藏用（664－713）舉進士不第後，隱居終南山；中宗時以高士之名徵召而累居要職，時人譏之為「隨駕隱士」。後道士司馬承禎（647－735）嘗奉召入京，還山之際，藏用送之，指終南山曰：「此中大有佳處。」承禎對曰：「以僕觀之，仕宦之捷徑耳。」司馬承禎這番快人快語的譏刺，不僅顯示出矯俗干名的假隱之徒和任真率性的方外之士間絕大的差異所在，也具體而微地反映了當時以隱居終南為富貴捷徑的風氣；因此俞陛雲《詩境淺說·續編》說：「真能高隱者，貴有堅貞淡定之操，豈捷徑終南所能假借？」並且認為本詩與裴迪的〈送崔九〉之作：「歸山深淺去，須盡丘壑美；莫學武陵人，暫遊桃源裡。」都可以作為送給那些飾貌矯情的假隱士

之當頭棒喝；可見劉長卿這首清淺如話的小詩中流露出的肺腑之言，自有其針砭時代的意義和端正風氣的用心。

「孤雲將野鶴」五字，表示孤雲自來自去，無拘無束，何等飄逸，何等逍遙；野鶴高飛遠翥，翱翔雲天，何等瀟灑，何等超逸！由於二者都有遠離塵世，清妙絕俗的高標與神韻，因此詩人特別選用「孤雲」「野鶴」來比擬靈澈上人，不僅其風神散朗的形象，宛然可遇，也把詩人的景仰愛慕之忱，表露無遺。這五個字，可以是當時眼前所見的實景，則是以賦筆起興的高明手法，意在言外，而又會心不遠，令人嘆賞；如果不是眼前所見的景象，則詩人是採用比喻法開篇，仍然切合方外之人身分特質的好譬喻。如果把「將」字作「伴隨」解，則「孤雲將野鶴」五字中其實寄藏著詩人的心魂化為孤雲而伴隨著靈澈遠去的相「送」之情；如此一來，既能收點清題面的「送」字之功，又使詩人的惜別之情表現得更為深厚纏綿，也更為耐人涵詠玩味。

「豈向人間住」五字，是以反詰語氣提高聲情，表現出不棲凡塵，不沾俗垢的孤高形象。由於出以問句，因此顯得曲折含蓄，饒有耐人尋繹的遙情遠韻；再加上「莫買」二字是以相當堅決的否定語氣承接，自然流露出深切的關照愛護之意，更顯得情真語摯，語重心長。

「莫買沃洲山，時人已知處」兩句，是說沃洲山雖然曾經是參禪清修的福地，但是既然已被時人所熟知，則難免有附庸風雅之輩呼朋引伴，接踵而來，使靈山古剎頓成俗物充斥的觀光勝地矣；因此詩人便以直諒之風，表達勸諭之意，希望方外之交另覓棲身清修之地，以免無端遭受打擾，有礙參禪進境。作者能把諷諭當時別有用心的利祿之徒以終南為捷徑而玷辱佛門的用意，表達得率真中有詼諧，直爽中有寄託，的確不愧「五言長城」的美譽，因此能贏得李慈銘《萬首唐人絕句選批》：「曲折空靈，是五絕神悟」的評價。

整體而論，這首小詩最可貴的是風致自然，不假雕飾，而且情誼深重，毫無做作，與裴迪〈送崔九〉「莫學武陵人，暫遊桃源裡」的

關懷愛護之心，同樣真率動人；因此吳瑞榮《唐詩箋要》特別稱賞後半兩句說：「索性勉其入山之深，是何等交誼？」可見友誼的真誠坦率，才是本詩最耐人咀嚼的妙處所在。

196 新年作（五律）　　　　　　　劉長卿

鄉心新歲切，天畔獨潸然。老至居人下，春歸在客先。嶺猿同旦暮，江柳共風煙。已似長沙傅，從今又幾年？

【詩意】

　　思鄉的愁懷，平日就已經夠使人感傷了，到了新年之際，就會變得更加迫切而令人難以承受。何況，我孤身遠謫天涯，既沒有親情的撫慰，又缺乏友誼的鼓舞，往往只能無助地暗自垂淚。年紀老大了，卻仍然屈居下位，必須小心的看人臉色，任人擺佈，真是情何以堪？想來春天已經先行回到家鄉了，而遊子卻還困在南荒，怎不令人愁懷似海呢？遭到貶斥以來，早晚時分，耳聞高嶺上淒厲的猿猴啼叫聲，總會增添我無窮的幽恨；眼見江邊楊柳在風煙迷茫中搖曳，也總會撩亂我深沉的離憂。我早已像受人排擠而遠放長沙的賈誼一樣困頓了，從今以後，還要忍受多少年謫放的煎熬呢？

【注釋】

① 「鄉心」二句——鄉心，思鄉的愁懷。切，更形迫切難熬。天畔，殆指睦州（今浙江建德市附近）而言，此地既遠在長安之天邊，又距離故鄉洛陽甚遙。潸然，落淚貌。

② 長沙傅——指賈誼，見〈長沙過賈誼宅〉注。

【導讀】

　　本詩主要是抒寫一個遷客騷人在時間方面的遲暮之感和空間方面的遙隔之感，以及兩者交融互滲所產生的失意、焦慮、浮躁、無奈等感受所揉合而成的苦悶。由於這些苦悶不僅無從排遣，反而與日俱增，形成巨大的壓力，終於逼使詩人在羈泊異鄉，不得返家團圓的新春之時，再也無法抑制途窮之悲與客旅之愁，於是滿腹委屈便化為淚水，融入筆墨之中，寫成了感人的名篇。

　　「鄉心新歲切」五字，意在表現出時間的催逼與年華的消逝合成的遲暮之感與思鄉之懷。「新歲切」意謂鄉思悠悠，無日不生，只是因為「每逢佳節倍思親」的關係，使自己在新春之時更加深濃罷了。「天畔獨潸然」五字，則是以空間的遼闊無垠，凸顯自己遠別故鄉，睽隔親友，難享天倫之樂的深悲極苦。這兩句為全詩奠定的淒愴基調，和戴叔倫〈除夜宿石頭驛〉的「一年將盡夜，萬里未歸人」、崔塗〈除夜有懷〉的「那堪正飄泊，明日歲華新」極為神似，只是劉長卿詩中所流注的謫宦之痛，又比戴、崔二詩來得沉鬱深刻。

　　「老至居人下」五字，寫官小位卑，身分微賤，只能任人擺佈，仰人鼻息的悲哀，同時也流露出升遷無望，內轉無路的苦悶，和時不我與，來日無多的惶恐。「春歸在客先」五字，是料想春風已經先再度蒞臨故鄉，而自己卻仍淹留異域的感傷。這一句不僅是由自己這一面寫謫宦不及春風來去自如的悲苦，也是由家人那一邊只盼到春風而望不見遊子的角度來抒發失望的惆悵。由於造語新穎，筆意曲折，感情沉摯，因此贏得極高的評價；陸時雍《詩鏡總論》說：「劉長卿體物情深，工於鑄意，其勝處有迥出盛唐者。……『春歸』句何減薛道衡〈人日思歸[1]〉語？」方回說：「費無限思索乃得。」（《瀛奎律髓彙評》）紀昀也以為：「妙於巧密而渾成，故為大雅。」（同前）「老至」承「新歲」而來，是寫嘆老嗟卑的遲暮感；「春歸在客先」則承「天畔獨潸然」而發，是寫回京路遙、歸鄉夢斷的遙隔感。兩聯之間，條

理分明，銜接自然。尤其是「老至」句先點出桑榆晚景的淒涼，竟還得寄人籬下，看人臉色，已透露出詩人心中的羞憤之感；再加上「春歸」句點出春歸而人竟未歸的情況，更透露出遲暮之人落葉歸根的渴望與仍不能如願的隱憂，從而使前四句所抒寫的感情更加綿密深刻，情味悠長，因此陸時雍《唐詩鏡》說：「三、四雋甚，語何其鍊！」喬億《大曆詩略》也說：「三、四佳，上句尤警策。」

「嶺猿同旦暮，江柳共風煙」兩句，是情景相生而意境渾融的名聯。就情意而言，嶺猿在旦暮時亂耳驚心的清嘯，容易撩起遷客的哀傷之感而益增鄉愁；風煙的縹緲和江柳的新綠，又能使謫宦產生觸目傷神的迷惘而離思滿懷：風煙迷茫，鄉關何處？空令人望斷愁眼！折柳贈別，離情依依，又何曾牽繫得住逐臣的鞍馬，挽留得了遊子的身影？就章法而言，催人淚下的旦暮猿啼，是遠承「天畔獨潸然」的遙隔之感而來，抒發詩人的羈旅之思；而撩人情懷的江柳風煙，則是遙應「鄉心新歲切」的遲暮之感與思鄉情懷而發，把春歸人未歸的客愁加以具象化。再者，「同」和「共」字，又是從反面回扣「獨」字，暗示唯有猿啼伴我悄然而已，唯有風煙共我迷茫而已，隱然透露出孤身萬里，無人共語的寂寞。正由於前六句在起承轉合之間，能夠針線靈活地巧織密縫，所以包蘊其中的感情也就更深切，更沉實了。如果仔細體會，還可以發覺到「鄉心新歲切」「春歸在客先」和「江柳共風煙」三句，都有身居南疆而心馳萬里，人在天涯而魂飛故鄉的懸想之意，更可以體認到作者在首聯中所用的「切」和「潸然」，絕非泛泛空談而已，而是筆含真情，墨染清淚，因此鄉愁的煎熬才能由首聯一氣貫注，直奔尾聯而來。

「已似長沙傅」五字，表達出遷謫睦州以來，已經像賈誼遠放長沙一樣，忍受了三年的焦慮與煎熬[2]；但是賈誼三年即召回長安，自己則歸期茫茫，不知還得忍受多少年的折磨，因此詩人說：「從今又幾年！」詩人那種返京無望、歸鄉無路的驚惶之情，和辭枝離根、客

死異鄉的憂懼之苦，寫得悽涼滿篇，不難意會。「長沙傅」三字，又回應首聯的遙隔之感；「又幾年」則再度透露出遲暮之悲；整首詩的起承轉合及章法結構，的確井然有序，條理分明。

　　劉長卿由於個性剛直耿介而得罪權貴，以致仕途坎坷，屢遭貶黜，因此常會不自覺地以賈誼自況來抒發抑鬱的牢愁。除了本詩的尾聯有這種自艾自憐的比喻之外，像〈長沙過賈誼宅〉全詩，〈歲日見新曆因寄都官裴郎中〉的「絳老更能經幾歲，賈生何事又三年？」〈自江西歸至舊任官舍贈袁贊府〉的「南方風土勞君問，賈誼長沙豈不知？」以及〈送李將軍〉的「擒生絕漠驚胡雪，懷舊長沙哭楚雲」等，也都寄寓著蕭條異代之悲，流露出惺惺相惜之情，讀來頗覺酸楚。不過，這並非劉長卿一人如此而已，歷代失意之人，大抵皆然，只是劉氏表現在詩歌中的這種傾向特別明顯，無怪乎高仲武《中興間氣集》評之曰：「大抵十首以上，語意稍同，於落句尤甚，思銳才窄也。」顯然認為這是作者詩歌中的一種缺點了。

【補註】

01 薛道衡〈人日思歸〉：「入春才七日，離家已二年。人歸落雁後，思發在花前。」

02 賈誼遠放長沙三年之久，而詩人自言「已似長沙傅，從今又幾年」，可知作者貶為睦州司馬長達三四年之久，進而可以推測本詩殆作於大曆十四年至建中元年之間（779－780），次年，詩人即遷任隨州刺史。

【評點】

01 顧安：句句從「切」字說出，便覺沉著。五、六以「同」「共」二字形容出「獨」字，甚妙！（《唐律消夏錄》）

02 沈德潛：（「春歸在客先」）巧句！別於盛唐，正在此。（《唐詩別裁》）

三九、柳中庸詩歌選讀

【事略】

　　柳中庸，名淡，以字行，出身河東（今山西永濟市）柳氏，為柳宗元族人，生卒年不詳。

　　《唐才子傳》謂之京兆處士。工詩文，與李端酬唱，又與皎然、陸羽交誼深厚。喬億《大曆詩略》評曰：「此公七絕，亦體源於樂府，微嫌筆頭太重，無軒軒霞舉意；而五言清艷，殆不減梁、陳間人。」

　　《全唐詩》存其詩 13 首。

【詩評】

01 喬億：此公七絕，亦體源於樂府，微嫌筆頭太重，無軒軒霞舉意；而五言輕艷，殆不減梁、陳間人。(《大曆詩略》)

197 征人怨 （七絕）　　　　　　　　柳中庸

歲歲金河復玉關，朝朝馬策與刀環。三春白雪歸青冢，萬里黃河繞黑山。

【詩意】

　　年復一年的征戰歲月裡，不是戍守金河，就是遠赴玉關，始終在東征西討；日復一日的戎馬生涯裡，也總是揚鞭趲路，揮刀廝殺，不斷奔波。連暮春三月時，眼中所見到的都還是荒漠苦寒的景象：白雪

紛紛落向王昭君的青塚，好像在弔慰她死葬胡沙而無法生還中原的幽魂。總是不斷地萬里移防，無盡無休地轉戰塞外，有時沿著滔滔的黃河行軍，有時還得繞過沉沉的黑山……。

【注釋】

① 詩題—又作「征怨」。
② 「歲歲」句—金河，又名黑河，蒙古語謂之伊克土爾根河，源出青山，注入黃河；唐時設有金河縣（今有金河鎮），故址在今內蒙古自治區的呼和浩特市南（東距北京市約五百公里），是唐時單于大都護府的轄地，也是防禦北方突厥的前線。玉關，即玉門關，在今甘肅省敦煌縣西，距金河縣約二千公里；見王昌齡〈出塞〉詩注。金河在東而玉關在西，相距甚遙，都是古代邊陲重鎮。
③ 「朝朝」句—馬策，馬鞭。刀環，刀頭的環狀物。
④ 「三春」句—三春，指暮春；陰曆正月為孟春，二月為仲春，三月為暮春。歸，飄向、落向。青冢，王昭君的墳墓，見杜甫〈詠懷古跡〉五首其三注④，在今內蒙古呼和浩特市境內。
⑤ 「萬里」句—黑山，舊注謂又名殺虎山，也在呼和浩特市境內，〈木蘭詩〉：「旦辭黃河去，暮宿黑山頭。」不過，在《中國歷史地圖集》第五集《隋唐五代十國》之部中並無黑山之名；而黃河東距呼和浩特市又約有八十公里，並未繞過該市，故此處殆非實景描寫。因此，應該把「繞」字視為征戍之人繞過黑山前進。

【導讀】

由於本詩主要扣準「征」字而寫，因此詩中一再變換地名來展現征程萬里，顛沛流徙的艱辛；寄託遠戍塞漠，轉戰異域的征夫厭戰思歸而不得返鄉的悲怨。詩中雖無一字明寫遠征，詳述怨悲，但由於奔襲征戰的地點不斷變換，字裡行間自然瀰漫著沉重的征戍之苦與思歸

之怨；因此即使並無一語道悲訴苦，而其跋涉之艱辛與移防之困苦情狀，卻宛然在目，因此黃叔燦《唐詩箋注》說：「『歲歲』『朝朝』，見無已時。下二句言時光流駛，人遠天涯；白草黃河，不堪觸目。哀怨之情，溢於言表。」富壽蓀在《千首唐人絕句》中也說：「四句皆寫征人之怨。詩中雖不著一字，而言外怨意彌深。」

　　本詩四句之中，一句一個場景，表面上似乎彼此無關，其實正是藉著跳躍式的地理位置之廣遠，表現出穿梭奔波的「征」行之意，暗示年復一年，日復一日，無有止息的征戰之悲。而詩中的「金河」「青冢」「黑山」「黃河」等，都和單于大督護府的轄境相關，大抵可以推斷本詩是抒寫隸屬於單于大督護府的征夫之怨。

　　「歲歲金河復玉關，朝朝馬策與刀環」兩句，是寫長年東西征戰，奔波不停的艱苦與煎熬，以及朝朝跨馬橫刀，出生入死的危殆與無奈。金河在東（內蒙古自治區呼和浩特市南方）而玉關在西，相距約兩千公里，都是古代邊陲重鎮。「歲歲」，寫出經年累月的煎熬；「金河復玉關」則寫出快速移防，奔赴絕塞的倉促。「朝朝」寫出日復一日的單調與無奈；「馬策與刀環」，則寫出軍旅生涯的苦悶和出生入死的危險。兩相結合補充，便表現出征戍之不斷和怨思之無窮。由於這兩句中既有時間的流程，又有空間的移轉，因此在錯落有致的對仗中便透露出苦悶的無時或已和怨思的無所不在了。

　　「三春白雪歸青冢」點出荒僻遼遠的邊地終年苦寒的情狀：連在中原地區正是「暮春三月，江南草長，雜花生樹，群飛亂飛」的暖春時節，王昭君的墳墓一帶卻只見雪花漫天；則塞外四季長冬，全是嚴寒峻酷的惡劣天候便不問可知了。有此一句作襯墊，詩人再拈出「萬里黃河繞黑山」七字，表示不論是沿著嗚咽的黃河跋涉，或是盤繞著詭譎的黑山挺進，以及戍守金河，馳援玉關，都必須衝風冒雪的艱困辛苦，也就不難想像了；而征戍萬里，滯留異域，思歸不能，返家無期的哀怨之情，便呼之欲出了。尤其當征人眼中見到生赴塞漠卻死葬

胡沙的昭君青冢,在雪花亂飛的迷茫景象中,只怕難免也要想到自己終將埋骨沙場,成為絕域遊魂的悲哀與淒涼吧?那麼,當他們轉戰萬里,邁向沉沉的黑山時,又豈能不產生逐漸走向死亡陰影的疑懼與惶恐呢?換言之,作者選取白雪青冢和黃河黑山這兩個籠罩著死亡陰霾的場景,可能正有曲傳將士的憂怯心理和無言怨思的深意在內。這種借景傳情而景不離邊塞,情不離怨忿的含蓄手法,有助於形成意餘象外而情寄景中的效果,最有耐人尋繹的遙情遠韻,讀來神味淵永,令人有迴腸蕩氣之感。

　　本詩之所以成功,除了繁用實字,使詩句的密度增強,意象豐富,從而激盪出凌厲勁健的氣勢外,通首對仗之精工、色澤之鮮明、結構之嚴密、佈局之妥貼,在在顯示出作者驅策文字的功力之深。尤其是兩聯皆對的格式,不僅承繼王之渙的〈登鸛雀樓〉和杜甫的〈絕句〉詩:「兩個黃鸝鳴翠柳,一行白鷺上青天;窗含西嶺千秋雪,門泊東吳萬里船」的形式,而且又有當句成對的開創,因此特別引起學者的注目;俞陛雲《詩境淺說·續編》就說:「四句皆作對語,格調雄厚。前二句言情,後二句寫景。嵌『白』『青』『黃』『黑』四字,句法渾成。」

　　就句法結構而言,四句之中,不僅兩兩之間的語法結構完全相同,平仄相反,意義相連,而且兩聯間的對偶還能在嚴整之中求靈活的變化,因而顯得錯落有致,別具飛動流走的氣韻。「歲歲金河復玉關,朝朝馬策與刀環」這兩句,對得銖兩悉稱:是分別由兩個名詞性詞組(「金河玉關」「馬策刀環」)作為主體構成的對仗,其中「歲歲」與「朝朝」都是時間疊詞,表現出年年歲歲、朝朝暮暮、無時或休的沉重壓力和無盡煎熬;「金河」對「玉關」,「馬策」對「刀環」,都是形容詞結合名詞的偏正結構;再加上「復」和「與」字都是虛詞,便串連起戎馬歲月的勞苦和關山若飛的艱辛。

　　就時空佈置而言,前一聯著眼於時間,順勢帶出廣袤的空間;「三

春白雪歸青冢，萬里黃河繞黑山」一聯，則在凸顯地域的遼闊時，又自然引出節候之苦寒，充分展現出詩人構思之奇巧與章法之嚴謹，因此氣勢跌宕，逸趣橫生。如果專就空間佈置而言，白雪青冢是由上而下的迷茫空曠之感，黃河黑山是由近向遠的推拓展開之勢；兩相結合，便營造出無邊無際、瀰天蓋地而又夐邈蒼茫的立體感，而奔波其間的征夫形影之渺小與心境之淒涼，也就映人眼目了。

次聯的「三春」和「萬里」是含有數字的時空對，和「白雪」「青冢」及「黃河」「黑山」的當句對，都是偏正結構的語法；「歸」字的飛落之姿和「繞」字的迤邐之勢，又都具有恍然如見的動態感；再加上全詩有意嵌入「金」「玉」「白」「青」「黃」「黑」等色澤鮮明而又色調漸趨陰暗的字，表現出征人眼中所見的塞外景觀與中原風光大異其趣；而且「黑」字又安排在句末，似乎象徵著前途的黯淡和征人心境的落寞，彷彿正步步走向黑沉沉的幽冥地府一般……。

凡此種種，都使詩句在對起對收之中，既有嚴整凝鍊的精工細緻，又有變化錯綜的靈活流動；既有嚴謹的佈局、緊湊的結構，又有前後貫串、首尾相銜的意脈可循；既有明確的畫面導引讀者的視線，又有暗藏的怨情透露征夫的心聲；因而使本詩成為唐人四句皆對的絕句中極為工穩自然的典範之作。僧人皎然在《詩式》中說：「詩語二句相須，如鳥有翅；若惟擅工一句，雖奇且麗，何異於鴛鴦五色，隻翼而飛者哉？」本詩對仗之奇麗精工，不僅稱得上是五色鴛鴦而已，即使譽之為九霄鳴鳳，也不為過了；因此喬億《大曆詩略》評曰：「工對不板，洗發『怨』字偏壯麗。」宋顧樂《唐人萬首絕句選評》嘆曰：「真寫得出，氣格亦好。」

四十、顧況詩歌選讀

【事略】

顧況（約 727－約 820），字逋翁，海鹽（今浙江屬縣，唐時隸屬蘇州）人。蕭宗至德二載（757）進士，曾任江南判官、秘書郎、著作佐郎。晚號華陽真逸。

個性詼諧，不修檢操，工畫山水。志尚疏遠，近於方外。曾拜李泌學服氣之法，能終日不食；李泌為相時，遷著作佐郎。泌卒，作〈海鷗〉詩曰：「萬里飛來為客鳥，曾蒙丹鳳借枝柯；一朝鳳去梧桐死，滿目鷗鷥奈爾何！」因譏誚權貴，大為所疾恨，貶為饒州（今江西鄱陽縣一帶）司戶參軍。遂攜家離去，隱居茅山（今江蘇句容市東），煉金丹，拜北斗，身輕如羽，後竟不知所終。

其詩題材廣泛而詩風多變，或樸實沖淡，或清雋自然。反映社會生活之作，則頗有中唐新樂府之況味；率皆駿發踔厲，沉痛悲愴，多意外驚人之語。

《全唐詩》存其詩 4 卷，《全唐詩外編》及《續拾》補詩 4 首，斷句 2 句。

【詩評】

01 皇輔湜：吳中山泉，氣狀英淑怪麗……君出其中間，翕輕清以為性，結泠汰以為質，煦鮮榮以為詞。偏於逸歌長句，駿發踔厲，往往若穿天心、出月脅，意外驚人，語非常人所能及，最為快也。李白、杜甫已死，非君將誰與歟？（〈唐故著作佐郎顧況集序〉）

02 李肇：吳人顧況，詞句清絕，雜以詼諧，尤多輕薄；為著作郎，

傲毀朝列，貶死江南。(《國史補》)

03 錢易：顧況志尚疏遠，近於方外，時輩招以好官，況以詩答之曰：「四海如今已太平，相公何用喚狂生？此身還似籠中鶴，東望瀛洲叫一聲。」(《南部新書》)

04 嚴羽：顧況詩在元、白之上，稍有盛唐風骨處。(《滄浪詩話》)

05 徐獻忠：況詩天才不足，而問辯有餘；雖有氣骨，殊乏風采。其〈補亡〉諸詩，頗有流調可諷；然詞旨不圓，終違機語。晚居華山，自號華陽真逸。今觀其詩，類非裁謝風塵，超脫凡徑，此豈感眈於山靈者耶？(《唐詩品》)

06 胡應麟：唐人諸古體，四言無論；為騷者太白而外，王維、顧況二家，皆意淺格卑，相去千里。(《詩藪》)

07 喬億：逋翁樂府歌行多奇趣，擬之青蓮近似，但無逸氣耳。……其稍平正可法者卻高。(《大曆詩略》)

08 翁方綱：逋翁歌行，邪門外道，直不入格。(《石洲詩話》)

09 賀桂齡：其文體與顧亭林先生有間，而骨力之蒼雄，志氣之豪邁，踔厲駿發，不可一世。(〈重訂顧華陽集序〉)

10 賀裳：顧況詩極有氣骨，但七言長篇，粗硬中時雜鄙句，惜有高調而非雅音。……然在集中，正不必索隱探幽，終當以〈棄婦詞〉為第一。如「記得初嫁君，小姑始扶床。今日君棄妾，小姑如妾長。回首語小姑，莫嫁如兄夫。」雖繁弦促節，實能使行雲為之不流，庭花為之翻落。(《載酒園詩話‧又編》)

11 宋育仁：其源出於湯惠休，幽永善懷，如層波疊藻；雖淵瀾未闊，而芳潤相因。行路悲歌，扣樂府之襟喉，傅齊、梁之粉澤；六朝香草，猶勝晚季風華。(《三唐詩品》)

12 丁儀：況樂府歌行，頗著於時。其雜曲長短句，以體質自高，微傷於直率。〈補亡〉〈擬古〉諸作，猶落言詮。間作絕句宮詞，則殊不減王建；然已逗晚唐之先。其樂府則齊梁也。(《詩學淵源》)

198 宮詞五首 其二（七絕）　　　　　　　顧況

玉樓天半起笙歌，風送宮嬪笑語和。月殿影開聞夜漏，水晶簾捲近秋河。

【詩意】

　　高出雲天的華麗樓臺上，正演奏起悠揚曼妙的笙樂，唱著悅耳動聽的歌曲；而她卻只能獨自佇立在冷宮中，側耳傾聽秋風送來宮娥嬪妃們和樂融融的笑語，倍覺落寞感傷……。當雲翳散開，皎潔的月華照臨著宮苑時，聽著宮漏單調的滴水聲，又使她愁思滿懷；百無聊賴之餘，她不自覺地把水晶珠聯高高捲起，神馳銀河，想像著牛郎和織女一年一度相會的浪漫與淒美，更使她黯然神傷，幽怨欲絕……。

【注釋】

① 「玉樓」二句──玉樓，舊注引《十洲記》謂崑崙山上有金臺五所、玉樓十二所；此則形容宮中樓臺之美。天半，形容高聳雲天之狀。笙歌，以笙樂伴奏的歌聲。笙，竹製管樂器，大者十九簧，小者十三簧。笑語和，笑語融融和樂也。

② 「月殿」二句──月殿，指月亮；傳說月中有廣寒宮，故云。影開，謂雲翳散開，故末句謂可以清晰地望見銀河。夜漏，夜間計時的銅漏所傳出的滴水聲。秋河，指秋天時的銀河。

【導讀】

　　中唐人的宮詞之作，由於採用婉約手法，往往寫得意境朦朧，詩義隱微，和晚唐五代的「花間」詞風頗為神似，經常造成解讀上的歧異現象。即以本詩為例，吳瑞榮《唐詩箋要後集》說：「宮詞多作怨

望，此獨不然；是遁翁特地出脫處。」以為這是一首宮中行樂詞；喬億《大曆詩略》說：「此亦追憶華清舊事。」俞陛雲《詩境淺說‧續編》說：「首二句言笑語笙歌，傳從空際，當是詠驪山宮殿，故遠處皆聞之；後二句但言風傳玉漏，簾捲秋河，而霓裳歌舞，自在清虛想像中。」則以為實寫唐玄宗和楊貴妃在驪山華清宮的恩愛故事。筆者以為行樂說失之淺露，華清說失之臆斷，故仍以怨詞解之。

「玉樓天半起笙歌，風送宮嬪笑語和」兩句，是以最能傳達出既期盼又怨望之神態的仰視角度，勾勒出失寵宮人正獨立在冷清的角落，以羨慕的眼神凝望著遠處巍峨的樓臺；則其間燈燭輝煌而舞影婆娑，歌扇搖搖而華衫飄飄的浪漫旖旎，以及酒暖薰香而觥籌交錯的溫馨熱鬧，已不難想像。由於失寵之人身居冷宮，無緣受邀赴宴，而且玉樓巍巍，戒備森嚴，根本難以接近企及，再加上夜色昏暗，遠望只覺樓影幢幢而難窺全貌，因此詩人便捨棄以視覺形象勾勒華宴的方式，採用以聽覺帶出樓臺之高的手法，來暗示君恩遠不可及。再者，除了笙歌沸揚，能令人想像其間喧鬧豪奢的景象之外，作者又以秋風傳送宮嬪的融融笑語來進一步點染宮中行樂的歡愉；如此一來，失寵之人落寞地佇立一隅，既妒且怨地揣摩得寵之人正在如何掩袖作態地獻媚承歡，又在如何花枝亂顫地逞艷邀寵的情態，便藉著「天半」的仰望凝視而神韻畢現了。此時，她可能一方面回憶往日自己欣沐君恩的得意與嬌麗，一方面哀憐今日自己閉居長門的失意與憔悴，不禁感慨萬千而泫然欲泣的心理，也就不難意會了。

「月殿影開聞夜漏，水晶簾捲近秋河」兩句，仍然兼用仰望的角度和聽覺意象來傳達她永夜不寐、孤枕難眠的無限心事，以及百無聊賴之餘，不禁心馳天外的怨悲之苦。舉頭但見雲開月露，失寵之人卻不知何時君王才能擺脫環肥燕瘦的糾纏，把愛憐的光環照臨自己的冷宮，心中已是一陣酸楚；耳邊宮漏迢遞，單調而重複，聲聲叩擊著不寐的愁心，不禁又是一陣滴血般的痛苦。在人間好夢難圓，心事既無

可傾訴，感情又無法寄託之餘，她不自覺地手捲水晶珠簾，藉著凝望銀河的眼眸，讓心神飛向天外而去。牛郎織女遙隔銀河，儘管不過是「盈盈一水間」，卻又「脈脈不得語」（〈古詩十九首〉），然而畢竟他們還是靈犀相通，相思情深，可以纏綿相望；哪像自己永閉深宮之中，既關愛無人，又傾訴無門？何況他們至少還有一年一度的相會，總有一個淒美而溫馨的期盼，給寂寞的心靈些許寄託和慰藉；又哪像自己夜長夢短，青春虛度，永無指望？想到這裡，她自然也就柔腸寸斷而粉淚簌簌了。

　　本詩主要是透過失寵宮女所見所聞的熱鬧景象，來反襯其人孤寂冷清的心境。詩人刻意在前後兩半採用對比手法寫作：前半喧鬧，後半闃寂；前半榮華，後半枯淡；前半溫暖，後半冷落；前半他人笙歌笑語，後半自己聞漏捲簾。經過多重對比之後，便凸顯出深宮幽怨之可悲了；因此吳山民說：「前二句可欣可羨，後兩句但寫景而情具妙備。」（《唐詩選脈會通評林》引）章燮《唐詩三百首注疏》說：「此詩不言怨情，而怨情顯露言外。若無心人，安得於夜深時猶在此間一一聞之悉而見之明耶？」不過，這些隱微委婉的情意，都必須藉助於前後半的冷暖相襯，月殿影開的聯想，以及簾捲星河的暗示，才能品味出絃外之音和言外之味。從這個觀點來看，本詩的確接近於婉約細膩的詞風了；無怪乎徐用吾說：「只用一『秋』字，便含有多少言外意。」（《唐詩選脈會通評林》引）

四一、李端詩歌選讀

【事略】

　　李端，字正己，趙州（今河北趙縣）人，生卒年不詳。大曆七年（772）進士，授秘書省校書郎。曾入蜀從軍幕，官終杭州司馬。

　　其人本無仕競之心，而有山林之想。少時居廬山，依高僧皎然讀書，酷慕禪侶，意態清虛寂寥。嘗因清羸多病而辭官，居終南山草堂寺。又曾因厭惡俗務而買田園於虎丘（今江蘇省蘇州市西北郊）下。後以為泉石少幽，不足以耽溺於習禪深癖，又移家衡山，彈琴讀書，登高望遠，神意淡泊，有衡嶽山人之稱。嘗自言：「余少尚神仙，且未能去。友人暢當以禪門見導，余心知必是，未得其門。」（〈書志贈暢當詩序〉）

　　其詩婉麗細膩，工於言情，於「大曆十才子」中特以敏捷著稱，所作輒使詩家嘆服。

　　《全唐詩》存其詩 3 卷，《全唐詩外編》及《續拾》補詩 1 首，斷句 4 句。

【詩評】

01 胡應麟：端任胸多疏，七字俊語亮節，開口欲佳，故當以捷成表長。(《唐音癸籤》)

02 賀裳：初讀李端集，苦於平熟，遇其時一作態，即新警可喜。……但細觀之，終有折腰齲齒之態；暫見則妍，效顰即醜。(《載酒園詩話·又編》)

03 譚宗：中唐自劉、錢主風會，專務閒雅，不理奇傑，不咨高深，

漠漠數十年。二皇甫差強人意，然詩不多。至端而翩然逕上，如
〈山下泉〉〈過宗州〉，奇逸高空，一時絕調。(《近體秋陽》)

04 喬億：李司馬正己思致彌深，徑陌迥別；品第在盧允言、司空文
明之上。(《大曆詩略》)

05 黃叔燦：李端寫景極清幽，而意味卻少。(《唐詩箋注》)

199 鳴箏 (五絕) 　　　　　　　　　李端

鳴箏金粟柱，素手玉房前。欲得周郎顧，時時誤拂
弦。

【詩意】

　　美人正在演奏華貴的古箏，她的纖纖素手在用玉片美飾的絃柱上
來回拂弄，顯得多麼優雅靈巧。為了博取他所屬意的知音男子能對她
多加注視眷顧，於是她故意一而再、再而三地撥錯冰絃。

【注釋】

① 詩題──一作〈聽箏〉，是由聽者的角度立題；但是細味詩意，似無
聽箏有感之意，反而純從演奏者的情狀和心理落筆，所以更有細
膩入微的韻致。

② 「鳴箏」句──箏是撥絃樂器，相傳為秦人蒙恬所製，故又名秦箏，
今則謂之古箏。柱，箏上繫絃的短木；箏的長形面板上安有十三
根絃，每絃以一短木支撐，柱可移動以調音。金粟，謂柱上點金
作粟米狀，以為裝飾之用；金粟柱，裝飾華美的箏柱。

③ 「素手」句──素手，形容女子玉手之白皙，借以暗示女子容貌之
美。玉房，舊說謂柱上安枕(按：枕，橫木也)以架絃之處，本

詩中可能指飾有玉片以增加華貴氣派的箏首與箏尾；一說謂「玉房」指美麗的居處。

④「欲得」二句──《三國志‧吳書九‧周瑜傳》載周瑜二十四歲時授建威中郎將，吳人呼之為周郎；見杜牧〈赤壁〉詩注。周瑜少精意於音樂，三爵之後，如有闕誤，瑜必知之；知必回顧，故時人諺曰：「曲有誤，周郎顧。」後世以精通音律，能賞樂曲者為「顧曲周郎」；此處以周郎指稱女子芳心所許的聆音男子。顧，不僅指回顧，也含有特意注目的眷顧垂青之意。

【導讀】

這首饒富情趣的小詩，是描寫一位彈箏美女為了贏得傾慕的知音男子之青睞，故意誤拂冰絃來引起對方的注意，藉以創造相互認識，彼此親近，進而聯繫情感的契機；充分流露出女子希憐邀寵的一段難言心事，並刻劃出女子心有所屬、情有所鍾時曲折巧妙的心計和慧黠聰穎的機智。仔細玩味起來，倒覺得這位美麗女子所撥弄的其實是她自己含羞帶怯的心絃，彈奏的是她自己情竇正開的心曲。她希望對方能在頻頻回顧之餘，領悟到自己委婉含蓄的絃外之音，進而在對方的心靈上振起共鳴的和音，甚至也能在男子的心湖上蕩出愛慕的漣漪。

「鳴箏金粟柱，素手玉房前」兩句，是藉著銀箏素手、金粟玉房等華辭麗藻，讓人想像她演奏時優雅的姿態和綽約的風情；而女子姣好的容貌和精湛的技藝，已經在相互輝映的色澤裡和動靜相宜的畫面中曲盡其神韻了。詩人只以簡鍊的十個字，便準確地勾勒出靚女彈箏時的情態，的確令人嘆賞。雖然詩人並未寫出聽者的感受，也不說彈奏者流露的情思，但是在她手揮目送之際，秋波流轉、顧盼生姿的萬種風情，彷彿就在眼前；而當時氣氛之柔美、場面之溫馨，以及醞釀其間的旖旎情思和沉醉其中的浪漫心靈，也不難想像了。

「欲得周郎顧，時時誤拂絃」兩句，更是把女子幽微深婉的一片

邀寵之情，和渴慕愛情時一段含蓄纏綿的心緒，刻劃得曲折生動，新穎別致。尤其是巧妙地化用「顧曲周郎」的故事，更呈顯出作者鎔鑄舊典、脫胎換骨的功力之高，以及情境豐美、意蘊深遠的構思之妙：

　＊周郎，既表示對方是知音之人，又暗示對方英姿勃發，氣宇非凡，
　　無怪乎女子傾心有加，此其一。

　＊周瑜是因樂曲有誤才回顧，所顧在曲而不在人；作者卻能別出心
　　裁地借用其事而讓賓主易位，寫女子為求對方眷顧而特意誤拂冰
　　絃，所希求對方的是回顧佳人而非顧念曲誤，此其二。

　＊女子既然有意吸引對方的注意，甚至讓對方誤以為自己撥錯絃音
　　而前來善意地指點，以便開啟交談與親近的契機；即使未必真能
　　有親近而增進相互了解的機會，至少也讓自己的倩影深印對方的
　　心頭。這表示女子對於自己花容月貌的自信，正可以回應前兩句
　　中所透露出的迷人風情，此其三。

　＊而女子不思專注地獻藝博賞，反而隨興地獻醜邀寵，也暗示出她
　　才藝的高明，已達能隨心所欲借曲傳情的境界了，此其四。

　　以上種種複雜曲折的心思，被作者以一個典故刻劃得出人意料之外，卻又入於情理之中，整首詩也顯得風神搖曳，情味雋永；因此吳敬夫說：「用事非詩家所貴，似此脫化乃佳。」（劉邦彥《唐詩歸折衷》引）楊逢春《唐詩偶評》說：「三、四寫『聽』字，轉從對面托出，極手揮目送之妙；用成語亦入化。」黃周星《唐詩快》也稱讚說：「用事輕妙不覺。」

【評點】

01 徐增：婦人賣弄身分，巧於撩撥，往往以有心為無心；手在絃上，
　　意屬聽者。在賞音人之前，不欲見長，偏欲見短；見長則人審其
　　音，見短則人知其意。（《說唐詩詳解》）

02 吳綏眉：因病致妍，故佳。（沈德潛《唐詩別裁》引）

03 俞陛雲：此詩能曲寫女兒心事。銀箏玉手，相映生輝，尚恐未當周郎之意，乃誤拂冰絃，以期一顧……希寵邀憐，大率類此；不獨因病致妍以貢媚也。（《詩境淺說・續編》）

04 黃永武：本詩不僅在開端處用「鳴、箏、金」三字撥動了箏響，錄下了箏聲；而這些雙聲疊韻字，遙隔呼應，成為和聲，使整首詩竟像一條協奏的曲譜，充盈著音響的美。（《中國詩學設計篇・談詩的音響》）

四二、戴叔倫詩歌選讀

【事略】

戴叔倫（732－789），字幼公，一字次公，潤州金壇（今江蘇金壇區）人。

少事蕭穎士，工詩文，嘗云：「詩家之景，如藍田日暖，良玉生煙，可望而不可置於眉睫之前。」（《司空表聖文集》卷 3）其詩興致悠遠，抒情寫景，往往令人驚賞。

賦性溫雅，善舉止，能清談，無賢不肖，皆盡心相接。吏部尚書劉晏與祠部員外郎張繼書曰：「揖對賓客如叔倫者，一見稱心。」遂表薦之，授祕書省正字；並聘之於幕，甚為倚重。後任撫州（今屬江西）刺史，民樂其治，獄無繫囚，鞫（按：通「鞠」，指審訊犯人之所）為茂草，有循吏之名。詔書褒美，封譙縣男爵，加金紫服。後遷容管經略史（治所在今廣東省北流市），政清人和，百姓稱頌；故世以「容州」呼之。德宗賦〈中和節〉詩，特遣使者寵賜寫本，世以為榮。晚年上表自請出家為道士，未幾卒。

大抵而言，在大曆、貞元年間，叔倫不僅政績卓著，才藝也為世所稱，故李肇《國史補》卷下所載開元以來位卑而著名者，叔倫即廁身其間。綜其一生，早年以詞藝振美名，中年以才術商功利，晚年以理行敷教化（見《文苑英華》）；而思鄉之愁、歸隱之志、方外之想，則貫其一生，無時或忘。（詳蔣寅《戴叔倫詩集校注‧前言》）

《全唐詩》存其詩 2 卷，《全唐詩續拾》補詩 1 首，斷句 2 句，詩題 2 則。

【詩評】

01 徐獻忠：幼公情旨餘曠，而調頗促急；要之，含氣未融，心無流
   潤，故雖工於研煉，而寡於華要矣。（《唐詩品》）

02 喬億：大曆五言，皆紆而不迫。幼公後出，氣調為小變；顧情來
   之作，有不自知其然者。（《大曆詩略》）

03 翁方綱：容州七古，皮鬆肌軟，此又在錢、劉諸公下矣。（《石洲
   詩話》）

04 賀裳：（戴叔倫）〈女耕田行〉……語直而氣婉，悲感中仍帶勉勵，
   作勞中不廢禮防，真有女士之風，裨益風化。張司業得其致，王
   司馬肖其語，白少傅時或得其意，此殆兼三子之長先鳴者也。　○
   近體詩亦多可觀，如「風枝驚暗鵲，露草覆寒蛩」「對酒惜餘景，
   問程愁亂山」「竹暗閒房雨，茶香別院風」，語皆清警。（《載酒園
   詩話‧又編》）

05 宋育仁：其源出於沈休文，選韻笙和，諧音玉節；清歌平調，亦
   復睦耳關神。七言古風，如月林虛籟，晴霄霞綺，自然清麗，不
   染微塵。五律高言壯闊，情語婉綿，在孟襄陽、劉隨州之亞。（《三
   唐詩品》）

06 丁儀：其詩清新典雅，而不涉穠纖；樂府如〈巫山高〉等篇，頗
   似長吉。（《唐詩鏡》）

200 江鄉故人偶集客舍（五律）　　戴叔倫

天秋月又滿，城闕夜千重。還作江南會，翻疑夢裡
逢。風枝驚暗鵲，露草覆寒蟲。羈旅長堪醉，相留
畏曉鐘。

【詩意】

又是秋涼月圓，使人鄉愁轉濃的時節了，長安城裡千門萬戶都沉浸在明月的清輝之中，使人湧現莫名的寂寥感傷。在這種情境下，竟然能在京城裡和來自故鄉的老友偶然重逢，有如往日在江南時的歡聚一般，反而使我疑猜這只是夢中的良會而已。窗外的秋風吹動樹梢，連夜宿的鵲鳥都被驚擾得無法安歇，想來也會讓許多漂泊異鄉的遊子難以安枕；隱身在秋草中的寒蟲，感受到露珠的冰涼而悲切地鳴唱，大概也在無形中助長許多人離鄉背井的淒涼。長久淹留異鄉的我，時常只能借酒澆愁，因醉成眠；今夜竟然能和老友重逢，真是大喜過望，自然不免殷勤勸酒，熱情挽留，深怕清晨的鐘聲太早響起，我們就又得匆匆分手了……。

【注釋】

① 詩題—江鄉，是指作者的本籍潤州；客舍，是指作者長安的館邸。
② 「天秋」二句—月又滿，指陰曆十五左右。城闕，即城樓，可代指宮庭、京城。千重，形容宮庭有千門萬戶之多。
③ 「還作」二句—還作，竟似、竟如也。翻疑，反而驚疑是夢非真。
④ 「風枝」二句—風枝，被秋風搖動的樹枝。驚暗鵲，驚擾棲宿之鵲鳥，使不得安眠；此化用曹操〈短歌行〉：「月明星稀，烏鵲南飛；繞樹三匝，無枝可依」之意，轉寫羈旅漂泊，難於安棲之景況。露草，沾綴秋露之草。覆，隱藏也；一本作「泣」；泣寒蟲，因草露似淚而聯想蟲聲如泣。
⑤ 「相留」句—相留，留客也。畏曉鐘，因良聚難得，良宵易盡，故畏晨鐘之鳴即須各分東西。

【導讀】

本詩是作者羈旅長安時，喜逢鄉親故友，乃熱情置酒，殷勤款客，

盤桓終夜以慰鄉愁之作；詩中充分流露出偶集難得，良聚易散，既喜且悲之情，表現出珍惜情緣的鄭重與真摯。

「天秋月又滿，城闕夜千重」兩句，是以秋涼、月圓、夜深，以及千門萬戶的幢幢暗影這四重意象，堆疊出使人惆悵感傷的思鄉情緒。又，再度也，表現出久滯異鄉，眼看又幾度月圓，故園之情與日俱增之意。尤其是在使文士悲秋的冷清時節，月圓而人不歸，更添羈旅情懷；再加上月色掩映在千門萬戶的長安城闕之間，為繁華京師敷上銀光素輝，情境雖美，然而羈旅思鄉之人別有懷抱，反而感到格外寂寥，更添莫名的感傷。

「還作江南會，翻疑夢裡逢」兩句，是在首句的時節和次句的地點所烘染出的淒清感受下，寫出他鄉偶逢故交的意外驚喜。對詩人而言，離鄉日久之後，彼此還能像往日交遊時一樣熱情洋溢，坦誠相待，反而使作者在驚喜交集之餘，疑懼良聚非真，好夢易醒。這種疑真似夢的曲折心境，杜甫的〈羌村三首〉這麼說：「夜闌更秉燭，相對如夢寐」；司空曙的〈雲陽館與韓紳宿別〉這麼說：「乍見翻疑夢，相悲各問年」；儘管表現的意象或實或虛，但對於表達驚喜反疑的心情，卻有異曲同工的效果。

「風枝驚暗鵲，露草覆寒蟲」兩句，是化用曹操〈短歌行〉中烏鵲驚飛，無枝安棲的詩意，借窗外冷清的景物傳寫客子久滯異鄉，思歸情切的心境。這一聯雖是寫重逢時戶外的景致，卻意在象喻自己秋夜難眠的漂泊之感，因此尾聯便以羈旅深愁作結。秋風的蕭瑟衰颯、枝搖影動的紛擾、驚鵲的撲翅飛鳴、涼露滴草的冷光、寒蟲鳴秋的淒切等意象，構成一幅動人旅思的清秋暗夜圖卷；在聲色交融、光影掩映、動靜對比之下，顯得既寂寥幽深，又冷清淒涼，因而成為頗能撩亂遊子鄉情的寫景名聯，贏得賀裳《載酒園詩話・又編》以語言「清警」加以稱賞，可見作者寫景抒情的功力。

「羈旅長堪醉，相留畏曉鐘」兩句，上句寫出思鄉情濃之難堪，

只能借酒澆愁，期待能夠圖醉求夢的悲苦，和范仲淹〈蘇幕遮〉詞：「黯鄉魂，追旅思，夜夜除非好夢留人睡。明月樓高休獨倚，酒入愁腸，化作相思淚」同其沉痛。下句以「相留」表現出殷勤勸酒，熱情挽留的情狀；「畏曉鐘」寫出害怕天明就又得各奔前程的憂慮。兩相結合，便把情長夜短的煎迫感和良會易散的惆悵感，寫得格外鄭重，也分外深情，和杜甫〈贈衛八處士〉：「明日隔山岳，世事兩茫茫」，李益〈喜見外弟又言別〉：「明日巴陵道，秋山又幾重」，司空曙〈雲陽館與韓紳宿別〉：「更有明朝恨，離杯惜共傳」等詩句所流露的別易會難，暫聚復別的感傷同其悲切，也同樣細膩動人。

四三、韋應物詩歌選讀

【事略】

韋應物（約 737－790 以後），字不詳，京兆萬年（今陝西西安市）人。曾任左司郎中、滁州、江州、蘇州等地刺史，故世稱韋左司、韋江州，韋蘇州。

出身關中望族，先輩歷任高官。十五歲時以門蔭及武藝為玄宗之扈從侍衛，薰染不少紈褲子弟之無賴惡習，癲頑於酒色財氣之間，甚至橫行鄉里，目無法紀，有司不敢捕治。玄宗昇天之後，備受欺凌鄙夷，始悔年少輕狂而折節讀書習詩，終於成為中唐時期一位史載失傳而聲名頗高的重要詩人。

身遭安史之亂，目睹回紇與官兵劫掠之貪殘，而有〈廣德中洛陽作〉：「飲藥本攻病，毒腸翻自殘（按：此諷王室乞兵回紇以平亂，直如引狼入室、飲鴆止渴）；王師涉河洛，玉石俱不完（按：此斥官軍之貪婪暴虐）」等沉痛憤激之言；從此詩人的性情與志負有了兩種重大的改變：

＊第一，鮮食寡欲，所居必焚香掃地而坐，冥心象外，不復少年時之跋扈輕浮矣。（見李肇《國史補》）

＊第二，詩中屢見關心民瘼之言與深愧尸位素餐之意，故〈郡齋雨中與諸文士燕集〉詩云：「自慚居處崇，未睹斯民康」；〈寄李儋元錫〉詩云：「身多疾病思田里，邑有流亡愧俸錢」；〈高陵書情寄三原盧少府〉詩云：「兵凶久相殘，徭賦豈得閒」；〈始至郡〉詩云：「斯民本樂生，逃逝竟無為」「豈待干戈戢，且願撫煢嫠」；充分流露出己溺己飢、痌瘝在抱的仁者之懷。

　　由於性情轉趨清淡恬靜，連帶使其詩作不事雕琢，閒雅疏朗中自有淡遠沖和的情韻。由於傾慕陶淵明之守拙躬耕，故詩風亦逐漸近似。朱熹以為其詩自由自在，無一字造作，氣象近於道；沈德潛以為其詩有澹然無意之妙，譽之為天籟。

　　韋應物關心民生疾苦，頗能繼承杜甫寫實之風，並激勵了元、白等新樂府的社會寫實詩風，故白居易〈與元微之書〉云：「韋蘇州歌行，清麗之外，頗近興諷，其五言詩又高雅閒淡，自成一體；今之秉筆者，誰能及之？然當蘇州在世時，人亦未甚愛重，必待身後，然後人重之。」可見心瓣同香而推許有加；蘇軾也對他的五古興諷之作，推崇備至地說：「樂天長短三千首，卻愛韋郎五字詩。」

　　《全唐詩》存其詩 10 卷，《全唐詩外編》及《續拾》補詩 4 首。

【詩評】

01　白居易：近歲韋蘇州歌行，清麗之外，頗近興諷，其五言詩又高
　　雅閒澹，自成一家之體，今之秉筆者誰能及之！然當蘇州在時，
　　人亦未甚愛重，必待身後，然後人貴之。(〈與元九書〉)

02　李肇：其為詩馳驟建安以還，各得其風韻。(《國史補》)

03　蘇軾：李、杜之後，詩人繼出，雖有遠韻，而才不逮意。獨韋應
　　物、柳宗元發纖穠於簡古，寄至味於澹泊，非餘子所及也。(〈書
　　黃子思詩集後〉)

04　魏泰：韋應物古詩勝律詩，李德裕、武元衡律詩勝古詩，五字句
　　又勝七字。張籍、王建詩格極相似，李益古、律詩相稱，然皆非
　　應物之比也。(《臨漢隱居詩話》)

05　陳師道：右丞、蘇州皆學於陶、王，得其自在。(《後山詩話》)

06　蔡啟：蘇州律詩深妙，白樂天輩固皆尊稱之，而行事略不見唐史
　　為可恨。以其詩語觀之，其人物亦當高勝不凡。(《蔡寬夫詩話》)

○韋蘇州詩如渾金璞玉，不假雕琢成妍，唐人有不能到；至其過處，大似村寺高僧，奈時有野態。（《蔡百衲詩評》）

07 韓駒：韋蘇州……其詩精深妙麗，雖唐詩人之盛，亦少其比。（《茗溪漁隱叢話》卷15輯范季隨錄〈凌陽先生室中語〉）

08 徐師川：人言蘇州詩，多言其古淡，乃是不知（言）蘇州詩。自李、杜以來，古人詩法盡廢，惟蘇州有六朝風致，最為流麗。（呂本中《童蒙特訓》引）

09 晁公武：詩律自沈、宋以後，日益靡曼，鎪章刻句，揣合浮切，雖音韻諧婉，屬對麗密，而嫻雅平淡之氣不存矣。獨韋應物之詩馳騁建安以來，得其風格云。（《郡齋讀書志》）

10 張戒：韋蘇州詩，韻高而氣清；王右丞詩，格老而味長。雖皆五言之宗匠，然互有得失，不無優劣。以標韻觀之，右丞遠不逮蘇州；至於詞不迫切而味甚長，雖蘇州亦所不及也。（《歲寒堂詩話》）

11 劉克莊：韋律詩深妙，流出肺肝，非學力所可到也。（《後村詩話》）

12 劉辰翁：韋應物居官自愧，閔閔有恤人之心。其詩如深山採藥，飲泉坐石，日晏忘歸。孟浩然詩如訪梅問柳，偏入幽寺。二人意趣相似，然入處不同：韋詩潤者如石，孟詩如雪，雖淡無彩色，不免有輕盈之意。　○誦韋詩一二語，高處有山泉極品之味。（《王孟詩評》）

13 徐獻忠：蘇州詩氣象清華，詞端閑雅，其源出於靖節，而深沉頓鬱，又曹、謝之變也。唐人作古調，雖各有門戶，要之律體方精，彌多附寄，而專業之流鮮矣。蘇州獨騁長轡，大窺囊代，而又去其拘攣補衲之病，蓋一大家也。　○蘇州淡泊無文……雖不足以嬉春弄物，要之心靈跨俗，自致上列，不與濁世爭長矣。（《唐詩品》）

14 宋濂：一寄穠纖於簡淡之中，淵明以來，蓋一人而已。（《宋文憲公全集》）

15 謝榛：律詩雖宜顏色，兩聯貴乎一濃一淡。……亦有八句皆濃者，初唐四傑有之；八句皆淡者，孟浩然、韋應物有之。(《四溟詩話》)

16 何良俊：左司性情閑遠，最近風雅，其恬淡之趣，不減靖節。唐人中，五言古詩有陶、謝遺響者，獨左司一人。(《四友齋叢說》)

17 鍾惺：韋蘇州等詩，胸中、腕中皆先有一段真至深永之趣，落筆自然清妙，非專以淺淡擬陶者；是人誤認陶詩作淺淡，所以不知韋詩也。(《唐詩歸》)

18 胡應麟：中唐五言古，蘇州最古，可繼王、孟。　○蘇州五言古優入盛唐，近體婉約有致，然自是大曆聲口，與王、孟稍有不同。(《詩藪》)

19 陸時雍：詩之所貴者，色與韻而已矣。韋蘇州詩有色有韻，吐秀含芳，不必淵明之深情，康樂之靈悟，而已自佳矣。　○盈盈秋水，淡淡春山，將韋詩陳對其間，自覺形神無間。(《詩境總論》)

20 許學夷：唐人五言古，氣象宏遠，惟韋應物、柳子厚，其源出於淵明，以蕭散沖淡為主。然要其歸，乃唐體之小偏，亦猶孔門視伯夷也。　○韋、柳五言古，猶摩詰五言絕，意趣幽玄，妙在文字之外。　○應物之詩，較子厚雖精密弗如，然其句亦自有法，故其五言古短篇仄韻最工；七言古既多矯逸，而勁峭獨出。乃知二公是由工入微，非若淵明平淡出於自然也。　○東坡云：「柳子厚詩在淵明下，韋蘇州上。」朱子云：「韋蘇州高於王維、孟浩然諸人，以其無聲色臭味也。」愚按：韋、柳雖由工入微，然應物入微而不見工，子厚雖入微，而經緯綿密，其工自見。故由唐人而論，是柳勝韋；由淵明而論，是韋勝柳。　○應物五七言律絕，蕭散沖淡，與五言古相類，然所稱則在古也。　○韋於五言古，漢、晉之大宗也；俯視諸子，要當以兒孫畜之，不足以充其衛官之位。(《詩源辯體》)

21 顧安：唐詩之修閑澄澹，韋公為獨至；五言古律二體，讀之每令人作登仙入佛想。（《唐律消夏錄》）

22 王士禎：東坡謂「柳柳州詩在陶彭澤下，韋蘇州上。」此言誤矣。余更其語曰：「韋詩在陶彭澤下，柳柳州上。」余昔在揚州作〈論詩絕句〉，有云：「風懷澄澹推韋柳，佳處多從五字求。解識無聲絃指妙，柳州那得並蘇州。」又常謂陶如佛語，韋如菩薩語，王右丞如祖師語也。（《分甘餘話》）

23 沈德潛：右丞之自然，太白之高妙，蘇州之古澹，並入化境。（《說詩晬語》）

24 錢良擇：昔人謂韋與王、孟鼎立為三，以其皆近陶體也。馮復京曰：韋公本有六朝濃麗之意，而澄之為唐調，突過唐人之上。（《唐音審體》）

25 喬億：左司不著七律名，而格律自高。 ○韋詩不唯古澹，間以靜勝；古澹可幾，靜非澄懷觀道不可能也。（《大曆詩略》）

26 吳喬：韋詩皆以平心靜氣出之，故近有道之言。宋人以韋、柳並稱，然韋不造作，而柳極鍛煉也。（《圍爐詩話》）

27 施補華：後人學陶，以韋公為最深，蓋其襟懷澄澹有以契之也。（《峴傭說詩》）

28 丁儀：其詩閑淡簡遠，人比之陶潛，雖或過當，而其〈擬古〉之作，寢（疑應作「寖」）幾於〈十九首〉。效陶一體，亦極沖淡之懷，但微嫌著跡耳，著跡則近於刻畫矣。然當此之時，高古曠達，殊無出其右者。（《詩學淵源》）

29 紀昀：七律雖非蘇州所長，然氣韻不俗，胸次本高故也。（《瀛奎律髓刊誤》） ○其詩七言不如五言，近體不如古體。五言古體，源出於陶而鎔化於三謝，故真而不朴，華而不綺。但以為步趨柴桑，未為得實；如「喬木生夏涼，流雲吐華月」，陶詩安有是格耶？（《四庫全書總目提要》）

30 翁方綱：王、孟諸公，雖極超詣，然其妙處，似猶可得以言語形
容之；獨至韋蘇州，則其奇妙全在淡處，實無跡可求。(《石洲詩
話》)

31 俞陛雲：五律中有高唱入雲，風華掩映，而見意不多者，韋詩其
上選也。(《詩境淺說》)

32 宋育仁：其源出於淵明，在當時已有定論。唯其志潔神疏，故能
淡言造古；〈擬古〉十二篇，雖未遠跡陶公，亦得近裁白傅。乃如
「晝寢清香」「郡齋夜語」，朗然疏秀，有雜仙心；至若「喬木生
夏涼，流雲吐華月」，亦復自然佳妙，不假雕飾之功。唯氣格未遒，
視古微疑渙散。(《三唐詩品》)

33 賀裳：韋詩皆以平心靜氣出之，故多近於有道之言。　○韋詩誠
佳，但觀劉須溪細評，亦太鑽皮出羽；唯云：「韋詩潤者如石，孟
詩如雪，雖淡無采色，不免有輕盈之意。」此喻尚好。至謂二人
意趣相似，則又不然。「自顧躬耕者，才非管樂儔。聞君薦草澤，
從此泛滄洲」，自是隱士高尚之言；「促戚下可哀，寬政身致患。
日夕思自退，出門望故山」，自是循吏倦還之語。原不同床，何論
各夢？宋人又多以韋、柳並稱，余細觀其詩，亦甚相懸。韋無造
作之煩，柳極鍛煉之力。韋真有曠達之懷，柳終帶排遣之意。詩
為心聲，自不可強。(《載酒園詩話‧又編》)

201 賦得暮雨送李冑 (五律)　　　　韋應物

楚江微雨裡，建業暮鐘時。漠漠帆來重，冥冥鳥去
遲。海門深不見，浦樹遠含滋。相送情無限，沾襟
比散絲。

【詩意】

在楚江邊和你賦別時，江天上正飄灑著柔細的微雨，耳中則傳來建業城裡疏宕的鐘聲，心頭頓時籠罩著深沉抑鬱的離情。煙雨迷濛中歸來的帆影，看起來特別陰濕而沉重；灰暗的暮色裡，冒雨遠飛的禽鳥，也顯得格外蹣跚而遲緩。遙望長江入海的地方，只覺得深邃渺茫，杳不可見；只有江邊的樹木，飽含滋潤的水氣，在雨中顯得淒清而蕭瑟。在這樣黯淡濕冷的情境裡，送你登舟遠航，不知不覺間，淚水融入了綿密的雨絲中，沾溼了我的衣襟……。

【注釋】

① 詩題──賦得，唐人即景賦詩時往往以「賦得」為題，意思相當於「賦詩題詠」，然其重點往往是在後半。以本詩為例，「送李冑」三字才是主題，「賦得暮雨」則是點明送別的背景而已。由於重點是在後半，因此這種詩題的作品，通常會在前半極力描寫物態，渲染情境，性質近於詠物詩；直至詩末才結清題意，挑明詩旨，如本詩和白居易的〈賦得古草原送別〉皆然。李冑，一作「李曹」，生平事跡不詳。

② 「楚江」二句──楚江，泛指長江由濡須口（在今安徽省境內）以上至三峽的一段，由於位於戰國時期的楚國境內，故云；然此處可能是指南京附近的江邊。建業，即今江蘇省南京市，唐時稱為金陵；三國時期，孫權遷都於此，遂改舊名「秣陵」為建業。

③ 「漠漠」二句──漠漠，通常解作羅列密佈貌；此處大概是形容薄暮時水氣氤氳瀰漫狀。帆來重，寫風帆吸滿雨氣而顯得溼重。冥冥，雨霧迷濛貌、暮色昏暗狀。鳥去遲，因雨溼羽翼，故飛行緩慢。

④ 「海門」二句──海門，指長江入海處；《讀史方輿紀要》卷 19：「揚州之海門，為大江入海之口。」依此，則海門可指揚州，可能是

李賓即將前往之地。深不見，因南京距離揚州至少有七八十公里，遠非肉眼所可及，況又值暮色深濃，煙雨霏霏之時。浦樹，江岸邊的樹木。遠含滋，謂遠望江岸樹木，飽含煙雨水氣，顯得溼冷而蕭瑟。滋，指溼潤的煙雨而言。

⑤「相送」二句——相送，送君也；「相」是前置代名詞，代指動詞「送」字之下所省略的受詞。散絲，形容密雨有如零落飄散的細絲；張協〈雜詩〉：「密雨如散絲」，此處則兼指淚如雨下。

【導讀】

本詩前六句是詠「暮雨」為主，所以便依照「雨／暮／雨／暮／暮／雨」的順序來描繪景物，烘染情境，直到末二句才拈出「相送」二字來挑明詩旨，結清題意，並以「散絲」暗扣「雨」字，正是「賦得體」的標準格式。

全詩由「微雨」入手，而以「散絲」收筆，遂使相送之情與眼前之景都籠罩在瀟瀟暮雨的黯淡色調裡，浸透在陰沉溼冷的氛圍中，因此前人相當稱賞本詩章法之綿密與意境之渾融；吳瑞榮《唐詩箋要》評曰：「通首無一語鬆放『暮雨』，此又以細切見精神者，韋蘇州之不可方物如此。」紀昀也評曰：「淨細。」（《瀛奎律髓匯評》）即使只針對寫景的筆墨而言，本詩依然稱得上是詩情飽滿、畫趣盎然的佳構。

「楚江微雨裡，建業暮鐘時」兩句，是以對偶的典雅莊重之美，帶出細雨疏鐘的空靈意境，並拓展出深邃廣遠的畫面來安排江天賦別的場景，抒發愁慘的離情。首句寫微雨霏霏，綿密如網，交織出千絲萬縷的別愁；次句寫疏鐘隱隱，縹緲如夢，迴盪成使人根觸百端的離恨。起句點「雨」，次句點「暮」，入題極為明快。「楚江」寫地點，表示臨水送別之處。「暮鐘」寫時間，一方面以「暮」字為江天雨景塗抹上黯淡的色調，渲染迷濛陰沉的視覺之感；一方面以「鐘」聲悠揚的音色，宕出深遠的空間之感。如此時間和空間的相互點染，彼此

幫襯，增加了畫面的立體感和深邃感；再加上視覺、聽覺和觸覺的交錯刺激，使畫面的聲色層次更加豐富，於是便使讀者彷彿置身在一幅細雨綿密如簾，暮色陰沉如蓋，而且疏鐘縹緲如夢，餘音不絕如縷的江畔送別圖卷之中了。

「漠漠帆來重，冥冥鳥去遲」兩句，是在首聯的靜謐畫面中，加入動態的景物，使畫面更加豐富立體。水氣漠漠，點詩題的「雨」字；「帆來重」，既寫出雨濕帆篷而航行遲緩的韻致，也暗示了友人即將面對一段遙遠的航程。因為微雨竟能沾溼來帆而顯得低垂沉重，則此船的來程之遠，也就可想而知；而友人的去程之遠，同樣也就不言可喻了；同時還伏下和友人佇立江岸，眺望「海門」的線索。天色冥冥，點詩題的「暮」字。「鳥去遲」三字，既寫出雨濕鳥羽而身影滯重的情狀，又象徵李胄即將獨自離去時的依依不捨之情；而兩人悵望江天的神態，也可以想像得之。這兩句一寫煙水茫茫，一寫江天浩浩，不僅把空間開拓得極為遼闊，又把意境點染得極為深遠，同時還象徵了心緒的愁悶沉重，更暗傳了遠望之神而自然引出腹聯的詩意，正是承上轉下的津渡所在。

「海門深不見，浦樹遠含滋」兩句，則把頷聯中以虛筆暗傳的佇望之情，進一步以實筆明寫極目遠眺時觸目生悲的滿懷惆悵。海門遙不可見，既點出李胄遠行的方向，又側寫「暮」色沉沉的深邃之感。江樹含煙帶雨，既點出細「雨」霏霏的溼冷之感，又象徵自己的淒楚眷戀之情，則詩人在李胄登舟遠去之後，仍然兀立江邊那種目送心迷的孤孑形影，彷彿也就在眼前了。和前一聯結合起來觀察：帆行江面而鳥飛暮空的動態，推擴出畫面的高迥遼闊，給人蒼茫的沉重之感；海門深杳而浦樹迢遠的靜景，又開展出畫面的幽邃綿邈，給人迷濛的惆悵之感。換言之，「漠漠帆來重」兩句，是以動態襯托雨景；「海門深不見」兩句，是以靜態烘染離情。如此安排，不僅動靜相涵，虛實相生，而且情景相融，最有丰神搖曳的幽情遠韻。由於畫面生動，意

蘊豐富，因此雖不言悲而悲涼滿紙，雖不言別而別緒滿懷。不論是「漠漠」「冥冥」的疊字傳神，或是「帆重」「鳥遲」的形象生動，以及江樹含滋帶雨的情思飽滿，都能襯托景色的迷濛幽渺和心境的凝鬱沉重，也都能見出作者琢句煉意的匠心所在。

「相送情無限，沾襟比散絲」兩句，是在前六句極力渲染送別氣氛，烘托難捨情懷，寫得意境幽微迷離之際，正式拈出醞釀在景色之中含而不露的依依離情，於是原本極力壓抑的濃鬱離愁，和蓄積飽滿的淒楚別情，便自然融入眼前綿密交織的江天煙雨之中，甚至連使人衣衫濕冷，倍覺清寥的，究竟是雨是淚也分不清了……。

【商榷】

本詩寫作年代不詳。舊注大抵皆謂詩中的建業（南京）為送別之地，海門（揚州）為李冑前往之處。然趙昌平《唐詩三百首新譯》中本詩的注釋①云：

> 今人傅璇琮先生依韋集卷四各詩次列情況推斷本詩為代宗廣德、永泰間，應物在洛陽時所作。由詩意觀之，此說可成立。詩中所賦建業景象為虛擬。

如依其說，則本詩應為西元 763 至 765 年間韋應物擔任洛陽丞時所作。然而筆者不能放心接受這個說法的理由有二，提供給大家參考：

＊第一，由洛陽至南京、揚州遠達六七百公里。詩人如果是在洛陽送別，卻一落筆就是六七百公里外的煙雨江天、黃昏鐘聲，而且那麼遠的地方，還很可能不是可以朝發夕至或夜行曉至，則詩人的心思似乎飛越得太遙遠了；與一般由送別之地寫起的作法大相逕庭，頗不合常理。

＊第二，長江根本不流經洛陽，而起筆卻表示送別地點是在長江邊上的「楚江」，因此別地在洛陽之說，實在極難理解。

【評點】

01 曾季貍：唐人用「遲」字皆得意。……「漠漠帆來重，冥冥鳥去遲」，亦佳句。（《艇齋詩話》）

02 方回：三、四絕妙，天下誦之。（《瀛奎律髓》）

03 謝榛：梁簡文曰：「濕花枝覺重，宿鳥羽飛遲」，韋蘇州曰：「漠漠帆來重，冥冥鳥去遲」，……雖有所祖，然青愈於藍矣。（《四溟詩話》）

04 李因培：沖淡夷猶，讀之令人神往。（《唐詩觀瀾集》）

05 查慎行：三、四與老杜「湛湛長江去，冥冥細雨來」，各盡其妙。（《瀛奎律髓匯評》引）

202 長安遇馮著 (五古)　　　　韋應物

客從東方來，衣上灞陵雨。問客何為來？采山因買斧。冥冥花正開，颺颺燕新乳。昨別今已春，鬢絲生幾縷？

【詩意】

　　有位朋友從長安東邊的山區而來，衣服上還沾著灞陵一帶的雨珠（他大概已經完全適應了日曬雨淋的山野生活了吧）。我問他這次進城的目的為何？他說是為了開墾山林，要來買一把好斧頭（他顯然很起勁地開始了全新的生活）。陰雨後長安城裡的花朵綻放得很艷麗，很繁盛，而燕子剛剛哺育了新雛，飛翔得又輕盈，又忙碌。我對他說：「上次分手至今，又是春光明媚、萬物得時的季節了；只要能及時耕

耘，一定會有很好的收成。倒是我們又不知添了幾莖白髮，可得多加
保重哪！」

【注釋】

① 詩題——馮著，生平事跡不詳。一說謂河北河間人，排行十七，稱
馮十七；代宗大曆初年曾為廣州刺史李勉幕府錄事。曾入朝為著
作郎，又攝洛陽尉、任緱氏尉[1]。《全唐詩》存其詩 4 首。韋應物
有〈送馮著受李廣州署為錄事〉〈贈馮著〉〈寄馮著〉及本詩之作，
可見頗有交情。按：詩人曾於大曆九年以後三四年間（774－778）
任京兆府功曹，而馮著殆亦於大曆十二年間由廣州返回長安[2]，後
隱居於灞陵；本詩或即作於此時。

② 「客從」二句——客，指馮著。作者為京兆萬年人，而馮氏則僑寓
灞陵，故以主客對待方式稱之。再者，「客」字亦可泛稱朋友。東
方，殆指長安東郊的灞陵山，乃著名的隱逸之地，東漢梁鴻曾隱
於此。其地有灞水流過，故稱灞上；又因漢文帝的皇陵在此，故
改名灞陵。

③ 「采山」句——采山，開闢山林。買斧，欲砍斫榛莽以墾荒。

④ 冥冥——陰雨灰暗狀，《楚辭・山鬼》：「雷填填兮雨冥冥。」一說花
葉茂盛茂[3]。

⑤ 「颭颭」句——颭颭，乘風飛翔狀。乳，有哺育之意；燕新乳，燕
子正哺育新生的雛燕。

⑥ 「昨別」二句——昨別，泛指前次分手。鬢絲，鬢髮色白如生絲。

【補註】

01 見趙昌平《唐詩三百首新譯》頁 53 注①。

02 見《唐詩鑑賞辭典》頁 690，倪其心之說。

03 黃永武教授說：「冥冥與《詩經》『維葉莫莫』的莫莫，都是唇音

字，有一種廣泛茂盛得看不清的意思；用冥冥來形容一片花之海，有一種無窮無盡的感覺。」（《唐詩三百首鑑賞》頁 65）

【導讀】

本詩大概是馮著棲隱於長安東郊的灞陵時，詩人和他在長安城裡不期而遇之後所作。詩中採用樂府民歌常見的問答形式，更添老友偶然相逢時晤對寒喧的親切情味。

「客從東方來，衣上灞陵雨」兩句，是說馮著披著煙雨由灞陵山區入城，透露出友人已經歸隱的訊息。詩人藉著衣上帶雨的特寫刻劃出一位慣於操持農務，過著墾荒採樵的生涯，故而無畏於日曬雨淋的山叟野老的精神來；由此可見馮著已經捨棄冠纓，絕意仕途，進而歸真返璞，自食其力了。詩人一方面以樸素簡淨的文字來勾勒他的形象，一方面又藉著「問客何為來？采山因買斧」的對談，進一步點出他歸隱山林後，採樵墾荒的生活方式。

大概馮著早已習於這種淡泊而樸實的生活，並沒有宦途失利的悲恨不平，因此兩人的對話裡只有親切的情味，沒有怨尤與憤懣；再者，詩人對於好友辭官歸隱的選擇也有充分的理解與真心的認同，因此詩人接著說：「冥冥花正開，颺颺燕新乳。」這兩句一方面表示在花開燕颺的明媚春光中能和老友重逢，的確使人喜出望外；一方面表示正值萬物欣欣向榮、宇宙生生不息的節候，友人能夠及時春耕，必將有所收穫的祝福；同時也以萬物得時的活潑生趣，暗寓對於友人能夠得其所哉地棲隱山林的羨慕之意，並借以帶出「昨別今已春，鬢絲生幾縷」的感慨來。

「昨別」句表示前次分手至今又已經過一年，流露出歲月不居，年光易逝的的淡淡感傷；「鬢絲」句可以是詩人自嘆衰老，也可以兼指馮著而言。大概馮著在返回長安而卜居灞陵時，兩人曾經傾心晤談，詩人對於馮著棲隱的抉擇早已了然於心，因此對於馮著進城買斧以採

樵的回答，便覺得理所當然，並不感到意外。「昨別」二字，可能正
是指那一次的聚會與分手而言；如今則是未曾事先約定的偶然邂逅，
所以一方面感嘆時光匆匆，一方面流露出對他因為採樵墾荒的辛勞而
艱苦備嚐，未老先衰的關切之意，同時也含有請友人善自保重的用
心。

【商榷】

本詩由於背景資料不足，因此便容易有見仁見智的不同解讀。茲
摘錄兩家說法，並略加評述於後。

＊倪其心：詩中以親切而略帶詼諧的筆調，對失意沉淪的馮著深表
同情、體貼和慰勉。它寫得清新活潑，含蓄風趣，逗人喜愛。劉
辰翁評此詩曰：「不能詩者，亦知是好。」確乎如此。……「採
山」是成語。左思〈吳都賦〉：「煮海為鹽，採山鑄錢。」謂入山
採銅以鑄錢。「買斧」化用《易經·旅卦》：「旅於處，得其資斧，
我心不快。」意謂旅居此處作客，但不獲平坦之地，尚須用斧斫
除荊棘，故心中不快。「採山」句是俏皮話，打趣語，大意是說
馮著來長安是為採銅鑄錢以謀發財的，但只得到一片荊棘，還得
買斧斫除。其寓意即謂謀仕不遇，心中不快。詩人自為問答，詼
諧打趣，顯然是為了以輕快的情緒沖淡友人的不快，所以下文便
轉入慰勉，勸導馮著對前途要有信心。但是這層意思是巧妙地通
過描寫眼前的春景來表現的。（《唐詩鑑賞辭典》頁 690）

此說不可從的理由有五：第一，詩人既特別拈出馮著披著灞陵雨
色而來，應該是意在刻劃他樵隱的形象；如依倪氏的求仕之說，則衣
上帶雨的描寫就變得毫無意義了。第二，如果作者竟然會以友人入京
求仕失利為打趣的素材，只怕會刺痛對方的傷心處而有刻薄之嫌，恐
非交友之道。第三，如果運用〈吳都賦〉及《易經·旅卦·九四象辭》
這兩個曲曲折折的典故來解釋「采山因買斧」，便與前三句樸素簡淡

的語言顯得格格不入。第四，說買斧意在斫除仕途的荊棘，根本是難以索解的晦澀譬喻，不僅不知所云，而且難免有穿鑿附會、求深反謬的現象；而馮著能否領悟詩人如此曲折的詼諧，恐怕也大有問題。第五，「采山」句應該是馮著的回答（而不是詩人的問句）較合常理。

＊倪其心：（「冥冥花正開，颺颺燕新乳」的意涵是：）造化無語而繁花正開放，燕子飛得那麼歡快，因為他們剛哺育了雛燕。不難理解，詩人選擇這樣的形象，正是為了意味深長地勸導不要為暫時失意而不快不平，勸勉他相信大自然造化萬物是公正不欺的，前輩關切愛護後代的感情是天然存在的，要相信自己正如春花般煥發才華，會有人來關切愛護的。（《唐詩鑑賞辭典》頁 690－691）

筆者以為此說不可從的理由有四：第一，「冥冥花正開」句實在看不出有何「大自然造化萬物是公正不欺」的意涵在內。第二，以前輩提攜「後代」來擬況春燕哺育新雛，根本是邏輯荒謬的錯誤類比；因為考官識拔人才與否，是有無眼光及能否忠於職守的問題，與親情天倫的本性，根本是截然不同的兩回事，豈能穿鑿附會？何況前輩如果提攜的是「後代」，則馮著只好回去找一個官高位顯的好爸爸了。第三，「颺颺燕新乳」也看不出「有人會來關切愛護」的意思。第四，如果詩人的用意真如倪說，馮著能否完全領悟，恐怕又大有問題，因為這個用心未免太曲折了。

＊李小松：（「問客何為來？采山因買斧」）這兩句一問一答，答句是借喻：要到山上採柴，就要買把斧。比喻要求得官職，就要來應試。也就是說，由於應試求官，所以到長安來。……（「冥冥花正開，颺颺燕新乳」）這二句喻時光美好，機會難得，暗示馮著應努力爭取。……（「昨別今已春，鬢絲生幾縷」）正寫相遇景況，感觸無限。（《中國歷代詩人選集》5，頁 191－192）

筆者以為此說不可從的理由和前引倪說相似。首先，「采山」與「求官」之間，看不出意義上的相通之處。其次，「買斧」與「應試」

之間，也找不出彼此的關聯何在。第三，「采山買斧」之意即使真如李氏之說，與第二句的帶雨而來究竟有何關聯？又與末句的鬢絲已斑有何關聯呢？第四，何以見得花開燕颺的景色中有所謂「機會難得」的意思？如果並無增額錄取的現象，或者並非別開恩科而增加考試的次數和錄取的機會，則「機會難得」云云，實不知根據為何。第五，如果前兩句是要對方努力爭取入仕良機，卻又立刻接以對方鬢髮已白的調侃，只怕邏輯上也不易銜接吧！

203 夕次盱眙縣（五古） 韋應物

落帆逗淮鎮，停舫臨孤驛。浩浩風起波，冥冥日沉夕。人歸山郭暗，雁下蘆洲白。獨夜憶秦關，聽鐘未眠客。

【詩意】

　　我的船卸下了風帆，移進淮水邊的市鎮，靠岸繫上船纜之後，發覺就在孤單的驛站前。上岸時回頭一看，浩浩長風掀起了水中的波浪，天色漸漸昏暗下來，夕陽就要西沉了。到了驛館安頓好行李後，可以看見採樵伐薪的人逐漸回到鎮裡，山林和城郭霎時顯得更加陰暗；鴻雁降下來棲宿的洲渚，也因為月華映水的緣故而使蘆花白得照眼。(樵夫已經回家了，鴻雁也已歇息了，自己何時才能安定下來，重享溫馨的家居生活呢？)這個孤獨而寂寥的夜晚，竟然使我渾然不覺旅程的勞頓，反而特別思念長安的歲月；數著悠遠的鐘聲，失眠的遊子真是不勝鄉愁啊！

【注釋】

① 詩題—次，遠行在外時停歇、投宿之意。盱眙，音ㄒㄩ 一ˊ，唐時屬臨淮郡，在今江蘇省西部，北臨洪澤湖。本詩大約是作者在德宗建中四年（783）夏離開長安，赴任滁州（今安徽省滁州市一帶）這段期間的作品，寫的是面對秋江晚景，客愁難眠時的惆悵。

② 「落帆」二句—落帆，卸下風帆，準備靠岸停舟。逗，住也；有趨近而停泊之意。淮鎮，淮水旁的市鎮，即指盱眙縣而言。舫，舟船的別稱。臨，靠近。驛，古時供傳遞公文的使者與官員往來時投宿的交通站。

③ 「浩浩」二句—浩浩，形容水面的浩淼，也形容風勢之勁道甚強，足以掀起動盪的波浪。冥冥，天色昏暗貌。

④ 「人歸」二句—人歸，指伐薪採樵之人回到市鎮來。山郭暗，謂山林和城郭迅速昏暗下來。雁下，謂鴻雁低飛而欲棲息。蘆洲白，謂水邊所生的蘆葦已吐出白茫茫的花穗。白，也可以指月華映水而益顯蘆穗之白。

⑤ 「獨夜」二句—獨夜，孤獨的夜晚。秦關，泛指陝西長安一帶；作者本是長安一帶人氏。未眠，透露出思鄉之情懷。

【導讀】

　　「落帆逗淮鎮，停舫臨孤驛」兩句，開門見山地交代了詩人所處的時空背景和動作趨向。其中的「落帆」與「停舫」，是扣準題目的「次」字著墨；「淮鎮」與「孤驛」，則是針對題目的「盱眙縣」三字落筆。除了敘題不漏之外，「落、逗、停、臨」四個動詞也用得講究，把卸下風帆、趨向岸邊、停舟靠岸、打量環境的過程交代得很清楚，表現出長途行舟的疲憊之後，即將泊舟宿岸時迫不及待的心理，和如釋重負的輕鬆感。「臨」字寫出終於停泊繫纜下碇時的確定感，然後才游目四顧，發覺身在依山臨水的驛館附近。「孤」字既顯出場景的

冷清空曠，也透露出旅況的寂寞，同時還暗藏著對於故鄉的懷念；唯其如此，詩人才能極自然地把對於長安的憶戀之情融入以下的六句之中，成為本詩所要抒情的主線。

「浩浩風起波，冥冥日沉夕」兩句，是直承「落帆停驛」四字所暗示的黃昏時間，進一步點明了泊舟止岸時回望水面所見所聞的江畔晚景。浩浩風生，既掀起了江波的起伏，也觸動了詩人羈旅的愁懷；冥冥日沉，往往會逗出鄉情，然後昏暗的暮色，彷彿也浸透了詩人的愁思。「風起波」是由下而上的騰湧，「日沉夕」是由上而下的隱沒；空間的佈置，符合上岸時認識時空環境的順序：先因風生寒水而迴望秋波浩渺，再由夕照映水而遠眺落日西沉。「浩浩」二字，既挾風聲俱來而狀其動盪之象，間接表現出舟行的顛沛勞頓；「冥冥」二字，則寫暮色昏暗，並透露出亟須歇息的心理。這兩句組合成惱人旅思的黃昏色調和江畔風情，自然會使漂泊遊子更添鄉愁的深濃。此外，第四句不僅明白拈出「夕」字來寫足詩題，也讓後四句都籠罩在昏晦暗沉的色調中，渲染出令人憂愁感傷的情調。

「人歸山郭暗，雁下蘆洲白」兩句，是詩人已經駐進驛樓，安置妥當之後，憑窗眺望的山水景物。「山郭暗」和「蘆洲白」是沿著「日沉夕」的線索直貫而下，由江日西沉，過渡到夜幕低垂，又遞進到明月初昇之時。「人歸」與「雁下」的景象，既勾惹出羈旅異鄉、漂泊在外而不得歸的感慨，又容易觸動遊子對於家居歲月溫馨的嚮往；再加上依山的城郭越來越黯淡，傍水的江鄉也越來越空茫，則入夜之後的思鄉情懷也就越來越濃，以至於詩人在歷經風波長途的辛勞之餘更須要及早歇息時，竟反而難以成眠了！尤其是沙洲上的蘆花叢在月華和水色的映襯下，顯得格外照眼，這教愁思滿懷的旅人如何安心地閉目休息呢？

「人歸山郭暗，雁下蘆洲白」這兩句，就時間而言，是上承「日沉夕」而來；可是就感情而言，則是下啟念遠未眠而發。換言之，這

兩句正是由景入情的關鍵所在。「蘆洲白」三字，既點出秋江，又表示時令，還在無形中增添淒清寂寥的氛圍，令人不自覺湧起莫名的惆悵，於是倍感孤獨苦悶而思家念遠，以致愁聽晚鐘而難以入睡了，因此詩人說：「獨夜憶秦關，聽鐘未眠客。」詩人泊舟歇宿的情事雖然綿貫而下，一氣呵成，可是景物觸發的旅愁卻是逐層渲染；而且越染越濃，越描越重，終至於聽鐘未眠，獨憶秦關，吐露出離京思鄉的滿腹心事。

　　韋應物習慣於以悠長的鐘聲迴盪在字裡行間，撩撥起難以言喻的惆悵情感；又經常以日暮飛鳥的畫面來點染遼曠蒼茫的氛圍，增添詩歌的情味。這種聲色交融、動靜相襯的構圖與佈局，往往能涵蘊著觸之似不能及，味之又宛然在的遙情遠韻，格外耐人尋思。即以本詩為例，因為鐘聲的悠遠，恰似鄉思的哀遠，因此把鐘聲安排在末句，正可以藉著鐘聲由近而遠且又迴腸蕩氣的特殊音質，既使人聯想到羈旅客愁的綿長不斷，又彷彿出詩人心靈中的深沉喟嘆；同時還把作者的思鄉之情，藉著夜空傳響的鐘聲，飄送向遙遠的秦關，因此更顯得空靈縹緲，神韻淵永……。

　　儘管導讀如上，筆者仍然覺得本詩寫得太過模糊而缺乏特色，完全讀不出景物與盱眙縣有何關聯；反而覺得本詩八句似乎可以用來抒發大多數泊舟江鄉的旅思，因此稱不上是第一流的傑作。

204 東郊 (五古)　　　　　韋應物

吏舍跼終年，出郊曠清曙。楊柳散和風，青山澹吾慮。依叢適自憩，緣澗還復去。微雨靄芳原，春鳩鳴何處？樂幽心屢止，遵事跡猶遽。終罷斯結廬，慕陶直可庶。

【詩意】

終年侷促在官署裡，心中難免感到厭悶愁煩；一但走出衙門，投入郊原，便覺得心情放曠，精神舒爽，連曙色都特別明朗，空氣也分外清新起來。楊柳在和風中輕柔地搖曳舞動，顯得相當閒散可愛；遠眺青翠的山巒時，我的思緒也在不知不覺間澄淨恬澹下來。散步得有點倦了，正好可以在樹林中自在地隨處休息；而後再沿著溪澗而行，在山水的清音中流連忘倦。微微的春雨來了，為郊園的芳草罩上一層迷濛縹緲的雲氣；啼音特別的鳩鳥，是藏身在何處歡唱呢？

尋幽攬勝的情趣，常使我心神嚮往，也讓我獲得心靈的寧靜喜悅而樂遊忘返。只是目前仍有俗務纏身，使我的形跡還顯得匆忙急迫。不過，終有一天我會辭官而結廬於此，那麼我愛慕陶淵明能悠遊於山水之間的宿願，也就差不多可以實現了。

【注釋】

① 「吏舍」二句—吏舍，指官署、衙門。跼，蜷曲身體，有拘束、侷促不安之意。曠，兼指郊原空闊及心情開朗舒暢。清曙，空氣清新，曙色明爽。按：韋應物一生游宦四方，行蹤難詳，本詩寫作時地亦難遽定；或謂本詩作於滁州刺史任內，亦即德宗建中四年秋至興元元年冬（783－784）之間。

② 「楊柳」二句—散，閒散而輕柔地飄拂搖曳。和風，早晨清涼而柔和的微風。澹吾慮，使我的心思澄定而恬靜。

③ 「依叢」二句—依，依違也；有躑躅、徘徊其間之意。叢，指樹林。適，正合心意。憩，休息。緣，沿著。澗，谿谷、溪澗。還復去，流連忘返、徘徊逗留。

④ 「微雨」二句—靄，煙雨迷濛狀；此處作動詞解，有籠罩著煙雨而使之迷濛溼潤之意。芳原，花草芳香的原野。春鳩，布穀鳥。

⑤ 「樂幽」二句—樂幽，樂於尋幽訪勝，及耽溺於清幽的山水景致

之意。心屢止，心神常嚮往而獲得寧靜悅足。止，兼指嚮往追求及寧靜澄定之意。遵事，順循俗事，殆指公務纏身而言。跡猶遽，謂舉止仍然頗為倉卒急迫。

⑥「終罷」二句──終罷，終將辭官。斯，此地。結廬，築室、營居。慕陶，仰慕陶潛的歸隱之志。直，正、就也；一本作「真」。庶，庶幾、企及；可庶，差不多可以追跡陶潛而如願以償。

【導讀】

韋應物被譽為繼陶潛、謝靈運、王維、孟浩然之後最出色的山水田園詩人。他學習謝靈運的山水詩風，卻能捨其穠麗繁縟而取其清華秀美；愛好陶淵明的田園情趣，又能略貌取神而得其風骨，因而形成他清新素樸，自然淡遠的五古特色。他不是僅止於愛賞陶淵明的田園之作而已，而是更嚮往他歸隱躬耕，率性適志的生活情調，因此他的詩集中有不少〈效陶彭澤〉〈效陶體〉〈擬古詩〉〈雜詩〉等作品，始終流露出遨遊山林，守拙歸田的志趣；既表現出他對陶潛的傾心之深，也看得出他學陶的用功之勤。由於能直抒胸臆，任真自得，故能直追五柳先生，以沖和恬淡，寬遠閒適的意趣取勝；無怪乎白居易愛慕陶、韋而有詩曰：「時時自吟詠，吟罷有所思：蘇州及彭澤，與我不同時。」又曰：「嘗愛陶彭澤，文思何高玄？又怪韋蘇州，詩情亦清閑。」（見趙翼《甌北詩話》卷12）

本詩寫自己終年蜷曲公門之中，案牘勞形，使人身心俱疲，乃趁春光駘蕩之際，閒步東郊。詩人於風和氣清中，所見之青山綠柳，所臨之叢林幽澗，所行之細雨芳原，與所聞之春鳩歡唱，無不使人耳清目爽，心曠神怡，流連徘徊，樂遊忘倦，故而觸景興懷，以致仕歸隱，結廬郊原，不負慕陶之志作結。

「吏舍跼終年，出郊曠清曙」兩句，是以「跼」和「曠」作具體的對比，表現出蜷曲衙門的侷促厭悶，與閒步東郊的開朗舒暢；既交

代了出遊的背景，點出清晨的時光，也遙啟篇末慕陶歸隱的夙願。以下六句則移步換形，寫出心情由愁煩不安到恬淡寧靜的變化。

「楊柳散和風，青山澹吾慮」兩句，寫景致宜人，使人為之心曠而神怡。「散」「澹」二字承「曠」字而來，又和「跼」字形成對比，含有解放、舒散、恬淡、寧靜等心靈感受的意蘊在內，是相當凝鍊的動詞。

「依叢適自憩，緣澗還復去」兩句，一寫靜態的憩止，一寫動態的徘徊；既記錄了出郊的進程，也開闊了活動的空間，表現出行止自由，閒適自得的隨興與自在。「依」「緣」和「適自憩」「還復去」這八個字，極寫自己躑躅於山林水澗之間的流連徘徊之樂，透露出由「跼」促不安的官署脫困而出的解放、喜悅與滿足。

「微雨靄芳原，春鳩鳴何處」兩句，是寫細微的雨絲為廣闊的郊原披上了縹緲朦朧的煙靄，布穀鳥或遠或近地傳出喜悅的啼音，似乎詩人的心靈也得到細細春雨的滋潤，因而有了歡唱的意興。由出郊時的曙光微露，到此時的微雨濛濛，可見詩人這一趟踏青之旅的遊興之濃與時間之久，原本因公務鞅掌，案牘勞形而感到抑悶愁煩的心情，已經在楊柳和風的吹拂、青山綠澗的澄澹、微雨芳原的潤澤和春鳩歡唱的光景中煙消雲散，充分享受到尋幽訪勝的過程中悠閒蕭散，寧靜自在的樂趣了。

前面八句是郊遊紀實，末四句則是歸來後的心靈獨白。「樂幽心屢止」五字，總收前八句優游林泉，閒步郊野的情趣，流露出嚮往與滿足的喜悅。「遵事跡猶遽」五字，則跌回現實，一方面感慨自己仍然公務纏身，因此必須在衙署之中忙碌，無法保持徜徉山水間時的澄定與恬適，一方面挽筆遙映首句「吏舍跼終年」的喟嘆，使詩情有了迴旋的波瀾；同時表示正因為身不由己的關係，使他對於結廬歸隱，逍遙自在的生活更懷有難以抑制的憧憬，因此便直抒胸臆地唱出：「終罷斯結廬，慕陶直可庶」的心聲作結。

韋應物在詩中屢次自陳仕宦的苦悶與忙碌，例如〈答崔都水〉詩：「甿稅況重疊，公門極煎熬。」〈高陵書情寄三原盧少府〉詩：「兵凶久相踐，徭役豈得閑……開卷不及顧，沉埋案牘間。」〈園林晏起寄昭應韓明府盧主簿〉詩：「束帶理官府，簡牘盈目前。」自然對於辭官而隱的生涯，便顯得特別嚮往了；因此他又經常賦詩言志，例如〈夜對流螢作〉詩：「府中徒冉冉，明發好歸休。」〈登重玄寺閣〉詩：「誠知虎符忝，但恨歸路長。」〈休沐東還冑貴里示端〉詩：「與子終攜手，歲晏當來居。」〈高陵書情寄三原盧少府〉詩：「日夕思自退，出門望故山；君心儻如此，攜手相與還。」由此可見本詩慕陶結廬云云，並非妝點門面的空話而已，實在是詩人真心的告白，而這也是為什麼他的古詩能接跡彭澤而形神皆似、氣骨獨具的關鍵所在。

韋應物擅於使用各種感官意象來描寫自然風物之使人陶醉，令人迷戀，因此詩中的景致之清佳，往往使人有身歷其境的親切感受。即以本詩為例，「跼」「曠」屬於心靈中或壓抑苦悶，或舒暢放曠的對比；「清曙」二字，既有嗅覺上的空氣清新之感，又有視覺上漸趨明爽的變化，彷彿還帶有撥開心中黯淡的陰霾而豁然開朗的象徵意味。「楊柳」「青山」給人以嫩綠青翠而又生機洋溢的視覺美感，「和風」給人以輕柔溫和的觸覺感受，再加上「散」字寬緩舒徐的情態，自然使人有心神恬淡、思緒澄淨的自在了。「依叢」時自有芬多精的舒爽嗅覺，「緣澗」時又有潺潺淙淙的悅耳音符；「微雨」既有輕飄如帷的視覺之美，又有細緻如絲的膚觸之感；「靄」字在視覺上的迷濛縹緲之外，也含有濕潤清涼的觸覺；「芳原」則兼寫嗅覺之清香和視覺之柔美。「春」字兼涵感官和心靈的歡悅情態；「鳩鳴」寫耳之所聞，「何處」寫目之所尋……可以說是把感官所能領受的意象、情態之美，描繪得細膩真切而面面俱到了，使人在涵詠詩篇時得到心神的恬和寧靜與性靈的澄明清淨，彷彿也享受了一趟山水巡禮，感到相當悠閒舒爽了。前人以為韋詩沖淡閑遠之處，直追淵明，的確有其道理。

【商榷】

儘管筆者串解本詩如前，卻仍然感到有所不足，總覺得韋應物在詩中流露出渾樸恬和的心境，頗有與淵明相似之處，然而造語之生硬拗澀，則不如靖節先生之古拙自然。比方說「曠清曙」三字的文法結構極為詭異，簡直無從析解；而「依叢適自憩」五字，讀起來頗覺詰屈聱牙。再如「樂幽心屢止，遵事跡猶遽」兩句，顯得語焉不詳，詩意晦澀；「終罷斯結廬，慕陶直可庶」兩句，也稱不上是平順流暢的語言。

以上這些缺點，不僅是本詩索解困難，人各異說，而且誦讀不易，有礙流傳；無怪乎許多現代唐詩注本，都將本詩排除在外。如果我們拿陶淵明的〈飲酒詩二十首〉其五：「結廬在人境，而無車馬喧；問君何能爾？心遠地自偏。採菊東籬下，悠然見南山；山氣日夕佳，飛鳥相與還。此中有真意，欲辯已忘言」來和本詩相較，就可以清楚看出：陶詩文字之平易清淺、心境之恬淡閒遠，以及意蘊之豐富深美，皆有本詩難以企及的高妙自然。

茲摘錄幾則對於「樂幽心屢止，遵事跡猶遽」兩句的注譯，以見前述所謂「索解困難」之一斑：

* 章燮：蓋言樂趣在幽，既已心焉洄溯，無奈不如所願，每遭中止之虞。何也？蓋因王事靡盬，身為之役，所以形跡間猶有急遽之情也。（《唐詩三百首注疏》）

* 《全唐詩注》：言當此之時，心以幽事為樂，而輒復中止者，蓋遽以隱遁為高，則猶嫌驟耳。（《唐詩三百首集釋》引）

* 喻守真：是說本性喜歡幽靜之境，無奈事與願違，屢次中止；這都是因為此身為公家事務所拘束，所以行徑還是非常迫促似的。（《唐詩三百首詳析》）

以上三說，都把「止」字解讀為遭外力而中止，以至於不能徜徉於清幽之境；筆者以為皆不可從。因為除非詩人是以隱居為「常業」

而以出仕為「兼差」，才會有所謂因公務或王事而中止尋幽訪勝之虞；否則，週末出遊而平日上班，本來就是生活常態，豈可謂之「中止」？至於《全唐詩注》所謂中止的原因是「遽以隱遁為高，猶嫌驂耳」，簡直是不知所云的怪話，更不可信。

　　＊邱教授：遵事，指依公務去做。跡，指日常生活。（《新譯唐詩三百首》）

　　＊邱教授：這種尋幽訪勝的心境，經常為俗務所阻撓；假如循規蹈矩地在官衙裡辦事，那行跡便顯得十分急遽煩躁。（《新譯唐詩三百首》）

　　此說是將前後兩句分割開來，看不出彼此間的邏輯關聯何在；尤其是次句的解讀，難免讓人狐疑：「是否不循規蹈矩地辦事，便可以不顯得十分急遽煩躁，而表現得從容優雅呢？」是以也不可從；何況，「行跡十分急遽煩躁」恐怕也是不通的怪句。

　　＊趙昌平：我為這幽清的景色陶醉，心地一回回更趨向平寧；然而身為王事所限，遊春的腳步只能迫促匆匆。《唐詩三百首新譯》

　　此說的敗筆在於「遊春的腳步迫促匆匆」，正好和原詩中「楊柳散和風」以下六句所呈現的悠閒自在相互矛盾，顯然也不可從。

　　＊李小松：遵事，指遵養時晦，遽，匆忙、急切。（《中國歷代詩人選集5》）

　　＊李小松：在清幽的地方遊玩，最使我快樂，常常捨不得離開；至於退隱歸家，還沒有那麼急切的。（《中國歷代詩人選集5》）

　　此說最令人難以信服的地方是：「遵事」竟然可以解讀成「退隱歸家」？而且「跡猶遽」三字顯然是很快速的意思，可是他卻反而譯成「沒那麼急迫」？這樣的語譯，顯然極為謬誤。

　　至於「誦讀不易，有礙流傳」的說法，讀者只要吟詠〈秋夜寄丘二十二員外〉〈寄全椒山中道士〉〈淮上喜會梁州故人〉〈寄李儋元錫〉等膾炙人口的詩篇，自然可以感受到它們如行雲流水般自然高妙的口

吻聲情，與本詩拼湊堆砌而窒礙阻澀的句法，真有天壤之別。

205 淮上喜會梁州故人（五律）　　韋應物

江漢曾為客，相逢每醉還。浮雲一別後，流水十年間。歡笑情如舊，蕭疏鬢已斑。何因不歸去？淮上有秋山。

【詩意】

　　我曾經客遊漢水上游的梁州，因而得以與故人相識結交；每次相聚，總是暢快地把酒言歡，扶醉而歸。哪裡料得到上次分手之後，我們就像浮雲離散，各自飄蕩；轉眼間，十年歲月就像流水般一去不返了！我們這次的歡聚談笑，仍然像昔日一樣親密，只是彼此稀疏的鬢髮，已經變得斑白了。何以我還不告老還鄉呢？只因淮水旁的秋山紅葉令人流連忘返啊……。

【注釋】

① 詩題—舊注謂本詩作於滁州刺史任內。淮上，淮水之畔，指今江蘇省淮安市（2001 年由淮陰市改名）一帶，距離今滁州市約二百公里；詩人何以跨越州界而遠至此地，不詳。梁州，州治在今陝西省漢中市一帶的漢水邊上，位於今西安市西南方二百餘公里；詩人蓋嘗遊歷此地，故有舊識。一本作「梁川」，則不詳何地。

② 「江漢」句—江漢，原指長江與漢水流域，此處偏指漢水上游的梁州而言。

③ 「浮雲」二句—浮雲，譬喻難聚易散，飄盪不定的雙方。流水，譬喻易逝難追，一去不返的時光。此聯或化用蘇武與李陵於河梁

送別之贈答詩。《昭明文選》錄李陵〈與蘇武詩三首〉云：「仰視浮雲馳，奄忽互相逾；風波一失所，各在天一隅。」又載蘇武〈詩四首〉云：「俯觀江漢流，仰視浮雲翔。」

④ 蕭疏——零落稀疏貌。

⑤ 「淮上」句——有，或作「對」。沈德潛《唐詩別裁》評曰：「語意好，然淮上實無山也。」

【導讀】

本詩前六句是以清淺流暢的文字，抒發和老友久別重逢的喜悅，飽含世事滄桑的感嘆與年華易逝的惆悵；詩末則表現出隨遇而安，曠達自在的心境。《瀛奎律髓匯評》錄無名氏評本詩之言曰：「大抵平淡詩非有深情者不能為，若一味平淡，竟如槁木死灰，曾何足取？此蘇州三首，極有深情，所謂『看似尋常最奇絕，成如容易卻艱難』也。」欣賞的是本詩的語淺情深；謝榛《四溟詩話》則說：「多用虛字，辭達有味。」欣賞的則是語勢的清暢與意蘊的豐富；紀昀在《瀛奎律髓匯評》中說：「清圓可誦。」欣賞的是音節的流宕朗潤；蘅塘退士《唐詩三百首》則說：「一氣旋折，八句如一句。」欣賞的是語言明快而辭氣清爽，有行雲流水的自然高妙。綜合以上各家的箋評，可知本詩備受詩家推重之一斑。

仔細玩味本詩之所以膾炙人口，除了悲喜交集而情思豐富，妙用虛字而辭氣清暢的原因之外，還有幾個值得一提的優點：

第一，借水生情，流貫全詩。過去於水邊歡醉，如今於水邊相逢，而且詩人未來仍將於水邊淹留。如此安排，不僅暗示了年華之流逝似水，使人感傷；而且象喻情誼之綿長如水，令人懷念。正由於流水始終通貫全篇，銜接首尾，自然使全詩有了流暢奔放的明快之感。

第二，章法綿密，銜接自然。「江漢曾為客，相逢每醉還」兩句，是總敘昔日客遊梁州時結識故人的快慰，和追憶痛飲酣醉的豪放，自

然帶出「浮雲一別後，流水十年間」的悲喜交集、根觸百端。「浮雲」的飄蕩，既上承「為客」之意；「流水」的潺湲，又上承「江漢」的形象。「一別」轉眼已「十年」，便自然過渡到今日歡敘舊誼和蕭疏鬢斑的情景；如此承轉開合，自然使情思有一氣呵成之勢，意脈也有鉤鎖連環之妙。

第三，頷聯採用流水對的句法，不僅使語意蟬聯綿貫而下，而且涵括的時間跨度長，空間的面向廣；其中所包孕的滄桑感慨，自然也就複雜深沉了。古人論畫理有所謂「密不透風，疏可走馬」者，頷聯實足以當之。

第四，作者能以「浮雲」和「流水」這兩樣眼前的景物來象喻聚散飄忽的無常和年華易逝的感傷，不僅造語平易，情韻綿邈；而且形象生動，意態傳神。因此，詩中雖無一語言悲，而悲懷自見；雖無一字嗟嘆，而嘆惋自深，最有耐人尋繹的遙情遠韻。

第五，由於頷聯是隱栝蘇武〈詩四首〉的「俯觀江漢流，仰視浮雲翔」和李陵〈與蘇武詩三首〉的「仰視浮雲馳，奄忽互相逾。風波一失所，各在天一隅」而來，自然令人聯想到作者和故人的情誼之深重與彼此相距之遙遠，則昔日分手之悵惘與今日重逢之喜悅，更是不言可喻；而「歡笑情如舊」之可樂與「蕭疏鬢已斑」之可嘆，也就水到渠成而又意在言外了。

第六，儘管十年的各自飄流令人感嘆，鬢髮的蕭疏斑白也令人惆悵，但是中間兩聯卻能嘆而不怨，哀而不傷，比起司空曙〈雲陽館與韓紳宿別〉的「乍見翻疑夢，相悲各問年」和李益〈喜見外弟又言別〉的「問姓驚初見，稱名憶舊容」那兩聯的激情，來得寬緩不迫而平淡自在，所以更顯得氣定神閒，意味深長。

第七，唯其氣定神閒，語近情遙，所以末聯「何因不歸去，淮上有秋山」的自問自答，便有了李白〈山中答問〉詩「問余何事棲碧山，笑而不答心自閒。桃花流水窅然去，別有天地非人間」那種沖淡閒遠

的意態和疏朗高曠的風神，從而使全篇的情思更為跌宕多姿，意味也更為淵永不匱。

【商榷】

儘管本詩清淺平易，直如白話；不過，由於末句「淮上有秋山」或作「淮上『對』秋山」，於是造成解讀上的歧見：

*黃生：結言何因在淮上對秋山而不歸去？此一問中，感故人之寂寞，贊故人之高曠，俱有。（《唐詩摘抄》）

*章燮：想君會後即還梁川矣，余不知何因久滯於斯，不克旋歸，日在淮上愁對秋山，安能久耐寂寞耶？（《唐詩三百首注疏》）

*喻守真：結末因故人的歸去，而嘆自己猶逗留淮上，愁對秋山，欲歸無計之感。

筆者以為黃生把尾聯解釋為詩人關切地詢問故友逗留淮上的原因之說，並不可從。因為：第一，前六句中完全看不出任何故人離鄉背井，羈泊難歸的線索，也看不出對方淪落異鄉，失意潦倒的景況；則詩人突然詢問友人：「何不返回故鄉？」顯得極為突兀。第二，何況詩題既明言「喜會」，又沒有前引司空曙〈雲陽館與韓紳宿別〉的「宿別」和李益〈喜見外弟又言別〉的「又言別」等意思，則在十年離散而一旦重逢的喜樂中，居然詰問：「何不及早回去梁州？」不僅不合情理，也極不禮貌，彷彿是下逐客令。何況，所謂「感故人之寂寞」「贊故人之高曠」二語，又是自相矛盾、難以兩全的怪話；顯然並不可從。

至於章燮和喻守真的看法，也有值得商榷之處：第一，詩題中並無「又言別」的意思，則故人即將歸返故鄉的根據為何，不能令人無疑。第二，章燮所謂「余不知何因久滯於斯，不克旋歸」也是一句既不合邏輯，又有違常理的怪話；誰不知道自己逗留某處的原因呢？第三，他們也都忽略了詩題的「喜會」二字，因此才都以「愁」對秋山

解釋末句。

筆者以為「喜會」二字正是全詩的精神所在。雖然十年的滄桑與衰老難免令人惆悵，但是促使詩人賦詩抒懷的原因，主要還是難得與故交重逢而又情誼如舊的快慰，因此才顯得彌足珍貴。尤其是作者另有〈登樓〉詩云：「坐厭淮南守，秋山紅樹多。」可見紅葉滿山，輝映秋江，正是使作者留戀耽玩的美景；而今得以和故人重逢於十年之後，把酒言歡於美景之前，自然更是賞心快意，可喜可賀之事了。所謂「愁對秋山，欲歸無計」之說，既然在詩中毫無蛛絲馬跡可尋，也就顯得突兀而不合情理，是以絕不可從。

韋應物另有〈燕李錄事〉之作云：「此日相逢思舊日，一杯成喜亦成悲」，與本詩中間兩聯的況味相彷彿，可以看出詩人儘管悲喜交集，卻只是寄至情於淡語之中，並不過分渲染，無怪乎翁方綱《石洲詩話》說韋詩之奇妙「全在淡處，實無跡可求。」這不僅是他深得陶詩精神的表現，也是性情的自然流露，更是韋詩的當行本色，值得細加玩味。

【評點】

01 周珽：人如浮雲易散，一別十年，又若流水去無還期，二語道盡別離情緒。他如「舊國應無業，他鄉到是歸」，其悲慨之思可想。（《唐詩選脈會通評林》）

02 查慎行：五、六淺語，卻氣格高。（《瀛奎律髓匯評》引）

03 胡本淵：（「浮雲」聯）情景婉至，結意佳。（《唐詩近體》）

04 高步瀛：似王、孟。（《唐宋詩舉要》）

206 寄全椒山中道士（五古）　　　　韋應物

今朝郡齋冷，忽念山中客。澗底束荊薪，歸來煮白石。欲持一瓢酒，遠慰風雨夕。落葉滿空山，何處尋行跡？

【詩意】

　　今天早上在刺史的官舍裡，感到格外寒冷，使我忽然想起獨居在全椒山中的朋友，不知道他能否捱得過砭人肌骨的寒氣呢？遙想他在溪邊澗底捆柴束荊，回到住處後只能像神仙一樣熬煮白石來果腹，就更加對他牽掛了……。很想拎一壺酒，在風雨飄搖的寒夜裡到遙遠的山中去安慰他的寂寞；可是在落葉紛飛的寥廓山林裡，又能到哪裡尋覓他的行蹤呢？

【注釋】

① 詩題──本詩殆作於滁州刺史任內。全椒，今為安徽省之屬縣，唐時在滁州轄境之內。

② 郡齋──郡太守與州刺史的公署與官舍。

③ 「澗底」句──澗底，谷底、山溝下、溪澗旁之謂。束荊薪，採拾薪柴而捆綁成束；蓋秋深則澗枯見底，故能束荊拾薪。

④ 「歸來」句──煮白石，《神仙傳》卷 1 載彭祖時有二千餘歲之人常煮白石為糧，能日行三四百里，顏色如三十歲人，時人號曰白石生。又《雲笈七籤・卷 74・方藥部 1》載有所謂「太上巨勝腴煮五石英法」，據說在齋戒後的農曆九月九日，以薤白、黑芝麻、山泉水、白蜜與白石英熬鍊服食，可以延年益壽。合上句觀之，是寫道士生活之貧儉與修練之勤苦，以喚起送酒相慰之意。

⑤ 瓢——以乾葫蘆對剖挖空而製成的舀水器皿，亦可用以盛酒漿；此
處代指酒葫蘆、酒壺而言。

【導讀】

韋應物年少時是一位負氣輕狂，縱情酒色的紈褲子弟，經歷安史
之亂後始知折節讀書，關心民瘼，從原本跋扈浮薄的習性，逐漸轉為
鮮食寡欲，冥心象外。由於樂於與釋道中人交遊，性情趨於恬淡清靜，
因此當他少年橫厲之氣逐漸沉潛收斂而變得沖和仁厚之後，流注在詩
篇中的情思與理趣，便顯得濃醇如酒而又清淡如禪，而表現在作品中
的個性與形象，也變得溫和如風而又飄逸如雲了。不論是〈秋夜寄丘
二十二員外〉詩中閒散高朗的懷念之情，或是本詩中親切溫馨的關愛
之意，都是出自這種灑脫自然的個性與溫藹淳厚的心靈，因此顯得情
韻深永，耐人玩味。

本詩是以「冷」字起興，逗出詩人對於山居道友的關切之情。「今
朝郡齋冷，忽念山中客」兩句，說明了詩人由於感受到深秋寒氣襲人
之森冷，不由自主地想起一位山居友人的景況，可見他和這位道士的
情誼匪淺，所以在詩人的腦海中才會自然浮現出對方「澗底束荊薪，
歸來煮白石」的形象來。詩人只寫出道人在山中撿拾與捆束荊薪作柴
火，烹煮與熬煉白石為糧食，就勾勒出一位飲食素淡，不茹葷腥，而
又獨來獨往，瀟灑於風塵之外的道士丰神來；不僅流露出景慕之情，
融注了關切之意，同時也指點出道士穴居溪處，山行水駐的飄忽形影，
為末句的落葉空山，雲蹤難覓預留伏筆。筆觸之簡潔，氣韻之生動，
形象之傳神與脈理之細膩，都值得再三涵詠體會。

「欲持一瓢飲，遠慰風雨夕」兩句，表示在風雨淒其的秋夕，更
對道人逢山依山，遇水止水的清寥生涯，多了幾分牽掛之情，因而產
生持酒相訪，遠慰孤鶴的想法。這兩句一方面遙應首聯的郡齋寒冷而
憶念遠客，於是有煮酒驅寒，風雨夜話的想法；一方面表示思慕彌切，

由朝至夕，不僅未曾淡忘，反而益增牽掛；同時又以風雨的飄搖之勢，逗出「落葉滿空山，何處尋行蹤」之嘆。詩人構思之綿密與情義之深長，同樣令人佩服。尤其是三、四句先刻劃出道人閒雲野鶴般的身影，末兩句再點染出秋氣蕭森、落葉空山的疏曠景象，不僅把道人萍蹤無定，依止隨心，自來自去，獨行獨往的形象，襯托得更灑脫，也更孤寂，同時也把作者的憶念之情引入無限寥廓的空間之中，最具逗人遐思的特殊魅力。這種融情入景的手法，正是使本詩能夠饒富畫趣，飽含禪機，而又情韻遙深，神味淵永的關鍵所在；因此沈德潛《唐詩別裁》嘆曰：「化工筆，與淵明『採菊東籬下，悠然見南山』妙處不關言語意思。」高步瀛《唐宋詩舉要》也嘆曰：「一片神行。」

不論是「一片神行」的佳評，或是「化工之筆」的稱譽，其實都是由於詩人先有滿懷的真情，因此才能在興到筆隨，直抒胸臆時，達到出語自然而不假雕飾，情景交融而天機洋溢的化境。如果我們再仔細地涵詠尋繹，可以發覺全篇的脈理極其自然高妙：唯其郡齋森冷，所以遙念友人；唯其思憶良深，所以道士超逸的身影自然浮現腦海，令人朝思暮想；唯其風雨淒其，所以欲持酒相訪，遠慰寂寥；唯其黃葉亂飛，所以掩其行蹤，難以尋訪；唯其終究無可尋訪，卻又牽掛難安，因此賦詩寄遠，聊表寸心。換言之，正由於在全詩蕭瑟冷清的景況中，隨處融入了詩人真誠的情誼與溫馨的關懷，才使得詩中的情景妙合無痕，別有迷人的魅力，也才使人在俯仰吟詠之際，既可以體會到流注在筆墨之中的綿長情義，也可以領略到迴盪在畫面之外的豐富韻致而悠然神遠。賈島的〈尋隱者不遇〉：「只在此山中，雲深不知處」兩句，對飄逸如雲的隱士流露出崇敬嚮往之情，以及尋訪不遇的淡淡惆悵；而本詩的「落葉滿空山，何處尋行蹤」兩句，則對孤寂如山的道友表達了牽掛關懷之意。由於情感的濃淡淺深，正和作者營造出的景物意境妙合無間，所以才能贏得一片神行和筆參造化評價。

蘇東坡在惠州時讀了本詩之後傾心不已，曾依原韻和作〈寄鄧道

士）詩送給居住在羅浮山的友人：「一杯羅浮春，遠餉採薇客；遙知獨酌罷，醉臥松下石。幽人不可見，清嘯聞月夕；聊戲庵中人，空飛本無跡。」前人以為不僅形神皆不相似，情味也難企及原作。因此洪邁《容齋隨筆》卷14稱賞韋詩說：「高超妙詣，故不容誇說；而結尾兩句，非復言語思索可到。以東坡之天才逸趣，效之尚且不侔；可見絕句寡和，理自應爾。」許顗《彥周詩話》也比較這兩首詩的結尾，以為東坡之作較原唱遜色：「此非才不逮，蓋絕唱不當和也。如東坡〈羅漢贊〉：『空山無人，水流花開。』此八字還許人再道否？」其實，關鍵不在能否唱和，而在真情至性的自然流露，不是刻意模仿的遊戲之作所能望其項背的。施補華《峴傭說詩》曾經分析東坡之作評價不高的原因時說：「東坡刻意學之而終不似。蓋東坡用力，韋公不用力；東坡尚意，韋公不尚意。微妙之詣也。」可見韋應物古雅閒淡的詩風和綿長深摯的情義，是源自他天機洋溢的自然發露，因此才能令東坡的遊戲之作相形見絀。

【評點】

01 桂天祥：全首無一字不佳。語似沖泊，而意興獨至，此所謂「良工心獨苦」也。（《批點唐詩正聲》）

02 鍾惺：妙處在工拙之外。（《唐詩歸》）

03 周敬：通篇點染，情趣恬古。一結出於天然，若有神助。（《唐詩選脈會通評林》）

04 邢昉：語語神境。作者不知其所以然，後人欲和之，知其拙矣。（《唐風定》）

05 張謙宜：無煙火氣，亦無雲霧光。一片空明，中涵萬象。（《絸齋詩談》）

06 宋宗元：（「尾聯」）妙奪化工。（《網師園唐詩箋》）

07 張文蓀：東坡所謂「發纖穠於簡古，寄至味於淡泊」，正指此種。
（《唐賢清雅集》）

08 王闓運：超妙極矣！不必有深意，然不能數見，以其通首空靈，
不可多得也。（《手批唐詩選》）

09 余成教：韋詩如「微雨夜來過，不知春草生」「人歸山郭暗，雁下
蘆洲白」「喬木生夏涼，流雲吐華月」「寒雨暗深更，流螢度高閣」
「落葉滿空山，何處尋行跡」「微風時動牖，殘燈尚留壁」「浮雲
一別後，流水十年間」「寒山獨過雁，暮雨遠來舟」「寒樹依微遠
天外，夕陽明滅亂流中」「怪來詩思清入骨，門對寒流雪滿山」；
有合於劉須溪所謂「誦一二語，高處有山泉極品之味」也。（《石
園詩話》）

207 寄李儋元錫（七律）　　　　　韋應物

去年花裡逢君別，今日花開又一年。世事茫茫難自
料，春愁黯黯獨成眠。身多疾病思田里，邑有流亡
愧俸錢。聞道欲來相問訊，西樓望月幾回圓？

【詩意】

　　在去年百花盛開的時節裡，偏偏遇上我遷調新職，必須和你們依
依惜別，不能共賞春光；今天又是花團錦簇的時候了──我們轉眼間
又已經分手一年了！這一年來，渺茫難知的世事有了許多變化：包括
朱泚叛亂，盤踞長安，以致德宗出奔，蒙塵奉天，再加上百姓流離顛
沛，國家前途堪憂⋯⋯而未來又會是如何的景況，實在無法預料。即
使是春光明媚的日子，我往往只能獨自黯然地在苦悶憂愁中輾轉反側
後，才能勉強成眠。多病的身軀，使我時常想要辭官返回鄉里；我所

管轄的境內還有一些流離散亡的百姓，也讓我覺得愧對朝廷給我的俸祿。聽說你們打算前來探訪，讓我在西樓望穿秋水，不知道盼望了多少回的月缺月圓……。

【注釋】

① 詩題—李儋，字幼遐，甘肅武威人，曾官殿中侍御史。元錫[1]，字君貺，曾任淄王傅。本詩一謂作於滁州，一謂作於蘇州刺史任內；茲暫視為滁州任內所作。

② 「去年」四句—德宗建中四年（783），詩人由尚書比部員外郎外放滁州刺史，於暮春時與李、元二人在長安分手。冬，朱泚叛亂，稱帝號秦，德宗避難奉天，百姓流離逃亡，局勢混亂，國運堪憂，故有「世事茫茫」之嘆與「春愁黯黯」之感。黯黯，謂心緒之消沉黯然。

③ 「身多」二句—思田里，謂有辭官返鄉之意。邑，是州、郡、縣之轄區或屬境。流亡，流離散亡的災民。愧俸錢，自愧坐享厚祿，尸位素餐，未能善盡父母官牧民之職責。五代後蜀國主孟昶傳誦千古的官箴：「爾俸爾祿，民脂民膏。」殆即由此聯轉化而得。

④ 「聞道」二句—相問訊，謂友人曾託人問候致意，有前來探望之想。西樓，宋人龔明之所撰《中吳紀聞·卷3·觀風樓》謂蘇州觀風樓，唐時名為西樓；白居易有〈西樓命宴〉詩，即指此樓而言。不過，詩人〈寄別李儋〉云：「遠郡臥殘雨，涼氣滿西樓；想子臨長路，時當淮海秋。」則所謂「西樓」似在滁州。按：本詩之「西樓」殆借稱所登之高樓，未必是實指之專名；「西」字，表示可以西望長安，故云。

【補註】

01 韋應物與李、元二人交誼匪淺，常相酬唱往來，故有〈善福閣對

雨寄李儋〉〈酬李儋〉〈送李儋〉〈寄別李儋〉〈贈李侍御〉〈將往江淮寄李十九儋〉〈同元錫題琅邪寺〉等詩作。作者〈滁州園池宴元氏親屬〉云：「竹亭列廣筵，一展私姻禮。」顯然與元氏有姻親之誼，故詩中常提及元侍御、元倉曹、元六昆季、元偉、元錫、元常、撫琴的元老師、吹笛的元昌、詩客元生等。

【導讀】

本詩可能是李儋和元錫託人問候時，詩人有感而發所作的酬答詩篇。當時朝政混亂，藩鎮跋扈，軍閥囂張，國勢岌岌可危；再加上連年戰亂，人民的賦稅益形沉重，可以說已經到了民窮財困，難以挽救的地步了。因此，憂心忡忡而又感到欲振乏力的詩人，便不知不覺地把他紆鬱難解的苦悶融入筆墨之中，向友人傾吐一腔深沉的心事，完成了這一首憂念時艱，悲憫民窮，同時反躬自省，感懷摯友的名作。

「去年花裡逢君別，今日花開又一年」兩句，是以散句清暢流動的語勢，把流光易逝，歲月不居的感慨，寄藏在花開兩度，睹物懷人的思憶之情中。除了表達對於往日情誼的美好回憶與不勝眷戀嚮往之外，並暗示了別後境況的蕭索、世事的變化與內心的感慨。「花裡逢君別」五字，表示正值良辰美景，理應與摯友共享賞心樂事，奈何適逢調職滁州，不得不悵然作別的惋惜。「花開又一年」五字，則是寫觸景傷情，益增思慕之外，還透露出良會難期的惆悵與再續前緣的企盼。值得注意的是「又一年」三字，隱然流露出感嘆的語氣，不僅可以自然逗出中間四句的茫然、黯然，和愁病、愧疚之情，而且還深藏著對於重逢的渴望，遙引西樓望月之意，因此何焯《唐律偶評》說次句中暗藏著「望」字，毛張健《唐體膚詮》也說：「中四句自述近況，寄懷意惟於起結作呼應。然次句擊動三、四，七句暗承五、六，又未嘗不關照也。」他們等於指出了首聯詩意包孕之豐富與全篇脈絡之細密，值得用心體會。

「世事茫茫難自料」七字，是表示任職滁州的這一年之間，發生了朱泚叛亂，進而盤踞長安，導致德宗出奔，蒙塵奉天的鉅大變故。儘管遠離京城的作者曾經派人北上打探消息，卻遲遲未獲回報，使他不僅擔憂國勢的興衰、王師的勝敗，也為個人的出處進退感到無所適從，焦慮不安。因此，春光雖好，他卻由於亂局難料，前程未卜而無心賞玩；花開雖美，奈何知友睽隔，無人共賞而抑鬱寡歡，只能惆悵地「春愁黯黯獨成眠」了。換言之，世事渺茫，點出憂國傷時的迷惘；黯然獨眠，則透露出思友念遠的寂寞。如此安排，既回應首聯的惦記牽掛之情，又開出腹聯尸位素餐，有虧職守之意，同時更逗出企盼故人及早相訪的心聲；可謂前呼後應，章法圓融，而寄懷之意，則傳達得蘊藉深婉，耐人尋味。

「身多疾病思田里，邑有流亡愧俸錢」兩句，表現出一位有道義感、有責任心的朝廷命官，在面對危在旦夕的皇室、干戈擾攘的局面，以及流離散亡的百姓時，竟然心餘力絀的無助、無奈與焦慮，以及他因積憂成疾，愁臥病床而加深的無力感，因此詩人才誠懇痛切而無所保留地向知友剖示他愧疚的良知和矛盾的心理。唯其情真語直，所以范仲淹嘆之為「仁者之言」，朱熹稱此為賢者之懷，賀裳《載酒園詩話》賞其「宛然風人」之遺意，沈德潛《唐詩別裁》評之為「不負心語」，余成教《石園詩話》譽為「擺去陳言，意致簡遠超然，似其為人；詩家比之陶靖節，真無愧也。」他們都掌握了詩人語出肺腑的特色。事實上，韋應物這種憂撫黎民，深恐有虧職守的忪惕惻隱之心，一再表現在他的詩句之中，例如〈郡齋雨中與諸文士燕集〉云：「自慚居處崇，未睹斯民康。」〈觀田家〉云：「方慚不耕者，祿食出田里。」可見他這種藹然仁者的敦厚之言，的確是「誠於中，形於外」的具體實踐。正由於詩人是出自真誠的反省及深刻的內疚，絕非虛矯浮誇之徒與惺惺作態者所能比，所以他才會屢次在詩中透露出歸隱之思，例如〈答崔都水〉云：「甿稅況重疊，公門極煎熬；責逋甘首免，歲晏

當歸田。」〈高陵書情寄三原盧少府〉也說：「促戚下可哀，寬政身致患。日夕思自退，出門望故山。君心倘如此，攜手相與還。」凡此皆能看出詩人居官仁厚，不忍苛民時內心的矛盾與苦悶，因此周珽在《唐詩選脈會通評林》中論本詩曰：「中四語忠厚樸雅，不知幾許隱情，幾許痛腸！」熟稔仕宦之道的地方長官，都了解自己所管轄的州郡縣邑中，如果有流離顛沛的災民，根本就不是一件光彩的事，因此往往諱莫如深，甚至還要粉飾太平，虛報治績；而韋應物竟然掏盡肝腸地坦白招認牧民無方來自曝其短，則詩人宅心之仁厚、性情之淳真，以其愛民之深、待友之誠，都已不言可喻了！

就當詩人深陷在無邊的鬱悶與愁煩之中時，友人適時送來溫暖的情誼，傳達關切問候之意，自然使詩人感到有如黑暗之中見到曙光，旱田裡降下甘霖般興奮快慰而倍覺溫馨感念。因此，他先以「聞道欲來相問訊」表現出喜不自勝的欣然快慰，又以「西樓望月幾回圓」來表達迫不及待的殷切期盼，同時既回應首聯的思慕之意，流露出對於友人相訪最真誠的渴望，也婉轉地敦促對方及早前來踐約，並繳清詩題中的「寄」字。

通讀全篇之後，可以察覺到不僅作者疏淡簡古而語淺情深的風格，在本詩中表露無遺，他關心民瘼，撫躬痛愧的真情，也自然流注筆端而形諸吟詠，無怪乎紀昀在《瀛奎律髓匯評》中說韋應物雖不善七律而氣韻不俗，是由於「胸次本高故也」。

【評點】

01 方回：朱文公盛稱此詩五、六好，以唐人仕宦多夸美州宅風土，此獨謂「身多疾病」「邑有流亡」，賢矣！（《瀛奎律髓》）

02 胡震亨：「身多……俸錢」，仁者之言也。劉辰翁謂其「居官自愧，閔閔有恤人之心」，正味此兩句得之。若高常侍「拜迎長官心欲碎，鞭撻黎庶令人悲」，亦似厭作官者，但語微帶傲，未必真有退心如

左司之一向淡耳。(《唐音癸籤》)

03 張世煒:此等詩只家常話,爛熟調耳。然少時讀之,白首而不厭者,何也?與老杜〈寄旻上人〉之作,可稱伯仲。(《唐七律雋》)

04 馮舒:圓熟,卻輕蒨。 ○紀昀:上四竟是閨情語,殊為疵累。五、六亦是淡語,然出於香山輩手便俗淺,此於意境辨之。七律雖非蘇州所長,然氣韻不俗,胸次本高故也。(《瀛奎律髓匯評》)

05 高步瀛:(「腹聯」)藹然仁者之言。(《唐宋詩舉要》)

208 送楊氏女（五古）　　　　韋應物

永日方慼慼,出行復悠悠。女子今有行,大江泝輕舟。爾輩苦無恃,撫念益慈柔。幼為長所育,兩別泣不休。對此結中腸,義往難復留。自小闕內訓,事姑貽我憂。賴茲託令門,仁卹庶無尤。貧儉誠所尚,資從豈待周?孝恭遵婦道,容止順其猷。別離在今晨,見爾當何秋?居閒始自遣,臨感忽難收。歸來視幼女,零淚緣纓流。

【詩意】

　　為你準備婚事的這些日子裡,總覺得長日漫漫,特別難挨,心中隨時都彌漫著難以排遣的感傷愁苦;現在你就要出閣了,我又為你遙遠的路途而擔心憂慮。從今天起,你就要離開家門,乘著輕舟溯江而上,前往夫家去了……。

　　你們姊妹兩個從小就嚐到沒有母親的辛苦,所以我撫養你們時就更加慈愛溫柔。妹妹是由姊姊照顧長大的,因此分別時你們都傷心異

常，不停哭泣。面對姊妹情深的話別場面，我的心腸也為之糾纏絞痛起來；可是女大當嫁是天經地義的事，我即使百般難捨，也沒有把你留在身邊的道理。

從小你就沒有母親給你婦德的訓誨，所以你能否好好侍奉公婆，實在令我相當憂慮。所幸你是嫁到好人家去，公婆應該會對你疼愛憐惜，大概你也不至於有什麼重大的過錯才是。安於貧窮，篤守儉樸，一直是我們家崇尚的美德，所以我並沒有替你準備豐厚的嫁妝。希望你能謹遵為人妻與為人媳的婦道，恭敬地孝養公婆；一切的容態舉止，都要順著夫家的規矩法度。

今天早上一別之後，不知道何年何月才能再見到妳？平日我已經開始調適心理，學會了排遣你遠嫁異鄉的苦悶；可是面對你向我拜別而啟程遠行時，我卻又激動得難以收斂自己的情感。回到家裡，看看你年幼的妹妹，我零落的眼淚竟不知不覺沿著帽帶流了下來……。

【注釋】

① 詩題──本詩殆為德宗興元年間（784）韋應物任滁州刺史時所作。楊氏女，是指嫁往楊家的女兒。

② 「永日」二句──永日，長日難度也。方，正也。感感，悲傷愁苦貌。出行，指女兒出閣。悠悠，兼指路途遙遠與憂思綿長而言。

③ 「女子」二句──有行，指出嫁；《詩經‧邶風‧泉水》：「女子有行，遠父母兄弟。」大江，指長江。泝，逆流而上。

④ 「爾輩」二句──爾輩，你們；指韋氏的女兒。無恃，謂失去母親；《詩經‧小雅‧蓼莪》：「無父何怙？無母何恃？」韋妻殆卒於作者於長安任職時，約大曆十二年（777）前後，距今已七年之久；作者曾有十首傷逝詩。撫念，撫育照顧。慈柔，慈祥溫和。

⑤ 「義往」句──依《周禮》女子二十而嫁（開元二十二年玄宗詔令女子十三以上可以嫁娶），應離父家而往夫家，即使父母再疼惜不

捨，亦無再留之理。

⑥ 「自小」二句──闕，缺少也。內訓，指母親對女兒訓勉婦德的教
　　誨；《禮記》中有〈內則〉篇，被視為歷代內訓之祖。姑，指婆婆；
　　古時公婆合稱為舅姑。貽，留也。

⑦ 「賴茲」二句──賴，幸也、利也。茲，此也。賴茲，猶言所幸。
　　令，佳也，美善之謂。託令門，依託終身於好人家。仁，愛也；
　　卹，憐也。仁卹，愛憐疼惜也。庶，希望、大概可以。尤，過愆
　　也。

⑧ 「資從」句──資從，指嫁妝而言。周，完備、豐厚也。

⑨ 「孝恭」二句──孝，對公婆而言；恭，對丈夫而言。容，指臉上
　　的態度。止，動作。猷，指夫家的規矩、法度。

⑩ 「居閒」二句──居閒，平日閒居也。始自遣，已開始自己調適心
　　境，並排遣女兒即將出嫁時難掩的憂愁苦悶。臨感，臨別感傷。
　　忽難收，突然難以抑制激動而收煞老淚。

⑪ 「零淚」句──零淚，零落如雨之淚水。緣，沿著。纓，繫於下頦
　　之帽帶。

【淺說】

　　本詩是作者在送別長女出閣之後，想起亡妻早逝的辛酸，掛慮女
兒婚姻的美滿，又念及此後只能與幼女相依為命的淒涼，不禁悲從中
來，憂思難已，於是濡筆寫下對於長女的反復叮嚀與懇切期許之意。
儘管詩人只是直抒胸臆，真情流露而已，並沒有講究華麗的藻飾和細
密的佈局，卻能把鰥夫獨力育雛的艱辛，和含淚嫁女的柔情，披露得
委曲詳盡，沉摯深刻，因此別有感人肺腑、絞人肝腸的情味；誦讀之
後，令人眼為之熱而鼻為之酸！

　　筆者以為賞讀如此至性發露、天機洋溢的作品，最重要的不是指
出文字之奇或是分析章法之妙，而是要以淳真的赤子之心去體會作者

的舐犢之愛，經由反復的玩索，自然能夠在詩人言近旨遠、語重心長的訓勉之中，察覺到詩人百般感傷、千般淒楚和萬般難捨的心聲流露在字裡行間。因此，僅針對首尾數語略作淺說，不再逐句深入導讀。

「永日方慼慼」五字，是說由於長女即將出閣，從此不能承歡膝下，父女三人長期相依為命的天倫之樂，頓時改觀；再加上此後無人協助照顧幼女，幼女從此必須忍受孤單寂寞，以及長女出嫁後能否宜室宜家，得到幸福，自己能否調適心理……種種令人擔憂的事，千回百折地縈繞心頭，因此在籌辦婚事、準備嫁妝的這些日子以來，便覺得長日漫漫，極其難熬了。尤其是女兒必須沂江遠嫁，從此相見為難，一個本已因為缺乏女主人和母愛而顯得殘破的家庭，從此將更形冷清了，因此詩人才會在將送女兒出門之際憂思難已，愁腸百結，也才會在好不容易才調適到能夠面對一位愛女遠嫁的事實時，看著她拜別自己的身影，便再也無法控制感情的洪濤，甚而老淚縱橫了！

事實上，在「歸來視幼女」和「臨感忽難收」這兩句之間，詩人已經有一段不短的時間來沉澱自己的心情了——他應該不是遠送愛女之後一路哭著返回家門才是——可是他一見到幼女就「零落緣纓流」，那麼，顯然他不僅為幼女失去姊姊的照顧而悲，還因為面對冷清的空堂時，難以承受突然襲來的淒涼之感而悲；而更令他難以承受的恐怕是眼前的幼女異日終將遠嫁離家，屆時唯有自己垂垂老矣的身影在空屋中徘徊而已……因此詩人才會思之神傷、念之黯然而又零淚沾襟了！

209 滁州西澗 （拗絕） 韋應物

獨憐幽草澗邊生，上有黃鸝深樹鳴。春潮帶雨晚來急，野渡無人舟自橫。

【詩意】

　　我特別偏愛去幽靜的溪澗邊散步，除了可以觀賞到自在生長而與世無爭的青草之外，還能聆聽到從林蔭深密的高樹上傳來黃鸝鳥嘹喨婉轉的啼唱聲，它們都能讓我領略到大自然中蘊藏著無限生機而流連忘返。到了傍晚，春天的江潮挾帶著滂沱的雨勢急驟襲來時，澗水便猛然暴漲而浩蕩奔騰起來，轉眼間就是一片汪洋了；於是杳無人蹤的郊野渡口處，原本停泊的小舟就被滉漾起伏的波流顛搖得橫斜漂蕩起來……。

【注釋】

① 詩題—本詩為作者任滁州刺史或卸任後留寓當地時所作。滁州，在今安徽省滁州市一帶。西澗，位於州城之西，俗名上馬河。作者卸任後曾居於南岩寺半年，常漫步於西澗一帶，故〈歲日寄京師諸季端武等〉詩云：「昨日罷符竹，家貧遂留連。……聽松南岩寺，見月西澗泉。」

② 「獨憐」二句—獨憐，偏愛也。幽草，因溪澗荒僻少有人跡，故稱自生自滅、自榮自枯之青草為幽草。生，一作「行」；上，一作「尚」[1]。

③ 「春潮」二句—「春潮」句，澗水因驟雨而浩淼汪洋，其勢如潮水激盪之洶湧迅疾。舟自橫，謂小舟在暴漲的江潮中橫斜顛盪、漠然飄浮。

【補註】

01 明人何良俊《四友齋叢說》云：「韋蘇州〈滁州西澗〉詩，有手書刻在〈太清樓帖〉中，本作『獨憐幽草澗邊行，尚有黃鸝深樹鳴。』蓋憐幽草而行於澗邊，始於性情有關。今集本『行』作『生』，『尚』作『上』，則與我了無與矣；其為傳刻之訛無疑。」編按：作「生」

與「上」，亦自有作者漫步其間，無須拈出「行」字始見作者，其理甚明；何氏之說，未必即是。

【導讀】

這首野趣盎然而意境蕭散的山水詩，是韋應物七絕的代表作。《四庫總目提要》說韋蘇州的五古是：「源出於陶而鎔化於二謝，故真而不樸，華而不綺。」事實上，本詩雖屬七絕，仍然寫得華而不綺，而且詩中有畫，畫中有意，意中有淡遠疏曠的神韻，仍屬於韋蘇州山水田園之作的當行本色。

明人敫英在《唐詩絕句類選》中說本詩：「沉密中寓意閒雅，如獨坐看山，澹然忘歸。」可謂直探詩心的見道之論。作者在詩中所描繪出的正是一種徜徉於林泉之中而隨興所之，優游於溪澗之畔而恬淡自得的雅趣而已。一切耳得之而為聲，目遇之而成色的景致，都使作者感到心曠神怡，寵辱偕忘；不論是幽草自生，澗水自流，黃鸝自鳴，深樹自綠，或者是暮雨自來，江潮自湧，野渡自寂，孤舟自橫等，無不是有情天地中如如自在的天然風韻。作者既無心於追求，也無意於改變，只是隨興而往，適意其間，便在偶然的機緣中趨近「心凝形釋，忽然與萬化冥合」的境界而已。換言之，幽澗青草的聲色並美，深樹鳴鸝的嚶嚶動聽，春潮帶雨的急驟聲勢，荒村野渡的蕭索意境，與孤舟橫斜的顛盪起伏等景況，都使作者意有所觸，心有所感，情有所寄，於是一時之間，身心舒泰，意興悠閒，以及情靈搖蕩的美感經驗，便紛至沓來，奔赴筆端，遂寫成這首機趣橫生的名作；至於此中的興象，早已得意忘言了。吟詠之餘，跡近於陶潛賞愛自然時天機洋溢，一片神行的意境；因此胡震亨《唐音癸籤》說：「韋與陶，千古並稱，豈獨以其詩哉？」

仔細玩味整首詩之後，可以發現：同樣是描寫自然，彭澤表現的是歸耕守拙的欣慰，蘇州表現的是閒靜淡遠的自得；同樣是詩中有畫，

王維開示的是清空靈妙的禪機，韋應物呈現的是蕭散疏曠的野趣。因此吳逸一《唐詩正聲》評本詩曰：「野興錯綜，故自勝絕。」黃叔燦《唐詩箋注》說：「閒淡心胸，方能領略此野趣；所難尤在此種筆墨，分明是一幅圖畫。」宋顧樂《唐人萬首絕句選評》說：「寫景清切，悠然意遠，絕唱也。」

【後記】

有些學者認為本詩深有寄託 ¹。如果把他們的觀點歸納起來，大意如下：

　＊「獨憐幽草澗邊生」，是指君子淪落幽隱而孤芳自賞，安貧守道。
　＊「上有黃鸝深樹鳴」，是指小人得勢而居高媚時，跋扈囂狂。
　＊「春潮帶雨晚來急」，是寫國事蜩螗，時局紛擾，險象環生。
　＊「野渡無人舟自橫」，是寫滄海橫流，中原鼎沸而匡濟無人。

這種從知人論世的角度來賞奇析疑，指出本詩別有黃鐘毀棄，瓦釜雷鳴等比興寄託的說法，固然是賞詩的途徑之一；但是筆者以為必須詩中有明確的線索為依據，才能持之有故而言之成理，否則寧可審慎地持保留態度，以免流於穿鑿附會。因此清人王士禎在《唐人萬首絕句選·凡例》中對於元人以儒家美刺託諷的觀點評注本詩前半有「君子在下，小人在上」的寄託，就深不以為然地說：「以此論詩，豈復有風雅耶？」沈德潛在《唐詩別裁》中甚至以為「此輩難與言詩。」

此外，由於本詩的寫景中自有幽遠的意境和淵永的情韻，因此後人屢次加以檃括脫化，例如：

　＊寇準〈春日登樓晚歸〉云：「野水無人渡，孤舟盡日橫。」
　＊歐陽修〈採桑子〉詞云：「十里波平，野岸無人舟自橫。」
　＊蘇舜欽〈淮中晚泊犢頭〉云：「春陰垂野草青青，時有幽花一樹明；晚泊孤舟古祠下，滿川風雨看潮生。」
　＊史達祖〈綺羅香〉詞詠春雨云：「還披春潮晚急，難尋官渡。」

＊甚至宋人鄧椿《畫繼・卷 1・聖藝・徽宗皇帝》記載宋朝還曾以
　「野水無人渡，孤舟盡日橫」為題來考選宮廷畫師，結果「第二
　人以下，多繫空艑岸側，或拳鷺於舷間，或棲鴉於篷背」，惟獨
　首選之作別有構思：「畫一舟人臥於舟尾，橫一孤笛。其意以為
　非無舟人，祇無行人耳，且以見舟子之甚閒也。」可見本詩影響
　之深遠。

即此而論，宋人似乎還是把本詩視為寫景名作，而不風影瓜蔓為美刺
比興者居多（見【補註】）。

　　至於歐陽修對西澗能否橫舟的質疑，明人胡應麟在《詩藪・外編・
卷 4》中有一段文字值得參考：「宋人謂滁州西澗春潮絕不能至，不知
詩人遇興遣詞，大則須彌，小則芥子，寧此拘拘？癡人前政自難說夢
也。」

【補註】

01 明人李日華《恬致堂詩話》曾批評宋人「以幽草比君子而淪落幽
　　隱，以黃鸝比小人而得意高顯；致唐祚垂末，而無幹濟之才」的
　　說法為附會之談，祇不過他誤以為本詩是杜牧所作而已。清人黃
　　生《唐詩摘抄》卷 4 主張「全首比興。首喻君子在野，次喻小人
　　在位；三、四蓋言宦途利於奔競，而已則如虛舟不動而已。」章
　　變也是由比興的觀點作疏，只是第四句說得含糊籠統而顯得前後
　　脫節罷了，他說：「（首句）憐其被雨水所侵也。（次句）上，岸上
　　也。黃鸝居高，且棲深穩，所以獨得而鳴也。（三句）潮大助雨，
　　則江山鼎沸矣；晚來人心已急，更加風波之急，斯時驚畏為何如
　　也。『晚』字有傷時意。（四句）欲渡者俱畏風波而止，無人立在
　　渡頭也；斯時舟人亦畏風波而去，渡船橫在渡口，任風飄蕩而不
　　顧也。」他又加以綜合地說：「『幽草空寒碧，黃鸝漫囀聲；風波
　　相畏處，誰惜一舟橫？』蓋言幽草近水，被其所侵；黃鸝高居，

所以無恙。際此春潮上漲，兼帶雨聲，且在日暮時刻，則情勢交急之處，俱懷畏避之心，何人在此思濟耶？只得將舟拋掉，自橫於風波之內矣。彼遇亂世而能扶社稷、靖國難者，有幾人哉？」簡直不知所云，然由此亦可見解詩之難了。

【評點】

01 謝疊山：「幽草」「黃鸝」，此君子在野，小人在位。「春潮帶雨晚來急」，乃季世危難多，如日之已晚，不復光明也。末句謂寬閒寂寞之濱，必有賢人如孤舟之橫渡者，特君不能用耳。此詩人感時多故之作，又何必滁之果如是也。（高棅《唐詩品彙》引）

02 郭濬：冷處著眼，妙。（《增定評注唐詩正聲》）

03 周敬：一段天趣，分明寫出畫意。（《唐詩選脈會通評林》）

04 王士禛：余謂詩人但論興象，豈必以潮之至與不至為據？真癡人前不得說夢耳。（《帶經堂詩話》）

05 王文濡：先以「澗邊幽草」「深樹黃鸝」引起，寫西澗之景，歷歷如繪。（《唐詩評注讀本》）

210 初發揚子寄元大校書（五古）　　韋應物

悽悽去親愛，泛泛入煙霧。歸棹洛陽人，殘鐘廣陵樹。今朝此為別，何處還相遇？世事波上舟，沿洄安得住？

【詩意】

　　淒楚依戀地告別親愛的朋友之後，我的舟船便駛入煙霧縹緲的江中，開始起伏搖晃了。當歸帆準備航向洛陽時，突然聽到昔日熟悉的

廣陵傳來鐘聲的餘韻，不禁使我回首凝望江邊依稀可辨的樹影，頓時間勾起了許多溫馨的回憶，也增添了離別的感傷。今日我們煙波相別，要到何時何地才能再風雲相會呢？世事難料，宦海難定，我們都像是隨波逐流的不繫之舟；有時順流而下，有時逆流回溯，誰能掌握自己的方向呢？

【注釋】

① 詩題—初發，剛啟程。揚子，渡口名，指揚子津，在今江蘇省江都市南，近瓜州之處。元大，姓元而排行老大的朋友，可能是指元錫；參見〈寄李儋元錫〉注，與作者似有姻親關係，故作者〈送元錫楊浚〉詩云：「況別親與愛，歡筵慚未足。」校書，官名，唐時弘文館及秘書省皆設校書郎，掌讎校典籍，刊正謬誤。本詩殆為作者於興元元年（784）冬卸滁州刺史之職，次年夏日由揚子津啟程，欲往洛陽轉程回長安述職時所作。

② 「悽悽」二句—悽悽，悽戚感傷、淒楚依戀。去，離開。親愛，可能兼指姻親之誼和心契之友。泛泛，舟船浮泛起伏狀。

③ 「歸棹」二句—歸棹，歸舟也。洛陽人，作者於代宗廣德、永泰年間曾任洛陽尉，罷官後居於洛陽同德寺多時，離去時有〈別洛陽親友〉等詩，可見他在洛陽多親故，且以洛陽人自居。殘鐘，鐘聲的餘音。廣陵，即今江蘇省揚州市。四句謂於舟船上隱約聽到鐘聲的餘音，不禁回望揚州，只見岸樹仍依稀可見，惹人傷情。

④ 「世事」二句—「世事」之下省略了「如」字。沿，順流而下。洄，逆流而上。安得住，謂身不由己，有如不繫之舟，誰能掌握自己的命運和方向？

【導讀】

本詩前半寫出發揚子津的景況，後半寫寄懷元大的心情，敘題詳

密，結構完整。

「悽悽去親愛，泛泛入煙霧」兩句，先以疊字冠於句首來渲染離別的感傷，表現出起伏不定的舟船載著依戀悽楚的情懷而去時的沉重之感。既親且愛的情誼，使人難捨，而輕煙薄霧瀰漫的江面，又使人悵惘；兩相結合，更加深了作者迷茫不安與浮沉不定的憂傷。

「歸棹洛陽人，殘鐘廣陵樹」兩句，是寫此行前往洛陽，雖然有返家的喜悅，但是回首揚州，卻又難免產生分手的哀傷。這兩句是扣準「初發」而寫：當作者起伏於迷離的江面上時，突然傳來鐘聲的餘音，打動了詩人悵惘的心靈，勾起了他對揚州人情風物的回憶與懷念，於是詩人不免回頭尋望；卻只見江樹含煙，依稀可見，不覺觸目神傷，益增別思。由於啟航不久，離岸未遙，所以還能耳聞隱約的殘鐘，還能眺望依稀的江樹，的確捕捉到了「初發」二字的精神。這兩句聲色兼寫，情景交融，涵蘊著使人黯然銷魂的遙情遠韻：當殘鐘餘韻穿林凌波而來時，有如呼喚行人之舟，已足以扣人心弦；而江樹依稀隱約地佇立江邊，又如苦候遠客之返，又能惹人愁腸；再加上煙波迷茫，孤舟浮沉，更使人滿腹悽楚哀傷，難以自已。韋應物擅長以悠遠的鐘聲來叩擊詩境，使詩中迴盪著縹緲飄忽的情韻，例如〈月下會徐十一草堂〉云：「遠鐘高枕後，清露捲簾時。」〈淮上即事寄廣陵親故〉云：「秋山起暮鐘，楚雨連滄海。」〈賦得暮雨送李冑〉云：「楚江微雨裡，建業暮鐘時。」〈林園晚齋〉云：「寂寂鐘已盡，如何還入門。」〈夕次盱眙縣〉云：「獨夜憶秦關，聽鐘未眠客。」這些迴盪的鐘聲，往往使詩中的情境更為幽邃深邃，可以稱得上是韋詩的一個特色。

有了三、四句裡鐘聲隱隱，煙樹茫茫，思憶悽悽的點染之後，作者迸發出「今朝此為別，何處還相遇」的憂苦心曲，便有了足夠沉痛的分量，可以回應首句「悽悽去親愛」的哀傷，表現出兩人情感的親密與深厚。「世事波上舟，沿洄安得住」兩句，是即景取譬來抒情致慨，表達出世事難料，身不由己，只能在人海中隨流浮沉而無可奈何

的茫然與悵惘。詩人扣準詩題「初發揚子」的航行之感，又以疑問作結，因此能使顛盪浮泛的感覺，由篇首直貫詩末，顯得餘波盪漾，饒有情韻；也把作者告別友人之後，不知何時重逢的感慨之情，表達得迷茫恍惚，惆悵憂傷。沈德潛《唐詩別裁》評此詩曰：「寫離情不可過於淒惋，含蓄不盡，愈見情深；此種可以為法。」欣賞的正是作者能把深濃的情意融入眼前的景物中，同時又化為淺淡自然的譬喻來寄託深沉的人生感慨，所以讀來別有韻致悠遠、風神搖曳的感受。

【評點】

01　唐汝詢：淺淺說出，自然超凡。（《匯編唐詩十集》引）

02　陸次鳴：韋詩醇古之內又復堅深，用筆甚微。如此詩令選者似可捨卻，終不可捨卻。細味之，自得其味。（《唐詩善鳴集》）

03　吳瑞榮：數字內無數逗露，無數包含，了卻情人多少公案；元明間才人為一「情」字作傳奇千百出，不敵這首。（《唐詩箋要》）

04　高步瀛：（頷聯）六朝佳句。（《唐宋詩舉要》）

211 秋夜寄丘二十二員外（拗絕）　　韋應物

懷君屬秋夜，散步詠涼天。空山松子落，幽人應未眠。

【詩意】

　　就在清涼靜謐的秋夜裡，不知為何特別想念你，於是我走到室外，一邊散步遣悶，一邊尋覓詩興，希望能藉此淡忘念舊懷遠的惆悵。遙想此際你在空廓寧靜的山中，聽到松果落地的清響時，心中應該也別有一番感受而尚未成眠吧！

【注釋】

① 詩題──丘員外，是指詩人丘為的胞弟丘丹，排行二十二，蘇州嘉興縣人；曾任倉部、祠部員外郎，此時已棄官學道於臨平山（位於今浙江省餘杭區臨平鎮），故「員外」僅為尊稱。按：韋應物於德宗貞元四年至六年（788－790）任蘇州刺史，卸官後居住於蘇州永定精舍；本詩殆作於此一時期。

② 「懷君」二句──屬，音ㄓㄨˇ，適逢、正值、恰遇某時之意。次句謂在沁涼的秋夜裡散步遣懷，尋覓詩興。

③ 「空山」二句──空山，空曠寥廓而又清幽寂靜的山中；或本作「山空」，似不如「空山」為佳。松子，老松果的鱗片中所藏的硬殼松子，秋熟時散落地面，其仁可做糖果糕點之用；本詩中泛指松果而言。幽人，隱士之代稱；此指丘丹而言。

【導讀】

　　胡應麟《詩藪》說：「中唐五言絕，蘇州最古，可繼王、孟。」沈德潛《說詩晬語》云：「五言絕句，右丞之自然，太白之高妙，蘇州之古澹，並入化境。」本詩正是一首造語自然，風格古澹，意態散朗，情懷曠達的懷人逸品，因此備受詩家嘆賞；楊逢春《唐詩偶評》說：「妙在含蓄不露。」黃叔燦《唐詩箋住》說：「詩淡而妙。」李慈銘《唐人萬首絕句選批》說：「清遠似右丞。」吳烶《唐詩選勝直解》評曰：「恍如覿面也；情致委曲，句調雅淡。」施補華《峴傭說詩》：「清幽不減摩詰，皆五絕之正法眼藏也。」

　　本詩最動人的地方是詩人對於友誼的態度。他能夠坦率地抒寫懷人的情愫，全然不必擔心會流於過分淺陋，這是由於詩人胸次浩然而性情曠達，再加上彼此莫逆於心，不拘形跡，因此能在友誼恢闊的天地中自由自在，無罣無礙地流露真情，並享受真情流露。由於他毫無保留地真誠付出，所以他對於友人對待自己的情誼，也能夠深信不疑

地敞開心靈，欣然擁抱；因此當他對於友人思憶遙深時，便自然而然地感知到友人也正對自己悅慕深切，於是隨手寫出這一首語淺情真，言簡意遠的五絕名作。

　　本詩前半是以實筆抒寫自己淡遠的思念，後半則以虛筆懸想員外清幽的意興；前後兩半的時間不變，場景則由詩人所在的庭院，推擴到空山幽人所在的寺院，於是身隔兩地而心魂相訪的的懷人之意，便曲傳而出了。正由於雙方意氣相得，靈犀相通，因此詩人才能夠由自己之不寐，遙想友人之未眠；正由於彼此相知甚深，精誠相感，因此詩人才能抒情如見，寫景如畫。無怪乎正在學道習靜的丘丹會在感念之餘寫了〈奉酬韋應物〉詩來酬贈了[1]。

　　「空山松子落」五字，是以極其輕微的細響來襯托空山的寥廓寧靜。有了這五個字的襯墊，一方面可以看出詩人散步詠涼時場景的清幽，心境的淡遠，一方面也把丹丘悠閒的意態、高雅的情懷和爽朗的丰神，表現得宛然如見；因此宋顧樂《唐人萬首絕句選評》說：「第三句將寫景一襯，落句便有情味。」由於兩人都是棲身寺院的學道之人，因此詩人以松子落地的清音微響來勾勒出涼天散步與吹簫弄月的兩條身影，於是這一對閒雲野鶴瀟灑的形象[2]，便顯得狀溢目前而令人悠然神往了。

【補註】

01 〈奉酬韋應物〉詩云：「露滴梧葉鳴，秋風桂花發；中有學仙侶，吹簫弄山月。」

02 韋應物另有一首〈贈丘員外〉詩云：「跡與孤雲遠，心將野鶴俱。」顯然目之為瀟灑於塵世之外的雲鶴。

【評點】

01 蔣仲舒：淡而遠，自是蘇州本色。（《唐詩廣選》引）

02 唐汝詢：以我揣彼，無限情致。(《匯編唐詩十集》引)

03 楊逢春：中唐五言絕，蘇州最古，寄〈丘員外〉作，悠然有盛唐風格。(《唐詩繹》)

04 朱之荊：妙在第三句宛是幽人，故末句脫口而出。(《增定唐詩摘抄》)

212 郡齋雨中與諸文士燕集 (五古) 韋應物

兵衛森畫戟，宴寢凝清香。海上風雨至，逍遙池閣涼。煩痾近消散，嘉賓復滿堂。自慚居處崇，未睹斯民康。理會是非遣，性達形跡忘。鮮肥屬時禁，蔬果幸見嘗。俯飲一杯酒，仰聆金玉章。神歡體自輕，意欲凌風翔。吳中盛文史，群彥今汪洋。方知大藩地，豈曰財賦強？

【詩意】

蘇州刺史的府第裡，侍衛森嚴，儀仗威武，畫戟羅列成林，看起來極為氣派整齊；廳堂中氤氳著爐香所飄散出的清芬氣息，聞起來極為芳香怡人。遠從海上吹來的斜風細雨，使池閣之間頓時涼爽下來，也讓人感覺到逍遙自在，舒適寫意；不僅煩躁悶熱的暑氣消散一空，又引來了滿堂的嘉賓在良辰美景裡共享賞心樂事，的確欣喜愉快。只是我雖然享有崇高的地位，卻不能目睹百姓安居樂業，令我深感愧疚；至於參悟自然的理趣，泯滅是非的分辨，以及涵養曠達的性情，忘懷形跡的執著，倒是最近以來差強人意的進境。

由於遵守朝廷的禁屠命令，再加上時節酷熱，所以並沒有為在座嘉賓準備豐盛的鮮魚肥肉；希望席上的蔬菜瓜果還合乎諸位的口味。我想一邊品嘗一杯水酒，一邊聆賞諸位金章玉句般曼妙悅耳的詩篇，一定會覺得精神歡暢，通身清爽，感受到凌風飛翔般的快意與逍遙。自古以來，蘇州就有文風鼎盛的歷史傳統，如今眼前正是群英薈萃，文采斐然，更印證了地靈人傑的佳話；可見一座雄鎮東南的繁華都會，豈止是財富殷盛就能誇耀天下的呢？

【注釋】

① 詩題—郡齋，殆指蘇州刺史的官署與府第。燕集，宴飲聚會。或謂本詩是貞元五年（789）五月韋應物擔任蘇州刺史時，好友顧況貶為饒州（州治在鄱陽，今江西省波陽縣）司戶，途經蘇州，作者設宴招待，並請當地文士作陪時以州郡長官的口吻，對與會嘉賓發表談話的應酬之作；顧況曾有應答之詩[1]。

② 「兵衛」句—兵衛，執持兵器的侍衛。森，如林而列，望之森嚴可畏也。戟，音ㄐㄧˇ，是一種能橫擊與直刺的兵器，形狀似戈；其前端有左右分叉的枝格者為戟，僅有單枝者為戈。畫戟，飾有畫彩的兵戟，常作為儀仗之用；《新唐書・列傳第八十四・盧坦傳》：「舊制：官、階、勳俱三品，始聽立戟。」森畫戟，應為「畫戟森」之倒裝。

③ 「燕寢」句—燕寢，本指休息安寢的臥室，此處殆指郡齋中宴客的廳堂而言。凝清香，謂空氣中凝鬱著點燃香爐的清芳氣息；凝，氤氳繚繞、浮而不散狀。

④ 「海上」二句—謂蘇州距東海非遙，故天風海雨飄然而至，能消解池榭樓閣間之溽暑燠熱而帶來清涼怡人之感。逍遙，無拘無束、寫意自在之謂。

⑤ 「煩痾」句—煩痾，指因暑熱而生煩燥鬱悶之感，有如生病一般，

令人意興消沉，情緒低落。痾，病也。近，迅疾貌。近消散，頓
時消釋無蹤而感舒適涼爽。

⑥ 「自慚」二句——居處崇，謂官高位尊；唐時上州刺史是從三品，
而蘇州乃上州，故刺史勢位較他州為尊。斯民，指轄境內的百姓。
康，安居樂業也。

⑦ 「理會」句——理會，領會清淨妙理。理，指清淨寡欲的妙理意趣；
會，領會、參悟之意。是非遣，排除是非的分辨；遣，排除、泯
滅也。

⑧ 「性達」句——性達，曠達其性情。形跡忘，忘懷世俗對於形跡上
的成敗得失等價值判斷；亦可釋為忘懷物我之區別。按：本詩押
下平聲七陽韻，故「忘」字可讀為ㄨㄤˊ。

⑨ 「鮮肥」二句——古時在禁屠期間有不茹葷腥的習俗，故而以蔬果
款客，期盼能適合眾人口味；《唐會要》卷 41：「建中元年（780）
五月敕：自今以後，每年五月，宜令天下州縣禁斷採捕弋獵；仍
令所在斷屠宰，永為常式。」貞元五年仍循此令而禁屠。鮮肥，
指生鮮美味的魚肉佳餚而言。屬，音ㄓㄨˇ，適逢某時也。時禁，
固定時節的禁令。幸，希望。見嘗，嘗之也；「見」字是置於動詞
之上的前置代名詞，代指動詞下所省略的受詞（蔬果）而言。

⑩ 「仰聆」句——仰聆，抬頭傾聽，以示專注。金玉章，稱美與會文
士敲金戛玉般音韻鏗鏘悅耳的詩篇。

⑪ 「神歡」二句——精神歡暢。體自輕，體態自然安舒輕鬆。意欲，
簡直想要。

⑫ 「吳中」二句——吳中，泛指蘇州一帶；蘇州乃春秋時吳國的故都
所在，故云。盛文史，歷史悠久，文風鼎盛；文史，亦可代指文
采風流之士。彥，英俊傑出之士。汪洋，原指水勢浩大；此形容
人才濟濟，集聚一堂。

⑬ 「方知」二句——方知，如今才領悟之意。藩，本指王侯的封地；

大藩地，代指繁華的都會蘇州而言。豈曰，豈祇、豈但也。強，盛多也。按安史亂後，天下財賦仰給於東南者多，而蘇、杭一帶尤為中央財政之重要資源。

【補註】

01 饒州在蘇州西南約四百六十公里處，顧況由長安貶赴饒州，何以會繞道蘇州才又折而向西，頗令筆者不解；然因手邊資料不足，姑存疑。顧況〈奉同郎中使君郡齋雨中燕集諸什〉詩：「好鳥依嘉樹，飛雨灑高城。況與數君子，列座分兩楹。文雅一何麗，林堂含餘清。我公未歸朝，遊子不待晴。白雲帝鄉遠，滄江楓葉鳴。拜手欲無言，零淚如酒傾。寸心已摧折，別離方骨驚。安得凌風翰，蕭蕭賓天京。」

【淺說】

本詩大約是作者以州刺史及東道主的雙重身分，在一場嘉賓雲集的歡宴中應地方鄉紳及與會文士之請而發表應酬演說的談話記錄；或者是在眾人善意的起鬨鼓譟下即席賦吟，當場揮毫而寫就的詩篇。由於是在眾目睽睽之下臨時起意，隨機應變地說或寫些場面話，並沒有從容不迫的餘裕讓他澄心靜念地深思熟慮，謀篇佈局，因此難免有章節凌亂、思緒截斷、文句跳脫等怪異現象。尤其是穿插了「自慚居處崇，未睹斯民康」的抒懷和「理會是非遣，性達形跡忘」的說理之後，既使前後詩意難以銜接，又和宴飲歡樂的情境格格不入，令人有刺耳突兀之感；「自慚」二句甚至還使人有言不由衷、虛矯做作的印象，實難稱為上乘之作。

因此，筆者大膽建議讀者：不妨把「自慚」以下四句視為畫蛇添足的敗筆，加以割捨抽離，才能使詩思前後連貫，避免夾敘夾議的凌亂之感和情境衝突的怪異現象。如此一來，本詩倒還不失為雍容閒雅

之作，既能展現出蘇州刺史雄峙東南，獨領風騷的清贍華貴氣派，也能表現出作者政通人和的治績和重視文教的態度。否則，不論如何設法迴護，巧為辭說，都難以避免前述的缺失，徒然陷入自欺欺人而不知所云的困境罷了。因此筆者不再另作導讀，僅指出詩中的敗筆之處，並商榷於後。

【商榷】

「兵衛森畫戟，宴寢凝清香；海上風雨至，逍遙池閣涼」四句，據楊慎《升庵詩話》卷 8 所載某詩話譽之為「一代絕唱」。仔細推敲起來，大概是因為：

* 第一，首句點出官署之莊嚴氣派，緊扣詩題的「郡齋」二字而發，次句則渲染宴客廳堂之溫馨雅潔；這兩句把宴飲歡會的場面描寫得既森嚴又清華，展現出東南重鎮的氣派。

* 第二，三、四句點出天候狀況，寫出閒適逍遙的感受，既烘托出上州刺史宴客時場面的盛大與氣氛的融洽，同時又似乎雙關著海風引來嘉賓，嘉賓又招來清涼舒爽之氣的意思。

* 第三，如此用筆，自然能逗出「煩痾近消散」的暢快和「嘉賓復滿堂」的喜悅；於是良辰美景、賞心樂事及賢主嘉賓，可謂面面俱到矣，一場盛會眼看著即將在和樂的氣氛下展開了。

然而，筆者卻頗為不解而有所質疑的是：

* 第一，就文法而論，首句頗為曲折。因為「兵衛」和「畫戟」都是名詞，中間加上一個形容詞「森」字，基本上並不符合文法規範；於是只好把「森」字轉品為動詞，讓句意成為「兵衛森然地手持畫戟」。如果寫成「兵衛畫戟森（然羅列）」，豈不是文法明白而語意清暢嗎？作者何以要把首句寫得如此詰屈聲牙呢？這和〈東郊〉詩的首句「出郊曠清曙」相似，都算是文法詭異的怪句。

＊第二，次句何以要選用通常代表臥室的「寢」字而寫成「燕寢」？何不乾脆用「郡齋」「衙府」「州署」「公署」呢？

＊第三，既曰宴會場合有「清芬」芳香可聞，何以選用通常表示「濃鬱」不散的「凝」字而顯得不協調呢？究竟宴客的場所是在廳堂？或是寢室？或是池閣之間呢？如果是在室內，宴寢「凝」清香，還有些道理（但仍然擺脫不了「清香」與「凝」字間的不協調之感）；如果是在室外，又是在「海上風雨至」的情況下，清香應該隨風雨而飄散，就沒有「凝」的道理可言了。

＊第四，既然是歡樂的場合，何以要擺出威風凜凜而顯得莊嚴肅殺的兵衛儀仗來嚇人呢？如果是以客人的眼光而寫出「兵衛森畫戟」，還算是稱美上州刺史的勳階崇高，氣派威武；但明明是刺史自己發表的演說或即席揮毫，又何必對賓客洋洋得意地擺出這種陣仗來抬高自己的身分呢？

此外，「自慚居處崇，未睹斯民康」兩句的不合理之處如下：

＊第一，作者剛剛才覺得涼爽舒適，寫意自在，因此說：「逍遙池閣涼，煩痾近消散」，何以就立刻以官高位顯而自慚，又何須感到有曠職守而抱愧？這兩種心境的轉換毫無軌跡可循，顯然是面對鄉紳長老時勉強擠出的場面話而已，顯得言不由衷。

＊第二，既然是嘉賓雲集，高朋滿堂時，理應歡迎唯恐不及，招待唯恐不周才是；可是作者卻突然說自己官高位尊卻施政無方，牧民不力，因此感到汗顏無地、愧惶莫名的怪話，難道不會搞得大家一頭霧水，胃口全失嗎？難道今天燕集的目的是向地方仕紳告解謝罪嗎？如果是，則後段詩文中的飲酒賦詩、神歡體輕和凌風之想，又如何可能呢？如果此處當真是誠懇地為自己未能照顧百姓而致歉，則飲酒吟詩以下的歡心快意，就顯得突兀而不合情理了；如果作者後來的尋歡享樂真能無愧無怍，則此處的自慚自責便顯得虛情假意。

＊第三，如果作者已經為未能使百姓安居樂業而深心反省，痛加檢討，則竭力彌補牧民不力的罪過都唯恐不及了，哪裡還有閒情逸致在郡齋大宴賓客，難道不怕自曝其短而招人物議嗎？

＊第四，如果主人已經愧責甚深，在場文士還能面不改色地吟風弄月嗎？還能不管百姓死活地吃喝玩樂嗎？聽了這番話之後，不會感到掃興嗎？不會有一些罪惡感嗎？還能無動於衷地繼續風流自賞，甚至甘之如飴地接受作者對他們「吳中盛文史，群彥今汪洋」的恭維嗎？果真如此，豈不是太過無情無義嗎？

至於「理會是非遣，性達形跡忘」兩句，也和前後的詩意毫無瓜葛，簡直像是橫空兀立的一座飛來峰，把前後文句完全阻斷開來。筆者絞盡腦汁之後，以為這兩句有兩種解釋的可能：

＊其一是「由於近年來本人正用心於領悟清靜無為的理趣，致力於泯除是非的分辨，故而疏忽了未能安養百姓的失職之過；由於又潛心修養曠達的性情，以至於未能察覺舉措失當，渾忘牧養州民的責任。」然而如此語譯，等於是在為「自慚居處崇，未睹斯民康」的告罪尋理由、找藉口，只怕既不能得到諒解，反而更顯得前面的致歉抱愧之詞，不過是客套的應酬話罷了。

＊其二則是「倒是近年來參悟自然的妙理而能泯滅是非之辨，又能涵養曠達的性情而渾忘形跡之執；這兩方面的進境，還算是差強人意的小小成就。」然而如此語譯，等於是說雖然有虧牧民之責，修為則有寸進之功，頗堪告慰；只怕這種說詞既會引起公憤——與會之人可能反唇相譏：「那麼您老人家乾脆辭官歸隱，以圖清修」——又不過凸顯出自己恬不知恥罷了！

不論是以上哪一種心理，只怕不僅和韋應物真率坦承而又高朗閒遠的性情大相逕庭，也依然無法突然又跳接後段的燕集之樂；因此筆者以為這兩句和自責自愧之辭一樣，都是應該刪除的敗筆。

對於「理會是非遣，性達形跡忘」兩句，還有其它形形色色的語

譯如下：

> ＊今後當融會事理，以便減少是非；通達性情，以便不拘禮俗。這
> 是與吳中文士侃侃而談，語極親切有味。（《唐詩欣賞》第 8 輯頁
> 279）

> ＊明白事物的道理，是非便可解決；性情曠達，一切形跡便可遺忘。
> （《新譯唐詩三百首》頁 52）

> ＊然而今日清風驅暑，嘉賓雲集，使我悟得萬物必有消長生滅之理；
> 會此勝理，足可遣是非，忘形跡，正不必為事功之成否煩惱。（《古
> 詩海》上，頁 760）

> ＊而今天（清風驅暑，嘉賓雲集），卻使我悟得了萬物本來自然消
> 長。會此妙理，足可忘卻是非區分，而任情達觀，正不必將功成
> 名就放在心上。（《唐詩三百首新譯》頁 48）

> ＊通曉自然之理能分辨是非，天性通達就物我兩忘。（《唐詩三百首
> 全譯》頁 47）

其實不論如何挖空心思地串解，全都像空洞抽象的文字遊戲，完全看
不出「理會遣是非，性達形跡忘」和前兩句「自慚居處崇，未睹斯民
康」的自愧自責有何關聯，而且又和後半的勸茶勸飲橫空截斷，不過
是邏輯粗陋而又不知所云的怪話罷了，哪裡有何「親切有味」的情趣
可言呢？

　　「吳中盛文史，群彥今汪洋」兩句，固然是稱美與會嘉賓文采斐
然，人才濟濟，可見地靈人傑；並期許諸君子揮灑潘江陸海的才調，
為今日宴飲之樂留下足資回憶的金章玉句。可是「方知大藩地，豈曰
財賦強」兩句，究竟有何必要？則又不能使人無疑。因為既然是財富
殷實的大州，竟然無法使百姓安居樂業，則作者若非尸位素餐，施政
怠惰，即是貪贓枉法，徇私舞弊；不論如何，都屬罪孽深重，無可卸
責。無怪乎楊慎在《升庵詩話》卷 8 說：

> ＊余讀全篇，每恨其結句云：「吳中盛文史……豈曰財賦強？」乃

類張打油、胡釘鉸之語，雖村教督食死牛肉燒酒，亦不至是繆戾也。後見宋人《麗澤編》無後四句。又閱韋集，此詩止十六句，附顧況和篇亦止十六句，乃知後四句乃吳中淺學所增以美其風土，而不知釋迦佛腳下不可著糞也。三十年之疑，一旦釋之，是日中秋，與弘山楊從龍飲，讀之以為千古之一快，幾欲如貫休之撞鐘矣。

【後記】

除了前述各家罔顧邏輯的語譯之外，另外還有不少謬譽妄評之言；茲摘錄數則，以見賞析之難，自古而然，於今為甚：

＊顧著作來，以足下〈郡齋燕集〉相示，是何情致，暢茂道逸如此！宋、齊間，沈、謝、何、劉，始精於理意，緣情體物，備詩人之旨。後之傳者，甚失其源，惟足下制其橫流。師摯之始，關雎之亂，於足下之文見之矣。(《全唐文》卷 395 劉太真〈與韋應物書〉；又見計有功《唐詩紀事》引)

＊曰「自慚」曰「幸」曰「群彥」曰「嘉賓」，口氣非常謙遜，想見賓主相得情形。「自慚」二句，在私人宴集中仍不忘民眾的痛苦，尤其可以見到長官的胸襟。……全篇首敘事，次抒情，再次敘事，結尾又加議論，其中又羼入情感；所謂夾敘夾議，層次井然。(喻守真《唐詩三百首詳析》)

＊詩人陡轉筆鋒，插入「自慚」四句，以議論筆調書寫自己感慨：雖然身居高位，豈敢忘懷民生疾苦？只有會通自然之理，生性達觀、淡泊，才能分辨是非曲直。這幾句議論既與上面的敘事寫景很自然地契合交融，又避免景象的羅列，使詩情曲折生姿。(《唐詩藝術技巧分類辭典》頁 473)

【評點】

01 陸時雍：都雅雍裕。每讀韋詩，覺其如蘭之噴。「海上風雨至，逍遙池閣涼」，意境何其清曠。（《唐詩鏡》）

02 焦袁熹：居然有唐第一手。起「兵衛」云云，誰知公意在「自慚居處」之「崇」。（《此木軒論詩彙編》）

＊ 編按：此說完全無視於意脈截斷之失，有以死蛇做活龍之繆！

03 張謙宜：莽蒼森秀鬱鬱，便近漢、魏。「兵衛森畫戟，燕寢凝清香」二語，起法高古。（《絸齋詩談》）

04 張文蓀：興起大方，逐漸敘次，情詞藹然，可謂雅人深致。末以文士勝於財賦，成為深識至言，是通首歸宿處。（《唐賢清雅集》）

四四、盧綸詩歌選讀

【事略】

　　盧綸（739－799），字允言，河中蒲城（今山西省永濟市西蒲州鎮附近）人。幼年喪父，交由外祖父韋氏於長安撫養。天寶末，避安、史之亂而客居鄱陽。

　　大曆初，至長安，數舉進士不第；宰相元載、王縉素賞重其文，薦之，補閿鄉（今河南省靈寶市）尉，為其仕宦之始；其後仕履紊亂難詳，大抵曾任密縣（今河南新密市）令、集賢殿學士、秘書省校書郎、監察御史、陝州司戶，亦嘗入節度使幕任推官；建中元年（780）任昭應縣（京兆府之屬縣）令。興元元年（784）三月後入渾瑊幕，後隨瑊鎮河中為元帥判官。

　　盧綸與吉中孚、韓翃、耿湋、錢起、司空曙、苗發、崔峒、夏侯審、李端，聯藻文林，契分遙深，唱酬往來，號為「大曆十才子」，使唐之文體為之一變；盧綸所作特勝，號為十子之翹楚。其詩骨力堅凝而情詞端麗，兼善眾體。七律之富，為十才子之冠；高明渾厚處，不減盛唐。

　　德宗曾召見禁中，每有詩作，綸輒賡和。文宗雅愛其詩，問李德裕：「綸沒後，文章幾何？亦有子否？」對曰：「四子皆擢進士，仕在臺閣。」遂遣中使悉索其巾笥，得詩五百首以進，可見其詩名之盛。

　　《全唐詩》存其詩 5 卷。

【詩評】

01 劉克莊：盧綸、李益善為五言絕句，意在言外。（《後村詩話》）

02 胡震亨：盧詩開朗，不作舉止，陡發驚彩，煥爾耀目，篇章亦富
於錢、劉；以古體未遒，屈居二氏亞等。（《唐音癸籤》）

03 陳繼儒：盧詩奇悍之中，自饒雅致。（《唐詩選脈會通評林》）

04 許學夷：七言古，盧氣勝於劉，才勝於錢；故稍為軼蕩而有格，
但未能完美耳。（《詩源辯體》）

05 賀裳：劉長卿外，盧綸為佳。其詩亦以真而入妙，如「少孤為客
早，多難識君遲」「貌衰緣藥盡，起晚為山寒」「語少心長苦，愁
深醉自遲」「顏衰重喜歸鄉國，身賤多慚問姓名」「高歌猶愛〈思
歸引〉，醉語惟誇漉酒巾」「故友九重留語別，逐臣千里寄書來」，
皆能使人情為之移，甚者歔欷欲絕。寫景之工，則如「估客晝眠
知浪靜，舟人夜語覺潮生」「上方月曉聞僧語，下界林疏見客行」
「孤村樹色昏殘雨，遠寺鐘聲帶夕陽」「折花朝露滴，漱石野泉清」
「泉急魚依藻，花繁鳥近人」「路濕雲初上，山明日正中」「人隨
雁迢遞，棧與雲重疊」，悉如目見也。（《載酒園詩話・又編》）

06 喬億：盧允言詩意境不遠，而語輒中情，調亦圓勁，大曆妙手。（《大
曆詩略》）

07 管世銘：大曆諸子兼長七言古者，推盧綸、韓翃；比之摩詰、東
川，可稱具體。（《讀雪山房唐詩序例》）

08 宋育仁：其源出於王筠、庾信。七古為優，明茂相宣，在君虞之
亞。〈冬日登城〉一首，太白之遺也。絕句清英獨秀，工寫神情；
排律端凝，尚見陳、隋實力。（《三唐詩品》）

213 送李端 (五律)　　　　　　　盧綸

故關衰草遍，離別正堪悲。路出寒雲外，人歸暮雪
時。少孤為客早，多難識君遲。掩泣空相向，風塵

何所期？

【詩意】

　　在古老荒涼的城關之外送別友人時，只見衰草連天，滿眼淒涼，使人更加黯然神傷。你踏上漫長的征途，走向寒雲濃密的遠天之外；我拖著沉重的腳步回家，已是郊野茫茫，暮雪霏霏的時候了。在風雪歸途上，想到自己幼年失怙，又遭遇到天寶末年的戰亂而漂泊流浪，便倍覺孤苦淒涼；所幸在萬方多難的時局裡能和你相知相惜，卻又不免有相識恨晚的遺憾。當我再度回頭遙望你的去向時，你早已杳無人影，我只能悲從中來，掩面啜泣；從此遠隔風塵，音訊渺茫，還能期待何時可以重享歡聚的快樂嗎？

【注釋】

① 詩題—李端，大曆十才子之一。由詩題中未提及李端的官職榮銜觀察，本詩殆作於大曆五年（770）李端及第出仕之前。

② 「故關」—故關，古老殘破的城關。正，一本作「自」。

③ 「路出」二句—寒雲，冬季時寒氣深濃的雲層。人歸，指作者歸返而言。

④ 「少孤」二句—少孤，作者幼年喪父，由外公長安韋氏撫養；為客早，指早年為避安史之禍，客居鄱陽而言[1]。

⑤ 「掩泣」二句—掩泣，掩面哭泣。空相向，謂徒然朝向人蹤已杳的友人去處。風塵，常用以指時局紛亂及干戈擾攘；然此處可能指遠隔風塵，音訊渺茫而言。何所期，謂期盼重逢，卻未知何時才能如願。

【補註】

01 作者在〈綸與吉侍郎中孚司空郎中曙苗員外發崔補闕峒……兼寄

夏侯侍御審侯倉曹釗〉長詩中自述生平云：「稟命孤且賤，少為病所嬰。八歲始讀書，四方遂有兵。童心幸不羈，此去負平生。是月胡入洛，明年天隕星。夜行登灞陵，惝恍靡所征。雲海一翻蕩，魚龍俱不寧。因浮襄江流，遠寄鄱陽城……。」

【導讀】

這一首送別之作，前兩聯借景抒情，極力渲染黯然神傷的離別氣氛；第三聯則把個人的身世之悲和兩人的情誼之親織入動亂的時局之中，帶出作者在幼年即遭逢戰禍，飽嘗顛沛流離，因此對於難得的亂世情誼，特別珍惜眷戀的心態，並反顯出分手後的孤單落寞與不勝唏噓之感。

「故關衰草遍，離別正堪悲」兩句，先以古老荒涼的城關點出送別之地，暗示戰亂之餘的殘破蕭瑟，同時又以衰草連天，滿眼淒涼的景況，渲染哀傷的離別氣氛，並暗示分手的時候是冬季。有了首句所鋪寫的破敗荒涼景象，自然使人在送別之際，觸目生悲，黯然神傷。「路出寒雲外，人歸暮雪時」兩句，著重於以外界環境的蕭颯森寒，烘托出悲涼的心境。出句是把鏡頭由近而遠地移向迢遙的前程，拍攝出寒雲濃密，掩覆大地的蒼茫慘淡；如此一來，李端踽踽涼涼地走向雲天之外的孤獨身影，便不難想像得之了。對句則把鏡頭折回長久佇望凝眸的詩人身上，捕捉他在李端遠去之後，獨自行走在風雪歸途上的落寞悽涼。由「寒雲」低垂到「暮雪」紛飛，不僅全部籠罩在和諧統一的愁慘黯淡色調之中，而且詩人獨自在風雪歸途中的形影，也能使人聯想到李端衝風冒雪，獨行天涯的辛苦與寂寞，可以稱得上是詩中有畫，景中藏情，而又形象鮮明，氣韻傳神的名聯。

「少孤為客早，多難識君遲」兩句，轉筆寫作者在歸途中撫今追昔，回顧情誼的感慨。出句是自憐身世飄零，艱苦備嘗；對句是喜逢亂世知音，相見恨晚。出句先寫出孤苦伶仃之長久，則在人命危賤的

亂世之中，能擁有和李端相契的情誼，自然彌足珍貴，奈何相識甚遲！「遲」字不僅表現出相見恨晚的遺憾，更反顯出「為客早」的苦悶之深切，也暗示了才喜逢知己，卻又即將長久別離的失落之感。這兩句心靈獨白，只是直抒胸臆，不假雕飾，而且語言淳樸，情意真切，讀來相當沉痛悲涼。

正當詩人深陷在追憶往事的哀傷之中而無法自拔時，他不自覺地停步回首，似乎希望能夠挽留些什麼；卻只見風雪茫茫，人蹤已杳，從此天涯暌隔，音問難通，於是不覺悲從中來而掩面啜泣了！「空相向」三字，表現出對於摯友遠去的難捨深情。「風塵何所期」五字，流露出前緣苦短，後會難期的迷茫悵惘，使人彷彿看到詩人失魂落魄地佇立在風雪之中，珠淚婆娑地喃喃自語；只見雪花紛飛，沾覆在他凌亂的鬢髮、濕潤的睫毛和淒苦的臉上。雪，是越下越大了……。

214 塞下曲六首 其一（五絕樂府）　　　　　盧綸

鷲翎金僕姑，燕尾繡蝥弧。獨立揚新令，千營共一呼。

【詩意】

大將軍的腰間正佩掛著由鷲鷹的羽毛裝飾的利箭，讓他看起來多麼英氣勃發！他的身邊矗立著繡有「帥」字的軍旗，旗上的飄帶正在空中翻颺得有如燕子的尾巴，使他看起來是那麼神采飛揚！當他威風凜凜地站立在高臺上揚起軍旗發布最新的軍令時，千萬座軍營裡的將士便同時氣壯山河地怒吼回應，剎那間只覺地動山搖，風雲變色！

【注釋】

① 詩題——一作「和張僕射塞下曲」。塞下曲，樂府古題。張僕射，是指張延賞（726－787），於貞元元年（785）八月後為左僕射。大概詩人與張延賞之子交好，輾轉得張僕射之詩，遂作此六首一組的邊塞詩以和之。前四首分別描寫：將軍之威武，號令如山；將軍之神勇，媲美李廣；將軍雪夜破敵，吐蕃潰逃；設宴慶功，四夷來賀。

② 「鷲翎」句——鷲，鵰鷹之屬的猛禽。翎，鳥羽，可飾箭尾以射遠。金僕姑，箭矢名，出自《左傳·莊公十一年》：「乘丘之役，公以金僕姑射南宮長萬。」然其命名取義不詳。

③ 「燕尾」句——燕尾，軍旗上所裝飾之飄帶，末端分叉如燕尾。蝥，音ㄇㄠˊ；蝥弧，旗幟名，出自《左傳·隱公十一年》：「潁考叔取鄭伯之旗蝥弧以先登。」然其命名取義不詳。

④ 「獨立」句——獨立，屹立如神。揚新令，揚舉令旗以傳達新的軍令。

【導讀】

　　本詩是以視覺形象描寫元帥誓師時之威風凜凜，又以聽覺形象描寫將士出征前之精神奕奕；兩面夾寫，便刻劃出一支號令嚴明，軍容壯盛，士氣高昂的勁旅，使人有如見如聞的臨場感，甚至連將士接戰時之驍勇威猛，破敵時之銳不可擋，都不難想像得之。

　　「鷲翎金僕姑」五字，是以佩箭之精強，凸顯出將軍英姿颯爽的形象。「鷲翎」兩字，可以聯想其人眼神銳利如鷹，動作迅猛如虎；再加上「金僕姑」三字，就說明了將軍擅長使用長羽大箭，可見其人臂力之強，羽箭飛行時的勁道之猛，和彎弓射箭時之剽悍與精準。至於「燕尾繡蝥弧」五字，則是以帥旗之鮮明，烘托其人威嚴可畏。「燕尾」二字，不僅表現出旗帶輕颺翻飛的形象，烘托出旗幟旁的將軍此

時淵渟嶽峙，不動如山的沉穩氣度，也有助於聯想將軍作戰時身手之迅捷矯健。

在前兩句以形象鮮明的語詞，栩栩如生地描繪出驍勇英武，威震一方的將軍神采，使人凜然敬畏之後，「獨立揚新令，千營同一呼」兩句，則藉著足可使山岳崩頹，令風雲變色的雄壯聲勢，凸顯出主帥之統御有方，將士之訓練有素，以及號令之嚴明，軍容之壯盛與士氣之高昂。如此層層渲染之後，自然有繪影繪聲，如聞如見的現場感，令人頓時血脈賁張，豪氣干雲，直欲躍馬橫戈，揚威邊塞去也！姚合曾經稱讚盧綸為「詩家射鵰手」，的確有其道理。

本詩所要描寫的重點是在後兩句，因為前兩句極力以濃彩重墨描繪出弓矢精良，軍旗飄揚的畫面，目的是要堆疊襯墊出主帥威風凜凜的地位，因此當第三句「獨立揚新令」作為畫面中最突出的焦點出現時，主帥挺立在千軍萬馬之中，號令如山的英武氣概，便使人有仰望雲端天兵的景慕之情，和恭聆神將訓勉的敬畏之心，從而激起百戰沙場，誓死追隨的昂揚鬥志。因此，當末句的「千營共一呼」這五字一出現，便令人有〈討武曌檄〉一文中「喑嗚則山岳崩頹，叱吒則風雲變色，以此制敵，何敵不摧；以此圖功，何功不克」那種氣壯山河，威懾人心的震撼效果。俞陛雲《詩境淺說‧續編》逐句解析本詩的筆意時說：「前二句，言弓矢精良，見戎容之曁曁（按：剛毅果決貌）；三句狀閫帥（按：地方之軍事統帥）之尊嚴，四句狀號令之嚴肅。寥寥二十字中，有軍容荼火之觀。」指點得相當親切中肯。

《萬首唐人絕句選評》總評這一組六首詩時說：「意警氣足，格高語健，讀之情景歷歷在目，中唐五言之高調，此題之名作也。」《唐人絕句精華》總評曰：「此題共六首，乃和張僕射之作，故詩語皆有頌美之意，與他作描寫邊塞苦寒者不同。」前者評賞其風格意態，後者析述其作法命意，都能言簡意賅，探驪得珠，值得參考。俞陛雲在析述第四首之後說：「唐人善邊塞詩者，推岑嘉州；盧之四詩，音詞

壯健，可與抗手，宜其在大曆十才子中，與韓翃、錢起齊名也。」則
是成就高低的評價，也相當公允。

215 塞下曲六首 其二（五絕樂府）　　　　盧綸

林暗草驚風，將軍夜引弓。平明尋白羽，沒在石稜
中。

【詩意】

　　天色已經很晚了，將軍仍然親自巡防。幽暗的密林之中，突然吹
來一陣惡風，草叢隨之窸窸窣窣地像波浪般起伏湧動，彷彿其中潛伏
著隨時會奔竄而出的凶戾之物，令人心驚肉跳。只見將軍立刻警覺地
彎弓搭箭，隨手射出，密林叢草之間，頓時風停草定，只剩一片寧靜
和無邊黑暗。第二天清早，我們才去搜尋被射殺的獵物，卻赫然發現：
將軍帶著白色尾羽的利箭，竟然射裂了巖石而沒入它的稜縫之間！

【注釋】

① 「林暗」句——林暗，密林昏暗。草驚風，草原隨著勁風吹襲而作
　　波浪般之搖擺湧動。
② 引弓——張弓搭箭，滿而不發。
③ 「平明」句——平明，天剛亮時。白羽，箭桿末梢的白色羽飾；此
　　處代指箭而言。
④ 石稜——石塊突起的不規則邊角；亦可指石縫。

【導讀】

　　《史記・卷 109・李將軍列傳》載李廣猿臂善射，任右北平太守

時曾出獵，「見草中石，以為虎而射之，中石沒鏃。視之，石也。因復更射之，終不能入石矣。」本詩就是以懸想和誇張的手法，鎔裁典故，凸顯將軍任事之勤、武藝之精、膂力之強，以及李鍈《詩法易簡錄》所謂「邊防嚴肅，軍威遠振之意。」

前一首中的「鷲翎金僕姑」句，已經暗示了主帥是像后羿、羅賓漢般的神射手，因此這一首就進一步點染射虎中石的故實，來深一層刻畫將軍的神威驚人。由此可見詩人在組詩的章節承轉之間，自有其意在筆先、成竹在胸的安排，情節的銜接才能有如行雲流水，自然高妙。

「林暗草驚風」五字，是在《易經・乾卦・九五・文言》：「雲從龍，風從虎」的古語，和《史記・李將軍列傳》的基礎上，點染出即將有猛虎撲來的險惡情勢和緊張氣氛，自然使人對於暗夜中的風吹草動，產生疑懼不安的感受而心生提防，筆觸相當細膩生動；因此潘德輿《養一齋詩話》說：「詩之妙全以先天神韻，不在後天跡象。……盧綸『林暗草驚風』，起句便全是黑夜射虎之神，不至『將軍夜引弓』句矣。大抵能詩者無不知此妙；低手遇題，乃寫實跡，故極求清脫，而終欠渾成。」此外，「驚」字除了傳神地寫出惡風驟起而林草分披時的詭譎凶險之氣氛外，也寫出隨行士卒心驚肉跳的情狀，並暗示將軍隨時全神戒備，提防凶寇與惡虎的警惕之意。由於一筆三到而涵義豐富，形象鮮明，因此讀來使人有呼吸凍結、心跳欲出的臨場感受。

「夜」字承首句的「暗」字而來，寫將軍親自巡防之辛勞，而頌揚之意自然寓藏其中，值得細心體會。「引」字點出將軍屏氣凝神，蓄勢待發，而不倉皇失措的從容鎮定，於是將軍全神貫注的表情，和當時箭在弦上，令人屏息以待的緊張氣氛，也就不難想像得之了。

「平明尋白羽」五字，是在前面一觸即發的臨界點上，突然放鬆一筆，截斷時間，把令人神經緊繃的場面宕開，讓衝突的結果延後揭曉，從而使人產生好奇的懸想而急欲一探究竟；然後，詩人才在末句

以局部特寫的鏡頭，把焦點凝聚在沒入石稜縫隙之中的箭末白羽上！如此別出心裁的安排，使本詩在短小的篇幅中具有懸疑緊張的詭譎氣氛、頓挫跌宕的情節發展，以及驚心動魄的戲劇效果，的確稱得上是筆力萬鈞，扣人心弦！而當「沒入石稜中」這個出人意表的畫面出現之後，除了令人詫異不已之外，也對將軍武藝之高與臂力之強，有了具體而鮮明的印象，從而對這位神武英勇的將軍所領導的精英勁旅必然能夠擊潰敵寇充滿了信心；如此一來，便能自然而然地過渡到第三首的「單于夜遁逃」了。

【評點】

01 俞陛雲：此借用李廣事，見邊帥之勇健。李廣射虎事，僅言射石沒羽，記載未詳。夫弓力雖勁，沒鏃已屬難能，而況沒羽？作者特以『石稜』二字表出之，蓋發矢適射兩石稜縫之中，遂能沒羽，於情事始合。盧允言可謂讀書得間也。（《詩境淺說‧續編》）

216 塞下曲六首 其三（五絕樂府）　　　　盧綸

月黑雁飛高，單于夜遁逃。欲將輕騎逐，大雪滿弓刀。

【詩意】

　　就在烏雲掩月，四野昏暗的時候，突然受到驚嚇的野雁紛紛拍翅高飛，戚戚哀鳴。我們的元帥研判這是吐蕃酋長想要趁著夜色掩護遁逃回去的徵兆之後，便立即披掛上馬，親自率領輕裝騎兵追逐而出，準備痛擊敵軍。當月光突破雲層的縫隙時，只見將士的弓箭和佩刀，正在漫天的飛雪中閃爍著冷峻的寒光……。

【注釋】

① 單于—匈奴君長的稱呼；然此處代指吐蕃首領而言。
② 「欲將」句—欲將，打算率領；將，為合平仄格律，應讀為ㄐㄧ
ㄤ。輕騎，輕裝疾馳的騎兵隊。

【導讀】

　　本詩旨在由敵虜聞風遁逃，側寫我軍的威猛；並以雪夜奔襲的神勇，為下一章描寫高奏凱歌的畫面預留伏筆。

　　首句「月黑雁飛高」描寫闃暗的夜色裡驚傳塞雁高飛的唳叫聲，暗示敵方已有動靜；因為月黑雪盛，並非鴻雁飛行之時，此時竟然拍翅飛鳴，表示事有蹊蹺。此外，月黑和雁鳴，可以為敵軍潛逃的場面增加緊張嘈雜、驚惶失措的氛圍，語調似乎平淡無奇，其實佈局頗見匠心。「單于夜遁逃」五字，有如將軍從夜雁驚飛的現象迅速研判敵情時脫口而出的斷語，顯示出將軍對敵情掌握之精準、監視之嚴密，以及實戰經驗之豐富。

　　「欲將輕騎逐，大雪滿弓刀」兩句，只捕捉一個逼近戰鬥高潮前的片斷畫面，而不再深入描寫接戰的場面，也不說明敵敗我勝的結果，反而留給讀者自己去想像與判斷；這種含茹不吐的筆意，有如箭直弓滿，蓄勢將發之際，最有懾人心魂的氣勢。

　　暗夜逐北，大雪紛飛，是以天候之惡劣烘托將士之神勇，鬥志之高昂，並暗示我軍之戰勝凱旋。尤其是把鏡頭鎖定在暗夜中寒芒閃爍的武器上，而讓漫天的雪花不斷地飄墜下來，於是整個雪景的畫面除了透露出森嚴冷峻的殺機之外，也閃幻著詩意的光華，讓人印象深刻，實在是相當精采的神來之筆。

　　究竟我軍在如此惡劣的天候下是否追殺而出呢？答案當然是肯定的，所以下一首才接著寫凱旋慶功的歡樂場面。詩人故意不寫出大獲全勝的細節，而在下一首直接跳寫慶功的場面，既符合文學作品「密

不透風，疏可走馬」的原則，也留給讀者自行發掘答案的樂趣。

　　總而言之，這組詩篇雖然表面上各自獨立，其中自有嶺斷雲橫、脈絡相通的照應；因此章燮《唐詩三百首注疏》說：「四首前後佈置，層次井然，可作一首讀。」

【評點】

01 鍾惺：中唐音律柔弱，獨此可參盛唐。（《唐詩歸》）

02 李攀龍：中唐音律柔弱，獨此高健，得意之作。　○此見邊威之壯、守備之整，而惜士卒苦寒也。允言語素卑弱，獨此絕雄健，堪入盛唐樂府。（《唐詩訓解》）

03 周敬：中唐高調，句句挺拔。　○顧璘：健。所謂古樂府者，此篇可參。（《唐詩選脈會通評林》）

04 許學夷：此首氣魄音調，中唐所無。（《詩源辯體》）

05 刑昉：音節最古，與〈哥舒歌〉相似。（《唐風定》）

06 楊逢春：氣格沉雄，音節悲壯。（《唐詩偶評》）

07 黃生：言雖雪滿弓刀，猶欲將輕騎逐；一順看，即似畏寒不出矣，相去何啻天淵？「夜」字一本作「遠」，不惟句法不健，且惟乘月黑而夜遁，方見單于久在圍中；若遠而後逐，則無及矣。止爭一字，語意懸遠若此，慎矣書貴善本也。（《唐詩摘抄》）

08 李鍈：上二句言匈奴畏威遠遁，下二句不肯邀開邊之功，而托言大雪，便覺委婉，而邊地之苦亦自見。（《詩法易簡錄》）

＊ 編按：此說以為我軍未曾追擊，恐怕解讀有誤。

09 俞陛雲：前二首僅聞敘軍中之事，此首始及戰事。言兵威所震，強虜遠遁，月黑雁飛，寫足昏夜潛遁之狀。追奔逐北者，宜發輕騎躡之，而弓刀雪滿，未得窮追，見漠北之嚴寒，邊防之不易也。（《詩境淺說・續編》）

＊ 編按：此與李鍈之說，皆以為未曾追逐單于，筆者以為有待商榷。

217 塞下曲六首 其四（五絕樂府）　　　　盧綸

野幕敞瓊筵，羌戎賀勞旋。醉和金甲舞，雷鼓動山川。

【詩意】

在空曠的塞外荒野中，我軍的帳幕裡擺開了盛大的酒席，連（長期被吐蕃騷擾侵犯的）羌、戎等西北邊地的少數民族，也都攜帶著禮品前來慰勞將士，慶賀我軍凱旋而歸。將軍和士卒在開懷暢飲之餘，連盔甲都顧不得脫下來，就興高采烈地手舞足蹈起來；歡欣熱鬧，鑼鼓喧天的場面，連山河大地都為之震動起來！

【注釋】

① 「野幕」句──謂在塞外的曠野裡，大開帳幕，擺出盛筵以慰勞軍士。瓊筵，美盛的華宴。
② 「羌戎」句──羌、戎，古代西北地區民族之名，此處是泛稱被吐蕃長期騷擾而飽受蹂躪的少數民族。勞，勞軍。旋，凱旋。
③ 「醉和」句──和，連也；穿著而不脫卸之意。金甲，護身的鐵甲。此句寫將士穿著盔甲，盡興忘情地手舞足蹈，歡慶勝利。
④ 「雷鼓」句──雷，通「擂」字；雷鼓，謂擊鼓慶捷，歡聲如雷。

【導讀】

本詩以藕斷絲連的筆意，跳接前一首中懸而未說的結局，寫凱旋歸營，設宴慶功的歡樂場面，因此俞陛雲《詩境淺說・續編》說：「此首似與三首相接。邊氛既掃，乃宏開野幕，饗士策勳。醉餘起舞，金甲猶擐，擊鼓其鏜，雷鳴山應。玉關生入，不須醉臥沙場矣。」這段

話對於章法和情境的指點，很值得參考；只不過他似乎也把王翰〈涼州曲〉中凱旋酣醉的豪快語，誤解為消沉厭戰的頹廢語罷了。

「羌戎賀勞旋」五字，透露出不僅我方將士歡慶凱旋而已，連少數民族都主動前來祝賀勞軍，既可以見出這是一場順天應人的正義之戰，也可以見出主帥不僅得到我方將士敬佩而已，還贏得邊民的愛戴；則他治軍嚴謹，愛護部屬的性格，與敦睦鄰邦的智慧，也不難想像得之。

本組詩篇的第五首寫得勝後出獵林間，小試身手；第六首寫將軍功勳彪炳，提名麟閣。整組詩都是以將軍為描寫的焦點，可見詩人對元帥是如何的既愛且敬了。

218 晚次鄂州 （七律）　　　　　　　　　　盧綸

雲開遠見漢陽城，猶是孤帆一日程。估客晝眠知浪靜，舟人夜語覺潮生。三湘愁鬢逢秋色，萬里歸心對月明。舊業已隨征戰盡，更堪江上鼓鼙聲！

【詩意】

江天的雲霧淡開之後，已經隱約可以見到幾里之外的漢陽城了，只是水路曲折，風帆遲緩，還得花上一天的行程才能抵達，真使人焦躁不安。白天行船時，商賈還能安然酣睡，可見當時風平浪靜，船速多麼緩慢了！夜裡傳來船家加纜繫舷的吆喝聲，才驚覺江潮高漲起來，使我對明日風疾船快的情景充滿了期待。原本就愁緒滿懷而鬢髮漸衰的我，來到使騷人憂傷的三湘流域，又正逢秋色衰颯的時節，真是情何以堪！而魂飛萬里，歸心似箭的我，此際只能獨對江心明月，更覺悽涼悲戚，難以為懷！想起故鄉的田園產業，早已在多年的戰亂中蕩

然無存，我不禁陷入回憶裡……在心神恍惚中，我彷彿聽到隱隱的戰鼓聲隨著江潮一波波拍向岸邊，真使人情懷撩亂，不堪其悲！

【注釋】

① 詩題—夜晚在鄂州泊舟靠岸之意。鄂州，位於長江南岸，今湖北省武漢市一帶。《全唐詩》卷 279 本詩題下有注曰：「至德中作[1]」，然韋縠所編之《才調集》選本詩則無此注。

② 「雲開」二句—漢陽，在漢水北岸，鄂州之西。猶是，仍有、還有。一日程，鄂州至漢陽水路雖僅七里，已依稀在望，然據《水經注》卷 35 所載當地「激浪崎嶇，實舟人之艱也」，非待潮生水順則難以行舟，故須一日乃可抵達。然後捨舟上陸而西北行，才可以加速返回長安。

③ 「估客」二句—估客，商賈。出句是寫白日所見，蓋當時風平浪靜以致舟行遲緩，使歸心似箭之詩人焦躁難耐；對句是寫江潮夜湧，則水急帆快而可及早抵達，使詩人迫不及待[2]。

④ 「三湘」二句—三湘，統合前人注釋來看[3]，三湘殆泛指洞庭湖水域所及的地區，包括長江沿岸的鄂州、漢陽、武昌等地；此處則代指鄂州而言。愁鬢逢秋色，謂詩人愁緒滿懷而旅鬢漸衰，更不忍面對「洞庭波兮木葉下」的衰颯秋色。愁鬢，殆指飽嘗漂泊之苦而鬢髮泛白。萬里歸心，指遠隔故鄉而歸心似箭。作者雖為山西人，然幼年居住長安；所謂故鄉，殆指長安而言。

⑤ 「舊業」二句—舊業，指故鄉中的田園產業。征戰，未明何所指，筆者暫以安史之亂解之[4]。更堪，又哪能再忍受之意；古典詩詞中的「堪」「肯」等字，常有反詰之義而應解為「不堪」「不肯」。鼓鼙，軍中所用的大、小鼓；常代指戰伐而言。鼓鼙聲，乃驚弓之鳥的心理作用，並非實有殺伐之聲。江上鼓鼙聲，殆指江潮拍岸聲而言，因為對飽嘗戰禍而聞兵色變的詩人而言，昔日戰禍的烙

痕是不可磨滅的傷痛，是以作者念及「舊業已隨征戰盡」時，不禁跌入痛苦的回憶之中，於是心神恍惚地以為江潮拍岸聲帶來了隱隱的戰鼓聲而心絃震顫，不堪愁聽。

【補註】

01 《全唐詩》題下所注的至德年間（756－758），作者為避安史之亂而至鄱陽，不過十七八歲，不可能有「愁鬢」「舊業」云云；再者，果真為避亂而南下，則應先至長江北岸的漢陽，後至鄂州，乃由西北向東南行進的路線才是。今詩中首聯明言由鄂州遠望漢陽尚有一日行程，則為東南向西北行進的路線；可知本詩「至德中作」云云乃後人所加，既與行進路線大謬，又與年歲不符，絕不可信。此外，也有人以為本詩作於詩人十九歲時返回長安科考途中，筆者以為也有待商榷。因為詩人幼年喪父，由外祖韋氏在長安撫養，故詩中有「萬里歸心」云云，雖可能表示是以長安為故鄉；然而對一位十九歲的青年而言，說自己「愁鬢逢秋色」，終究過於誇張，令人難以接受。因此，本詩的寫作年代，仍然有待考定。

02 前人對本聯嘆賞有加，如曾季貍《艇齋詩話》云：「曲盡江行之景，真善寫物。」胡以梅《唐詩貫珠》云：「『浪靜』映『雲開』，『夜語』由於『晚次』。三、四構句，曲盡水程情景，氣度大方精妙。」沈德潛《唐詩別裁》云：「讀三、四語，如身在江舟間矣，詩不貴景象耶？」方東樹《昭昧詹言》云：「三、四興在象外，卓然名句。」然而此二句究竟抒寫何種情景，則仍有歧解，如金聖嘆《聖嘆選批唐才子詩》曰：「厭他估客，胡故晝眠；喜他舟人，斗地夜語。蓋晝眠便是不思速歸之人，夜語便有可以速去之理。」其所謂「喜、厭」二情，已頗嫌臆斷；而薛雪《一瓢詩話》更說：「『估客晝眠知浪靜』，是看他得意語；『舟人夜語覺潮生』，是唯我獨醒語。」其所謂「得意、獨醒」，實可謂不知所云，思之可疑；蓋既有夜語

之舟人，豈有詩人獨醒之理？比較前人的箋解之後，筆者以為朱東岩《東岩草堂評訂唐詩鼓吹》的部分說法較為合理：「通篇只寫急歸神理耳。盧公歸心甚切，望見漢陽，恨不疾飛立到，無奈計程尚須一日，故曰『遠見』，又曰『一日程』也。三、四承之，言明知再須一日，而心頭眼底，忽忽欲去。……曰『浪靜』，是無風可渡矣。……曰『潮生』，又似有水可行矣。總是徹夜不眠，急歸情緒也。」

03 一說指湖南境內的湘潭、湘鄉、湘陰地區而言；一說指沅湘、資湘、蒸湘；一說指瀟湘、沅湘、蒸湘。

04 作者於自敘性質的長詩〈綸與吉侍郎中孚司空郎中曙苗員外發崔補闕峒……兼寄夏侯侍御審侯倉曹釗〉中已提及他印象中的安史之亂：「稟命孤且賤，少為病所嬰。八歲始讀書，四方遂有兵。童心幸不羈，此去負平生。是月胡入洛，明年天隕星。……因浮襄江流，遠寄鄱陽城……。」

【導讀】

　　這是一首客旅之中即景抒情的名作，雖然備受詩家推崇，卻由於相關背景中的時、地、事等資料難以確認，以致前人常有相當歧異紛紜的說法，甚至南轅北轍的析解。筆者以為其中以趙臣瑗《山滿樓箋注唐詩七言律》的說法最為中肯：「第六句中『歸心』二字是一篇之眼。前五句寫歸心之急，後二句寫歸心所以如此急之故。」因此參考他的說法來串解詩意。

　　「雲開遠見漢陽城」七字，是寫經過長久風行水宿的漂泊行旅之後[1]，終於可以遠遠地眺望到漢陽的輪廓時之喜悅——因為抵達漢陽之後可以改走陸路，加鞭趕路，快速返京，詩人自然喜不自勝。「遠見」二字，透露出歸心似箭的焦慮，必須結合「猶是孤帆一日程」才能會意於言外。尤其是「猶是」二字的突接與轉折，相當耐人尋味，

暗示著這段水程素有《水經注》所謂「激浪崎嶇，實舟人之所艱」的困難危險，流露出自己恨不能插翅而飛的鬱悶和無奈；因此方東樹《昭昧詹言》說：「次句縮轉，用筆轉折有勢。」屈復《唐詩成法》也認為首句寫歸心甚急，次句有咫尺千里之意。

「估客晝眠知浪靜」是追憶白天波平浪靜，船行遲緩，故慣於行船來往經商的商賈便趁機養精蓄銳，甚或歇息補眠；然詩人則歸心如煎，厭嫌舟行過於遲緩，故難以入睡。「舟人夜語覺潮生」是寫詩人聽到船家相互招呼趕快繫緊船纜的聲音，察覺到潮水上漲，因此對於明朝就能乘潮起碇而及早返鄉有了快意的期盼。一晝一夜，一靜一動，既襯托出作者晝夜不寧的心緒和難以入眠的興奮，也流露出歸思悠悠的迫促之感。因此，頷聯絕不只是描寫尋常舟行的所見所聞而已，同時還含蓄不露地表現出作者急於返鄉的焦慮之情；方東樹所謂「三、四興在象外，卓然名句」者，或許就是這個意思。

「三湘愁鬢逢秋色」是寫船至鄂州前後所見的衰颯秋色，不禁愁思滿懷，旅鬢添白，產生類似「萬里悲秋常作客」的感慨。「逢」字寫出羈旅之人乍見悽涼秋色時觸景傷情的感受，可謂錘鍊功深。「萬里歸心對月明」是在前五句蓄積了深厚的鄉情之後，才明白拈出歸心迫促之難以承受。「對月明」三字，既是泊舟江畔時明月映水的實際景況，也進一步透露出長宵不寐的苦悶，同時又帶出「舊業已隨征戰盡」的故園之思和傷痛之深，流露出鄉關萬里，不知何日可到的憂焚之情。

詩人獨坐舷側而愁對明月，不知不覺中就跌入回憶的痛苦深淵，去重新審視當年躲避戰禍，逃離家園的辛酸和創傷，因此才在心神恍惚時驚聞拍岸的江潮聲，誤以為是征戰的鼓鼙聲而心弦震顫，倍覺不堪。「更堪江上鼓鼙聲」七字，是以反詰語（更堪，「更哪堪」之意）寫出驚弓之鳥倉皇怖懼的心理，意想出奇而又細膩入微，使全詩籠罩著深悲極苦的哀傷氣氛；因此顧璘《批點唐音》說：「一結宛轉，極

悲。」吳逸一也說:「結悲酷入情。」(《唐詩正聲》)

【補註】

01 由於無法得知詩人是由何處出發前往長安,也無法掌握他到鄂州
   之前的行進路線,所以只好由八句詩所寫的內涵似乎皆與水行有
   關,進而推測詩人已經歷了幾晝夜的風行水宿。

【評點】

01 曾季貍:「估客」一聯,曲盡江行之景,真善寫物也,余每誦之。
   (《艇齋詩話》)

02 顧璘:第四句尤妙,但對上句卻淺。五、六迥別,一結宛轉,極
   悲。(《批點唐音》)

03 吳逸一:次聯老江湖語,三聯語忽不測,結悲酷入情。(《唐詩正
   聲》)

04 郝敬:清通熟爽,是近體佳篇。(《批點唐詩》)

05 邢昉:初聯世所共稱,不知次聯更勝。(《唐風定》)

06 金聖嘆:前解寫盡急歸神理。言望見漢陽,便欲如隼疾飛,立抵
   漢陽,而無奈計其遠近,尚須再一日也。⋯⋯後解言吾今欲歸,
   所以如此急者,實為鬢對三湘,心馳萬里;傳聞舊業已無可歸,
   而連日江行,鼓聲不歇,誰復能遣?尚堪一朝乎哉?(《聖嘆選批
   唐才子詩》)

07 陸次雲:詩有高淨之氣,故白描而絕遠於俚。(《五朝詩善鳴集》)

08 胡以梅:「浪靜」映「雲開」,「夜語」由於「晚次」。三、四構句,
   曲盡水程情景,氣度大方精妙。(《唐詩貫珠》)

09 何焯:驚魂不定,貪程難待;合下四句讀之,其意味更長。(《唐
   三體詩評》)

10 喬億:有情景、有聲調,氣勢亦足,大曆名篇。(《大曆詩略》)

11 趙臣瑗：萬里逢秋色，則愁鬢不勝憔悴；對月明，則歸心愈覺淒徨。字字實理。（《山滿樓箋注唐詩七言律》）

12 方東樹：起句點題，次句縮轉，用筆轉折有勢。三四興在象外，卓然名句。五六亦兼情景，而平平無奇。收切鄂州，有遠想。（《昭昧詹言》卷 18）

13 俞陛雲：作客途詩，起筆須切合所在之境，而能領起全篇，乃為合作。此詩前半首尤佳。其起句言江天浩莽，已遠見漢陽城都，而江闊帆遲，尚費行程竟日。情景真切，句法亦紆徐有致。三句言浪平舟穩，估客高眠。凡在湍急處行舟，篙艣聲終日不絕；唯江上揚帆，但聞船唇噬浪，吞吐作聲，四無人語，水窗倚枕，不覺寐之酣也。四句言野岸維舟，夜靜聞舟人相喚，加纜扣舷，眾聲雜作，不問而知為夜潮來矣。誦此二句，宛若置身江船容與之中，可見詩貴天然，不在專工雕琢。（《詩境淺說》）

四五、李益詩歌選讀

【事略】

　　李益（748－829），字君虞，隴西姑臧（今甘肅省武威市）人，定居鄭州。

　　大曆四年（769）進士，六年中諷諫主文科，擢鄭縣（今陝西省渭南市華州區）主簿。曾先後入渭北、朔方、天德軍、邠寧、幽州諸方鎮幕府，從軍達二十餘年之久。憲宗即位，雅聞其名，召入，歷任都官郎中、中書舍人、河南少尹、秘書少監、集賢殿學士，左遷太子右庶子，後官至右散騎常侍。文宗大和元年（827）加禮部尚書銜致仕。

　　李益早慣征戍沙塞之事，往往鞍馬為文，橫槊賦詩，故多抑揚激勵，傷別悲離之作；可躋身高適、岑參邊塞詩人之林。詩風雄渾，語言明淨，情意深婉；尤以七絕見長，胡應麟以為可與李白、王昌齡競其豪爽，可見評價之高。

　　相傳少時多猜忌，防閑妻妾甚嚴過苛，至有灑灰扃門以防出入之舉，時稱「妒痴尚書李十郎」，世因稱善妒者有「李益之疾」。時另有同姓名者為太子庶子，皆在朝，人恐莫辨，故謂君虞為「文章李益」，庶子為「門戶李益」，可見君虞文華之高。

　　君虞詞藻風雅，尤長詩歌。其〈征人〉〈早行〉等篇，好事者畫為圖障；而〈夜上受降城聞笛〉詩，教坊樂人取為聲度樂曲（見《國史補》）。或一篇成，而樂工競賂求之，被於雅樂以供奉天子（見《舊唐書》本傳），可見其詩之美與流傳之廣。

　　《全唐詩》存其詩 2 卷，《全唐詩續拾》補詩 1 首。

【詩評】

01 計有功：益錄其〈從軍詩〉贈左補闕盧景亮，自序云：「從事十八載，五在兵間，故為文多軍旅之思；或軍中酒酣，塞上兵寢，投劍秉筆，散懷於斯文，率皆出乎慷慨意氣，武毅果屬」。(《唐詩紀事》)

02 徐獻忠：君虞生習世紛，中遭頓抑，邊朔之氣，身所經聞，故〈從軍〉〈出塞〉之作，盡其情理；而慕散投林，更深遐思。古詩鬱紆盤薄，姿態變出，自非中唐之致；其七言小詩，與張水部作等，亦〈國風〉之次也。(《唐詩品》)

03 王世貞：岑參、李益詩語不多，而結法撰意雷同者幾半；始信少陵如淮陰「多多益善」耳。(《藝苑巵言》)

04 陸時雍：李益五古得太白之深，所不能者澹蕩耳。太白力有餘閑，故游衍自得；益將矻矻以為之。(《詩鏡總論》)

05 胡震亨：李君虞生長西涼，負才尚氣；流落戎旃，坎壈世故。所作〈從軍〉詩悲壯宛轉，樂人譜入聲歌；至今誦之，令人悽斷。(《唐音癸籤》)

06 許學夷：五言古多六朝體，效「永明」者，酷得其風神；七言古氣格絕類盛唐。……五言律氣格亦勝，〈白馬羽林兒〉一篇，可配開、寶；「霜風先獨樹，瘴雨失荒城」一聯，雄偉亦類初唐。七言絕，開、寶而下，足稱獨步。　○其詩氣格有類盛唐者，乃是其氣質不同，非有意復古也。(《詩源辯體》)

07 沈德潛：七言絕句，中唐以李庶子、劉賓客為最，音節神韻，可追逐龍標、供奉。(《批點唐音》)

08 喬億：李尚書益，久在軍戎，故所為詩多風雲之氣，其視錢、劉，猶岑參之於王、孟，鮑照之於顏、謝也。七絕尤高，在大曆間無與頡頏者。(《大曆詩略》)

09 張澍：迹漢以來，仲宣賦從軍，只貢頌諛；靈運送秀才，徒述懷思。唯君虞以爽颯之氣，寫征戍之情；覽關塞之勝，極辛苦之狀。當朔風驅雁，荒月拜狐，抗聲讀之，怳見士卒踏冰而皸瘃（按：手足凍裂、生凍瘡），介馬停秣而悲鳴；詎非才之所獨至耶？其他章句，亦清麗絕倫，宜與長吉齊名，無所退讓。（〈李尚書詩集序〉）

10 李慈銘：若論絕句，則李十郎之雄渾高奇，不特冠冕十子；即太白、龍標亦當退讓。（《越縵堂讀書記》）

11 宋育仁：長於托詠，朗潤風華；正如落花依草，妍然嫵媚。（《三唐詩品》）

12 丁儀：其詩辭藻秀發，自然清麗。源出齊、梁，而獨多高致，但少古耳。近體七律如〈馬嵬〉諸作，雖格高調逸，晚唐莫及，然已為西崑「三十六體」之宗矣。（《詩學淵源》）

219 喜見外弟又言別（五律）　　　　李益

十年離亂後，長大一相逢。問姓驚初見，稱名憶舊容。別來滄海事，語罷暮天鐘。明日巴陵道，秋山又幾重？

【詩意】

　　時局的動亂不安，導致我們從幼兒時期起就流離四散；直到十年後的今天，才能在偶然間短暫相逢。初相見時，我們互通姓氏，都有似曾相識那種既親切又陌生的驚訝之感；報出姓名之後，我們才從對方的眉宇之間逐漸聯想起兒時的容貌來。我們說起別後世事的滄桑鉅變和彼此的漂泊際遇，不免感慨萬千，渾忘時間的流逝；直到寺院裡遠遠傳來鐘聲，我們才驚覺已經到了黃昏時分。明天你就要獨自走上

通往巴陵郡的道路，從此音訊渺茫，不知道我們又將被多少重秋山阻隔而各自飄零了……。

【注釋】

① 詩題──外弟，表弟也；姑媽之子。然不詳其人。

② 「十年」二句──十年，概略之數。作者生於天寶七載（748），安史亂起時僅為八歲之幼童；如今與表弟相逢應已成年，故曰「長大」。一，語助詞；亦可釋為「始、僅」。

③ 滄海事──喻經歷了鉅大的動盪變遷。葛洪《神仙傳》：「麻姑自說云：『接待以來，已見東海三為桑田；向到蓬萊，又水淺於往日會時略半耳，豈將復為陵陸乎？』王遠歎曰：『聖人皆言海中將復揚塵也。』」

④ 巴陵──《元和郡縣志》卷27載：「昔羿屠巴蛇於洞庭，其骨若陵，故曰巴陵。」唐時設巴陵郡，治所在今湖南省岳陽市。

【導讀】

　　本詩純用白描手法，讓真切沉摯的感情融入簡潔老練的文字裡，便把亂離飄蕩的唏噓慨歎，和久別乍逢時悲喜交集的心理情態，刻畫得細膩生動，宛然在目，所以讀來令人有迴腸蕩氣的感受。

　　前半寫十年睽隔，音訊全無，而今竟在偶然間相逢的驚喜。尤其是「問姓驚初見，稱名憶舊容」兩句，雖然只是樸素自然的語言，完全不事雕琢，但是經由一「問」一「驚」、一「稱」一「憶」這四個動詞，串起了短暫的問答，勾起了長遠的回憶，描寫了連續而複雜的心理狀態，甚至還捕捉到了雙方表情的細膩變化，可謂化常為奇，氣韻生動，達到摹形寫神，俱臻妙境的地步；因此章燮《唐詩三百首注疏》以為前半「四句一氣，情詞懇切，悲喜交集，獨之令人淒然。」

　　司空曙〈雲陽館與韓紳宿別〉的「乍見翻疑夢，相悲各問年」，

與本詩的「問姓驚初見，稱名憶舊容」同為膾炙人口的名聯，可是仔細玩味之後，可以發覺兩聯之間的感傷程度仍有淺深之別。司空之作中，友人雖然幾度懸隔，彼此卻能相憶不忘；即使感傷，也還不到沉痛的地步。而李益之作中，由於少小即別，長大始逢，彼此竟至對面互不相識的地步，直到問姓稱名之後，才能逐漸回憶起舊時容顏；其間包含了血濃於水的親情竟被亂離的時代所沖淡的愁慘與荒誕之感，以及太多剪不斷、理還亂，說不清、也訴不盡的淒涼與辛酸，顯然比司空曙的感傷要沉痛徹骨得多。尤其是李益此聯雖不言悲，而悲懷更甚；雖不言疑，而疑慮自深；再加上語氣蟬聯直貫，讀來更是悵嘆彌切，動人肝腸。因此，雖然沈德潛《唐詩別裁》說此聯與司空之聯為「撫衷述懷，同一情至」，但是他更推崇本詩為「一氣旋折，中唐詩之僅見者。」賀裳《載酒園詩話‧又編》也認同「情至之語」，而李益此聯「則情尤深，語尤愴，讀之幾於淚不能收。」由此可見此聯所包孕的情義之豐富與深沉了。

「別來滄海事，語罷暮天鐘」兩句，是寫暢敘舊情，奈何歡會苦短，時光易逝，並作為尾聯依依話別的過渡。「問姓驚初見，稱名憶舊容」兩句是在極短暫的頃刻之間，連寫四個動作，表現出極其細膩複雜的心理變化，可謂密不透風；腹聯兩句，則是把相當漫長的十年和極其複雜的滄桑世變，都壓縮在半日之間，輕描淡寫地以兩句帶過，則可謂疏可走馬。「滄海事」三字，運典傳神，意蘊豐富，足以喚起不勝唏噓的慨歎；「暮天鐘」三字，又讓鐘聲特有的悠遠音質，迴盪在詩句之間，使人有往事如煙、前塵若夢的縹緲迷茫之感，可見作者融抒情於敘事的功力之精湛。

尾聯「明日巴陵道，秋山又幾重」是寫依依作別的感傷。作者並不選用離別哀傷的字樣來渲染氣氛，而是採用疑問的句法，來傳達心中對於亂世難料的茫然之感；同時也把彼此各奔前程的黯然分手，跋涉世途的坎坷辛酸，以及音訊杳然的惦記牽掛，都以懸想的秋山行遠

圖卷展現在讀者眼前，讓讀者能夠經由形象畫面，自然領略到詩人要傳達的感傷之情。尤其是「秋」字點染，不僅言明時令，也隱含作者傷別的愁懷在內，更令悵惘之情，溢於言表，也是值得細加玩味的匠心所在。

【評點】

01 范晞文：「馬上相逢久，人中欲認難」「問姓驚初見，稱名憶舊容」「乍見翻疑夢，相悲各問年」，皆詩人會故人詩也，久別倏逢之意，宛然在目。想而味之，情融神會，殆如直述。前輩謂唐人行旅聚散之作，最能感動人意，信非虛語。（《對床夜話》）

220 江南曲（五絕樂府）　　　　　李益

嫁得瞿塘賈，朝朝誤妾期。早知潮有信，嫁與弄潮兒。

【詩意】

　　嫁給長年由三峽進入四川做買賣的商人，原本以為從此可以衣食無缺，幸福美滿；卻沒想到他一出門就音信渺茫，往往耽誤了歸期，使我擔驚受怕，深恐瞿塘峽中風波險阻，有什麼意外……。哼！本姑娘要是早知道必須如此日夜牽腸掛肚，倒不如嫁給弄潮的年輕船夫；他們隨著潮汐的漲落定期來去，從來不會讓人的守候落空……。

【注釋】

① 詩題—〈江南曲〉，源自江南民歌，內容多寫男女歡愛之情事；《樂府詩集》編入〈相和歌辭〉之中。

② 瞿塘賈—泛指沿長江入蜀經商之人。

③ 誤期—耽誤了返家的期約。

④ 「早知」二句—潮有信，早曰潮，夕曰汐；潮汐之來去漲落，必
有定期，故稱潮信。弄潮兒，觸浪戲水的年輕漁郎[1]。

【補註】

01 舊注引《元和郡縣志》所載「錢塘潮」曰：「江濤每日晝夜再上，
常以月十日、二十五日最小，月三日、十八日極大；小則水漸漲
不過數尺，大則濤湧高至數丈。每年八月十八日，數百里士女，
共觀舟人漁子泝濤觸浪，謂之弄潮。」不少前人地理書中，也有
相似記載。不過，袁枚《隨園詩話》以為「弄潮兒」是司潮信之
神。

【導讀】

這首小詩是以白描手法、代言體式，以及民歌不避重字、疊字的
樸實口語，抒發商婦長期獨守空閨，切盼良人返家疼惜自己而不能如
願的幽怨。

「嫁得瞿塘賈」原本是得到美好歸宿和生活保障，可以寄託終身
而對未來充滿幸福憧憬的美事；奈何夫君竟然遠赴三峽，經久不歸，
空教商婦望穿秋水，空閨苦候，豈能不擔驚受怕，萬慮不安？「朝朝」
兩字，寫出日復一日的枯候成空，和漫長無盡的焦慮煎熬；「誤妾期」
三字，則寫由幸福的美夢中驚醒過來的失望與悲哀。換言之，首句是
追憶得意的過去，次句是敘述失意的現在；前後際遇上的風光與寂寞，
造成詩情的波瀾跌宕，也對比出希望與失望間的落差之大——本來以
為得到的是一張錦衣玉食的長期飯票，怎料到其實是囚禁空閨的長期
拘票！「誤妾期」三字，正是整首詩由滿足到空虛，由幸福到悲苦，
由憧憬到驚醒，由築夢到夢斷，由溫馨到冷清的轉關所在。

　　由於商婦是生活在水邊的江南兒女，所以在長久佳期成空，相思
情苦的失落之餘，見到潮來潮往如有信約，遂不免顧影自憐，產生非
非之想：「早知潮有信，嫁與弄潮兒」！這兩句以眼前的景象，作荒
唐謬忽的想像，正足以流露出商婦相思纏綿的深情、半怒全嗔的幽怨、
坦率天真的個性、空閨獨守的苦悶、青春虛度的無奈，以及類似向夫
君下達最後通牒的懊惱與撒嬌。

　　整首詩中，雖不曾明白表露怨情，但是怨情自現；雖不曾明白訴
說愛意，但是愛意正濃。由於作者設譬巧妙，很能表現江南兒女浪漫
活潑的性情與異想天開的率真，也把空閨少婦細膩幽微的心理捕捉得
纖毫畢現，令人嘆賞；因此賀裳除了在《載酒園詩話》卷首就嘆賞說：
「詩有無理而妙者，如李益『早知潮有信，嫁與弄潮兒』，此可以理
求乎？然自是妙語。」又在《皺水軒詞筌》中以為本詩和張先〈一叢
花令〉中的名句：「沉恨細思，不如桃杏，猶解嫁東風」，可謂機杼同
源，皆達無理而妙的化境了。

【評點】

01 鍾惺說：荒唐之想，寫怨情卻真切。（《唐詩歸》）

02 喬億：俚語不見身分，方是賈人婦口角，亦〈子夜〉〈讀曲〉之遺。
　　（《大曆詩略》）

03 黃叔燦：不知如何落想，得此急切情至語。乃知〈鄭風〉：「子不
　　我思，豈無他人？」是怨恨之極詞也。（《唐詩箋注》）

04 李鍈：極言夫婿之無情，借潮信作翻波，便有無限曲折。（《詩法
　　易簡錄》）

05 俞陛雲：潮來有信而郎去不歸，喻巧而怨深。古樂府之借物見意
　　者甚多，皆喻曲而有致；此詩其嗣響也。（《詩境淺說·續編》）

06 劉永濟：人情當怨深時，有此想法，詩人為之道出。（《唐人絕句
　　精華》）

221 夜上受降城聞笛（七絕） 李益

回樂峰前沙似雪。受降城外月如霜。不知何處吹蘆管，一夜征人盡望鄉。

【詩意】

　　遠遠向回樂縣望去，只見百尺高的烽火臺前是一片漠漠平沙，恍若皚皚白雪；受降城外空闊的曠野中灑滿了茫茫月色，有如敷上了一層冷清的霜華。就在萬籟俱寂的邊關靜夜裡，不知道忽然從哪裡吹奏出一縷淒涼哀傷的蘆笛曲，那如怨如慕、如泣如訴的音色，使得所有戍守的戰士整夜都頻頻回首遠眺中原，淹沒在揮不去、也化不開的思鄉情愁裡……。

【注釋】

① 詩題—受降城，當指靈州城而言，位於今寧夏回族自治區內青銅峽一帶；貞觀年間唐太宗曾於此受突厥之降，故稱受降城。作者曾在德宗貞元初入靈州大都督杜希全軍幕，詩應作於此時[1]。
② 回樂烽—指回樂縣所置的烽火臺，在靈州（即受降城）東南一帶。李益另有〈暮過回樂烽〉詩云：「烽火高飛百尺臺。」
③ 蘆管—胡人捲蘆葉為管狀，管口有哨簧，管面有孔，吹之以奏樂，其聲悲傷；或謂即胡笳。
④ 「一夜」句—李鍈《詩法易簡錄》：「征人望鄉，只加一『盡』字，而征戍之苦，離家之久，胥包孕在內矣。」

【補註】

01 中宗時，朔方道總管張仁愿奪取漠南之地，於黃河北岸築東、西、

中三座受降城，以絕突厥南寇之路；其東城位於今托克托南，西城位於今杭錦後旗以北的烏加河北岸、狼山口南，中城在今內蒙古包頭市西。然此三城距離回樂遠達三百公里以上，和詩中的地理並不相符。

【導讀】

李益是中唐時期極為出色的邊塞詩人，尤以七絕著稱，本詩便是他的代表作之一。胡應麟《詩藪》以為七絕詩「開元以下，便當以李益為第一。如〈夜上西城〉〈從軍北征〉〈受降〉〈春夜聞笛〉諸篇，皆可與太白、龍標競爽，非中唐所得有也。」正由於他有長達二十餘年從軍塞外的豐富歷練，所以形諸歌詠，自然有使人蕩氣迴腸的驚人之筆。

本詩就空間設計而言，是由遠而近，由近而旁，而後再將視線投向無邊無際的遠方。作者先登城極目遠眺，只見平沙無垠，潔白如雪；繼而游目城外，頓覺冷月臨邊，寒肅如霜。詩人的視線由遠而近地搜尋游移，符合征戍在外時巡夜放哨的警戒狀態。當詩人突然聽到蘆笛聲時，他的視線就由城外迅速拉回城裡來四下偵查，而後移向身邊的袍澤，聚焦在一雙雙望鄉的眼眸中；最後從泛著淚光的茫然眼神，詩人的視線也轉而投向萬里之外邈遠而不知究竟是在何處的家鄉，只覺眼前越來越模糊了⋯⋯。這樣的空間變換，使得詩句在戛然而止之處，仍然有悠悠不盡的情韻迴盪在空曠寂寥而又淒寒黯淡的邊塞靜夜之中，彷彿有無數思鄉欲歸的遊魂，正茫然迷失在荒漠的月夜之中，不知何去何從，自然使讀者倍覺意境悽涼，情調哀傷，感到悵惘不已。

就情意的表達而言，「回樂峰前沙似雪，受降城外月如霜」兩句，除了訴諸視覺和觸覺意象之外，還兼有心理感受的層面。因為「如霜似雪」四字，雖然是寫月色的皎潔，同時也透露出征人戍守塞外時淒清苦寒的心境，和迷茫愁慘的意緒；甚至「回樂」「受降」兩組詞面，

可能還含有何時可以接受羌胡投降而樂回故鄉的寓意，可以說已經把征人的最深層心底的企盼不著痕跡地透露出來了，從而也就埋下了後半思鄉望歸的線索了。尤其值得注意的是「月如霜」三字，正是全詩由寫景過渡到抒情的樞紐：

* 由於月色瑩潔如霜，所以作者才能由受降城遠眺回樂縣的烽火高臺，也才能映照得沙垠如雪，此其一。
* 由於月色冷清如霜，所以才使邊關暗夜顯得特別荒寒，也讓遠戍未歸的將士倍覺悽涼，此其二。
* 正因為月色太美太迷離，所以才使得不論是巡夜當班的士卒，或是輪休歇息的征夫都有了思念故鄉與牽掛親人的不寐之夜，此其三。
* 由於明月總能觸動旅人的愁懷，撩亂征夫的情感，牽引戍卒的離思，所以才會有人難以抑制自己的鄉愁而吹出哀怨的蘆笛，既使詩人根觸感傷而尋覓蘆管幽情的來處，也使所有失眠的征人入耳生愁而望空長嘆，此其四。

因此姚鼐所輯《唐人絕句詩鈔注略》說：「首二句寫景，已為『望鄉』二字勾魂攝魄，是爭上流法，亦倒裝法。」

「不知何處吹蘆管」的幽音怨調劃破邊關暗夜的寧靜，一方面是銜接「月如霜」而來的抒情手法，一方面又轉而訴諸聽覺意象來渲染幽寂悲涼的氣氛，同時還有意以「不知何處」四字還營造出縹緲飄忽的意境，襯托出征人悵惘莫名的感傷。而後再以「一夜征人盡望鄉」回到視覺意象來抒情，使人彷彿看見無數含淚望鄉的眼神中各種複雜的情感：迷惘、茫然、惆悵、憂苦……。如此一來，便使首二句的寫景、第三句的傳聲，以及末句的抒情搏合為一，成為熔詩情、畫意和樂音於一爐的完整藝術品，不僅唐時教坊樂工取為聲樂度曲而譜入管絃，傳唱一時，甚至還有人為之繪成圖畫而風行天下（見計有功《唐詩紀事》卷 30 下），由此可見本詩受推崇之一斑了。

【評點】

01　王世貞：絕句李益為勝，韓翃次之。……「回樂烽前」一首，何
　　必王龍標、李供奉？（《藝苑卮言》）

02　黃叔燦：君虞絕句，專以此擅場；此所謂率真語、天然畫也。（《唐
　　詩箋注》）

03　范大士：如空谷流泉，調高響逸。（《歷代詩發》）

04　沈德潛：李滄溟（按：李攀龍）推王昌齡「秦時明月」為壓卷，
　　王鳳洲（按：王世貞）推王翰「葡萄美酒」為壓卷，本朝王阮亭
　　（按：王士禛）則云：「必求壓卷，王維之『渭城』、李白之『白
　　帝』、王昌齡之『奉帚平明』、王之渙之『黃河遠上』，其庶幾乎！
　　而終唐之世，亦無出四章之右者也。」滄溟、鳳洲主氣，阮亭主
　　神，各自有見。愚謂李益之「回樂烽前」、柳宗元之「破額山前」、
　　劉禹錫之「山圍故國」、杜牧之「煙籠寒水」、鄭谷之「揚子江頭」，
　　氣象稍殊，亦堪接武。（《說詩晬語》）

05　李慈銘：高格、高韻、高調，司空侍郎所謂「反虛入渾」者。（《越
　　縵堂讀書簡端記》）

06　宋宗元：蘊藉婉轉，樂府絕唱。（《網詩園唐詩箋》）

07　施補華：「秦時明月」一首、「黃河遠上」一首、「天山雪後」一首、
　　「回樂烽前」一首，皆邊塞名作，意態絕健，音節高亮，情思悱
　　惻，百讀不厭也。（《峴傭說詩》）

四六、孟郊詩歌選讀

【事略】

　　孟郊（751－814），字東野，湖州武康（今浙江德清縣一帶）人，張籍私諡曰「貞曜先生」。其父庭玢，曾任崑山縣尉，早卒。

　　早年隱居嵩山少室山，自稱處士，狷介孤僻，與人少合。及長，往來於河南、河北、湖南、湖北及江南之間，與詩僧皎然、居士陸羽為忘年交，頗得二人賞識，遂與一班文士馳騁於詩會酒場之間。既壯，乃求仕進，十年之間，屢困科場，備嘗艱苦。李觀、韓愈深愛其才，頗為延譽，詩酒唱和者累年，乃於貞元十二年（796）進士及第，已四十六歲矣。年五十，始以家貧赴選，初授溧陽（今江蘇省溧陽市西北）尉，然流連山水之間，命酒揮琴，徘徊賦詩，終日悠游而多廢曹務，遂由縣令向州府報告，減其俸祿之半，另聘假尉以代之，乃辭官歸家。二年後，鄭慶餘為河南尹，奏為水路運從事，試協律郎，卜居洛陽。八九年後，鄭氏復召為興元軍參謀，試大理評事，乃攜家赴任，道出河南閿鄉時因暴病而卒。

　　孟郊拙於營生，又傲骨崚嶒，未嘗俛眉為可憐之色，故一貧徹骨，裘褐懸結，而好義之士每多餽贈。

　　孟郊擅長五言古詩，巉峭硬澀，思苦語怪，能駭人眼目，慴人心魄。鍛句鍊意之奇崛，往往匪夷所思；窮愁心酸之深切，屢屢嘔心瀝血。樂府則婉轉蘊藉，情味淵永。與韓愈為忘形之交，聯詩之友，韓愈極推重之，而有「吾願身如雲，東野變為龍」之語，可見嘆賞追隨之意，當時有「孟詩韓筆」之稱。退之〈薦士詩〉稱其「橫空盤硬語，妥帖力排奡。敷柔肆紆餘，奮猛卷海潦。」而韓詩之奇詭險怪者，似

亦頗受孟郊之影響。

　　孟郊曾指點賈島學詩之門徑，二人遂為中唐苦吟詩人之代表而齊名，故張為《詩人主客圖》許之為「清奇僻苦主」。蘇軾稱之為「郊寒島瘦」，並在〈讀孟郊詩〉中說孟郊：「詩從肺腑出，出輒愁肺腑。」元好問〈論詩絕句三十首〉其十八稱之為：「東野窮愁死不休，高天厚地一詩囚。」蘇、元二人對孟詩的評價，對後人影響甚大，故紀昀於《四庫全詩總目提要〉頗思為之平反曰：「孟郊詩託興深微，結體古奧。……蘇尚俊邁，元尚高華，門徑不同，故是丹而非素。究之，郊詩不以二人之論減色。」

　　《全唐詩》存其詩 10 卷，《全唐詩外編》補詩 1 首。

【詩評】

01　宋祁：郊詩有理致，最為韓愈所稱，然思苦奇澀。（《新唐書》本傳）

02　魏泰：孟郊詩寒澀窮僻，琢削不暇，真苦吟而成；觀其句法、格力可見矣。（《臨漢隱居詩話》）

03　許顗：東坡〈祭柳子玉文〉：「郊寒島瘦，元輕白俗。」此語具眼。〈《彥周詩話》〉

04　張戒：退之於籍、湜輩，皆兒子畜之，獨於東野極口推重；雖退之謙抑，亦不徒然。世以配賈島而鄙其寒苦，蓋未之察也。郊之詩，寒苦則信；然其格致高古，詞意精確，其才亦豈可易得？（《歲寒堂詩話》）

05　敖陶孫：孟郊詩如埋泉斷劍，臥壑寒松。（《臞翁詩評》）

06　嚴羽：孟郊之詩刻苦，讀之使人不歡。　○孟郊之詩，憔悴枯槁，其氣局促不伸，退之許之如此，何邪？詩道本正大，孟郊自為之限阻耳。（《滄浪詩話》）

07 劉克莊：孟生純是苦語，略無一點溫厚之意，安得不窮？此退之所以欲和其聲歟！ ○孟郊詩亦有平淡閑雅者，但不多耳。(《後村詩話》)

08 王若虛：郊寒白俗，詩人類鄙薄之。然鄭厚評詩，荊公、蘇、黃輩曾不比數；而云樂天如柳蔭春鶯，東野如草根秋蟲，皆造化中一妙，何哉？哀樂之真，發乎性情，此詩之正理也。(《滹南詩話》)

09 陸時雍：孟郊語好創造，然多生強，不成章趣。人謂「郊寒島瘦」，余謂郊拙島苦。(《唐詩鏡》)

10 鍾惺：東野詩有孤峰峻壑之氣。其云郊寒者，高則寒，深則寒也，勿作貧寒一例看。 ○譚元春：詩家變化，自盛唐諸家而妙已極，後來人又欲別尋出路，自不能無東野、長吉一派。(《唐詩歸》)

11 胡震亨：韓公甚重郊詩，評者亦盡以為韓不及郊；獨蘇長公有詩論郊云：「未足當韓豪」；後元遺山詩亦云：「東野悲鳴死不休，高天厚地一詩囚；江山萬古潮陽筆，合臥元龍百尺樓。」詳二公之指，蓋亦論其大局歟！不可不知。(《唐音癸籤》)

12 許學夷：東野五言古，不事敷敍而專用比興，故覺委婉有致；然皆刻苦琢削，以意見為詩，故快心露骨而多奇巧耳，此其所以為變也。 ○古人自許不謬，東野云：「詩骨聳東野，詩濤湧退之」，以濤歸韓，以骨自許，不謬。但退之非不足於骨，而東野實不足於濤。如東野〈峽哀〉十首，語亦奇險，然無退之之才，故終不足於濤。(《詩源辯體》)

13 吳敬夫：中唐諸君子各有矯時易俗之志，因其質之所近，而以一體自見焉。東野之氣悲，氣悲則非激越吞吐之間，不足以展其概，故於五古為最近也。(劉邦彥《唐詩歸折衷》)

14 沈德潛：孟東野詩亦從《風》《騷》中出，特意象孤峻，元氣不無琢削耳。以郊島並稱，銖兩未敵也。元遺山云：「東野窮愁死不休……。」揚韓抑孟，毋乃太過。(《說詩晬語》)

15 沈德潛：東坡目為「郊寒島瘦」，島瘦固然；郊之寒過求高深，鄰於刻削，其實從真性情流出，未可與島並論也。（《唐詩別裁》）

16 喬億：郊詩筆力高古，從古歌謠、漢樂府中來，而苦澀其性也，勝元、白在此，不及韋、柳亦在此。　○郊詩類幽憤之詞，讀之令人氣塞。（《劍溪說詩》）

17 紀昀：郊詩託興深微，而結體古奧，唐人自韓愈以下，莫不推之。（《四庫全書總目提要》）

18 李慶甲：刻意苦吟，字字沉著；苦語是東野所長。（《瀛奎律髓匯評》）

19 翁方綱：諫果雖苦，味美於回；孟東野詩則苦澀而無回味，正是不鳴其善鳴者。不知韓何必獨稱之？且至謂「橫空盤硬語，妥帖力排奡」，亦不太相類，此真不可解也。蘇詩云：「那能將兩耳，聽此寒蟲號？」乃定評不可易。（《石洲詩話》）

20 管世銘：孟東野蜇吻澀齒，然自是盤餐中所不可少。（《讀雪山房唐詩序例》）

21 方東樹：孟東野出於鮑明遠，以〈園中秋散〉等篇觀之可見；但東野思深而才小，篇幅枯隘，氣促節短，苦多而甘少也。（《昭昧詹言》）

22 潘德輿：每讀東野詩，至「南山塞天地，日月石上生。山中人自正，路險心亦平。」「短松鶴不巢，高石雲始栖；君今瀟湘去，意與雲鶴齊。」「江與湖相通，二水洗高空。定知一日帆，使得千里風。」……諸句，頓覺心境空闊，萬緣退聽，豈可以寒儉目之？……其〈送別崔寅亮〉云：「天地唯一氣，用之自偏頗；憂人成苦吟，達士為高歌。」詞意圓到，豈專於愁苦者哉！（《養一齋詩話》）

23 劉熙載：昌黎、東野兩家詩，雖雄富、清苦不同，而同一好難爭險；唯中有質實深固者在，故較李長吉為老成家數。（《藝概‧詩概》）

24 王闓運：東野用思艱澀，同於昌谷，時有嘲諷；然千篇一格，近
於隘者，固非大家。(《湘綺樓說詩》)

25 施補華：孟東野奇傑之筆萬不及韓，而堅瘦特甚；譬之偪陽之城，
小而愈固，不易攻破也。東坡比之「空螯」，遺山呼為「詩囚」，
毋乃太過！ ○賈萬不及孟，孟堅賈脆，孟深賈淺故也。(《峴傭
說詩》)

26 許印芳：閬仙（按：賈島字）、東野並擅天下，東野才力尤大；同
時惟昌黎伯與相敵，觀集中聯句詩可見。兩人生李、杜之後，避
千門萬戶之廣衢，走羊腸鳥道之仄徑，志在獨開生面，遂成僻澀
一體；而東野古詩神旺興來、天骨開張之作，不特追逐李、杜，
抑且希風漢京。(《詩法萃編》)

222 烈女操 (五古樂府) 　　　　　孟郊

梧桐相待老，鴛鴦會雙死。貞婦貴殉夫，舍生亦如
此。波瀾誓不起，妾心古井水。

【詩意】

梧桐花總是雌雄同株，相互扶持，彼此依偎到老死為止；鴛鴦鳥
也是恩愛親蜜，形影相隨，終究同生共死。貞烈的婦女最可貴的節操，
也是像梧桐和鴛鴦一樣，能夠忠於愛情，捨生殉夫。妾心正如古井之
水那麼深沉平靜，今生今世絕不會再揚起波瀾……。

【注釋】

① 詩題─本詩錄入《樂府詩集》卷 58 之〈琴曲歌辭〉。操，〈琴曲〉
的一種體裁。烈女，志節貞烈之婦女。

② 「梧桐」二句──梧桐，乃梧桐花之省稱。梧桐花雌雄同株，花後
結實為菁葵；世遂以梧桐花的雌雄同株，一同開花，一同結實，
喻夫妻相互扶持，直至老死為止。鴛鴦，水鳥名；世謂鴛鴦常雌
雄相隨，一隻被擄獲，另一隻則相思憂慮至死。會，終究、定當。
按：自古以梧桐與鴛鴦象徵情愛貞烈，生死不渝的夫妻，故作者
以梧桐與鴛鴦雙起來引發聯想。

③ 「貞婦」二句──貞婦殉夫之傳說，所在多有，《搜神記》載韓憑夫
妻死後墓木相互糾纏擁抱[1]，《古今樂錄‧華山畿》的本事中載男
子相思而卒，女子入棺同穴[2]，〈孔雀東南飛〉中焦仲卿與劉蘭芝
夫妻之雙雙殉情等，都是哀感頑艷，賺人熱淚的詩篇。

④ 「波瀾」二句──以古井之水不揚波瀾，喻忠於情愛，志節貞定，
不為外物所誘。以井喻心，本為古典詩詞中常見的形象思維，參
見李商隱〈無題四首〉其二「颯颯東風細雨來」注；此處加一「古」
字，更能見出其堅定之志節，表現出天長地久之精神，因而更見
精采。

【補註】

01 《搜神記》卷 11 載宋康王（ ？－286 B.C. ）強奪韓憑之嬌妻何氏
後，貶韓為修築臺之苦役；何氏暗中送信與韓憑，密語之有死志。
不久，韓憑自殺。何氏預先暗中腐化其衣衫，與康王登臺時，一
躍而下，左右雖攬之，然仍因衣衫碎裂而墜地氣絕。遺書於帶表
示願與韓憑合葬。康王怒，使里人分別埋之，令兩塚相望。不久，
即有大梓木生於二塚之端，十日而其大盈抱，並屈體相就，根交
於下，枝錯於上。又有鴛鴦棲其上，雌雄各一，晨夕不去，交頸
悲鳴，音聲感人。宋人哀之，遂號其木曰「相思樹」。

02 《樂府詩集》錄有〈華山畿〉二十五首，題下解曰：「《古今樂錄》
曰：〈華山畿〉者，宋少帝時，……南徐一士子，從華山畿往雲陽。

見客舍有女子年十八九，悅之無因，遂感心疾。母問其故，具以啟母。母為至華山尋訪，見女具說聞感之因。脫蔽膝令母密置其席下臥之，當已。少日果差。忽舉席見蔽膝而抱持，遂吞食而死。氣欲絕，謂母曰：『葬時車載，從華山度。』母從其意。比至女門，牛不肯前，打拍不動。女曰：『且待須臾。』妝點沐浴，既而出。歌曰：『華山畿！君既為儂死，獨活為誰施？歡若見憐時，棺木為儂開！』棺應聲開，女透入棺，家人叩打，無如之何。乃合葬，呼曰神女塚。」

【導讀】

這首樂府小詩雖然只有六句，卻兼有賦比興三種手法。前兩句「梧桐相待老，鴛鴦會雙死」是採用興筆，經由「梧桐」和「鴛鴦」來引發讀者聯想〈孔雀東南飛〉這齣悲劇的結局：當詩中苦命的夫妻殉情之後，「兩家求合葬，合葬華山傍。東西植松柏，左右種梧桐；枝枝相覆蓋，葉葉相交通。中有雙飛鳥，自名為鴛鴦；仰頭相向鳴，夜夜達五更……。」從而在心中自然有了溫柔旖旎的浪漫幻想，和悽愴悱惻的感情波動。中二句「貞婦貴殉夫，舍生亦如此」，再以賦筆直接剖明捨生殉夫的價值觀，又使人聯想到《古今樂錄》所載華山畿旁烈女投棺殉情的動人故事，其果斷堅毅的決心，已足攝人魂魄；其投棺赴塚的形象，又能斷人肝腸。末二句「波瀾誓不起，妾心古井水」，再以比喻法說明自己心如古井止水，不受外物所誘的貞烈節操。

末兩句「波瀾誓不起，妾心古井水」採用倒裝句法，除了可以造成有如枯松倒掛絕壁般的奇峻氣勢，以及押韻的考量之外，詩人似乎還有意讓讀者的眼光專注於那一泓古井之水，從它平靜無波的表面，探視到它深沉的內部；似乎這一專注探視的結果，會令人的心思隨之下沉、下沉、下沉……只覺得那是無底的深淵，冰冷而黑暗，於是凝視愈久，愈有沉沒於其中之後既難以脫逃，也無法救贖的恐懼……。

　　綜合而言，本詩雖然造語平易，但由於形象生動，民間傳說的意涵豐富，以及愛情故事的纏綿與浪漫，因此成為能引起讀者深心共鳴的傑作。尤其是語氣之斬釘截鐵，正足以表達烈女節操之堅貞與意志之果決，而末二句之倒裝，又有意引領讀者沉入古井的深淵之中，更是值得再三涵詠之處；可見苦吟詩人即使是在平易淺近的語言背後，依舊有一段刻意鍛鍊的過程，包藏著一顆窅眇難尋的苦心。

　　讀過這首小詩，不禁好奇：孟郊對於愛情的執著，是否也像他作詩一樣嘔心瀝血？是否也如同詩中女子一樣，堅苦卓絕到絲盡淚乾而後已呢？

【評點】

01 曾季貍：孟郊、張籍，一等詩也，唐人詩有古樂府氣象，惟此二人。但張籍詩簡古易讀，孟郊詩精深難窺耳。孟郊〈遊子吟〉〈烈女操〉〈妾薄命〉〈古意〉等篇，精確婉轉，人不可及也。（《艇齋詩話》）

02 鍾惺：語無委曲，直以確為妙。（《唐詩歸》）

03 佚名：「慈母手中線」與「妾心古井水」諸篇，殆所謂「在古無上」者矣。（《靜居緒言》）

＊ 編按：李觀〈上梁補闕荐孟郊崔宏禮書〉云：「郊之五言詩，其有高處，在古無上；其有平處，下顧兩謝。」

04 方南堂：（〈烈女操〉〈遊子吟〉諸篇）運思刻，取徑窄，用筆別，修辭潔，不一到眼，何由知詩中有此境界耶？（《輟鍛錄》）

05 賀裳：情深致婉，妙有諷諭。（《載酒園詩話》）

223 遊子吟（五古樂府）　　　　　　　　孟郊

慈母手中線，遊子身上衣。臨行密密縫，意恐遲遲歸。誰言寸草心，報得三春暉？

【詩意】

　　昔日慈母手中的絲線，成為今日遊子身上的衣裳；想當年她擔心遊子客居異鄉，經久不歸，飽嚐風寒之苦，因此在兒子臨行前夕，仍然在燈下細細密密地縫製衣衫⋯⋯。（如今我終於能夠迎接她老人家來任所奉養了，睹衣思親，倍覺溫馨，也倍感心酸愧疚。）誰說稚嫩柔弱的小草芽，能夠報答得了春天三個月裡和煦而溫暖的陽光呢？

【注釋】

① 詩題—吟，樂府詩體名；徐師曾《文體明辯》云：「吁嗟慨歌，悲憂深思，以申其鬱者曰吟。」作者於本題下自注云：「迎母溧上作。」溧上，溧水邊也。據此，則本詩當作於貞元十六、十七年間（800－801），作者赴洛陽應銓選，獲溧陽縣尉時。孟郊一生困窮潦倒，年近五十才獲一尉，官小位卑而俸少，偏又放情山水，廢弛公務，縣令只好減其俸祿之半而找人瓜代其職；因此當他迎養老母時不免思前念舊，撫今追昔，頗覺愧悔交加，乃有此作。

② 「誰言」二句—心，指草木新嫩而柔弱之芽葉；寸草心，象喻子女反哺之孝思實微不足道。三春，春天三月分別為孟春、仲春、季春，合稱三春；三春暉，以春陽之和煦溫暖，遍照大地，使萬物蓬勃榮茂，象喻親恩之溫馨博厚，無所不在，無微不至。

【導讀】

本詩能夠把人人心中所有，卻難以言宣的反哺之思，和人人意中所感，卻不易描繪的舐犢之愛，化為春暉寸草的圖畫和臨行密縫的形象，不僅氣韻生動，而且細膩入微，使人在平凡中見偉大，在樸實中見真淳，因此千百年來，感動無數華夏兒女。由於本詩能直抒胸臆，不假雕飾，達到蘇軾〈讀孟郊詩〉所謂「詩從肺腑出，出則愁肺腑」的化境，因此往往能逗人思親之想而催人淚下。

「慈母手中線，遊子身上衣；臨行密密縫，意恐遲遲歸」四句，是以懸想的賦筆追憶自己離家前夕的景象：年邁的寡母，正睜著困乏的倦眼，在微弱的油燈旁穿針引線，精意細縫。那佝僂的身軀、孤獨的身影，以及飽嚐風霜而皺紋深密的面容，都隨著昏暗的光線一同搖曳在即將離家的遊子的心版上，成為日後遊子心靈中永難磨滅的溫馨圖像與心酸畫面。作者以前四句經營出兩組意脈相連而又典重凝鍊的對偶句式，傳達出自己在溧水邊候迎母親時心情的端莊恭敬，也表現出當年母親在細針密縫時心情的凝鬱鄭重。尤其是作者此時可能正把當年母親連夜精心裁製的衣衫穿在身上，以便讓老母在乍見之際感受到兒子的孝思而覺得欣慰，則他佇候水邊時不免睹衣思親，以及前塵往事歷歷在目的情景，也就不難想像了；而此時詩人的心中，又怎能不翻騰起伏著溫暖、心酸、愧疚與孺慕等複雜的心緒所交織而成的特殊滋味而百感交集呢？

「慈母手中線，遊子身上衣」兩句，詩人只平列兩種物件來結合成完整的意念，便凸顯出母子兩人相依為命的景況，以及骨肉連心的親情之綿長與可貴。然後，更進一步使用疊字「密密」來刻畫母親一絲不苟、不厭其煩的專注神態，便又把孤燈寡母細針密縫的場面，生動地呈現在讀者的眼前，自然能使人感受到母親細膩入微的動作中包孕著千絲萬縷的親情和深厚博大的母愛。在前三句摹形寫物的敘述裡，原本就有抒情的暖流潛藏其中，使人能夠透過作者的回憶，彷彿看到

慈母在燈下孤獨地縫衣和遊子在窗外出神地凝望的畫面；如此一來，第四句便水到渠成地轉為抒情筆法，寫出母親內心的憂念：「意恐遲遲歸」。她雖然有百般不捨、千般擔憂，可是嘴上卻沒有明說，以免兒子也悽楚依戀而牽腸掛肚，耽誤前程，因此她只是默默地把自己擔心孩子遠遊在外，滯久不歸時著涼受寒，而自己卻無法在他身邊照料叮嚀的關愛之情和憂慮之念，細細密密、層層疊疊地縫在衣衫上。而遊子也能夠觀照出母親無言的心意，真切明白母親茹苦含辛的悲哀，以及穿針引線中綿長不盡的關懷和期盼。換言之，「意恐」二字是以詩人揣摩慈母心態的口吻道出，表現出母子血脈相連而又心意相通的親密、了解和體貼，因此讀來更形溫婉蘊藉，感人肺腑，足以使所有久滯他鄉的遊子讀之落淚、誦之心酸而歸思悠悠了。

在古代的時空背景和文化因緣下，母親伴孤燈而縫衣的場面，是最稀鬆平常的事，作者卻能剪取這種典型的畫面來作為表達母愛和寄寓鄉愁的素材，使人讀來眼熱鼻酸而喉痛氣噎，不能不令人佩服其慧眼靈心和用常得奇的手法之巧妙。《維摩詰經》裡有「納須彌於芥子」的說法，英國詩人布萊克（William Blake，1757－1827）說：「一粒沙裡見世界，一朵花裡見天國，手掌裡盛住無限，一剎那便是永恆[1]。」本詩能夠以一針一線指點出母愛的無窮無盡，描繪出遊子心目中永恆的孺慕圖像，正有異曲同工之妙。

經過前四句對於細節的刻劃、場景的描繪和心理的揣摩等賦筆的鋪敘之後，末二句則盪開一筆，轉而以比興手法來表達作者百感交集，萬念奔湧的心境：「誰言寸草心，報得三春暉？」作者化虛為實，採用譬喻和對比的形式，一方面勾勒出柔嫩的寸許草莖在和煦的春暉中逐漸成長茁壯的畫面，表現出母愛的光輝之溫暖柔和，無所不在；一方面呈現出寸草仰望春暉的景象，象徵無限的孺慕之情。此外，以屏弱新嫩而又微不足道的「寸草心」，來和廣博深厚而又和煦溫暖的「三春暉」作懸殊的對比，不僅烏鳥反哺的孝思難以回報天高地厚的親恩

於萬一之意，顯豁無遺，連詩人遠遊多年，不能昏定晨省，親侍承歡，而有所愧欠之意，以及母親長年拄杖候門，望穿秋水，魂牽夢縈的無所怨尤之愛，也都蘊藏其中了。尤其這兩句採用詰問的語氣來表達反躬自省的沉痛，比起「雖懷寸草心，難報三春暉」的平順語法，不僅更見頓挫跌宕的波瀾，而且更有風神搖曳的餘韻和悠遠不匱的情味，自然也就更能扣人心弦、動人性靈了；因此曾季貍《艇齋詩話》評曰：「精確婉轉，人不可及也。」南村評曰：「二語婉至多風，使人子讀之，愛慕油然而生，覺『昊天罔極』尚屬理語。」（張揔輯《唐風懷》引）

由於本詩情感真誠，語言渾樸，興象溫馨，具有歷久彌新的動人魅力，因此清代便有許多師法作者的匠心，描寫睹衣思親的詩句 [2]，其中尤以蔣士銓〈歲暮到家〉詩：「愛子心無盡，歸家喜及辰。寒衣針線密，家信墨痕新。見面憐清瘦，呼兒問苦辛。低迴愧人子，不敢嘆風塵。」更是令人一讀傷感，再讀傷情，三讀則傷神傷腸，以致鼻酸心酸一時俱來而熱淚欲出矣！可見親倫恩義，原是最感人肺腑、催人心肝而又千古不曾改變的天性啊！

【補註】

01 引文是布萊克的格言詩〈天真的預言〉（"Auguries of Innocence"）的前四行：

To see a world in a grain of sand,

And a heaven in a wild flower,

Hold infinity in the palm of your hand,

And eternity in an hour.

02 例如史騏生〈寫懷〉：「父書空滿懷，母線尚縈襦。」彭桂〈建初弟來都省親喜極有感〉：「向來多少淚，都染手縫衣。」周自庵〈曬舊衣感賦〉：「卅載綈袍檢尚存，領襟雖破卻餘溫。重縫不忍輕移

拆，上有慈親舊線痕。」此外，尤澹仙〈夢母〉雖非睹衣思親之作，也足以感人，亦迻錄於此以供參考：「腸斷慈親卻早違，伶仃弱質痛何依。那堪夢裡相逢處，猶道兒寒合著衣。」(《曉春閣詩集》)

【評點】

01 劉辰翁：全是託興，終之悠然。不言之感，復非睍睆寒泉（按：指《詩經‧邶風‧凱風》篇）之比。千古之下，猶不忘淡；詩之尤不朽者。（高棅《唐詩品彙》引）

02 鍾惺：仁孝之言，自然風雅。(《唐詩歸》)

03 周敬：親在遠遊者難讀。　○顧璘：所謂雅音，此等是也。(《唐詩選脈會通評林》)

04 邢昉：仁孝藹藹，萬古如新。(《唐風定》)

05 沈德潛：即「欲報之德，昊天罔極」意，與昌黎「臣罪當誅，天王聖明」同有千古。(《唐詩別裁》)

06 賀裳：真是《六經》鼓吹，當與退之〈拘幽操〉同為全唐第一。(《載酒園詩話‧又編》)

07 吳喬：東野〈烈女操〉〈遊子吟〉等篇，命意真摯，措詞亦善。(《圍爐詩話》)

08 宋長白：言有盡而意無窮，與李公垂『鋤荷日當午』並傳。(《柳亭詩話》)

四七、權德輿詩歌選讀

【事略】

權德輿（761－818），字載之，原籍天水略陽（今甘肅省天水市秦安縣一帶），父輩於安史亂時遷徙潤洲丹陽（今江蘇省鎮江市管轄）。

少穎悟，四歲能賦詩。十五歲即為文數百篇，編《童蒙集》10 卷，名聲日大。未冠，即以文章稱揚於諸儒間。及冠，數佐幕府職事。德宗聞其才，召為太常博士，改左補闕，後遷起居舍人兼知制誥，轉駕部員外郎、司勳郎中，遷中書舍人，知禮部貢舉，轉戶部侍郎。憲宗時歷任戶、兵、吏三曹侍郎、太子賓客、太常卿。元和五年（810）拜相，後封扶風郡公，又歷任要職。

善辯論，陳說謀略多中；能談古論今，直言上書以啟悟人主。為輔相能尚寬存恕而不苛察小事，兼又積思經術，無不綜貫，故雖動止無所外飾，而蘊藉寬宏，風流儒雅，自然可慕。貞元、元和間為薦紳表率。

所賦詩篇，工於古調樂府，極富情致，或有絕似盛唐者；《滄浪詩話》《唐才子傳》以為時有韋應物、劉長卿之詩風。

《全唐詩》存其詩 10 卷，《全唐詩外編》及《續拾》補詩 10 首。

【詩評】

01 葉夢得：德輿在唐不以詩名，然詞亦雅暢。（《石林詩話》）

02 徐獻忠：權公幼有令度，神情超越，遂專詞藝，為時所慕。貞元以後，近體既繁，古聲漸杳，公乃獨專其美，取隆高代。五言近

體，亦先氣格而後詞藻；然氣候既至，藻亦自豐。其在開元名手，亦堂奧之間者也。(《唐詩品》)

03 許學夷：五言古詩雖不甚工，然雜用律體者少；中有四五篇，氣格絕類盛唐。七言古語雖綺艷，而格亦不卑；律詩五言，聲氣實勝，而七言則未為工。(《詩源辯體》)

04 毛先舒：元和詩響不振已極，唯權公乃頗見初唐遺構，亦一奇也。(《詩辯坻》)

05 郭麐：權公以文章名世，而詩多丰縟修整，無可動人。惟〈敷水驛〉一絕……頗有風趣；〈清明弋陽〉……亦清婉有致。(《靈芬館詩話》)

224 玉臺體十二首 其十一（五絕）　　權德輿

昨夜裙帶解，今朝蟢子飛。鉛華不可棄，莫是藁砧歸？

【詩意】

昨晚裙帶自動鬆脫開來，(是丈夫即將和我團圓的徵兆嗎？)今早看到屋角的喜蜘牽絲而飛；(啊！又是喜事的徵兆呢！這接連出現的預兆，難道是偶然的嗎？)嗯——！那我可要用心梳洗打扮一番，莫非是丈夫要回來了？

【注釋】

① 詩題—南朝陳之宮體詩人徐陵（507－583）曾選梁以前之詩作編為《玉臺新詠》，其中大多是艷體詩，內容往往流於纖麗儇薄；後世頗有仿其風格之作，故稱「玉臺體」。本詩是作者戲仿「玉臺體」

中「隱語」方式而作的十二首組詩之一。按：《玉臺新詠》中收有
古絕句四首，其中有「藁砧今何在？山上復有山。何當大刀頭？
破鏡飛上天」一首，即是「丈夫外出，半月當還」的隱語：藁砧，
代指丈夫，見注④；次句以兩個山字相疊成「出」字；而大刀之
柄頭往往有「環」以繫彩帶，即以諧音寄寓「還」家之義；破鏡
者，半月之狀，故暗指「半月」之時間。

② 「昨夜」句──古代婦女結腰束裙之帶，以絲束、繡條或帛縷為之，
在動作舉止之間，稍有疏忽，綰繫之結即有自動鬆脫的情形，古
人視此為夫婦好合之徵兆；這種想法，大概是出自古代婦女於良
人外出時相互諧謔戲笑之言。

③ 「今朝」句──蟢，音ㄒㄧˇ，長腳蜘蛛，又稱蟢子、喜蜘、蠨蛸。
因「蟢」「喜」二字同音，故古人視蟢子著衣為喜樂之瑞兆。胡震
亨《唐音癸籤》卷 20：「俗說：裙帶解，有酒食；蟢子緣人衣，有
喜事。」

④ 「鉛華」二句──鉛華，女子塗飾化妝的鉛粉。不可棄，應用以裝
扮也。莫是，莫非是、應該是之意，為揣測逆料而自疑之詞。藁，
稻稈。砧，斬割稻稈時鋪墊之具；古人將斬稻稈以製席時，常墊
之以砧，而後以鈇（按：鍘刀也）斬之。由於「鈇」「夫」二字諧
音，拈出「藁砧」二字，即隱涵「鈇」字之意而可以猜出諧音之
「夫」字；故藁砧歸，意即丈夫歸來。

【導讀】

本詩是作者模仿「玉臺體」中隱語古絕而寫的遊戲之作。由於語
言樸素明白，心理刻劃細膩，感情真摯坦率，符合樂而不淫、俗不傷
雅的原則，可以稱得上是「玉臺體」中的上乘之作，因此桂天祥《批
點唐詩正聲》評曰：「風思極佳，意外意。」

「昨夜裙帶解」是第一顆投進詩中女子心湖裡的小石子，盪起了

陣陣猜疑驚喜的漣漪。大概良人出門在外，滯久未歸，因此她的生活失去了依靠的重心而變得單調無聊，她的心湖也缺乏愛情的滋潤沃灌而平靜無波，一如古井。然而昨夜突然間裙帶輕分，正是平日婦女間戲謔空閨獨守的友人即將有歡愛喜事的徵兆，怎不令她的心湖盪漾出既驚且疑、含羞帶怯的漣漪呢？想來這偶然的裙帶鬆脫，或許使她相思終宵，輾轉難眠吧！

「今朝蟢子飛」是第二顆投進她心湖中的小石子，使她原本就有所思慕而漣漪輕颺的情懷，更是春心蕩漾、思潮如湧而臉紅心跳，難以平復了。不難想像那牽著遊絲而飛颺的蟢子在風中搖擺時，不僅撩起她更纏綿的相思，也牽引她的思緒颺向更邈遠、更神秘、更浪漫也更旖旎的歡愛天地裡去了，使她一時之間魂不守舍地兀坐冥想起來，不免霞染雙頰而小鹿亂撞了……。

不過，詩人事實上只是拈出女子追述的兩個喜兆而已，其中暗藏的驚疑羞怯、纏綿浪漫、猶豫躊躇等複雜的情懷和細膩的心理，則有待於「鉛華不可棄，莫是藁砧歸」這兩句描寫她期盼喜兆成真的樂觀心理出現後，才能夠完成豐富的寓意。「鉛華」句是寫她經過反復思考連續兩個徵兆的意義之後，期盼良人即將歸來而喜不自勝的心靈獨白：快去把久已棄置不用的胭脂粉黛給翻尋出來吧！「莫是」句則進一步點出令她作出這個決定的原因：應該是良人真的要回來了吧！這兩句不僅補足了前兩句中未曾明言的心理變化，也有助於讀者想像她一時之間眉飛色舞，喜逐顏開，嘴角含笑，眼眸發亮的神情，和翻箱倒櫃搜尋化妝品的忙亂，以及此後幾日之內，她都在妝鏡之前搽粉黛、塗胭脂、挽秀髮、簪珠翠、戴耳飾、著新衫等盛裝精扮以迎夫婿的容止儀態；同時還婉轉地透露出《詩經·伯兮》篇「自伯之東，首如飛蓬；豈無膏沐，誰適為容」那種夫君遠行在外，女子即無心於梳妝時低落消沉的意緒和黯然憔悴的心神來；可謂一筆數到而命意精切矣。此外，「莫是」二字表現出既期盼喜兆成真，又擔心歡喜成空、好夢

難圓的猶疑躊躇和矛盾不安，真把「女為悅己者容」的旖旎情懷和幽微心理，刻劃得細膩生動，纖毫畢現。

整首小詩，語言渾然天成而不假雕飾，感情真摯熱切而無所虛矯，加上隱語清俊而不艱深晦澀，興象綿邈而又情韻傳神，因此黃周星《唐詩快》評曰：「如聽小窗喁喁。」他聽出了少婦虔心默禱夫妻團圓的心聲。黃生《唐詩摘抄》說：「極似兒女家常卜兆之語。末二句本即接前二句，但此詩二十字宜一氣急道，方象驚喜自疑之意，插『鉛華』句在中，自是口角。」他點出本詩口語宛然而少婦心思如見的優美。俞陛雲《詩境淺說‧續編》說：「此詩寫閨中望遠之思。……忽喜羅裙夜解，蟢子朝飛；倘諺語之有徵，必佳期之可待。遂爾親研螺黛，預貯蘭膏，一時愁喜，並上眉頭；有蟠龍玉鏡，留待郎歸之望。作者曲體閨情，《金荃》之儔詠也。」這段評語，剖析少婦春心之幽微曲折，深婉如見；而推許本詩能和溫庭筠描寫閨情的名詞並美，也頗為公允中肯。

本組詩的第十二首云：「萬里行人至，深閨夜未眠；雙眉燈下掃，不待鏡臺前。」描寫女子急欲迎見良人歸來的驚喜之情，同樣氣韻生動，形神如見，令人分享她的喜悅之餘，不禁想要祝福他們幸福恩愛，天長地久。詩歌蕩人心魂的魅力，真是無遠弗屆，歷久彌新啊！

四八、張籍詩歌選讀

【事略】

張籍（766－約 830），字文昌，吳郡（今江蘇省蘇州市）人，少年時移居和州烏江（今安徽省和縣烏江鎮）。

貞元十五年（799）進士，歷太常寺太祝、國子助教、秘書郎、國子博士、水部員外郎，主客郎中，終國子司業；世稱張水部、張司業。

因孟郊之薦而得韓愈賞識，以才名相許，論心結契。後韓愈推薦為國子博士，然個性狷直，對韓多所責諷，韓亦無所忌。與朝野名士多所交遊，情義篤厚，酬唱贈答之作，屢見於王建、于鵠、孟郊、賈島、元稹、白居易、劉禹錫、姚合諸詩集中。

其詩取材廣泛，善於敘事，多諷論民生疾苦，深中時弊之作。尤工樂府古風，為杜甫至元、白間社會寫實詩派之健將；清人潘德輿《養一齋詩話》甚至推許其樂府古質深摯，為李、杜以下之第一人。與王建皆一面學習民間歌謠，一面擬作古樂府以哀時托興，同時又創作新樂府，多即事名篇之作，風格清麗深婉，奇崛警切，時有「張王樂府」之譽。絕句清新自然，風神秀朗；五律則平淺古澹，亦有可觀。有《張司業集》8 卷行世。

《全唐詩》存其詩 5 卷，《全唐詩續拾》補詩 1 首。

【詩評】

01 韓愈：張籍學古淡，軒鶴避雞群。（〈醉贈張秘書〉）

02 白居易：張公何為者？業文三十春。尤工古樂府，舉代少其倫。（〈讀

張籍古樂府〉）

03 張洎：公為古風最善，自李、杜之後，風雅道喪，繼其美者，唯公一人。……元和中，公及元丞相、白樂天、孟東野歌詞，天下宗匠，謂之「元和體」。又長於今體律詩。貞元已前，作者間出，大抵互相祖尚，拘於常態，逮公一變，而章句之妙，冠於流品矣。（〈張司業詩集序〉）　○吳中張水部為格律詩，尤工於匠物，字清意遠，不涉舊體，天下莫能窺其奧。唯朱慶餘一人親授其旨，沿流而下，則有任藩、陳標、章孝標、倪勝、司空圖等，咸及門焉。（〈項斯詩集序〉）

04 王安石：蘇州司業詩文老，樂府皆言妙入神；看似尋常最奇崛，成如容易卻艱辛。（〈題張司業詩〉）

05 周紫芝：唐人作樂府者甚多，當以張文昌為第一。（《竹坡詩話》）

06 張戒：張司業詩與元、白一律，專以道得人心事為工；但白才多而意切，張思遠而語精，元體輕而詞躁爾。籍律詩雖有味而少文，遠不逮李義山、劉夢得、杜牧之；然籍之樂府，諸人未必能也。（《歲寒堂詩話》）

07 敖陶孫：張籍如優工行鄉飲，酬獻秩如，時有詼氣。（《唐詩鏡》）

08 辛文房：公於樂府古風，與王司馬自成機軸，絕世獨立。自李、杜之後，風雅道喪，至元和中，暨元、白歌詩，為海內宗匠，謂之「元和體」；病格稍振，無愧洪河砥柱也。（《唐才子傳》）

09 高棅：大曆以還，古聲愈下，獨張籍、王建二家，體制相似，稍復古意。或舊曲新聲，或新題古義，詞旨通暢，悲歡窮泰，慨然有古歌謠之遺風，皆名為樂府。雖未必盡被於弦歌，是以詩人引古以諷之義歟？抑亦唐世流風之變而得其正也歟！（《唐詩品彙·七言古詩敘目》）

10 徐獻忠：水部長於樂府古辭，能以冷語發其含意，一唱三嘆，使人不忍釋手。張舍人敘其能繼李、杜之美；予謂李、杜雄渾過之，

而水部淒惋最勝。雖多出瘦語，而俊拔獨擅，貞元以後，一人而已。(《唐詩品》)

11 鍾惺：張文昌妙情秀質，而別有溫美之氣；思緒清密，讀之無深苦之迹，在中唐最為蘊藉。　○譚元春：司業詩，少陵所謂「冰雪淨聰明」足以當之。(《唐詩歸》)

12 賀貽孫：七言古須轟雷掣電之才，排山倒海之氣，乃克為之。張司業籍以樂府、古風合為一體，深秀古質，獨成一家，自是中唐七言古別調；但可惜邊幅稍狹耳。(《詩筏》)

13 田雯：白香山、張司業名言妙句，側見橫出，淺淡精潔之至。(《古歡堂雜著》)

14 李懷民：水部五言，體清韻遠，意古神閑，與樂府詞相為表裡，得《風》《騷》之遺。……茲得奉水部為「清真雅正主」，而以諸賢附焉。(《重訂中晚唐詩主客圖》)

15 李石洞：余讀貞元以後近體詩，……一派張水部，天然明麗，不事雕鏤，而氣味近道；學之可以去除躁妄矯飾。一派賈長江，力求險奧，不吝心思，而氣質凌霄；學之可以屏浮靡，卻凡俗。(林昌彝《射鷹樓詩話》引)

16 丁儀：時雖謂其長於樂府，今讀其詩，殊傷於直率，寡風人之旨；調既生澀，語多強致，以言樂府，去題遠矣。(《詩學淵源》)

225 沒蕃故人（五律）　　　　張籍

前年戍月支，城下沒全師。蕃漢斷消息，死生長別離。無人收廢帳，歸馬識殘旗。欲祭疑君在，天涯哭此時。

【詩意】

前年你隨著軍隊遠征吐蕃，聽說就在城下慘烈的鏖戰中你們全軍覆沒了！從此吐蕃和漢地，遙隔萬里，完全斷絕了消息；不論你是被生擒或者已經陣亡，只怕我們將生死懸隔而永遠無法再見了！我彷彿可以看見戰後的沙場上淒涼的景況：被焚毀的營帳和殘破的軍旗，在蕭瑟的寒風中嗚咽，沒有人去收拾清理；只有劫後餘生的戰馬還認得出它們，仍然在其間徘徊悲鳴……。我想要望空遙寄你的亡魂，卻又懷著萬分之一的希望而有些猶豫猜疑：說不定你仍然僥倖活著……，想到這些，終究還是忍不住向著茫茫的天涯，為你放聲痛哭！

【注釋】

① 詩題—沒，兼有淪陷、羈留之意，以及消失、死亡之意。蕃，指吐蕃，是西元第七世紀至第九世紀間藏族在甘肅西部、青海、西藏所建立的國度，中唐以後逐漸強盛，成為唐朝西北邊塞的大患，戰火不斷。

② 「前年」句—戍，指遠征而言；一作「伐」。月支，音ㄖㄨㄟˋ　ㄓ，一作「月氏」，漢時西域諸國之一，其部族先居住於甘肅西境，漢時為匈奴所破。漢文帝時西遷至今伊犁河上游，號大月氏，逐漸強盛，掠佔西域諸國，並曾遠至印度恆河流域及蔥嶺東西之地；未曾西遷的一支，則深入祁連山區，與羌族雜居，號小月氏。此處代指吐蕃而言。

③ 全師—古時軍隊出戰時分上、中、下三軍，合為全師。

【導讀】

這是一首哭祭友人遠征吐蕃而埋骨絕塞的哀悼詩，寫得蒼涼沉痛，淒哀徹骨，令人不勝悲愴唏噓。由於友人遠赴異域之後，只傳回全軍覆沒的噩耗，從此音訊斷絕，存亡未卜，使作者對他的生死安危，

念之神傷，思之悽楚；可能詩人在幾次魂牽夢縈之後，仍覺吉凶難料，疑死疑生，因而有本詩之作。詩題曰「沒」而不曰「祭」或「悼」，主要就是兼取淪陷、羈留與死亡之意，還保留了對友人仍有萬分之一僥倖機會的指望。如此命題，既可以看出作者對友人的關懷之深切，也可以看出古人在命題時矜慎不苟的用心。

　　本詩的特色是直抒胸臆，吐屬自然，完全不假雕飾。詩人把意中的想法化為口頭語來入詩，因此彷彿是對著遠空遊魂茫然自語一般，讀起來很能感受到作者感情之真摯懇切。前四句直接敘事，表現出友人遠征之久、戍邊之苦、鏖戰之慘烈、覆滅之沉痛，音訊斷絕之令人憂慮牽掛，以及生離死別、天人永隔之哀慟莫名。「前年戍月支，城下沒全師」兩句，一方面透露出思憶之久長，一方面暗示慘敗陣亡的傳聞無誤——否則何以兩年來別無進一步澄清或更正的訊息呢？因此作者才在幾乎可以確定友人早已陣亡之後，寫作本詩來表達哀悼之意。「城下」二字，是寫戰鬥之慘與形勢之危，故而終至全軍覆沒。惟其全軍覆沒，無一倖免，才會從此蕃、漢之間，斷無消息。這等於進一步印證了「沒全師」是無可逃避的事實，所以作者才會有生死永隔、幽明異路的沉痛而悵恨不已地說：「死生長別離」！而這五個字又暗藏著即使友人能僥倖存活，只怕再也無法相見的哀痛之意，並遙啟第七句「疑君在」的念頭。換言之，前四句的詩義是句句相銜，環環相扣，一氣貫注而又意脈綿密的。

　　「無人收廢帳，歸馬識殘旗」兩句則轉換敘事的筆調，採用懸想示現的手法來描繪戰敗之後淒涼的鬼域：既然無人清理戰場，收拾廢棄的軍帳，則將士已曝屍荒漠，頓成孤魂野鬼，也就不問可知了。此時，唯有倖存的戰馬悄然回到營地，徘徊在殘破的軍旗旁，根本無人加以招呼安撫，則兵敗如山倒而四散潰逃，乃至士卒被逐一追殺，進而全部殲滅的慘狀，也就可想而知了。這一聯刻意以愁慘的戰場景象回應「沒全師」三字，讀來悽涼滿紙，令人有身歷其境、怵目驚心的

哀傷。

「欲祭疑君在」五字，是在確知友人已經陣亡之後，打算遙寄亡魂之際，突然又抱著一絲渺茫的希望，希望以這一絲不切實際的幻想來逃避真相，自我寬慰；可是卻又知道終究無法以幻想扭轉不爭的事實，因此作者從自欺欺人的假設與癡心妄想的迷夢中清醒過來之後，再也無法強抑心頭的傷痛而「天涯哭此時」了！第七句中自欺自慰的時間愈久和抗拒事實的念頭愈強烈，則第八句的天涯慟哭也就愈如山洪暴發，具有沛然莫之能禦的聲勢了！此外，第七句中是死是生的困惑，極似韓愈〈祭十二郎文〉中一疑一信之波瀾：「嗚呼！其信然耶？其夢耶？其傳之非其真耶？信也，吾兄之盛德而夭其嗣乎？……」這種將信將疑的心境，使前六句的平鋪直敘和懸想示現，突然有了迴旋頓挫的波折，因而蓄積了更為深沉哀痛的情感；當第八句遙向遠空放聲痛哭時，就更顯得淒惻怊悵而有摧肝斷腸的力量了。這種沉潛斂抑而後再痛切淋漓的抒情手法，正如將軍在臨陣對敵之際，盤馬彎弓，扣矢不發，已使人不寒而慄；一旦他蓄勁飽滿，放手而射，便有凌空破風，使人膽裂魂飛的氣勢一般，值得細加揣摩體會。

【評點】

01 賀裳：誠堪嗚咽。（《載酒園詩話·又編》）

02 查慎行：結意悽慘。（《初白庵詩評》）

03 李懷民：只就喪師事一氣敘下，至哭故人處，但用尾末一點，無限悲愴。（《重訂中晚唐主客圖》）

04 潘德輿：語平淡而意沉痛，可與李華「其存其歿」數語並駕。（《養一齋詩話》）

05 俞陛雲：蒼涼沉痛，一篇哀誄文也。　○此可謂一死一生，乃見交情也。（《詩境淺說》）

四九、王建詩歌選讀

【事略】

王建（766－約835），字仲初，一字仲和，潁川（今河南許昌市）人。

王建雖鄙棄追求科第，然因家貧，早年曾入幽州、嶺南、魏博諸使府任幕職；後得薦舉，於憲宗元和年間任昭應縣（今陝西省臨潼區）丞、太府寺丞、太常丞。穆宗長慶初年，轉秘書丞，後出任陝州司馬。晚年退居咸陽原上，約卒於文宗太和末年。

〈自傷〉詩云：「衰門海內幾多人？滿眼公卿總不親。四授官資元七品，再經婚娶尚單身。圖書亦為頻移盡，兄弟還因數散貧。獨自在家常似客，黃昏哭向野田春。」可見出身寒門，晚猶貧困之縮影；故能由社會底層生活擷取創作素材，寫出大量反映現狀的詩篇，成為由杜甫過渡到白居易的社會寫實派健將。又因從軍塞上，飽嘗風霜，跋涉畏途，甘分窮苦，故能拓展其視野，深化其創作內涵；不論征戍、遷謫、行旅、離別、幽思、官況之作，皆能見人所未曾見，道人所未能道，是以別有動人肝腸之情韻存焉。

與張籍年歲相等，行蹤相親，故張籍〈逢王建有贈〉云：「年狀皆齊初有髭，鵲山漳水每相隨。使君座下朝聽易，處士庭中夜會詩。新作句成相借問，閑求義盡共尋思。經今三十餘年事，卻說還同昨日時。」可見兩人情誼之深厚。兩人皆工樂府，唱答尤多，世有「張王樂府」之稱。

《全唐詩》存其詩6卷，《全唐詩續拾》補詩2首。

【詩評】

01 白居易：詩人之作麗以則，建為文近之矣，故其所著章句，往往
在人口中；求之輩流，亦不易得。（〈授王建秘書郎制〉）

02 魏泰：唐人亦多為樂府，若張籍、王建、元稹、白居易以此得名。
其述情敍怨，委曲周詳，言盡意盡，更無餘味。及其末也，或是
詼諧，便使人發笑，此曾不足以宣諷怨之情，況欲使聞者感動而
自戒乎？（《臨漢隱居詩話》）

03 阮閱：詩之作也，窮通之分可觀；王建詩寒碎，故仕終不顯。（《詩
話總龜》）

04 許顗：張籍、王建，樂府宮詞皆傑出；所不能追逐李、杜者，氣
不勝耳。（《彥周詩話》）

05 曾季貍：唐人樂府，惟張籍、王建古質。（《艇齋詩話》）

06 顧璘：王、張樂府，體發人情，極於纖悉，無不至到；後人不及
者正在此，不及前人者亦在此。（《批點唐音》）

07 胡應麟：張籍、王建略去葩藻，求取情實，漸入晚唐，又一變也。
○張王樂府，稍為真澹，而體益卑卑。（《詩藪》）

08 時天彝：建樂府固仿文昌，然文昌姿態橫生，化俗為雅；建則從
俗而已。（吳師道《吳禮部詩話》引）

09 陳繹曾：張籍祖〈國風〉，宗漢樂府，思難辭易；王建似張籍，古
少今多。（胡震亨《唐音癸籤》引）

10 陸時雍：王建七言，穩得情事，兼帶風味得佳。　○張籍、王建
詩有三病：言之盡也、意之醜也、韻之庳也。言窮則盡，意褻則
醜，韻軟則庳。　○人情物態，不可言者最多；必盡言之，則俚
矣。知能言之為佳，而不知不言者之妙，此張籍、王建所以病也。
（《唐詩鏡》）

11 許學夷：王元美云：「樂府之所貴者，事與情而已。張籍善言情，
王建善徵事，而境皆不佳。」馮元成謂：「較李、杜歌行，判若河

漢」是也。愚按：二公樂府，意多懇切，語多痛快，正「元和體」也。然析論之，張造語古淡，較王稍為婉曲；王則語語痛快矣。　○七言律，王建尚奇而昧於正，尚意而略於辭。（《詩源辯體》）

12 桂天祥：張籍、王建音節頗同，然皆為佳詞；但專務巧思，而意與不足，晚唐之風於此開矣。（《批點唐詩正聲》）

13 鈍吟：水部五言多名句，張君破題極用意，不似他人直下。（清殷元勳、宋邦綏《才調集補注》引）

14 毛先舒：王建歌行，才思佻淺，便開花間一派，不待溫、李也。　○王促薄而調急，張風流而情永；張為勝矣。（《詩辯坻》）

15 賀裳：文昌善為哀怨之音，有嬌絃玉指之致；仲初妙於不含蓄，亦自有曉鐘殘角之韻。後人徒稱其〈宮詞〉百首，此又食熊啖股，何嘗得其美處？（《載酒園詩話・又編》）

16 田雯：劉夢得、王仲初調響詞煉，高華深穩。（《古歡堂集雜著》）

17 沈德潛：張文昌、王仲初樂府，專以口齒利便勝人，雅非貴品。（《說詩晬語》）　○張、王樂府委折深婉，曲道人情；李青蓮後之變體也。（〈重訂唐詩別裁集序〉）

18 薛雪：王仲初長篇、小律，俱有妙處，不可以宮詞、樂府拘定其聲價。（《一瓢詩話》）

19 張世煒：張王樂府，妙絕一時，其精警處，遠出樂天、微之之上。元、白長慶篇雖滔滔不竭，然寸金丈鐵，其間豈容無辯？惟近體則卑率寒陋，俱非所長也。（《唐七律雋》）

20 管世銘：張文昌、王仲初創為新制，文今意古，言淺諷深，頗合《三百篇》興、觀、群、怨之旨。（《讀雪山房唐詩序例》）

21 翁方綱：其詞之妙，則自在委曲深摯處別有頓挫；如僅以就事直寫觀之，淺矣。（《石洲詩話》）

22 宋育仁：其源出於漢代歌謠，能以俚語成章，而自然新妙。七言由茲推廣，自造新聲；宮詞妙絕時人，後來所祖。（《三唐詩品》）

23 丁儀：建思致委曲，韻語如流，情真意摯，體會不盡。古詩體格乃屬建安一派，不僅以樂府見勝也。近體專尚氣質，不工自工。惟七絕、宮詞，雖風神秀出，顧已非盛唐之舊矣；蓋其取法太白而自有未至者也。然中唐詩人，足冠冕一時者，亦惟顧況、李益、王建而已。韓、柳、元、白固當別論；張籍齊名，終屬虛構耳。（《詩學淵源》）

24 錢鍾書：是以張文昌擬之白、王，則又太誤。文昌含蓄婉摯，長於感慨，興之意為多；而白、王輕快本色，寫實敘事，體則近乎賦。（《談藝錄》）

226 新嫁娘詞三首 其三（五古）　　　王建

三日入廚下，洗手作羹湯。未諳姑食性，先遣小姑嘗。

【詩意】

　　新媳婦嫁到夫家三天之後就得走進廚房，洗淨素手，為家人調理羹湯。因為她還不熟悉婆婆飲食的口味，便聰慧地請小姑先行品嚐看看。

【注釋】

① 「三日」句—古代習俗，婚後三日，媳婦就得下廚做飯，謂之過三朝。下，表示某一地方之詞；一作「房」。

② 「未諳」句—諳，熟悉。姑，指婆婆。食性，飲食方面偏好的口味。

③ 「先遣」—遣，使、讓；此處有央求之意。小姑，丈夫的妹妹。

【導讀】

　　這首小詩完全不作人物裝束、容貌、性情的直接修飾或形容，只以白描的手法、簡潔的筆意，便勾勒出一位聰穎靈巧、心思細密的新婦形象，讀來只覺詞樸語莊，言近旨遠，風趣宛然，味美於回。

　　「三日入廚下」，是寫她新婚未久，就遵循禮俗而早勤中饋，可見她調適心態，轉換角色之快。「洗手作羹湯」，是寫她鄭重其事地挽起衣袖，洗淨雙手，調理菜餚；則其操持家務之幹練俐落，已不言可喻；而她通情達理的安分守己，也不問可知。「未諳姑食性，先遣小姑嘗」兩句，寫她先意承志的孝敬、聰慧機伶的心思、謙謹友愛的態度和靈活巧妙的手腕。大抵而言，婆婆高高在上而難於親近，不易了解，小姑卻是同屬平輩而易於交好，不難巴結；再加上小姑是由婆婆撫養長大的，自然熟知「媽媽的味道」，正是先嘗羹湯冷熱鹹淡的不二人選。因此，為了討婆婆歡心，替自己未來的幸福奠定厚實的基礎，也為了贏得小姑的好感，替家庭生活的和睦親愛鋪設坦途，新婦便一方面誠惶誠恐地料理羹湯，一方面和善親切地央請小姑先行品嚐。如此一來，既表現出她侍奉公婆時的恭謹鄭重，也表現出她待人接物時的聰穎和友愛。由於詩人不僅能把人情物態，刻劃入微，而且情節安排，親切自然，再加上第三句轉而從心理方面落墨，更見跌宕的姿韻和別出心裁的風趣，因此贏得詩家極高的評價，成為膾炙人口的名作。

　　本詩和朱慶餘的名作〈閨意・近試上張水部〉，在閱讀時也不妨產生「初出茅廬的年輕人應該誠懇謙卑向先進前輩請教」的理解；儘管王建寫作時未必有此寓意，但是由於形象生動，機趣洋溢，而且暗合人情世故，自然意蘊也就豐富深廣起來。章燮《唐詩三百首注疏》說：「言新嫁之謹畏也。推之仕路中新進者，類皆若是；及其老練日久，果能始終敬畏，何患人臣不忠哉！」雖然有些推衍太過，卻正可以看出前人評解詩篇時往往別有會心。

　　本組小詩的前二首雖不及本詩之妙，但第一首卻能看出這位新嫁娘之美麗、新婚時左鄰右舍對她的好奇、丈夫對妻子的滿意與自豪、丈夫與鄰居玩笑時的自信與和樂；第二首則可以看出她恭慎持禮的態度，是以並錄於後：

　　＊「鄰家人不識，床上坐堆堆；郎來傍門戶，滿口索錢財。」

　　＊「錦帳兩邊橫，遮掩待娘行；遣郎鋪簟席，相並拜親情。」

【評點】

01 劉克莊：王建〈新嫁娘〉：「未諳姑食性，先遣小姑嘗。」張文潛〈寄衣曲〉：「別來不見身長短，試比小郎衣更長。」二詩以建為勝。（《後村詩話》）

02 敖英：前輩教人作絕句，令誦「三日入廚下」「打起黃鶯兒」「畫松一似真松樹」皆自肺腑中流出，無牽強斧鑿痕。（敖英輯評，凌雲補輯《唐詩絕句類選》）

＊ 編按：《全唐詩》卷 808 載景雲所作〈畫松〉云：「畫松一似真松樹，且待尋思記得無？曾在天臺山上見，石橋南畔第三株。」

03 邢昉：絕句中有調高逼古，出六朝上者，此種是也。（《唐風定》）

04 郭濬：妙在不作麗語。（郭濬評點，周明輔等參訂《增定評注唐詩正聲》）

05 黃生：極細事，道出便妙。只是一真。（《唐詩摘抄》）

06 朱之荊：詞樸語莊，不作麗語。

07 馬魯：詩有最平易者，如王建〈新嫁娘〉是也。……孝順心腸，和煦氣象，不小家，亦不倨傲，和盤托出，豈非平易而有思致之詩？（《南苑一知集‧論詩》）

08 沈德潛：詩至真處，一字不可移易。（《唐詩別裁》）

09 沈德潛：五言絕句，……如崔浩〈長干曲〉、金昌緒〈春怨〉、王建〈新嫁娘〉、張祜〈宮詞〉等篇，雖非專家，亦稱絕調。(《說詩晬語》)

10 黃叔燦：新婦與姑未習，小姑易親，轉圜機緒慧甚。入情入理，語亦天然。(《唐詩箋注》)

11 李鍈：真樸可以教孝。此種詩有關風化，去《三百篇》未遠。(《詩法易簡錄》)

12 劉永濟：佳處在樸素又生動，有民間歌謠之趣。(《唐人絕句精華》)

五十、韓愈詩歌選讀

【事略】

　　韓愈（768－824），字退之，河南河陽（今河南省孟州市）人；世稱韓文公、韓吏部、韓昌黎。

　　韓愈二月失恃，三歲失怙，幸賴長兄韓會及嫂鄭氏撫養。七歲讀書，十三歲能寫文章。貞元二年（786）起，赴長安應舉，三試不第；八年始中進士。應吏部銓敘考試又三次不中。其間雖曾三次上書宰相，不獲報。旅居長安十年之間，困厄悲愁，飢不得食，寒不得衣；雖干謁乞援，歌功頌德，鑽營求進，卑躬屈膝，仍未能入仕。貞元十一年（795）黯然離京後，曾任宣武軍節度使董晉之觀察推官，後入徐州節度使張建封幕下。十六年經吏部銓選後，始正式步入仕途，茲舉其官職之要者如下：國子監四門博士、監察御史、國子博士、國子監太常博士、知制誥、中書舍人、御史中丞、刑部侍郎、潮州刺史、國子監祭酒、兵部侍郎、吏部侍郎、京兆尹兼御史大夫。穆宗長慶四（824）年六月，因病辭吏部侍郎告歸，十二月卒於宅，贈禮部尚書，諡曰「文」。

　　韓愈除了標榜儒術和排斥佛、老不遺餘力之外，在文學史上更具有重要的地位。在韓愈之前，雖有陳子昂、張說、蕭穎士、獨孤及等人，致力於改革六朝以來過分講究駢儷華采而流於空洞無實的文風，惜未能蔚為風氣。直到韓愈高舉古文運動的大旗，力主以先秦兩漢內容充實、形式自由的散文，取代空疏無本、華而不實的駢文，並倡言「非三代兩漢之書不敢觀，非聖人之志不敢存」；再加上李觀、崔群、柳宗元、劉禹錫、張籍，及弟子李翱、皇甫湜等人相互為文激盪的推

波助瀾之下，終使古文運動蓬勃展開，聲勢逐漸凌駕駢文之上。再經宋代歐陽修等人的提倡，古文運動終於成為文章界的正宗主流。

其文以載道為主，議論縱橫，氣勢雄偉，頗為恢宏奇詭，有如長江大河，渾浩流轉，而且變化多端，難以捉摸，的確具有很強烈的感染力，對後代文章發展的影響極為深遠，因此蘇軾譽之為「文起八代之衰，道濟天下之溺」。明代茅坤選錄韓愈、柳宗元、歐陽修、曾鞏、王安石及三蘇父子之作為習文楷模時，推尊他為「唐宋八大家」之首。有《韓昌黎集》傳世。

就詩歌表現而言，有幾個面向值得觀察：

＊第一，集中有不少描寫社會動盪，反映時代亂離，憂心民生艱苦，感嘆國是日非，斥責權奸禍國的詩篇，均能融入知識分子的血淚，本諸讀書人的良知，表現出士大夫悲天憫人、憂國傷時的使命感；因此薛雪《一瓢詩話》推崇他：「昌黎學力正大，俯視群蒙，匡君之心，一飯不忘；救時之念，一刻不懈。……嘗謂直接孔、孟薪傳，信不誣也。」

＊第二，失意怨憤的牢騷，始終是歷代詩人顧影自憐、吁嗟唱嘆的題材；頗感遷謫遠放之苦的韓愈亦不例外，故詩中亦常流露懷才不展，有志難伸的不平之氣。因此方東樹《昭昧詹言·續編》說：「詩中夾以世俗情態、困苦危險之情，杜公最多，韓亦有之；古今興亡成敗、盛衰感慨、悲涼抑鬱、窮通哀樂，杜公最多，韓公亦然。」

＊第三，由於想像奇詭，筆觸誇張，膽氣豪宕，詞藻瑰麗，故而有聲有色，光怪陸離，令人心折骨驚、目眩神搖之作亦復不少；如〈雙鳥〉〈答張徹〉〈調張籍〉〈陸渾火山和皇甫湜〉〈送無本師歸范陽〉等作中拔鯨牙、酌天漿、睨巨浪、拂天星、朝食龍、暮食牛、河生塵、海絕流……種種奇思幻想之壯語，真足以使人瞠目結舌，惶惑震懾，不得不嘆服其矜誇之雄暢，探險之幽絕，的確

能言人所不能言，狀人所不敢狀之境；因此趙翼《甌北詩話》說：
「中唐詩以韓、孟、元、白為最。韓、孟尚奇警，務言人所不敢
言；元、白尚坦易，務言人所共欲言。」

＊第四，由於以文為詩，甚至以賦為詩，既不避詰屈古奧，又好用
奇字險韻，因此或文從字順，或詭譎瑰奇，或艱澀僻怪，或鋪張
揚厲，或嚴整端凝，或壯浪跌宕，或縱橫開闔，可謂變幻莫測；
故方東樹《昭昧詹言》以為「韓公當知其『如潮』處，非但義理
層見疊出；其筆勢湧出，讀之攔不住，望之不可極，測之來去無
端涯，不可窮，不可竭。當思其腸胃繞萬象，精神驅五嶽，奇崛
戰鬥鬼神，而又無不文從字順，各識其職，所謂『妥貼力排奡』
也。」又說：「韓公詩文體多，而造境造言，精神兀傲，氣韻沉
酣，筆勢馳驟，波瀾老成，意象曠達，句字奇警，獨步千古，與
元氣侔。」

＊第五，綜合言之，由於主張「陳言務去，辭必己出」，致力於追
求新變，儼然有「語不驚人死不休」的精神；即使在開新求變的
正途中時有誤入險怪之歧途者，亦在所不辭，甚至還有意藉此開
宗立派。因此趙翼說：「韓昌黎生平所心摹力追者，惟李、杜二
公。顧李、杜之前，未有李、杜，故二公才氣橫恣，各開生面，
遂獨有千古。至昌黎時，李、杜已在前，縱極力變化，終不能再
闢一徑。惟少陵奇險處，尚有可推擴，故一眼覷定，欲從此闢山
開道，自成一家。此昌黎注意所在也。然奇險處亦自有得失。蓋
少陵才思所到，偶然得之；而昌黎則專以此求勝，故時見斧鑿痕
跡。有心與無心異也。」

其詩今存四百餘首。《全唐詩》存其詩 10 卷，《全唐詩外編》及《續
拾》補詩 12 首。

【詩評】

01 司空圖：其驅駕氣勢，若掀雷抉電，奔騰於天地之間；物狀奇變，不得不鼓舞而循其呼吸也。(〈題柳柳州集後序〉)

02 歐陽修：退之筆力，無施不可，而嘗以詩為文章末事，故其詩曰：「多情懷酒伴，餘事作詩人」也。然其資談笑、助諧謔、敍人情、狀物態，一寓於詩，而曲盡其妙。此在雄文大手，固不足論，而余獨愛其工於用韻也。蓋其得韻寬，則波瀾橫溢，泛入傍韻，乍還乍離，出入迴合，殆不可拘以常格，如〈此日足可惜〉之類是也。得韻窄，則不復傍出，而因難見巧，愈險愈奇，如〈病中贈張十八〉之類是也。余嘗與聖俞論此，以謂譬如善馭良馬者，通衢廣陌，縱橫馳逐，惟意所之。至於水曲蟻封，疾徐中節，而不少蹉跌，乃天下之至工也。。(《六一詩話》)

03 蔡啟：退之詩豪健雄放，自成一家，世特恨其深婉不足。(《蔡寬夫詩話》)

04 沈括：退之詩，押韻之文也，雖健美富贍，然終不是詩。(釋惠洪《冷齋夜話》引)

05 胡仔：退之詩山立霆碎，自成一法；然譬之樊侯冠佩，微露粗疏。(《苕溪漁隱叢話後集》)

06 張戒：韓退之詩，愛憎相半。愛者以為雖杜子美亦不及，不愛者以為退之於詩本無所得。⋯⋯退之詩，大抵才氣有餘，故能擒能縱；顛倒崛奇，無施不可。放之則如長江大河，瀾翻洶湧，滾滾不窮；收之則藏形匿影，乍出乍沒，姿態橫生，變怪百出，可喜可愕，可畏可服也。蘇黃門子由有云：「唐人詩當推韓、杜，韓詩豪，杜詩雄；然杜之雄猶可以兼韓之豪也。」此論得之。詩文字畫，大抵從胸臆中出。子美篤於忠義，深於經術，故其詩雄而正；李太白喜任俠，喜神仙，故其詩豪而逸；退之文章侍從，故其詩

文有廊廟氣。退之詩正可與太白為敵，然二豪不並立，當屈退之第三。(《歲寒堂詩話》)

07 高棅：其詩騁駕氣勢，嶄絕崛強，若掀雷決電，千夫萬騎，橫騖別驅，汪洋大肆，而莫能止者。(《唐詩品彙》)

08 鍾惺：唐文奇碎，而退之春融，志在挽回；唐詩淹雅，而退之艱奧，意專出脫。詩文出一手，彼此猶不相襲，真持世特識也。至其樂府，諷刺寄託，深婉忠厚，真正風雅。(《唐詩歸》)

09 胡震亨：韓公挺負詩力，所少韻致；出處既掉運不靈，更以儲才獨富，故犯惡韻鬥奇，不加揀擇，遂致叢雜難觀。得妙筆汰用，瑰寶自出。第以為類押韻之文者過。(《唐音癸籤》)

10 許學夷：唐人之詩，皆由悟入，得於造詣；若退之五、七言古，雖奇險豪縱，快心露骨，實自才力強大者得之，故不假悟入，亦不假造詣也。然詳而論之，五言最工，而七言稍遜。　○退之五、七言古，字句奇險，皆有所本；然引用妥帖，殊無扭捏牽率之態。其論孟郊詩云：「橫空盤硬語，妥貼力排奡」，蓋自況也。(《詩源辯體》)

11 葉燮：唐詩為八代以來一大變，韓愈為唐詩之一大變；其力大，其思雄，崛起特為鼻祖。宋之蘇、梅、歐、蘇、王、黃，皆愈為之發其端，可謂極盛。而俗儒且謂愈詩大變漢、魏，大變盛唐，格格而不許，何異居蚯蚓之穴，習聞其長鳴，聽洪鐘之響而怪之，竊竊然議之也。　○杜甫之詩，獨冠今古，此外上下千餘年，作者代有，惟韓愈、蘇軾，其才力能與甫抗衡，鼎立為三。韓詩無一字猶人，如太華削成，不可攀躋；若俗儒論之，摘其杜撰，十且五六，輒搖唇鼓舌矣。(《原詩》)

12 錢良擇：唐自李、杜崛起，盡翻六朝窠臼，文章能事已盡，無可變化矣；昌黎生其後，乃盡廢前人之法，而創為奇僻拙拗之語，遂開千古未有之面目。《唐音審體》)

13 沈德潛：昌黎豪傑自命，欲以學問才力跨越李、杜之上；然恢張處多，變化處少，力有餘而巧不足也。獨四言大篇，如〈元和聖德〉〈平淮西碑〉之類，義山所謂句奇語重，點竄塗改者，雖司馬長卿亦當斂手。(《說詩晬語》)

14 趙翼：其實昌黎自有本色，仍在文從字順中，自然雄厚博大，不可捉摸，不專以奇險見長。恐昌黎亦不自知，後人平心讀之自見。若徒以奇險求昌黎，轉失之矣。　○昌黎詩中律詩最少。五律尚有長篇及與同人唱和之作，七律則全集僅十二首。蓋才力雄厚，惟古詩足以恣其馳驟；一束於格式聲病，即難展其所長，故不肯多作。然律中如〈詠月〉〈詠雪〉諸詩，極體物之工，措詞之雅；七律更無一不完善穩妥，與古詩之奇崛判若兩手。則又其隨物賦形，不拘一格之能事。(《甌北詩話》)

15 弘曆：其壯浪縱恣，擺去拘束，誠不減於李；其渾涵汪茫，千匯萬狀，誠不減於杜。而風骨峻嶒，腕力矯變，得李、杜之神而不襲其貌，則又拔奇於二子之外而自成一家。(《唐宋詩醇》)

16 賀裳：韓愈七言古最見筆力，中唐名家，亦多緩弱。惟韓退之有項羽救鉅鹿，呼聲動天，諸侯莫敢仰視之概；至敗亡，猶能以二十八騎於百萬眾中斬將刈旗，稍一沉深，項可劉，韓可杜矣。張司業祭韓詩曰：「獨得雄直氣，發為古文章」，余意獨舉以評其詩尤當。(《載酒園詩話·又編》)

17 方東樹：韓公筆力強，造語奇，取境闊，蓄勢遠，用法變化而深嚴，橫跨古今，奄有百家；但間有長語漫勢，傷多成習氣，此病杜公亦有之。　○韓詩無一句猶人，又恢張處多，頓挫處多。韓詩雖縱橫變化不逮李、杜，而規模堂廡，彌見闊大。　○詩莫難於七古，七古以才氣為主，縱橫變化，雄奇渾灝，亦由天授，不可強能。杜公、太白，天地元氣，直與《史記》相埒；二千年來，只此二人。其次，則須解古文而後能之，觀韓歐蘇三家，章法剪

裁，純以古文之法行之，所以獨步千古。　○李杜韓歐，非但才氣筆力雄肆，直緣胸中蓄得道理多，觸手而發，左右逢源，皆有歸宿，使人心目了然饜足，足以感觸發悟心意。(《昭昧詹言》)

18 施補華：退之五古，橫空盤硬，妥帖排奡；開張處過於少陵，而變化不及。中唐以後漸近薄弱，得退之而中興。　○七古盛唐以後繼少陵而霸者，唯有韓公；韓公七古，殊有雄強奇傑之氣，微嫌少變化耳。　○少陵七古，多用對偶；退之七古，多用單行。退之筆力雄勁，單行亦不嫌弱，終覺鈐束處太少。(《峴傭說詩》)

19 丁儀：古詩硬語盤空，奇崛可喜；唯以才氣自雄，排闥過甚，轉覺為累；又善押強韻，故時傷於粗險。……絕句以五言為勝，七言質實，故少風致。綜其弊，則務在必勝，故時有過火語，令人難耐。(《詩學淵源》)

20 陳衍：元和以降，各人各具一種筆意；昌黎則兼有清妙、雄偉、磊砢三種筆意。(《石遺室詩話》)

227 山石 (七古)　　　　　　　　　　韓愈

山石犖确行徑微，黃昏到寺蝙蝠飛。升堂坐階新雨足，芭蕉葉大梔子肥。

僧言古壁佛畫好，以火來照所見稀。鋪床拂席置羹飯，疏糲亦足飽我飢。夜深靜臥百蟲絕，清月出嶺光入扉。

天明獨去無道路，出入高下窮煙霏。山紅澗碧紛爛漫，時見松櫪皆十圍。當流赤足踏澗石，水聲激激風生衣。

人生如此自可樂，豈必局促為人鞿？嗟哉吾黨二三子，安得至老不更歸？

【詩意】

　　狹隘的山路上，參差錯落地散佈著堅硬的石頭，特別險峻難走；來到寺院，已經是蝙蝠亂飛的黃昏時候了。抵達寺廟的堂屋之後，我坐在石階上歇歇腳，這才看到這幾天裡豐沛的雨水讓院子裡的芭蕉葉舒展得格外闊大，梔子花也開得特別肥碩；這青翠的葉片和白色的花朵把陰濕的院落點綴得別有一番清幽的野趣。

　　寺僧殷勤地告訴我古舊的殿壁上有多麼好看的佛像圖畫，還拿著燭火湊近讓我欣賞，可是光影依稀隱約，牆壁斑駁黯暗，實在看不出什麼名堂。後來他為我擦拭枕席，鋪好床被，準備好飯菜；即使只是粗淡的素齋，也足以填飽我轆轆的飢腸。夜深靜臥時，發覺原本山寺附近唧唧噦噦的許多蟲鳴，也都絕無聲息了，天地間顯得格外闃寂；當下弦月從山嶺後升上來時，皎潔的清輝便從窗扉間悄悄流入禪房，映照得室內格外明潔幽峭。

　　天色微明時，我便獨自離寺而去，當時晨霧瀰漫在四周，只能忽高忽低、忽上忽下地摸索著前進，直到四周的雲霧散盡，才稍微看得見前方的路徑。當陽光照進山中後，景色頓時明亮起來：叢叢密密的紅花、淙淙涓涓的碧水，把山坡和澗谷妝扮得繽紛燦爛而野趣盎然；一路上還隨時可以見到粗達十圍的的松樹、櫪樹聳立在茂密的山林之間。來到湍急的水邊時，我脫下鞋襪，赤腳踩著溪澗裡的石頭前進，

讓涼爽的泉水流過我的腳背。流水激盪著溪石所奏出的樂章，特別悅耳；晨風吹動我的衣衫，也特別柔和。

人生能夠這樣悠閒自在地遊山玩水，自有使人流連忘返的歡樂情趣，何必拘束在無聊的官場中處處受人羈畔呢？和我同樣喜愛尋山親水的朋友們，怎麼能一直奔走到老，卻始終不肯歸隱林泉呢？

【注釋】

① 詩題──本詩雖以「山石」為題，卻非歌詠山石之作，而是書寫一段賞心悅性的遊蹤，可以說是一首近於散文體的山水詩。拈出首句二字命題，是《詩經》以來常有的形式，和李義山部分有寄託的〈無題〉詩所可能有的難言之隱不同。至於詩末所謂「豈必局促為人鞿」，可能是因為作者遭貶而有不平之憤，所以才頓時有歸隱之想；不過這只是一時興起的念頭而已，絕非真有棄官棲寺或悠游山林之志。

② 「山石」句──犖确（ㄑㄩㄝˋ），險峻不平貌、岩石堅確貌。行徑微，既寫山徑狹窄難行，又指日色微昏，石徑隱約難辨，益增崎嶇之感。

③ 「升堂」二句──升堂，指進入堂屋。坐階，坐在堂階前歇息。新雨足，謂剛停不久的連日陰雨，帶來豐沛的雨量。芭蕉葉大，《本草綱目》謂其葉片可長丈餘，寬二尺。梔子，茜草科常綠灌木，高約二公尺，夏月開大形白花，微帶黃暈，有香氣；果實可為黃色染料，又可供藥用。肥，謂雨水滋潤後特別盛放。

④ 「僧言」四句──寫僧人之殷勤招呼，盛情可感。所見稀，所見之壁畫隱約依稀，看不出有何特殊之處；一方面是因為燭影幽微，光線昏昧，一方面是因為古壁斑駁，色澤黯暗；同時還可能有作者潛意識中闢佛的心理因素在內。置，供應也。疏糲，粗糙的米飯。飽我飢，補足首句所含的山行艱苦之意，故飢腸轆轆而飽食

素齋。

* 編按：此四句所透露出的人情淳樸之美，也是末段「人生如此自
可樂」中所包括的「可樂」之一。

⑤ 「夜深」二句——寫深山孤寺之寧靜與雨後月色之清美，使人臥懷
不寐，心神俱靜。

⑥ 「天明」二句——無道路，既寫寺居深山，尋訪之人少；又寫曉霧
之濃，天色熹微，故而路徑難尋；可能還兼有信步漫游，不辨路
徑之意。出入高下，謂行進於忽高忽低之山中，穿梭於迷濛難辨
的煙霧裡。煙霏，流動如煙的雲氣。窮煙霏，在煙雲中摸索，直
至朝日升起，雲霧散盡，乃有清楚之視野而便於行進。

⑦ 「山紅」二句——山紅，指山花紅燦；澗碧，指澗水澄碧。爛漫，
光彩照人貌；紛爛漫，謂色澤明麗，景致優美。櫪，通「櫟」字，
殼斗科落葉喬木。圍，古時丈量圓周的概算單位，約為兩手合抱
的長度；十圍，言其粗壯。

⑧ 「豈必」句——局促，拘束不自在。羈，音ㄐㄧ，馬絡頭；此處作
拘束牽制解。

⑨ 「嗟哉」二句——吾黨，本指自己的鄉里；《論語・公冶長》：「吾黨
之小子狂簡，斐然成章，不知所以裁之。」此處與二三子合言，
泛指志同道合之諸友而言。安得，豈能也。至老不更歸，謂在官
場受人牽絆至老，卻不知歸隱林泉。更，再也，有強調語氣的作
用。

【淺說】

這是一首運用散文句法，依照時間遞進順序所寫成的記遊詩。內
容不過是追述一次獨自山行投宿於不知名古剎所體驗到的人情與野
趣，以及翌日清晨離寺下山，穿林越澗時風聲泉響的情境之美，別無
深意可玩。

　　大抵而言，由於本篇以文為詩，因而有化俗為奇的生新風格；筆致簡潔，因而有清遠恬淡的優雅意趣；移步換景，因而有濃淡相宜的詩情畫意；由黃昏而深夜而破曉，因而有光影掩映、色調明暗的變幻之妙；山深雨足而後晴，因而有葉大花肥、百蟲絕鳴、冷月幽光、煙雲縹緲、霧氣瀰漫、花紅潤碧、水激風泠的風物之佳和清景之美。

　　儘管如此，作者不過是忠實記錄一段山行所見所聞的聲色之美、景致之幽、新奇之感而已，既別無興象深遠而耐人尋繹的寄託，也沒有匠心獨運而令人贊嘆的技法，更沒有超塵絕俗而引人入勝的奇境可言；換言之，這不過是一首平淡無奇的散文詩而已，沒有什麼特別值得稱道之處。由於筆者並不認同前人盛稱本詩的成就之高、章法之圓、句法之奇、呼應之妙等，是以僅淺說如上，不再深入導讀。

【評點】

01 黃震：山石詩，清峻。（《黃氏日抄》）

02 陸時雍：語如清流嚙石，激激相注。李杜虛境過形，昌黎當境實寫。（《唐詩鏡》）

03 馮時可：敘游如畫如記，悠然澹然，在〈古劍〉諸篇之上。……其「嗟哉吾黨」二句，後人添入，非公筆也。（《雨航雜錄》）

04 汪森：句烹字煉而無雕琢之跡，緣其淡中設色，樸處生姿耳。（《韓柳詩選》）

05 何焯：直書即目，無意求工，而文自至。一變謝家模範之跡，如畫家之有荊（浩）關（同）也。（《義門讀書記》）

06 查慎行：意境俱別。（《十二種詩評》）

07 查晚晴：寫景無意不刻，無語不僻；取徑無處不斷，無意不轉。屢經荒山古寺來，讀此始愧未曾道著隻字。（《十二種詩評‧附載》）

08 弘曆：「以火來照所見稀」與〈岳廟作〉「神縱欲福難為功」略同。於法則隨手撇脫，於意則素所不滿之事，即隨處自然流露也。(《唐宋詩醇》)

09 張文蓀：寓瀟灑於渾勁，昌黎七古最近人之作。　○昌黎詩體古奧奇橫，自闢門戶；此種清而厚，麗而逸，亦公獨得妙境。(《唐賢清雅集》)

10 方東樹：許多層事，只起四語了之；雖是順敘，卻一句一樣境界。如展畫圖，觸目通層在眼，何等比例！五句、六句又一畫，十句又一畫。「天明」六句，共一幅早行圖；收入議。　○從昨日追敘，夾敘夾寫，情景如見，句法高古。　○只是一篇游記，而敘寫簡妙，猶是古文手筆。他人數語方能明白者，此須一句即全現出；而句法復如有餘地，此為筆力。　○凡結句都要不從人間來，乃為匪夷所思，奇險不測。他人百思不解，我卻如此結，乃為我之詩，如韓〈山石〉是也；不然，人人胸中所可有，手筆所可到，是為凡近。(《昭昧詹言》)

* 編按：方氏之論，最不知所云，韓愈結尾所寫，不過一時興起之想，絕非真有歸隱之志；實不見有何高妙之處；前引馮時可甚至以為末二句乃「後人添入，非公筆也。」方氏以為妙不可及，馮氏以為狗尾續貂；讀詩解詩難公而易偏，於此可見一斑。

11 翁方綱：全以勁筆撐空而出，若句句提筆者。(《古詩選批》)

12 劉熙載：〈山石〉一作，辭奇意幽，可為《楚辭‧招隱士》對，如柳州〈天對〉例也。(《藝概》)

13 夏敬觀：「山石犖确行徑微」一篇，此盡人稱道者也。學昌黎亦惟此稍易近，緣與他家詩境近也。(《唐詩說‧說韓》)

* 編按：這等於說本詩毫無出奇的特色可言，與各家的看法大相逕庭。

14 汪佑南：通體寫景處，句多濃麗；即事、寫懷，以淡語出之。濃

淡相間，純任自然，似不經意，而實極經意之作也。（《山涇草堂
詩話》）

15 高步瀛：（「夜深靜臥百蟲絕，清月出嶺光入扉」）寫雨後月出，景
　　象超妙。（《唐宋詩舉要》）

16 章燮：（「僧言古壁佛畫好」六句）從黃昏寫到夜深，有次序；句
　　句不脫僧寺，不離夜深。末句造語尤為奇絕。（《唐詩三百首注疏》）

17 施蟄存：他的敘述，粗看時，好比行雲流水，沒有細密的組織，
　　但如果深入玩味，就能發現它是處處有照顧的。「無道路」呼應了
　　上文的「行徑微」。「出入高下」呼應了上文的「山石犖确」。「赤
　　足踏澗石」呼應了上文的「新雨足」。在黃昏時看壁畫，是「以火
　　來照所見稀」；在清晨的歸路上，則看見了山紅澗碧和巨大的松櫟。
　　前後兩個「見」字形成對比。（《唐詩百話》）

18 張高評：全首詩的聯絡照應，尤在不經意處。起首四句，已統攝
　　全詩之景；「芭蕉」句，也承上「新雨足」來。「天明」二句，分
　　別遙應「犖确」「黃昏」之意；「山紅」二句，則繳應「芭蕉葉大
　　梔子肥」；「當流足踏」，應上「升堂坐階」；「水聲激激」，回顧「新
　　雨足」，都在有意無意間，故曰自然。（《唐詩三百首鑑賞》）

228 八月十五夜贈張功曹（七古）　　　　韓愈

纖雲四捲天無河，清風吹空月舒波。沙平水息聲影
絕，一杯相屬君當歌。君歌聲酸辭且苦，不能聽終
淚如雨。

「洞庭連天九疑高，蛟龍出沒猩鼯號。十生九死到
官所，幽居默默如藏逃。下床畏蛇食畏藥，海氣濕

蟄熏腥臊。昨者州前槌大鼓，嗣皇繼聖登夔皋。赦
書一日行萬里，罪從大辟皆除死。遷者追回流者還，
滌瑕蕩垢清朝班。州家申名使家抑，坎軻只得移荊
蠻。判司卑官不堪說，未免捶楚塵埃間。同時輩流
多上道，天路幽險難追攀。」
君歌且休聽我歌，我歌今與君殊科。一年明月今宵
多，人生由命非由他。有酒不飲奈明何！

【詩意】

　　清風吹過夜空之後，天宇中輕淡的微雲被捲收得無影無蹤；月明
如水，舒放出柔和的清光時，天際的銀河也隱沒無蹤了。放眼望去，
只覺江邊沙平水靜，聲沉影絕，好一派清靜寂寥的中秋夜色啊！我舉
杯勸飲，慫恿您高歌一曲，藉以抒發優雅的情懷，可是酸楚的歌聲和
淒苦的歌詞，卻使我無法傾聽完一支曲子，就已經淚下如雨了！

　　你的歌聲中透露出極為沉鬱悲憤的心聲：「貶官到湖南來的兩年
裡，見識到了洞庭湖波濤洶湧、水天相接的壯闊景觀，目睹了蛟龍神
出鬼沒時讓人膽顫心驚的聲勢；也瞻仰了九疑山的峰巒相互疊峙爭高
的雄偉氣象，還聽到了山猿和飛鼠鬼哭神號時令人愁腸百結的厲嘯。
回想當初歷經了九死十生才僥倖抵達任所，從此在荒僻的南方只能深
居少出，就像逃犯一般藏形匿影，屏息斂聲。下床時怕被蛇蠍咬噬，
吃飯時怕被下了蠱毒。海邊蒸騰的濕熱之氣，容易滋生出各種惱人的
蟲蟻；腥臊的魚蝦味又熏得我噁心到幾乎要窒息。

　　前些時候郴州府衙門前擂起了大赦天下的鼓聲，原來是新皇帝繼
位，準備進用像古代的夔和皋陶那樣的賢臣。赦罪的詔書一天之內就
傳達萬里之外，連犯了死罪的人都可以免除極刑，遷謫流放的官員也

有了召回京師的指望；因此我滿心期待自己能洗刷冤屈，清白地返回
朝廷列班任職。誰知道州刺史把我申報在調任京職的名單上，觀察使
卻把我的名字壓下來而不向上呈報；困頓失意的我只能逐步移轉調動
到蠻荒的荊楚地區來了！判司這種卑微的小官處境有多麼難堪，實在
無法訴說得完；有時還不免要趴在地上遭受上司杖刑的毒打。同時獲
貶的人大都已經啟程回京了，可是我返回朝廷的道路，卻黑暗艱辛得
難以追尋！」

　　唉！請你暫時別再唱下去了！且聽聽我唱的歌吧！我的歌曲和
你的可大不相同啊！「一年中的明月，就屬今夜的最為皎潔美好，正
應該及時賞玩遊樂呀！人生的際遇是由命運主宰的，可不是靠什麼公
理正義來決定的啊！此時不暢飲美酒，盡情尋歡，怎麼對得起清風明
月呢？」

【注釋】

① 詩題──本詩作於憲宗永貞元年（805）中秋。張功曹，名署，於德
　　宗貞元十九年（803）與作者同任監察御史；當時關中天旱人飢，
　　兩人曾上書請求減免該地的徭役賦稅而觸怒當道，張貶為臨武（今
　　湖南屬縣）令，韓貶為陽山（今廣東屬縣）令。貞元二十一年正
　　月，順宗即位，改元永貞，大赦天下；韓即離開陽山而赴郴州（今
　　湖南郴州市）府待命。可是由於觀察使楊憑的阻攔而未能調任新
　　職，故詩中云：「州家申名使家抑」；直到八月，順宗因病而傳位
　　憲宗，又大赦天下，始得以移官江陵（今湖北屬縣）法曹參軍，
　　而張則任功曹參軍。二人此時雖尚未赴任，然官職已定，故以「張
　　功曹」稱之。

② 「纖雲」二句──纖雲，微雲也。捲，收斂、歛藏也；四捲，謂捲
　　收得無影無蹤。天無河，由於中秋月明，因此銀河相形失色而黯
　　淡得不見形跡。月舒波，謂月華似水一般向四野舒放波光。按此

二句互為因果：蓋清風於高空吹拂，故而微雲斂盡，天宇明淨；明月舒放光華，故天河亦黯淡失色，不見形蹤。此二句純粹描寫中秋明潔皎好之夜色，為末段「一年明月今宵多」的及時行樂之意伏脈。

③ 「沙平」二句——謂沙岸平直空闊，江水沉寂無聲，四野闃靜無人；正可舉杯痛飲，高歌抒懷。聲影絕，萬籟俱寂也；兼人與物而言。屬，音ㄓㄨˇ，注酒勸飲；相屬，為對方斟酌。按：「沙平」句既承前二句之月華如水而來，寫視野清晰，故得見沙平水靜，亦表明漸至深夜，故察覺聲沉影絕，賞月之人已盡數離去；同時又暗示心事重重，故猶舉杯澆愁，放歌解悶。

④ 「洞庭」二句——洞庭，見孟浩然〈臨洞庭湖上張丞相〉詩注。連天，既可指水天相連，一望無際之夐邈；亦可指澎湃洶湧，波濤排空而言，故次句接以蛟龍出沒。九疑，指九嶷山，又名蒼梧山，在今湖南寧遠縣南，因山峰九座相連，形狀相似，令人困惑驚疑，故名；李白〈遠別離〉亦云：「九嶷連綿皆相似。」鼺，狀如小狐，有翅能飛之鼠名。按：此二句交錯成文：蛟龍承洞庭而來，猩鼺緣九嶷而生。

＊ 編按：由此二句起計有十八句皆為張署之歌辭，乃借他人酒杯以澆自己塊壘的以客襯主之法。

⑤ 「十生」二句——十生九死，猶言九死一生。官所，指貶謫之地。幽居，謂深居簡出。默默，形容屏息斂聲，憂懼不安或消沉頹廢狀。如藏逃，謂如藏形匿影之逃犯，蓋唯恐動輒得咎也。

⑥ 「下床」二句——下床畏蛇，因南方多蛇，故下床穿鞋襪時須特別謹慎。藥，指蠱毒而言。相傳南方之人喜畜毒蟲，使相吞噬，其存活者毒性最烈，謂之蠱；可施於飲食而入人腹中，食人五臟，亦可製成毒藥以害人。海氣，指海上昇騰的鬱熱之氣。濕蟄，於潮濕之地化育而生的蟲豸。熏腥臊，蒸騰出魚蝦般的腥味。腥，

水族動物所散發的臭味；臊，肉食動物所散發的氣味；此處偏指
「腥」字而言。

⑦ 「昨者」二句──昨者，前日也。州前，指張署的謫所臨武縣的上
級郴州府衙門前。搥大鼓，指新皇繼位而頒布大赦；《新唐書・志
第三十八・百官三・中尚署》：「赦日，樹金雞於仗南，……擊搁
鼓千聲，集百官、父老、囚徒。」嗣皇，繼位之君，指順宗李誦
或憲宗李純皆可。登，進用。夔，堯舜時之樂官；皋，即皋陶，
原為東夷族之領袖，後為舜時之刑法官。此處以夔、皋代指賢良
之臣。

⑧ 「罪從」二句──謂由死刑犯以下皆獲赦減罪，故大辟者免死，遷
謫、流放者亦被召回調還。大辟，指死罪。遷，降職也；流，流
放也。古時流刑重於遷謫。按：《舊唐書・本紀十四・順宗》永貞
元年八月庚子詔曰：「自貞元二十一年八月五日已前，天下死罪降
從流，流以下遞減一等。」十五日作本詩時，赦令已達遠離長安
三千三百里外的郴州，故前有「一日行萬里」之夸飾。

⑨ 「滌瑕」句──可指順宗時王叔文、韋執誼等人革除積弊，整頓朝
政，使吏治清明；亦可指王、韋集團在憲宗時失勢遭貶，紛紛被
視為朝班之瑕垢而加以清除。一本「清朝班」三字作「朝清班」，
則意指自己得以清洗污名而立身於清明的朝廷班列之中；作者於
順宗即位初所作的〈縣齋有懷〉云：「惟思滌瑕垢，長去事桑梓。」
可與此句相參。

⑩ 「州家」二句──州家，指州刺史。使家，指朝廷派赴各道訪察吏
治民隱的觀察使，地位僅次於節度使，轄一道或數州，並常兼領
刺史職，權位甚重；當時楊憑為湖南觀察使。申名，向上申報可
以減罪及調任京職的官員姓名。抑，抑止而不使回京。坎軻，通
「坎坷」，原指道路不平貌，此指困頓失意。移荊蠻，即調往古代
屬於楚地的江陵。

⑪ 「判司」二句——判司，唐時州郡中諸曹參軍之統稱，常為貶謫官員之虛銜。不堪說，謂為難之情狀無法以言語道盡。捶楚，指受杖刑笞打；唐時參軍簿尉等小官，有過常受笞刑，故杜甫〈送高書記〉詩云：「脫身簿尉中，始與捶楚辭。」杜牧〈贈小姪阿宜〉詩云：「參軍與簿尉，塵土動劻勷（按：劻勷，急遽混亂或動盪不安貌）；一語不中治，鞭笞滿身瘡。」可見其慘酷之情狀。塵埃間，指伏地受刑而言。

⑫ 「同時」二句——輩流，指流輩、同儕也。同時輩流，指同時遷流諸友；韓愈〈河南令張君墓誌銘〉云：「君諱署，字某，河間人。舉進士，拜監察御史，為幸臣所讒，與同輩韓愈、李方叔三人，俱為縣令南方；三年逢恩，俱徙掾江陵。」上道，指啟程回京。天路，喻回京任官的道路。難追攀，謂不得追隨同輩之後返京也。

⑬ 殊科——不同類也。科，品級、等第也；此指內容不同、態度有別而情調異趣。

⑭ 今宵「多」——美好而值得稱賞之意；杜甫〈春宿左省〉詩：「星臨萬戶動，月傍九霄多。」其「多」字之義與此相同。

⑮ 奈明何——豈能對得起明潔的月色。奈……何，豈能對得起某人、某物之謂。

【導讀】

這一首黃震《黃氏日抄》評為「感慨多興」，翁方綱《古詩批選》評為「韓詩七古之最有停蓄頓折者」，日人三溪評為「聲清句穩，無一點塵滓氣，可謂不食人間煙火矣」的作品，有幾個可以一提的優點：

*第一，首尾圓合，照應有法，語境清美。全詩以中秋飲酒賞月，請君高歌抒懷開端，又以勸君玩月品酒，莫辜負良宵的歌聲結束，首尾拍合，圓融有致；而且寫景處語言明淨，興象清曠，既象

徵作者本人胸懷灑落，如光風霽月，故不以遷謫為苦，也反襯張
署憂讒畏譏，意緒難排，故而對景無歡。這種既象徵又反襯的手
法，後來在蘇軾的〈赤壁賦〉中也可以見到。

* 第二，假設問答，以賦為詩，藉賓形主。作者先以賓主問答的形
式，借張署高歌來抒發自己抑鬱憂憤的牢騷，寫得聲情激越，意
緒悲憤，頓挫跌宕，一唱三嘆，正是借賓顯主的委婉手法。而後
再以表面寬慰的口吻，故作曠達的態度和近乎嘲諷的況味予以解
開，是化直為曲的含蓄筆墨。中間一大段借他人的聲口抒發自己
的牢愁，是全詩的主意所在，寫得淋漓痛切，委曲詳盡；末段三
句卻又在自己現身說法時欲語還休，輕描淡寫，而且句意一波三
折，即頓即轉，因此能曲傳歌中的幽憤和言外的餘哀，相當耐人
尋味。這種章法安排，遠承〈卜居〉〈漁父〉的問答形式而來，
既能使詩情跌宕轉折，極盡開闔變化之幻妙；又能融入楚《騷》
之遺意，暗傳悲愁抑鬱的心聲，在詩歌上是頗為成功的嘗試，因
此很得前人的推崇。

* 第三，以抑揚跌宕的手法來翻騰情感的波瀾，最能見出怨懟之深
與憤懣之重。起首四句寫美景堪賞，對酒當歌；在感情的光譜上
是開朗愉快的，此為一揚。五、六句言聲酸辭苦，催人淚下而不
忍卒聽；在感情的光譜上是悲咽消沉的，此為一抑。「洞庭連天
九疑高……海氣濕蟄熏腥臊」六句，極寫貶赴謫所之艱險與苦悶，
情感表現得抑鬱滿懷，再一抑。「昨者州前槌大鼓……滌瑕蕩垢
清朝班」六句，極寫對於撥雲見日，否極泰來的際遇之熱烈歡迎
與深切渴望，再一揚。「州家申名使家抑……天路幽險難追攀」
六句，又以重筆極寫失意困頓的愁煩，就感情的峰迴路轉而言，
又是一抑。「君歌且休聽我歌……有酒不飲奈明何」五句，寓悲
於歌的故作曠達中，又自有幾番抑揚頓挫、跌宕轉折的感情波瀾。
可以說全篇都在情感的動盪起伏中翻騰變化，因此氣勢飛動，唱

嘆多姿，有如天馬橫空，神龍盤山，難於羈握，也不可捉摸；無怪乎方東樹《昭昧詹言》以為古人擅用頓挫筆勢者「惟杜、韓最絕。」

* 第四，在寬解勸慰的口吻中，以生硬拗折的語勢來暗藏悲憤，流露出鬱結難解，強顏求醉之意。「一年明月今宵多」是說美景可賞，當及時行樂；但是「人生由命非由他」卻轉為死生有命、富貴在天。情感的脈絡和思緒的軌跡，既顯得若即若離，藕斷絲連，又顯得突兀僵硬，跌宕起伏，暗示其中自有抑鬱難宣的牢愁。「有酒不飲奈明何」則又突然轉為勸人借酒澆愁，痛飲求醉；和開篇那種及時行樂的口吻比較起來，雖貌同而神異。此時詩人感情的線索變得忽隱忽現，若斷若續，不難體會此時作者心中深沉的無奈與悲哀了。細細讀來，只覺句句跌宕頓挫，語語跳動轉折，字字言不由衷；其悲恨難解的愁怨與積鬱難消的塊壘，在欲蓋彌彰、欲吐還吞的語調中，簡直有驚濤裂岸、火山爆發之前那股不可遏抑的怒氣即將噴薄而出的態勢了！

　　儘管如此，以上評述終究只是感情翻疊與文章作法的探討而已，其實尚未觸及詩歌應有的靈思妙想和悠情遠韻，在審美的情趣上難免相對顯得薄弱貧瘠。筆者以為本詩仍然只有「以文為詩」的縱橫之勢，和「以賦為詩」的奇崛之氣，卻缺乏詩歌藝術特有的形象思維所能涵括的豐富美感，因此還稱不上是可以和李、杜七古相垺的第一流詩篇。

【補註】

01 日人賴襄《增評韓蘇詩抄》引。
02 朱彝尊《批韓詩》之語。
03 《十八家詩鈔》引顧俠君語。

【評點】

01 朱熹：(「我歌今與君殊科」句下) 言張之歌詞酸苦，而己直歸之於命，蓋反〈騷〉之意；而其詞氣抑揚頓挫，正一篇轉換用力處。(〈韓文考異〉)

02 何汶：怨而不亂，有〈小雅〉之風。(《竹莊詩話》)

03 陸時雍：每讀昌黎七言古詩，覺有飛舞翔矞之勢。(《唐詩鏡》)

04 朱彝尊：(「我歌今與君殊科」句下) 借張作賓主，又借歌分悲樂，總是抑人揚己。　○汪婉：虛者實之，實者虛之，得反客為主之法，觀起結自知。(《批韓詩》)

05 查慎行：用意在起結，中間不過述遷謫量移之苦耳。(《初白庵詩評》)

06 汪森：起結清曠超脫，是太白風度；然亦從楚《騷》變化而來。(《韓柳詩選》)

07 方東樹：一篇古文章法。前敘；中間以正意苦語重語作賓，避實法也。(《昭昧詹言》)

08 吳北江：寫哀之詞，納入客語，運實於虛。　○高步瀛：貶謫之苦，判司之移，皆於張歌詞出之，所謂避實法也。　○高朗雄秀，情韻兼美。(《唐宋詩舉要》)

09 翟翬：純用古韻，無一聯是律者；轉運亦極變化。(《聲調譜拾遺》)

10 程學恂：此詩料峭悲涼，源出楚《騷》；入後換調，正所謂一唱三嘆有遺音者矣。(《韓詩臆說》)

11 蔣抱玄：用韻殊變化，首尾極輕清之致，是以圓巧勝者，集中亦不多見。(《評注韓昌黎詩集》引)

229 謁衡嶽廟遂宿嶽寺題門樓（七古）　韓愈

五嶽祭秩皆三公，四方環鎮嵩當中。火維地荒足妖怪，天假神柄專其雄。噴雲泄霧藏半腹，雖有絕頂誰能窮？

我來正逢秋雨節，陰氣晦昧無清風。潛心默禱若有應，豈非正直能感通？須臾靜掃眾峰出，仰見突兀撐青空。紫蓋連延接天柱，石廩騰擲堆祝融。森然魄動下馬拜，松柏一逕趨靈宮。

粉牆丹柱動光彩，鬼物圖畫填青紅。升階傴僂薦脯酒，欲以菲薄明其衷。廟令老人識神意，睢盱偵伺能鞠躬。手持杯珓導我擲，云此最吉餘難同。竄逐蠻荒幸不死，衣食纔足甘長終。侯王將相望久絕，神縱欲福難為功。

夜投佛寺上高閣，星月掩映雲曈曨。猿鳴鐘動不知曙，杲杲寒日生於東。

【詩意】

　　古時天子祭祀五嶽之神的禮儀，完全比照祭祀國之三公那麼盛大隆重；山東的東嶽泰山、陝西的西嶽華山、湖南的南嶽衡山、山西的北嶽恒山分別鎮守著天下四方，而把中嶽嵩山環抱在中間。衡山是赤帝統領的炎熱之鄉，土地荒僻，有許多妖魔鬼怪出沒其間，因此上天賜給祂神聖的權柄，讓祂能夠雄鎮南方。祂的半山腰裡深藏著隨時可

以噴湧而出的濃雲密霧，雖然祂也有視野壯闊的絕頂可以觀覽風光，但是又有誰能攀登得上去呢？

　　我來到衡山面前時，正逢秋雨連綿的時節，當時陰霾厚重，天昏地暗，沒有一絲涼爽的清風；在我誠心誠意地默默祝禱時，彷彿有了一些靈驗的徵兆，莫非正直的神明確實能和凡人的誠敬相互感通？不久之後，濃密的雲層便被一掃而空，許多山峰便顯露出來了；抬頭仰望時，可以看見許多突兀的山峰撐起了清朗的天空。紫蓋峰連綿伸展得很遠，可以和天柱峰相互銜接；他們和石廩峰全都拔地而出，騰躍而起，相互爭高競峻，反而簇擁得祝融峰更加崔嵬高聳。他們蕭穆森嚴的形象使我感到驚心動魄，因此我迅速下馬，虔誠禮拜，然後沿著一道種滿松柏的古徑，快步前往衡嶽山神的廟宇去致敬。

　　到了廟前，只見雪白的牆壁和朱紅的柱子閃爍著耀眼的光采；壁畫裡的鬼怪和神明，全都塗著青紅相間的色澤，極為醒目。登上石階後，我躬身彎腰向神明進獻乾肉和美酒，想用菲薄的祭品表達我由衷的敬意。掌管神廟的老人家自稱能夠洞悉神明的旨意，他的雙眼專注地打量著我，揣摩我祭拜神明的用心，並多次向我鞠躬行禮。他手裡拿著求神問卜的杯筊，教導我應該如何投擲；又說我得到一俯一仰的卜卦之象，那可是別人都難以祈求得到的吉祥徵兆。我不禁啞然失笑地說：「我被遠遠地貶到蠻荒地區，卻能夠存活至今，已經是萬分僥倖了；只要衣食勉強能夠溫飽，我就甘願終養晚年了。我早就斷絕了封為王侯或拜為將相的奢望了，即使神明有心要降福或庇蔭我，只怕也無能為力了吧！」

　　當晚我就投宿在佛寺裡，登上高閣獨臥時，只見星月掩映，從輕淡的雲層中透出朦朧隱約的光輝。第二天直到山猿啼叫，寺鐘響起時，我都還在安枕高臥，渾然不覺天色已經亮了；醒來時只見秋天的太陽帶著微寒的光明，已經從東邊升起了。

【注釋】

① 詩題—謁，恭敬地參拜、瞻仰、晉見。衡嶽廟，在今湖南省衡山縣西三十里處，是為了祭祀南嶽衡山而建。嶽寺，即指衡嶽廟內的寺院而言。本詩作於永貞元年八月以後，當時韓愈即將離開郴州，前往湖北江陵去擔任法曹參軍；當時曾委舟湘流，往觀南嶽而投宿嶽寺。因此，就思想內容及心境狀態而言，都不妨看成是前一首詩〈八月十五夜贈張功曹〉的延續之作。

② 「五嶽」二句—五嶽，指山東的東嶽泰山、陝西的西嶽華山、湖南的南嶽衡山、山西的北嶽恒山、河南的中嶽嵩山之合稱，因山勢峻拔聳峙，雄鎮四方及中央，古代奉為神山；唐時以三公之禮祭之。祭秩，祭祀的等級；秩，指爵位。三公，周時以太師、太傅、太保為三公，西漢時以大司徒、大司馬、大司空為三公，是當時最高的軍政首長。《禮記·王制》：「天子祭天下名山大川，五嶽視（按：比照也）三公。」次句意謂：中嶽嵩山在河南登封市北，居於五嶽之正中，其餘四嶽則環拱於外，各自雄鎮一方。

③ 「火維」二句—維，隅也，角落之意。火維，又稱火鄉，指南方炎熱之區；《初學記·地理上》：「南岳衡山……攝位火鄉；赤帝館其嶺，祝融託其陽，故號為南岳。」蓋古人以金木水火土五行，配屬西東北南中五方；「火」正配屬南方，故云。足妖怪，謂南方乃炎熱而荒僻之地，妖怪甚多。假，借也，有付託、授予之意。神柄，天神的權柄。專其雄，謂使其高峻得足以雄鎮南方。

④ 「豈非」句—意謂豈非能以精誠與正直之神相感通？正直，指山嶽之神而言；《左傳·莊公三十二年》：「史嚚曰：神，聰明正直而壹者也。」

⑤ 「須臾」二句—須臾，一會兒。靜掃，雲霧靜靜地全部散開；雲過無聲故曰靜，雲去無蹤故曰掃。突兀，指突出而高峻之群峰；以下四峰即其代表。

⑥「紫蓋」二句—衡山有七十二峰，其尤高者有五峰：芙蓉、紫蓋、石廩、天柱、祝融；而祝融為最高，海拔約 1300 公尺。另一說是以「密雲」取代芙蓉，謂諸峰皆朝於祝融，獨紫蓋轉勢東去；昔有朝士題曰：「紫蓋自知天尚遠，低頭無語自朝東」。」騰擲，猶言騰踔，形容山勢向上怒拔而起狀。堆，極言諸峰雖爭高競峻，然適足以堆擁出祝融之獨聳於諸峰之上。

⑦「森然」二句—森然，形容峰巒奇崛聳峙，有蕭穆莊嚴的氣象。松柏一徑，謂通往衡嶽廟的一路上，兩旁植滿松柏。趨，小步急行。靈宮，稱美衡嶽廟有山神的英靈鎮守其中。

⑧「粉牆」二句—粉牆，指雪白的牆面。丹柱，紅艷的廟柱。動光彩，光彩相互閃耀輝映。「鬼物」句意謂：廟壁上以青紅色澤繪畫著各種神鬼圖像，極其醒目照眼。

⑨「升階」二句—傴僂，音ㄩˇ ㄌㄡˊ，此指曲身行禮。薦，進獻。脯酒，祭祀用的乾肉和酒漿。菲薄，微薄的祭品。明其衷，表明誠敬之心。

⑩「廟令」二句—廟令，管理廟寺之人；《新唐書・志第三十九下・百官四下》：「五岳、四瀆（按：指江、淮、河、漢四大水流），令各一人，正九品上，掌祭祀。」睢盱。音ㄙㄨㄟ ㄒㄩ，張眼曰睢，閉眼曰盱；此謂瞇著眼睛端詳打量。偵伺，謂從旁窺察揣摩作者拜謁廟神的動機。能，慣常也。能鞠躬，習於送往迎來，慣於彎腰鞠躬。

⑪「手持」二句—珓，音ㄐㄧㄠˋ。杯珓，又作「杯筊」「杯校」。古時曾以玉、蚌殼或竹木為之，以相合之兩片蚌殼狀之物件，作為求神問卜時顯示神意之媒介；於求神祝禱之後憑空擲出，觀其正反俯仰之狀以斷吉凶休咎。其一正一反者最吉，曰「勝杯」，表示如其所請；其兩俯者曰「哭杯」，表示怒而不許；其兩仰者曰「笑杯」，表示笑而不應。最吉者，即指一正一反之二杯所顯示之卜象。

餘難同，謂他人無法得此上上大吉之卜象。

⑫ 「竄逐」四句—首句指貞元十九年因上書請求減免關中旱災的賦稅而遭謫貶為陽山縣令之事。衣食纔足，僅能溫飽。縱，即使。福，賜福、福佑，作動詞解。難為功，謂使不上力、無計可施、難有成效。

⑬ 「星月」句—謂星光月色俱為雲層所遮掩而隱約不明。瞳朧，猶朦朧，隱約欲明狀；一作「瞳曨」，義同。

⑭ 「猿鳴」二句—首句反用謝靈運〈從斤竹澗越嶺西行〉詩：「猿鳴誠知曙」之義，表示自己胸無罣礙，不忮不求，故能安然高臥。杲杲，音ㄍㄠˇ ㄍㄠˇ，日初出時之光明貌。寒日，本詩殆作於九月中下旬時，故清晨之初陽挾寒氣而俱昇。

【補註】

01 見蔡夢弼注杜甫〈望岳〉。

【導讀】

這是一首表達對天地自然的敬畏之心，以及不忮不求，坦然面對窮通休咎的運命之七古詩篇。全篇融敘事、寫景、抒情、議論於一爐；起承轉合之際，章法井然。寫景敘事時能自鑄新辭，另闢蹊徑，故而形象鮮明，氣韻飛動；抒情議論時，能胸懷灑落，獨出機杼，因此心裁別具，妙趣天成。沈德潛《唐詩別裁》以為本詩當得上韓愈〈薦士詩〉所謂「橫空盤硬語，妥帖力排奡」的評語；程學恂《韓詩臆說》甚至認為「七古之中，此為第一。」

首段共六句，是以端整凝鍊的筆勢，總寫南嶽衡山崇高的地位及莊重的形象，以喚起次段拜謁遊觀的心意；寫來場面浩大，步驟從容，銜接自然，脈理清晰可尋。「五嶽祭秩皆三公，四方環鎮嵩當中」兩句，是以欽敬仰慕的態度，由鬼神人事而及於地理，敘說衡山之神所

獲祭典的尊隆及其雄鎮一方的威勢。「火維地荒足妖怪，天神假柄專其雄」兩句，是以崇拜歌頌的口吻，兼地理與神話二者來鋪寫衡山所獲天神授權的鄭重及其使命之艱鉅。這四句合言天神、地祇、人事三方面來虛寫衡山，便凸顯出祂蕭穆莊嚴、無與倫比的名望。「噴雲泄霧藏半腹，雖有絕頂誰能窮」兩句，前句實寫雲噴霧湧的形象，以烘托其高峻，便覺境界全出而意態飛動，若有仙靈駐蹕其上；後句以誰能登頂的反詰語氣虛寫其巍峨，又覺精神畢現而語勢靈活，如有神鬼護持其間。整段虛實相涵，變化多端，便渲染出衡山突兀高絕、峻極天庭的莊嚴氣象和神話色彩，同時又隱然透露出崇敬向慕之意，自然開啟次段專程拜謁的機緣。大概由於首段之起勢堂廡正大，高妙不凡，因此黃子雲《野鴻詩的》稱本篇「居然大家規範」。

　　次段共計十句，是直承前段雲封霧噴的氣象，正面細寫南嶽使人驚心動魄、凜人敬畏的壯觀景致。「我來正逢秋雨節，陰氣晦昧無清風」兩句，是以敘事的手法過脈，交代初到時的天候陰霾，氣氛沉悶，並透露出對於素所嚮往的衡山勝境隱沒於昏昧愁慘的雲霧之中，不得一睹其真面目的遺憾之情，因此才有「虔心默禱」的動作，希望能親見其磅礡壯偉的氣勢，一償宿願。至於正直的鬼神似乎能夠感通作者虔誠的祝禱，有所回應，以至於「須臾靜掃眾峰出，仰見突兀撐青空」云云，則不過是詩人以半信半疑的口吻，表達喜出望外的心情而已；既不必如黃震《黃氏日抄》所云：「惻怛之忱，正直之操，坡老所謂『公之精誠，能開衡山之雲（按：見〈潮州韓文公廟碑〉）』者也。」以為可以見出韓愈感天動地的精誠；也不必如程學恂《韓詩臆說》所謂：「『若有應』，則不必真有應也；我公至大至剛，浩然之氣，忽於游嬉中無心顯露。」以為可以呈現韓愈的浩然之氣；甚至有學者以為鬼神能感通其精誠而為之雲開天青，其實是對天子昏庸的隱微諷刺。筆者以為感天動地的浩氣說，對韓愈的襟懷推崇過甚，諷刺的說法則對作者的用心過於穿鑿，均非解詩應有的態度。朱彝尊《批韓詩》評

「須臾靜掃眾峰出，仰見突兀撐青空」兩句為「朗快」，一方面是由於景象倏忽變化，煙雲瞬息消散，使作者原有的失落感一掃而空，頓時感到豁然開朗的愉快；一方面是由於造語奇警挺拔，氣勢宏闊雄健，既刻劃出前人未曾道出的明爽之境和崢嶸之勢，同時又錘鍊出前人未曾使用過的獨特文詞和創新語言，因此顯得清峻矯健，使人眼睛一亮。葉燮《原詩》說：「韓詩無一字猶人，如太華削成，不可攀躋。」此二句或可當之。

此外，前云「無清風」，故此處云「靜掃」，表示並非狂風疾捲雲霧而去，而是厚密的陰霾悄悄地消散一空，「彷彿」真能感通作者的精誠而有所靈驗一般，無怪乎作者以驚疑的口吻說「若有應」與「豈非」；於此可見作者遣詞用字時自有其矜慎不苟的細膩之處。再者，雲霧靜掃而眾峰挺出，意態相當靈動；群山突兀而撐起青空，氣象相當雄峻。兩種景象都使人在不知不覺間湧生出對於自然奧妙的敬畏之心，既遠承首段崇敬向慕的態度，又近啟「森然魄動下馬拜」的意思；可以看出作者在穿針引線時有條不紊的脈絡條理。

「紫蓋連延接天柱，石廩騰擲堆祝融」兩句，是實寫眾峰或連綿銜接，或層疊堆擁；有的舒徐如波濤起伏，有的嵯峨如枯枝參差；既有柔婉和諧的姿韻，又有欹崟峻嶒的氣勢。如此工筆描寫之後，便把攀登絕頂所見峰巒相互逞奇鬥勝、競高直上的雄俊美，窮形盡相地勾勒無遺，使人驚奇矚目；無怪乎趙翼在《甌北詩話》中說韓詩「自有本色，仍在文從字順中自然雄厚博大，不可捉摸，不專以奇險見長。」正由於首段中的「噴、泄、藏」和此處的「連、延、接」「騰、擲、堆」等動詞都能鍛鑄得精確妥貼，才能把衡山嶙峋崢嶸的骨相和奇崛鬱怒的態勢，寫得氣象磅礴，懾人心魂；有了這樣嚴整凝鍊的一聯對偶，才使「森然動魄下馬拜，松柏一徑趨靈宮」兩句的虛寫，顯得順理成章，水到渠成。因此朱彝尊《批韓詩》批評說：「用卻四峰排一聯，微覺板實。」汪佑南《山涇草堂詩話》便加以反駁說：「是登絕

頂寫實景，妙用『眾峰出』領起。蓋上聯虛，此聯實，虛實相生；下接『森然魄動』句，復虛寫四峰之高峻，的是古詩神境。朗讀數過，但見其排蕩，化堆垛為雲煙，何板實之有？」從虛實相涵的筆法來分析這一節詩句的錯綜之美和變化之妙，的確很有見地，值得細加玩味。

「森然」二字是總結前面種種莊嚴肅穆的衡嶽氣象，「魄動」二字寫出心神震撼的感受之強烈，以至於下馬揖拜仍然不足以傳達自己對於雄奇壯偉的大自然的敬畏之心，於是便不自覺地快步穿越松柏夾徑，急趨靈宮去虔誠致意。有了這兩句的虛筆映襯，更是把衡山嶔崎雄峻的形象，點染得氣韻生動，宛然在目。

三段共十二句，是寫入廟傾誠的見聞，藉以抒發感慨，是寫作本詩的主意所在。「粉牆丹柱動光彩，鬼物圖畫填青紅」兩句，是描寫嶽寺修飾之新，暗示香火之盛，並側寫世人對衡嶽神靈的欽敬之情。「升階傴僂薦脯酒，欲以菲薄明其衷」兩句，前句連用三個動詞來展現自己依禮事神的虔敬之心，延續次段的下馬揖拜之舉；後句則以「明其衷」三字預留對廟令抒發感慨的線索。「廟令老人識神意，睢盱偵伺能鞠躬」這兩句，是以詼諧風趣的筆觸寫廟令突梯滑稽的舉止，把對方擅於自吹自擂的誇耀口吻，和察顏觀色的逢迎之態，寫得圓滑老練，如聞如見，令人莞爾。由於廟令老人越寫得深諳世故，殷勤熱誠，越能反顯出作者心中自有定見而不為所動的冷靜與理性，因此又以「手持杯珓導我擲，云此最吉餘難同」來刻劃他親身示範、悉心指導的熱忱，捕捉他搖唇鼓舌、信口雌黃的諂媚；的確寫得聲情逼肖，神態如生，引人發噱。換言之，廟令老人的出場，是以深刻入微的觀察、細膩傳神的筆觸，以及揶揄嘲諷的口吻，反襯自己表面上不忮不求，無怨無悔，其實難免略感沮喪的心境，最具亦莊亦諧的妙趣；由此可見韓愈的詩篇擅長體貼人情，摹寫物態，豈止是一味鋌而走險、矜奇炫怪而已呢？

「竄逐蠻荒幸不死，衣食纔足甘長終」兩句，是以自己劫後餘生，淡泊知足，無所怨尤的心境，回應廟令的奉承阿諛。「侯王將相望久絕，神縱欲福難為功」兩句，進一步表明自己早已絕意於封侯拜相的功名富貴，今日不過是入廟謁神，表達對於山嶽英靈的虔敬之意而已，並無升官發財的妄想。如果從〈八月十五夜贈張功曹〉詩中所噴薄的怨怒之氣來看，韓愈在這四句感慨中容或還有些許的牢騷憤懣，但卻遠比前一首詩要平心靜氣得多了，因此他才能在末段中投宿高閣，安枕酣夢，不知東方之既白。

值得商榷的是：程學恂以為這幾句的涵義是「我公富貴不能移，威武不能屈之節操，忽然於嬉笑中無心現露。」這樣推崇備至的評點，真會讓人誤以為是在歌頌文天祥；其實韓愈何嘗有意借本詩來流露自己的浩然正氣，鼓盪自己的偉岸氣概，雕塑自己的耿介志節呢？作者所要向神靈表明的，不過是失意而後知足的心境，和對山川自然的崇敬罷了。他又說：「則曰我已無志，神安能福我乎？神且不能強我，則平日之不能轉移於人可明矣。」就有些不知所云了。至於潘德輿《養一齋詩話》評段末兩句是「高心勁氣，千古無兩」；汪佑南《山涇草堂詩話》說：「精警處在寫懷四句，明哲保身，是聖賢學問；隱然有敬鬼神而遠之意。」這樣的理解，對於作者的胸襟氣度或修為涵養都過於溢美，恐怕和作者以倒辭反語的方式透露出略顯消沉頹廢的心境，有一段不小的差距。

末段四句寫足詩題中「宿嶽寺」之意，並表達自己心安理得，不因窮通榮枯而縈懷，不因吉凶休咎而亂心，因此能晏然高臥至旭日東昇之時。「夜投佛寺上高閣」七字，交代了在嶽寺過夜的意思，也暗示了他在謁廟抒誠之後有很長一段時間都流連於群山環抱的雄奇之美，因此才會從和廟令的對答中，一筆跳接到留宿的時間。「星月掩映雲曈朧」七字，可能是說徘徊高閣之久，直到深夜才成眠；只不過作者是由於心事重重，或是由於夜色太美而一段時間內尚未成眠，則

無法揣測。

「猿鳴鐘動不知曙」七字，是妙用謝靈運〈從斤竹澗越嶺西行〉中「猿鳴誠知曙」的詩語而加以翻疊轉化，推陳出新，借以表明自己雖難免因際遇偃蹇而感到失意，但在高山靜夜的沉澱之餘，已能胸懷曠達，無罣無礙，因而能沉沉入睡；直到猿啼四起，鐘聲迴盪，才察覺曙光破曉。這種化用前人詩句而變貌得神的手法，很得詩家的稱讚，顧嗣立《寒廳詩話》說：「韓昌黎詩句句有來歷而能務去陳言，全在於反用。……學詩者解得此秘，則臭腐化為神奇矣。」方東樹《昭昧詹言》也認同說：「韓公去陳言之法，真是百世師；但其意精微，學者不易知。……全在於反用翻用，故著手成新，化腐朽為神奇矣。」至於末句「杲杲寒日生於東」七字，則是以乍見旭日初昇，表明睡夢之酣，竟至於不知東方之既白；又以「寒」字狀寫高山清晨的襲人涼意，並回應「秋雨節」的時令。末段所寫睡得好、起得遲的內容，表明了擲筊問卜之舉，既非作者有所疑慮而請求神明指點迷津，也不是作者別有所求而趨宮參拜；還間接說明了自己所要向神明表白的寸衷，只是對於雄鎮南方的山岳之神的尊敬之意，既沒有鬱憤不平的牢騷，也沒有飛黃騰達的奢求。

【創格】

前人對本詩除了有「意境詞句俱奇創」（方東樹《昭昧詹言》）的評價外，也非常重視本詩在音韻和平仄方面的獨特之處：

＊葉燮《原詩》說：「七古終篇一韻，唐初絕少，盛唐間有之；杜則十有二三，韓則十居八九。……終篇一韻，全在筆力能舉之，藏直敘於縱橫中，既不患錯亂，又不覺其平蕪。」本詩正是這種「一韻到底」的範本。

＊沈德潛《說詩晬語》說：「一韻到底者，必須鏗金鏘石，一片宮商；稍混律句，便成弱調也。」並且以本詩為不雜律句的典範，

又說後來的歐陽修、蘇軾皆以韓愈此體為宗。

＊翁方綱《古詩批選》說：「少陵〈瘦馬行〉，平聲一韻到底，尚非極著意之作；此種句句三平正調之作¹，竟要算昌黎開之。」並且以為這種偶數句的末三字全用平聲，而且又一韻到底的格律「是阮亭先生所講七言平韻到底之正調也；蓋七古之氣局，至韓、蘇而極其致。」（《七言詩平仄舉隅》）

換言之，一向重視音律的杜甫首先注意到平聲一韻到底的體式，並且有意識地避開夾雜律句的現象，只是尚未形成固定的規範；而韓愈則有意以大量的創作來進一步落實這種格律，使它成為定型的體式之外，還正式創造出連用三平落腳的七古平韻的正格，使節奏和音律，更加鏗鏘宏亮，悅耳動聽。即此而論，韓愈在古詩發展過程中，的確扮演了承先啟後的重要腳色，自有其不可磨滅的貢獻和舉足輕重的地位。本詩之所以入選《唐詩三百首》之中，或許有這個因素在內。

【補註】

01 編按：全詩之偶數句唯有「豈非正直能感通／石廩騰擲堆祝融」兩句並未連用三平聲落句。

【評點】

01 陸時雍：語如鑿翠。（《唐詩鏡》）

02 汪婉：起勢雄傑。（《批韓詩》）

03 延君壽：讀去覺其宏肆中有蕭穆之氣，細看去卻是文從字順，未嘗矜奇好怪。（《老生常談》）

04 黃子鴻：居然大家規範。（《野鴻詩的》）

05 吳北江：此詩質健，乃韓公本色。（《唐宋詩舉要》引）

230 石鼓歌（七古） 韓愈

張生手持石鼓文，勸我試作石鼓歌。少陵無人謫仙死，才薄將奈石鼓何？

周綱陵夷四海沸，宣王憤起揮天戈。大開明堂受朝賀，諸侯劍佩鳴相磨。蒐於岐陽騁雄俊，萬里禽獸皆遮羅。鐫功勒成告萬世，鑿石作鼓墮嵯峨。從臣才藝咸第一，揀選撰刻留山阿。雨淋日炙野火燎，鬼物守護煩撝呵。

公從何處得紙本？毫髮盡備無差訛。辭嚴義密讀難曉，字體不類隸與蝌。年深豈免有缺畫，快劍斫斷生蛟鼉。鸞翔鳳翥眾仙下，珊瑚碧樹交枝柯。金繩鐵索鎖鈕壯，古鼎躍水龍騰梭。陋儒編詩不收入，二雅褊迫無委蛇。孔子西行不到秦，掎摭星宿遺羲娥。嗟余好古生苦晚，對此涕淚雙滂沱。

憶昔初蒙博士徵，其年始改稱元和。故人從軍在右輔，為我度量掘臼科。濯冠沐浴告祭酒，如此至寶豈存多？氈包席裹可立致，十鼓祇載數駱駝。薦諸太廟比郜鼎，光價豈止百倍過？聖恩若許留太學，諸生講解得切磋。觀經鴻都尚填咽，坐見舉國來奔

波。剜苔剔蘚露節角，安置妥貼平不頗。大廈深簷
與蓋覆，經歷久遠期無佗。

中朝大官老於事，詎肯感激徒媕娿。牧童敲火牛礪
角，誰復著手為摩挲？日銷月鑠就埋沒，六年西顧
空吟哦。羲之俗書趁姿媚，數紙尚可博白鵝。繼周
八代爭戰罷，無人收拾理則那！

方今太平日無事，柄任儒術崇丘軻。安能以此上論
列，願借辯口如懸河。石鼓之歌止於此，嗚呼吾意
其蹉跎！

【詩意】

　　張生拿著〈石鼓文〉的拓本來和我研究，勸勉我嘗試寫一首〈石
鼓歌〉。遺憾的是：少陵原上已經找不到杜甫，而謫仙也早已離開人
間了；才能淺薄的我，又能為石鼓做些什麼事呢？

　　周朝的綱紀逐漸衰落以後，天下騷亂得有如沸水翻騰一般；直到
周宣王發憤圖強，奮力揮舞天子的干戈，才終於使天下安定下來。他
大開明堂，接受四方領導者前來朝覲敬賀；歸心擁戴的諸侯多得使寶
劍上的佩玉不停地相互撞擊出清脆的聲音。春天時他到岐陽去狩獵，
在縱橫馳騁間充分展現出雄俊豪邁的威風，萬里之內兇猛的禽獸全都
被網羅擒捉。為了把這次成功的出擊鐫刻在石碑上來昭告萬世，在開
鑿山上的巨巖製成石鼓時，幾乎就毀掉一整座高峻的山嶺。當時追隨
他的臣屬，全都擁有第一流的才藝，便從他們所賦的詩篇裡挑選出最
精華的作品來刻在石鼓上，以便能長久地留存在高山之上。經過多少
年的雨淋日曬和野火焚燒，所幸依賴鬼神的保佑守護才能斥退各種可
能的破壞而流傳下來。

　　張生是從哪裡得來這卷珍美無比，纖毫畢現，完全沒有訛誤的拓本呢？〈石鼓文〉的辭義非常古奧艱深，難以讀通，因為那些字體既不像隸書，也不像蝌蚪文；何況又年代久遠，難免會有缺損的筆畫。不過，儘管是殘缺的字體，看起來仍然十分蒼勁遒壯，就像利劍斬斷生猛的蛟龍一般元氣淋漓。有的筆勢就像鸞鳳飛翔、群仙降臨一般高妙飄逸；有的筆劃彷彿珊瑚和碧樹的枝條般縱橫交錯；有些結構盤曲糾結之處，有如金繩鐵索相互鉤連般粗壯渾厚；有些字跡磨滅漫漶之處，有如出水的古鼎再度沒入水中那麼難以追索；總而言之，文義之古奧艱難處，就像是陶侃掛在牆壁上的織布梭子竟然化為神龍騰空而去一般，神秘而不可捉摸。

　　可嘆的是：最早期編纂《詩經》的儒生，目光短淺，見識鄙陋，以至於在〈大雅〉〈小雅〉中竟然沒有收錄氣度雍容而風格端莊的〈石鼓詩〉；而孔子周遊列國時又未曾西行入秦，因此沒有見到石鼓文，才使得采詩之人只選取了稀微的星光，反而遺漏了光輝燦爛的日月。我雖然愛好崇尚古代的文物，卻又苦於出生得太晚；對著〈石鼓文〉的拓本，也只能感傷得雙淚橫流。

　　回想當年蒙受皇恩，被徵召為權知國子博士而分配到東都洛陽，正是剛把年號改為元和的時候。我的老友當時在鳳翔節度府中佐理軍務，曾經為我探勘測量過出土石鼓的三時原坑穴（或譯為：曾經為我設計安置石鼓的底座，而仔細測量過石鼓）的大小形狀。我沐浴淨身之後，穿戴著清潔的冠帽和衣袍，鄭重地向祭酒報告：「像這種人間至寶，世上留存的哪會有多少呢？只要用氈席妥善加以包裹，就可以隨時輕易地裝載；把十座石鼓運到京城保存，也只不過幾匹駱駝就可以辦到。如果讓它們也像古代的郜鼎進獻到太廟裡典藏，那麼它們的價值將會超過郜鼎何止百倍？如果皇上恩許讓它們留存在太學裡，那麼就可以為太學生講解上古的文物，共同切磋鑽研。漢靈帝時設置了鴻都門學士，又鐫刻了《三體石經》，每天前去觀摩、研讀、摹寫經

文的人，多得使車馬都堵塞了街道；如果我們展出石鼓，就將會看見全國的讀書人都奔波趕來觀摩了。只要小心地把石鼓上的苔蘚挖剔乾淨，露出字體筆劃的稜角；把它們安置在平穩妥當的地方，使它們不致於傾斜搖晃。讓它們在高大的堂屋和深廣的屋簷覆蓋之下，就可以經歷長久的保存，不至於有損毀之虞。」

誰知道朝中的大官只會老練地因循守舊，哪裡肯被石鼓的價值感動而有所作為呢？他們只會毫無主見地遷宕拖延罷了，以至於石鼓淪落在外，任由牧童在石鼓上敲擊出火花來，讓牛隻在上面摩擦牛角，還有誰肯珍惜地摩娑維護石鼓呢？隨著日升月落，它們也就逐漸磨損毀壞，將要被徹底埋沒了！六年的歲月很快地消逝了，我只能在河南向西回望鳳翔而空自感傷嗟嘆！唉！王羲之的書法不過是把時俗的字體寫得秀逸嫵媚罷了，但是他的幾張字都還能換得道士的一群鵝；而石鼓經過了周朝以後八代的征戰之餘，還能僥倖保存下來，卻沒有人加以收拾整理，真叫人無可奈何！

如今天下太平無事，政事大權交付給儒術精湛的人治理，又特別尊崇孔丘和孟軻的地位；怎樣才能向上稟報君王，讓保存石鼓之事被提出來好好地討論呢？我真希望能借用辯士懸河瀉水的口才，把石鼓的價值充分地宣揚出來，讓它們得到應有的重視。

我的〈石鼓歌〉就結束於此了！唉！只怕我維護古代文物的心意，終究不被重視，竟然讓文物保存的課題繼續被蹉跎延宕下去！

【注釋】

① 詩題—本詩是作者在元和六年（811）任河南令時所作。唐朝初年在天興（今陝西省寶雞市）南二十里的三畤原出土了十塊鼓形石頭，高三尺餘，直徑二尺餘；每塊各刻有一首籀文（即大篆）四言詩。這十首一組的詩歌，內容大抵是記述古代君臣遊獵之盛事，所以原來稱之為「獵碣」，是中國現存最早的刻石文字[1]。但是出

土時文字即已殘缺不全，歐陽修作《集古錄》時所見的仍有 465
字，今僅存 321 字；如果依照鼓面和字體大小推測，全文應有六
百餘字[2]。

② 「張生」句──張生，指張徹，韓愈於同年所作〈李花〉詩有「夜
領張徹投盧仝」句，即其人也。〈石鼓文〉，指由十塊石鼓上所搨
印下來的詩歌。

③ 「少陵」句──少陵，指長安西南四十里之地名；無人，謂已無詩
聖其人之蹤影。謫仙，指李白；李白〈對酒憶賀監〉詩序：「太子
賓客賀公於長安紫極宮一見余，呼余為謫仙人。」

④ 「周綱」二句──周綱，周朝的政治秩序。陵夷，或作「陵遲」，謂
如丘陵之漸斜漸低，引申有衰微、沒落之意。四海沸，謂天下騷
亂動盪。按：周朝經夷王姬燮、厲王姬胡等昏君的暴虐統治之後，
國勢漸衰，民怨沸騰；西元前 842 年，國人驅逐厲王，開啟了長
達十四年的共和時期（841 B.C. − 828 B.C.）。宣王揮天戈，謂
宣王姬靖（一作「姬靜」）於西元前 827 年即位後，開創了中興局
面，外對淮夷、玁狁用兵，內修文、武、成、康遺風，使諸侯復
宗周室。

⑤ 「大開」二句──明堂，古時天子接見諸侯、宣明政教之處，凡朝
會、祭祀、慶賀、選士、養老、教學等大典均於其中舉行。劍佩，
古人於劍柄上飾以玉佩。次句謂前來朝拜的諸侯之多，以致劍佩
相互磨盪而發出聲響。

⑥ 「蒐於」二句──前句謂宣王在岐山之陽通過狩獵的形式來校閱軍
隊[3]，揀選車徒。春獵曰蒐。岐陽，岐山之南，今陝西省岐山縣一
帶。騁雄俊，馳騁驅逐而展現威風。遮羅，攔捕網羅。

⑦ 「鐫功」二句──鐫與勒，皆刻石為文之意；「鐫功」與「勒成」為
互文，謂將出獵的成就刻於石上。隳，毀損。嵯峨，指高峻之山
巖。

⑧ 「從臣」二句——從臣，指隨行出獵的賢臣，不詳何人。阿，山坳、山陵也。次句謂由眾人所賦詩作中擇精刻石而留於山陵上。

⑨ 「雨淋」二句——謂有鬼神守護，石鼓才能經歷千餘年之日曬雨淋和野火焚燒的摧殘剝蝕而不至於毀損。撝，通「揮」；呵，喝叱。撝呵，謂喝叱、斥退異物之侵犯以守護石鼓。

⑩ 「公從」四句——公，仍指張徹。紙本，即搨本。辭嚴義密，謂辭義古奧艱澀而難解。隸，指隸書。蝌，舊時以為孔壁古文之筆畫頭粗尾細，形似蝌蚪，故謂之蝌蚪文；而〈石鼓文〉是用大篆（籀文）所刻，故字體頗不類似。

⑪ 「快劍」句——殆謂〈石鼓文〉缺斷之筆劃有如被快劍所斬，然其體勢之奇崛雄峻與靈動變化，猶如兇猛強悍的蛟龍，帶有蒼勁古拙之神韻；與杜甫〈李潮八分小篆歌〉的譬喻手法相似：「況潮小篆逼秦相，快劍長戟森相向。八分（按：指隸書）一字值千金，蛟龍盤拏肉屈強。」蛟鼉（ㄊㄨㄛˊ），猶蛟龍，為押韻故用「鼉」字。

⑫ 「鸞翔」二句——翥，音ㄓㄨˋ，飛舉。「龍翔鳳翥」句，形容筆勢的飄逸超妙；「珊瑚碧樹」句，形容筆劃的縱橫錯雜及結構的瑰麗可觀。碧樹，傳說中的神樹，見《淮南子·墜形》篇；又《漢武故事》載武帝起神屋，前庭植玉樹，以珊瑚為枝，碧玉為葉。

⑬ 「金繩」句——金、鐵形容其遒勁有力；繩、索，形容其盤屈糾結；鎖鈕，形容其筆勢之相互鉤連。按：此句亦可與下句合觀，意在以始皇時之古鼎暫現，終究復沉水底，和陶潛時之壁梭化龍，騰空而去，反襯石鼓古物之難得而可寶。

⑭ 「古鼎」句——古鼎躍水，形容磨毀漫漶處的筆勢及辭義，有如古鼎沒入水中般難以追尋求索；《水經注·泗水》載周顯王四十二年，夏禹所鑄的九鼎淪沒於泗水，秦始皇時古鼎復見於斯水；始皇自以為乃德合三代之瑞兆，於是使千人入水求之，未及出，蛟龍齧

斷繫鼎之粗纜而復沒入水中。龍騰梭，比喻文義之古奧，難以捉摸；《晉書‧列傳二十八‧陶侃傳》載有數則關於陶侃的神話傳說，其一為侃少時漁於雷澤，網得一織梭，返家後掛之於壁；有頃雷雨，梭化為龍而去。

⑮ 「陋儒」二句──意謂孔子之前《詩經》原有三千餘篇時的編者，見識淺薄，在稱頌宣王征伐之事的二〈雅〉中，竟然未收錄氣度雍容自得的〈石鼓文〉；蓋韓愈以為〈石鼓文〉所記乃宣王功業之故。二〈雅〉，指《詩經》中的〈小雅〉和〈大雅〉。褊，狹小；迫，迫促；褊迫，形容見識之短淺狹隘。委蛇，雍容自得貌。蛇，本讀ㄧˊ，此處協韻，音ㄊㄨㄛˊ。

⑯ 「孔子」二句──前句謂因孔子未曾入秦，未睹石鼓，是以刪訂《詩經》時亦未收入[4]。後句謂古代的采詩之士，只收錄微如星光而遺漏燦如日月的詩篇，是以《詩經》中不見石鼓上的詩篇。掎摭，音ㄐㄧˇ ㄓˊ，摘取、引取之義。羲，羲和也，相傳為日神之御者，此代指太陽。娥，嫦娥也，代指月亮。此以日月之光燦遠盛於星宿，來提高〈石鼓文〉之地位。

⑰ 滂沱──形容淚如雨下。

⑱ 「故人」二句──從軍在右輔，謂在鳳翔節度使府中任職。右輔，右扶風之謂，在渭城之西，即鳳翔府；漢武帝時以京兆尹、左馮翊、右扶風為三輔，所轄皆京畿之地。故人，舊注以為是曾將石鼓移至鳳翔孔廟的鄭餘慶（亦曾任國子祭酒），但寫作本詩的元和六年以前，他未嘗出任右輔之職（鄭氏於元和十三年始任鳳翔、隴右節度使），因此並不吻合；應當另有其人。度量，謂探勘測量。臼科，坑穴也，指石鼓出土的三時原坑穴而言；一說指安置石鼓用的底座而言。

⑲ 「濯冠」句──濯冠沐浴，表示誠敬。祭酒，學官名，唐時為國子監的主管官員；此處指鄭餘慶，見注㉕。

⑳ 「氈包」二句──意謂可以用氈席包裹石鼓，由駱駝裝載運送，極
便於入京典藏。編按：當時韓愈權知國子博士，分司東都洛陽，
不在長安。

㉑ 「薦諸」二句──《春秋經‧桓公二年》：「四月，取郜鼎於宋。戊
申，納於太廟。」編按：郜，周文王庶子的封國，郜人擅長鑄鼎，
後為宋所滅，故由宋國取回郜鼎。薦，進獻也。光價，美名及價
值。

㉒ 「觀經」二句──漢靈帝光和元年（178）始立鴻都門學士於洛陽，
典校藏書。觀經，謂靈帝熹平四年（175），蔡邕與堂谿典等奏請
正定《六經》文字，帝許之；由蔡邕自書丹於碑，有古文、篆、
隸三體，使工鐫刻而立於太學門外，號為《熹平石經》，又名《三
體石經》。立碑後，前來觀讀、摹寫者，日有車輛千餘乘，填街而
塞陌；見《後漢書‧卷 60 下‧蔡邕傳》。填咽，謂交通堵塞如咽
喉之填塞而氣不得出。坐，即將、行將也。編按：鴻都門與《熹
平石經》為二事，作者誤合為一。

㉓ 「剜苔」二句──謂挖去剔除石鼓上的苔蘚，使字體露出筆劃的稜
角而可辨識，並安置石鼓於平穩而不致於傾倒之處。頗，傾斜不
正也。此言如何整理、維護古物。

㉔ 期無佗──期望能不發生意外的毀損。佗，同「他」，音ㄊㄨㄛˊ；
無佗，無意外之禍害也。

㉕ 「中朝」二句──中朝，朝中也。老於事，謂辦事老練；然此實諷
刺彼人不肯任事5，是以因循推託之功夫老練異常。詎肯，豈肯也。
感激，謂感念石鼓乃上古之物，價值連城而欲有所作為。婘娿，
音ㄋ　ㄜ，謂敷衍推諉，猶豫不決而缺乏主見。

㉖ 「牧童」二句──敲火，敲石鼓而取火星；此謂石鼓被棄置而任由
兒童玩弄。著手，用手。摩娑，常指對文物圖籍的撫摸把玩，引
申有珍惜維護之意。

㉗ 「日銷」二句──銷鑠，破壞、毀損。就，逐漸、即將。六年西顧，此時為元和六年，韓愈時任河南令，故僅能回顧長安以西的鳳翔而嗟嘆。

㉘ 「羲之」二句──前句謂王羲之的書法，其實是把世人熟悉的字體寫得比較俊逸秀媚而已，如何能和石鼓文的蒼勁雄渾相比？故沈德潛《唐詩別裁》云：「隸書風俗通行，別於古篆，故云俗書；無貶右軍意。」方成珪《韓集箋正》亦云：「俗書對古書而言，乃時俗之俗，非俚俗之俗也。」次句謂羲之愛山陰道士之鵝，曾為之寫《道德經》而換得整群鵝，事見《晉書・列傳第五十・王羲之傳》。博，換取也。

㉙ 「繼周」二句──謂周朝以來歷經八代的戰亂而石鼓無恙，實邀天之幸；然如終究無人維護整理，亦只能徒喚奈何。八代，殆泛指秦漢以來歷代而言。理則，殆謂條理整治之也。那，殆為「奈何」二字之合音；或猶「何」也。

㉚ 「柄任」句──柄任，謂授以政權之重任。丘，孔丘；軻，孟軻也。

㉛ 「安能」二句──謂如何能將石鼓重寶之價值加以議論而上報天子，期盼辯才無礙之人能加以宣揚，以求上達天聽。懸河，喻辯才敏捷；《晉書・列傳第二十・郭象傳》：「郭象，字子玄，少有才理，好《老》《莊》，能清言。太尉王衍每云：『聽象語如懸河瀉水，注而不竭。』」

㉜ 其蹉跎──其，推測語，殆、將也。蹉跎，謂虛耗歲月，枉費苦心也。

【補註】

01 韓愈以為石鼓是周宣王之鼓，韋應物也有吟詠石鼓之作，則以為是周文王之鼓，至宣王時刻詩；鄭樵以為是秦昭王時所造，時當周赧王十九至二十六年（296 B. C. － 289 B. C.）。其餘說法甚多，

難究其詳。

02　出土後的石鼓，並未得到應有的重視，起初散置在郊野，韓愈於元和元年（805）建請運置太學，不從；元和九年始由鳳翔節度使鄭餘慶安置在鳳翔孔廟，經五代之亂而散亡。宋司馬池（980－1041）知鳳翔時，又蒐集於府學堂廡之下，然石鼓已亡失其一。仁宗皇祐四年（1052），向傳師得佚鼓於民家，然已遭截斷為石臼，每行僅存四字。宋徽宗大觀（1107－1110）年間，曾將石鼓由鳳翔遷至汴京，藏於皇宮內保和殿旁的汲古閣，並填以金字，不許複拓。宋室南渡後，金人遷置於燕京；元、明、清置於國子監。抗戰時在中國境內輾轉流離，今存於北京故宮博物院。然經流離遷徙的磨損及多次的摹搨，石鼓表面已剝落過半，其中一鼓甚且隻字無存。

03　韓愈既以〈石鼓文〉為宣王時所刻，其起句「我車既攻，我馬既同」又與被〈詩序〉認為是寫宣王田獵的《詩經・小雅・車攻》篇的起句和內容相似，因此韓愈認定石鼓乃宣王畋獵後記功之作；不過，宣王會合諸侯畋獵之事是在東都洛陽，與位於陝西的岐陽未合。

04　石鼓的製作時代實後於孔子，故韓氏以為孔子未入秦而未收錄云云，乃韓氏之誤解。

05　陳景雲《韓集點勘》謂此諷鄭餘慶，當時剛由相職罷為祭酒，三個月後，又拜洛陽尹；蓋以為官日淺，故未便立即處理石鼓，乃受韓氏此譏。然愈作此詩後三年，卒賴鄭氏之力而存石鼓於鳳翔孔廟中；則韓愈本詩所諷，亦有失公允。

【淺說】

　　本詩寫作的用意是呼籲朝廷重視古代文物的維護與搶救，切莫任其散落民間，以至日銷月鑠而沉淪埋沒。

　　這種吟詠古物而以議論為主的作品，由於對象本身缺乏活潑的生命特質和豐富的情境內涵，不容易融入作者深刻的生命觀照，激發作者獨特的情意聯想，達到物我合一，不即不離的詠物化境，因此也就不容易搖撼讀者的性情，激盪讀者的心靈，進而讓讀者領略到細緻雋永的審美情趣。這類作品，如果再缺乏雄文壯采與奇情詭思的點染，很可能就會遭到類似王世貞《藝苑卮言》中所謂「韓退之於詩，本無所解，宋人呼為大家，直是勢利他語」的無情批評，以及王夫之《薑齋詩話》所謂「若韓退之以險韻奇字、古字方言，矜其餖輳（按：堆砌雜湊）之巧；巧則巧矣，而於心情興會，一無所涉，適可為酒令而已」的冷峻嘲諷。

　　因此，我們必須先行釐清一個觀念：這類題材本來就不是以瑰麗幽眇的情思和沉實清遠的意境取勝，只要能寫得典雅蒼勁，古意斑斕，也就算是老練之作了，因此沈德潛《唐詩別裁》評本詩說：「典重和平，與題相稱。」朱彝尊說：「大約以蒼勁勝，力量自然有餘；然氣一直下，微嫌乏藻潤轉折之妙。」（《批韓詩》）

　　然而，我們也應該了解到不同的文學體裁，各有它適合的題材和不同的風格要求，因此曹丕《典論・論文》說：「奏議宜雅，書論宜理，銘誄尚實，詩賦欲麗。」這恐怕是詩人在鋪紙搖筆之前就應該審慎考慮到的問題；正如廚師在烹調之前就應該知道牛骨的口感不可能比布丁細嫩滑膩，而豆花也不適合用來作晶亮瑰麗的冰雕。即以本詩而論，既有「奏議」的動機，又有「書論」的性質，所要議論的主題又是亟須搶救的文化資產，為什麼不選用更能讓作者縱橫無礙地暢所欲言，而且又是他最擅長的條理綿密而又章法謹嚴的古文呢？在面對嚴肅的課題，必須條分縷析地闡述它的價值，凸顯搶救古文物的意義，並強調此事的迫切性時，作者偏偏選擇適合抒情的詩歌來大作文章，以至於招來「以為文詩」「押韻之文耳！雖健美富贍，然終不是詩」的譏評（《釋惠洪《冷齋夜話》引沈括語），作者恐怕也應該要負一些

責任吧！

　　為了凸顯本篇以文為詩而缺乏情韻的怪現象，筆者嘗試佛頭著糞，將本詩前半改寫於後，請讀者試看究竟它貌如散文或神似詩歌：

張生手持石鼓文字，勸我試作石鼓之歌。

少陵無人，謫仙已死；予才之薄，奈石鼓何？

周綱陵夷，四海沸騰；宣王憤起，揮舞天戈。

大開明堂，廣受朝賀；諸侯劍佩，鳴鏘相磨。

蒐於岐陽，馳騁雄俊；萬里禽獸，皆遭遮羅。

鐫功勒成，垂告萬世；鑿石作鼓，墮毀嵯峨。

從臣才藝，咸稱第一；揀選撰刻，留彼山阿。

雨淋日炙，野火焚燎；鬼物守護，勞煩撝呵。

公從何處，得此紙本？毫髮盡備，略無差訛。

辭嚴義密，通讀難曉；字體不類，隸書蝌蚪。

年深缺畫，豈能稍免；快劍斫斷，生猛蛟鼉。

鸞翔鳳翥，眾仙來下；珊瑚碧樹，交錯枝柯。

金繩鐵索，鎖固鈕壯；古鼎躍水，龍騰化梭。

陋儒編詩，竟不收入；二雅褊迫，遂無委蛇。

孔子西行，惜不到秦；掎摭星宿，乃遺羲娥。

⋯⋯⋯⋯⋯⋯⋯⋯⋯⋯⋯⋯⋯⋯⋯⋯⋯⋯⋯⋯⋯⋯⋯⋯

　　其餘詩句，皆可如法炮製；而七言詩之形式破壞支解成散文之後，原本就無甚詩趣的作品，也就更加淡乎寡味了！

　　因此，儘管清高宗在《唐宋詩醇》中極力為韓愈辯護，以為他的詩風源自〈雅〉〈頌〉而「大暢厥辭」，並說：「千古以來，寧有以少含蓄為〈雅〉〈頌〉之病者乎？」又說：「謂韓文重於韓詩可也，直斥其詩為不工，則群兒之愚也。」筆者仍然認為詩歌的特色在於吟詠性情，陶寫心靈，而不在議論縱橫，析理透闢。試想：讀者是容易沉酣

於清高宗所謂「典重瑰奇，良足鑄之金而磨之石」的碑碣與〈雅〉〈頌〉之中呢？或是容易迷醉於「莊生曉夢迷蝴蝶，望帝春心託杜鵑；滄海月明珠有淚，藍田日暖玉生煙」的風華情境之中呢？陳師道《後山詩話》說：「退之以文為詩，子瞻以詩為詞，如教坊雷大使之舞，雖極天下之工，要非本色。」潘德輿《養一齋詩話》也說：「韓昌黎、蘇眉山皆以文為詩，故詩筆健崛駿爽，而終非本色。」此中消息，實堪玩味。

但是既然本意是要為《唐詩三百首》寫導讀，仍然得客觀地評價本詩，因此特別為讀者指出本詩的三項優點：

＊第一，實字密集，使意義層次豐富，也使語句凝鍊遒健，有助於形成雄崛險怪的風格，堆砌出欹崎磊落的氣勢。例如：「鑿石作鼓隳嵯峨／雨淋日炙野火燎／快劍斫斷生蛟鼉／鸞翔鳳翥眾仙下／珊瑚碧樹交枝柯／金繩鐵索鎖鈕壯／古鼎躍水龍騰梭／掎摭星宿遺羲娥／濯冠沐浴告祭酒／剜苔剔蘚露節角／牧童敲火牛礪角」等句，都是七字之中至少含有三種實物名詞在內，而且又前後關涉，彼此鉤連，自然給人波瀾頓挫，倏忽轉折，而又縱橫跌宕，錯落參差的變幻之感和音節之美，形成韓愈特有的雄邁駿暢，恢弘奇詭的陽剛之氣；因此方東樹《昭昧詹言》說老杜、韓愈詩「起處雄闊，劈頭湧來；其接處橫絕，恣肆變化。忽來忽止，不可執著，所以為雄。」

＊第二，結合典故之淵雅優美、譬喻之生動形象、歷史之深厚內涵及學識之宏博深廣，形諸筆端，自然鋒發韻流，氣勢磅礡，能把石鼓文的神韻體勢，寫得遒勁壯美，意態飛動，令人驚心駭目，不敢逼視。例如：「快劍斫斷生蛟鼉，鸞翔鳳翥眾仙下，珊瑚碧樹交枝柯。金繩鐵索鎖鈕壯，古鼎躍水龍騰梭」五句，連用五則譬喻，環環相扣，層層生發，挾帶著天風海雨之勢、波翻浪湧之奇席捲而來，使人有心折骨驚、目眩神搖之感；因此汪佑南《山

涇草堂詩話》稱此五句「雄渾光怪，句奇語重，鎮得住紙，此之謂大手筆。」至於由「宣王憤起揮天戈」「鬼物守護煩撝呵」「掎撅星宿遺羲娥」三句和「快劍斫斷生蛟鼉」以下五句所渲染出濃重而詭譎的神話色彩，又和上古寶物的連城之價相互輝映得靈光四射而又神秘難測，奇崛深奧而又蒼勁雄渾，也可以看出作者鎔冶經史而自鑄偉辭，鍛練字句而運典入妙的獨到造詣；因此馬位《秋窗隨筆》說：「造語皆根柢經傳，故讀之猶陳列商周彝器，古痕斑然，令人起敬。時而火齊木難¹，錯落照眼，應接不暇，非徒作幽澀之語如牛鬼蛇神也。」方東樹《昭昧詹言》也說：「杜、韓盡讀萬卷書，其志氣以稷、契、周、孔為心，又於古人詩文變態萬方，無不融會於胸中，而以其不世出之筆力變化出之；此豈尋常齷齪之士所能辨哉？」

* 第三，正反映襯的烘托，不僅使旨趣凸顯，而且文氣特別跌宕頓挫，雄渾遒勁。例如：以石鼓文的來歷，正面闡示其文化意義之外，又以拓本之精美深密，正面映襯石鼓之值得珍惜；以郜鼎之入太廟，旁襯石鼓為上古神物、國之重寶；以《熹平石經》之填街塞陌，旁襯石鼓的學術意義和研究價值；以二〈雅〉之褊狹迫促，反襯石鼓詩篇之雍容典雅；以右軍書法之徒具姿媚，反顯石鼓文字之蒼勁樸茂；再加上以牧童之敲火、牛羊之礪角，和日銷月鑠之摧剝，凸顯搶救之急迫……凡此都能具體而明確地呈現作者的主張，同時使人感受到抑揚頓挫的聲情，和縱橫豪邁的氣勢。

儘管筆者列出三項優點如前，卻不代表〈石鼓歌〉稱得上是一首傑出的「詩」篇，因為散文中往往更能具備這些優點，而且更加痛快豪蕩，更能淋漓盡致。比較諸家的評析之後，筆者以為程學恂《韓詩臆說》對本詩的評語最為中肯：「其實此殊無甚深意，非韓詩之至者，特取其體勢宏敞，音韻鏗訇耳。」

【補註】

01 火齊木難，喻坋奇難得之物，多指詩文書畫而言。火齊，寶石名；
班固〈西都賦〉：「翡翠火齊，流耀含英。」《梁書‧卷54‧諸夷傳‧
海南諸國傳》：「火齊狀如雲母，色如紫金，有光耀，別之則薄如
蟬翼，積之則如紗縠之重沓也。」木難，寶珠名；曹植〈美女篇〉：
「明珠交玉體，珊瑚間木難。」

【評點】

01 吳沆：韓愈之妙，在用疊句，如「黃帘綠幕朱戶間」，是一句能疊
三物；如「洗妝拭面著冠帔，白咽紅頰長眉青」，是兩句疊六物。
惟其疊多，故事實而語健。又諸詩〈石鼓歌〉最工，而疊語亦多，
如「雨淋日炙野火燒，鸞翔鳳翥眾仙下。金繩鐵索鎖鈕壯，古鼎
躍水龍騰梭」，韻韻皆疊，每句之中，少者兩物，多者三物乃至
四物，幾乎皆是一律。惟其疊語故句健，是以為好詩也。（《環溪
詩話》）

02 蔣之翹：退之〈石鼓歌〉頗工於形似之語；韋蘇州、蘇眉山皆有
作，不及也。（《輯注韓昌黎集》）

03 黃周星：（「快劍斫斷生蛟鼉」五句下）可謂極力摹寫。 ○詩之
珠翠斑駁，正如石鼓；石鼓得此詩而不磨，詩亦並石鼓而不朽矣。
（《唐詩快》）

04 王士禎：杜此歌（按：指〈李潮八分小篆歌〉）尚有敗筆，韓〈石
鼓〉詩雄奇怪偉，不啻倍蓰過之，豈可謂後人不及前人也！後子
瞻作〈鳳翔八觀詩〉，中〈石鼓〉一篇，別自出奇，乃是韓公勍敵。
（《帶經堂詩話》）

05 毛先舒：〈石鼓歌〉全以文法為詩，大乖風雅；唐音云亡，宋響漸
逗，斯不能無歸獄焉。陋儒嘵嘵頌韓詩，亦震於其名耳。（《詩辯
坁》）

06 何焯：（「辭嚴意密」句下）文章只一句點過，專論字體，得之。（「年深豈免」二句下）橫插此二句，勢不直。（「陋儒編詩」四句下）此劉彥和所謂「夸飾」，然在此題詩，反成病累。（「羲之俗書」句下）對籀文言之，乃俗書耳。（《義門讀書記》）

07 賀裳：韓詩至〈石鼓歌〉而才情縱恣已極。（《載酒園詩話·又編》）

08 沈德潛：一韻到底，每易平衍，雖意議層出，終乏濤瀾澒漫之觀。讀此知少陵〈哀王孫〉〈瘦馬行〉等篇，真不可及。（《韓昌黎詩繫年集釋》頁 806 引《唐詩別裁集》）

＊ 編按：筆者檢閱手邊之《唐詩別裁》，並無此節文字。

09 延君壽：人當讀李、杜詩後，忽得昌黎〈石鼓〉等詩讀之，如游深山大澤，奔雷急電後，忽入萬間廣廈，商彝周鼎，羅列左右；稍稍憩息於其中，覺耳目心思，又別作寬廣名貴之狀，迥非人世所有，大快人意。（《老生常談》）

10 趙翼：其實〈石鼓歌〉等傑作，何嘗有一語奧澀？而磊落豪橫，自然挫籠萬有。（《甌北詩話》）

11 翁方綱：「快劍斫蛟」一連五句，撐空而出，其氣魄橫絕萬古，固非蘇所能及。（《石洲詩話》） ○平聲正調，長篇一韻到底之正式。（《七言律平仄舉隅》）

12 方東樹：韓、蘇〈石鼓〉，自然奇偉。……東坡〈石鼓〉飛動奇縱，有不可一世之概，故自佳；然似有意使才，又貪使事，不及韓氣體肅穆沉重。……以余較之，坡〈石鼓〉不及韓，韓〈石鼓〉又不及杜〈李潮八分小篆歌〉文法縱橫，高古奇妙。要之，此三詩更古今天壤，如華嶽三峰矣。（《昭昧詹言》）

13 施補華：〈石鼓歌〉，退之一副筆墨，東坡一副筆墨；古之名大家，必自具面目如此。（《峴傭說詩》）

14 范大士：大開大闔，段落章法井然，是一篇絕妙文字。（《歷代詩發》）

15 （日人）三溪：〈石鼓歌〉，昌黎集中第一傑作，雖有繼者，不得
   出其右，要俾昌黎擅場耳。（賴襄《增評韓蘇詩鈔》引）

16 汪佑南：如許長篇，不明章法，妙處殊難領會。全詩應分四段。
   首段敘石鼓來歷，次段寫石鼓正面，三段從空中著筆作波瀾，四
   段以感慨結。妙處全在三段凌空議論，無此即嫌平直。古詩章法
   通古文，觀此益信。「快劍斫斷生蛟鼉」以下五句，雄渾光怪，句
   奇語重，鎮得住紙，此之謂大手筆。（《山涇草堂詩話》）